COLECCIÓN
MISTERIO

El Monje

Matthew G. Lewis

Traducción: Isobel Richardson

Diseño de cubierta y maquetación: Saul Rojas

Edita: Plutón Ediciones X, s. l.,

E-mail: contacto@plutonediciones.com
http://www.plutonediciones.com

Impreso en España / Printed in Spain

I.S.B.N: 978-84-10233-16-4
Depósito Legal: B-11123-2024

Estudio Preliminar

Matthew G. Lewis nació un 9 de julio de 1775 en Londres, Reino Unido. Su padre era embajador de la corona británica en Jamaica por lo que siempre se benefició de acceso a una buena educación y tuvo la oportunidad de viajar y conocer otros países y culturas. Pasó algunos años de su juventud viajando por Francia, Alemania, donde cayó enamorado de la obra de Goethe, y por Holanda, de donde tuvo que salir huyendo cuando la embajada inglesa fue atacada.

Escribiría su obra célebre, *El Monje*, y la publicaría antes de cumplir los veinte años de edad, en 1796. La novela gozó de una buena acogida entre el público general, sin embargo, debido a las críticas recibidas denominando la obra como obscena, hubo de editarla para la posterior edición de 1798, cuando ya formaba parte del Parlamento.

Tras el fallecimiento de su padre en 1812, se haría cargo de sus posesiones en Jamaica, aunque regresaría a Europa, donde se encontraría con varios de los autores más famosos de la época y cuya fama ha llegado hasta hoy: Lord Byron, John Pollidori y el matrimonio Shelley.

Durante algún tiempo siguió viajando entre Jamaica y Reino Unido, hasta que, en uno de sus viajes, contrajo la fiebre amarilla, enfermedad que lo llevaría a la tumba en 1818, a los 42 años de edad.

Escrita en apenas diez semanas, *El Monje,* se alzó como la obra maestra de Lewis y se considera como una novela pionera dentro del género gótico, además de ser considerada como la más transgresora y escabrosa. Hay que tener en cuenta que fue escrita por un muchacho que no llegaba a la veintena, lo que se pone de manifiesto dentro de la obra, pues relata con crudeza ciertas escenas, dejando ver que no tenía demasiado miedo de ser juzgado por ello ni del qué dirían.

La novela tiene un tono claramente anticlerical, pues Lewis fue criado en un ambiente anticatólico y, por la rivalidad entre los países, antiespañol, y quiso hacer un retrato crítico tanto de la hipocresía de la iglesia como de la Inquisición Española. Por ello, encontramos que la acción principal ocurre en un convento, un espacio que se caracteriza por tener normas estrictas, así como por sus silencios y las propias penumbras, con secretos que se hallan bien ocultos entre las paredes.

Además, con la entrada en escena de personajes ciertamente jóvenes, caemos en una narrativa que mezcla el desarrollo de unas historias de amor cuyos protagonistas tendrán que aprender a lidiar con multitud de obstáculos y problemas, con la entrada en acción de lo gótico: sucesos extraños, apariciones, escenas sexuales que nada tienen de románticas y que buscan un efecto en el lector o historias fantasmales.

Ambrosio es el protagonista indiscutible de la obra, fue abandonado cuando aún era muy pequeño delante de las puertas de la Abadía, y ahí fue criado por los monjes, que lo vieron como un regalo de la Virgen María. Creció siendo educado en la fe y se convirtió en un devoto monje. Sin embargo, a lo largo de la historia tendrá que batirse en duelo consigo mismo en una lucha entre sus principios morales y las tentaciones que se le ponen delante. ¿Cuál ganará? dejaremos que lo descubra el lector a su tiempo.

Se trata de una obra cuyo éxito fue prácticamente inmediato, a pesar de haber sido publicada de forma anónima, pero cuyas duras críticas por su crudeza llevaron a su autor a hacer ciertas modificaciones para las futuras ediciones, ya dejando el anonimato aparte. Aún así, ha sido una obra que ha pasado muy desapercibida en la historia de la literatura universal y que, creemos, está recuperando el lugar que le pertenece por mérito propio.

Somnia, terrores magicos, miracula, sagas,
Nocturnos lemures, portentaque.[1]
HORACIO, *Epístolas*

PREFACIO

IMITACIÓN DE HORACIO, EPÍSTOLAS, 1, 20

Yo creo, ¡oh, Libro vanidoso y malpensado!
que te veo lanzar una mirada esperanzada,
donde se ganan y pierden reputaciones
en un lugar famoso llamado Paternoster.
Indignado por encontrar tu precioso arte
enterrado en carpetas inexploradas,
desprecias el cerrojo y las llaves prudentes
y jadeas bien para atado y dorado ver
tu Volumen en la ventana
de Stockdale, Hookham o Debrett.

Ve entonces y pasa ese linde peligroso
del que Libro no puede nunca regresar:
y cuando encuentres condenado, despreciado,
abandonado, culpado y criticado
abuso de Todos los que leen caer
(si por ventura te han leído en absoluto),
dolorosamente te lamentarás ante tu locura,
y me desearás a mí, el hogar y la quietud.

Suponiendo estar en la oficina de un prestidigitador,
yo vaticino tu futura suerte:
en cuanto ya no tengas novedad
y ya no seas más ni joven ni nuevo,

1 Sueños, terrores mágicos, hechizos de gran poder, / brujas y fantasmas que vagan a medianoche.

tiradas en algún rincón oscuro y sucio,
mohosas por la humedad y con telarañas esparcidas,
tus hojas serán la presa del gusano
o enviadas a la tienda de veleros
y condenadas a sufrir escándalo público,
¡forrarán el baúl o envolverán la vela!

Pero si te recibieran con aprobación
y alguien sintiera una inclinación
a preguntar, por natural transición,
con respecto a mí y mi condición,
que yo soy uno, al que pregunte dile:
ni demasiado pobre ni demasiado rico,
de fuerte pasiones e impaciente naturaleza,
sin gracia en la forma y de estatura enana,
por pocos aprobado y aprobador de pocos,
extremo en el odio y en el amor,
aborreciendo a quienes no me gustan
adorando a quienes mi fantasía encienden,
nunca lento en formarme juicios de valor
y por la mayor parte juzgando mal,
firme en la amistad, aunque todavía creyendo
otros son traicioneros y engañosos
y pensando que en estos tiempos
la Amistad es una quimera pura:
no hay criatura más apasionada,
orgullosa, obstinada e implacable,
pero para quienes muestren su bondad
lista para atravesar fuego y humo.

De nuevo, si alguien preguntara a tu página,
"dime, ¿cuál será la edad del autor?",
tus defectos, sin duda, lo dejarán claro,
apenas he visto mis veinte años,

que pasaron, amable Lector, en mi palabra,
cuando el Trono de Inglaterra era ocupado por Jorge III.

Ahora tu rumbo aventurero prosigue
¡ve, mi alegría! ¡Querido Libro, adieu[2]*!*

La Haya, 28 de octubre de 1794
M. G. L.

2 Adiós. En la versión original el autor usa la palabra en francés.

Advertencia del autor

La primera idea de esta novela tuvo su inspiración en la historia del monje Barsisa, relatada en *The Guardian*. *La monja sangrienta* es una historia a la que aún se da crédito en muchas partes de Alemania, y me han dicho que las ruinas del Castillo de Lauenstein, en las que Ella supuestamente se aparece, aún se pueden ver en las fronteras de Turingia. *El rey de agua* es, desde la tercera hasta la duodécima estrofa, el fragmento de una balada originalmente danesa. Y *Belerma y Durandarte* fue traducido a partir de algunas estrofas que pueden encontrarse en una colección de poesía española antigua, que también contiene la canción popular de *Gaiferos y Melisandra*, mencionada en *Don Quijote*. Ahora ya he hecho plena admisión de todos los plagios de los que yo mismo tengo conciencia, pero no dudo de que puedan encontrarse muchos más de los cuales no tenga conciencia alguna en este preciso momento.

Volumen I

Capítulo I

Lord Angelo is precise;
Stands at a guard with envy; Scarce confesses
That his blood flows, or that his appetite
Is more to bread than stone.[3]
William Shakespeare, *Measure for Measure*

La campana de la abadía apenas había sonado cinco minutos y ya la Iglesia de los capuchinos se encontraba abarrotada. Que no se extienda la idea de que la multitud se congregaba por motivos piadosos o buscando información. Eran muy pocos los que iban atraídos por estas razones, y en una ciudad donde la superstición reina de manera tan despótica e imperiosa como en Madrid, buscar una devoción genuina sería una misión fallida. El público que se había reunido en la Iglesia de los capuchinos se hallaba allí por distintas razones, todas ellas ajenas al motivo evidente. Las mujeres iban a mostrarse, los hombres a observarlas. A algunos de ellos los atraía la curiosidad de escuchar a un orador tan célebre; otros llegaban porque no tenían nada mejor con lo que ocupar su tiempo hasta que se iniciara la función de la obra de teatro; varios, porque tenían entendido que no sería posible encontrar lugar alguno en la Iglesia; y la mitad de Madrid acudía con la esperanza de poder encontrarse con la otra mitad. Las únicas personas que verdaderamente estaban ansiosas de escuchar al predicador eran unos pocos devotos pasados de moda, además de media docena de oradores adversarios que estaban decididos a encontrar defectos y a ridiculizar el sermón. En cuanto al resto del público, la

3 *Lord Angelo es preciso, / hace guardia con envidia, apenas confiesa / que su sangre fluye o que su apetito / es más al pan que a la piedra.*

alocución habría podido omitirse por completo sin que ello los hubiera decepcionado, y lo más probable era que no se dieran cuenta de la omisión.

Fuese cual fuese el motivo, lo cierto es que la Iglesia de los capuchinos nunca había visto una concurrencia tan grande como la de aquel día. Todos los rincones se hallaban llenos, todos los asientos ocupados. Incluso se utilizaron las estatuas que adornaban las largas naves. Los niños se colgaban de las alas de los querubines; San Francisco y San Marcos tenían, cada uno, un espectador sobre sus hombros. Y Santa Ágata se veía en la necesidad de tener que soportar una doble carga. La consecuencia era que, a pesar de toda su premura y diligencia, al entrar en la Iglesia nuestras dos recién llegadas buscaron sin éxito un lugar.

Sin embargo, la anciana continuó avanzando. Fueron inútiles las exclamaciones de disgusto que se le dirigieron desde todas partes e inútil que se le dijera:

—Señora, le aseguro que aquí no va a encontrar lugar.

—¡Le ruego, señora, que no me empuje de esa manera!

—Señora, por aquí no se puede pasar. ¡Por Dios! ¡Cómo puede ser tan molesta alguna gente!

La anciana era obstinada, y siguió su camino. A fuerza de perseverancia y de dos brazos musculosos, logró hacerse paso entre la multitud e introducirse en el cuerpo mismo de la Iglesia, no muy lejos de su púlpito. Su compañera la había seguido de cerca con timidez y silenciosamente, aprovechando los esfuerzos que hacía su guía.

—¡Virgen Santísima! —gritó la anciana en tono de abatimiento, mientras lanzaba una mirada escudriñadora a su alrededor—. ¡Virgen Santísima! ¡Qué calor, cuánta gente! Me pregunto qué puede significar todo esto. Yo creo que debemos regresar, pues no hay ni un solo asiento disponible y nadie parece tener la suficiente bondad para ofrecernos el suyo.

Esta clara sugerencia llamó la atención de dos caballeros que se sentaban en los banquillos de la derecha y que apoyaban la espalda contra la séptima columna, contando desde el púlpito. Ambos eran jóvenes y llevaban una vestimenta exquisita. Al escuchar ese llamado a la cortesía, pronunciado por la voz de una mujer, interrumpieron su conversación para fijarse en la que hablaba. La anciana se había echado hacia atrás su velo para observar mejor la catedral. Su cabello era rojo y tenía la mirada bizca. Los caballeros dejaron de observarla y retomaron su conversación.

—Por supuesto —respondió la compañera de la anciana—, por supuesto, Leonella, mejor volvamos a casa de inmediato. El calor es intenso y me aterra ver tanta gente.

Estas palabras fueron pronunciadas con una dulzura sin igual. Entonces los caballeros volvieron a interrumpir su conversación, pero esta vez no se conformaron con una sola mirada, sino que ambos saltaron involuntariamente en sus asientos y se volvieron hacia la persona que estaba hablando.

La voz provenía de una mujer con una delicadeza y elegancia tal que inspiró en los jóvenes la mayor curiosidad por ver su rostro. Una satisfacción que les fue negada. Las facciones de la mujer se hallaban escondidas por el denso velo que llevaba, pero el forcejeo entre la multitud lo había desordenado lo suficiente como para dejar ver un cuello que habría podido competir con el de la Venus de Médici, tanto en simetría como en belleza. Era de una blancura cegadora y su encanto era acentuado aún más por la sombra de las trenzas de sus largos cabellos rubios, que descendían ensortijadas hasta su cintura. Su estatura estaba más por debajo que por encima del promedio; era un cuerpo ligero y etéreo, como el de una ninfa. Llevaba el pecho cuidadosamente oculto. Su vestido era blanco, lo tenía ajustado con un cinturón azul y apenas permitía que asomara por debajo de él un pequeño pie de las más delicadas proporciones. Del brazo le pendía un rosario de cuentas grandes y su rostro se hallaba cubierto por un velo de gruesa gasa negra. Esa era la joven a quien el menor de los caballeros ofreció en ese momento su asiento, en tanto que el otro consideraba necesario tener la misma gentileza con la que era su compañera.

Con múltiples expresiones de gratitud, pero sin ofrecer demasiada resistencia, la anciana aceptó el lugar ofrecido y se sentó. La muchacha siguió su ejemplo, aunque su única muestra de agradecimiento fue una simple y graciosa reverencia. Don Lorenzo (como se llamaba el caballero cuyo asiento había aceptado) se ubicó cerca de ella, no sin antes susurrar unas palabras al oído de su amigo, quien en el acto aceptó lo insinuado y trató de que la anciana desviara su atención de la encantadora joven que tenía a su merced.

—Sin duda llegó usted hace poco a Madrid —le dijo don Lorenzo a su rubia vecina—. Es imposible que sus encantos hayan sido inadvertidos durante un tiempo largo. Y si esta no fuese la primera vez que aparece en público, la envidia de las mujeres y la adoración de los hombres ya la habrían dado a conocer lo suficiente.

Se interrumpió, esperando una respuesta. Pero como sus palabras no exigían en absoluto réplica alguna, la dama ni abrió los labios. Al cabo de unos momentos, él intentó iniciar de nuevo la conversación:

—¿Me equivoco al suponer que es extranjera en Madrid?

La dama vaciló y, al cabo de un rato, en voz tan baja que resultaba apenas inteligible, se decidió a dar respuesta:

—No, señor.

—¿Y tiene la intención de permanecer aquí mucho tiempo?

—Sí, señor.

—Yo me consideraría afortunado si estuviese en mis manos contribuir a hacer agradable su estadía. Soy bastante conocido en Madrid y mi familia es cercana a la Corte. Si pudiera serle de alguna utilidad, nada podría complacerme ni honrarme más que su permiso para prestarle cualquier servicio.

"Sin duda —pensó—, no puede contestar a esto con un monosílabo, ahora tendrá que decirme algo". Pero don Lorenzo se equivocó, puesto que la dama solo respondió inclinando su cabeza.

Para entonces el caballero se había dado cuenta de que su vecina no era especialmente conversadora, pero aún le resultaba imposible saber si su silencio era producto de su orgullo, discreción, timidez o estupidez. Luego de una pausa de varios minutos, el caballero dijo:

—No tengo dudas de que sigue usando el velo porque no es de aquí y todavía no conoce nuestras costumbres. Por favor, permítame que se lo quite.

Al mismo tiempo que extendió el brazo hacia la gasa, la dama levantó la mano para impedir que la tocara.

—Nunca me quito el velo en público, señor.

—¿Y qué daño provocaría eso, si me pudiera decir? —la interrumpió su anciana compañera con cierta parquedad—. ¿No ves que las otras damas ya se despojaron de sus velos, sin duda para honrar el santo lugar en el que nos encontramos? Yo ya me saqué el mío, ¡y por cierto que, si yo expongo mis facciones para que el resto del mundo las vea, tú no tienes razones para estar tan alarmada! ¡María bendita! ¡Tanta exageración y ajetreo por el rostro de una niña! ¡Vamos, vamos! Te garantizo que nadie te lo robará...

—Querida tía, no es la costumbre de Murcia...

—¡Murcia, vaya! Santa Bárbara bendita, ¿y eso qué significa? Te la pasas recordándome esa provincia ruin. Si es costumbre en Madrid, eso es lo único que debemos tener en consideración, y por lo tanto deseo que te quites el velo inmediatamente. Obedéceme ahora mismo, Antonia, porque sabes que no soporto que me contradigan.

Su sobrina hizo silencio, pero ya no se opuso a los intentos de don Lorenzo, quien, resguardado por la autorización de la tía, se apresuró a sacar la gasa. ¡Qué cabeza angelical se presentó ante él para que la admirase! Y, a pesar de eso, era más hechizante que bella, su encanto estaba menos en la regularidad de sus rasgos que en la dulzura y sensibilidad de su rostro. Si se hubieran considerado por separado las distintas partes de su cara, lo cierto es que muchas de ellas estaban lejos de ser hermosas, pero cuando se las examinaba al mismo tiempo, el conjunto era adorable. Aunque era clara, su piel no carecía de pecas; sus ojos no eran particularmente grandes, ni sus pestañas tan largas. Pero los labios tenían la más rosada de las frescuras; el cabello, rubio y ondulado, le caía derramándose ensortijado por debajo de la cintura, apenas recogido por una sencilla cinta; el cuello era firme y bello en extremo; el modelado de la mano y el brazo era perfectamente simétrico; sus suaves ojos azules parecían un cielo dulce y el cristal en que estos se movían chispeaba con todo el brillo del que son capaces los diamantes. Parecía tener un semblante ingenuo, pero su sonrisa pícara hacía parecer su boca juguetona y la mostraba poseedora de una vivacidad que estaba contenida en ese momento por un exceso de timidez. Se quedó mirando a su alrededor con una expresión retraída y, cada vez que sus ojos se encontraban con los de don Lorenzo por accidente, rápidamente los bajaba hacia su rosario. Entonces enseguida la mejilla le ardía ruborizada y se ponía a repasar las cuentas del rosario, aunque evidentemente, por sus gestos, se notaba que no sabía lo que estaba haciendo.

Don Lorenzo la miró con una mezcla de sorpresa y admiración, pero su tía consideró necesaria una disculpa por la *mauvaise honte*[4] de Antonia.

—No es más que una niña —dijo— que ignora todo a-

4 Falsa modestia. En la versión original el autor usa la palabra en francés.

cerca del mundo. Fue criada en un antiguo castillo de Murcia sin ninguna otra compañía que la de su madre. ¡Y Dios la ampare a ella también! La pobre no tiene más sensatez que la justa para llevarse la sopa a la boca. Y, sin embargo, ella es mi hermana, tanto por parte de padre como de madre.

—¿Y tan poca sensatez tiene? —preguntó don Cristóbal con un asombro fingido. ¡Qué extraordinario!

—Es muy cierto, señor. Es extraño, ¿verdad? Pero así son las cosas. Y, sin embargo, ¡la suerte que tienen algunas personas en el mundo! A un joven y distinguido caballero se le metió en la cabeza que Elvira tenía ciertas aspiraciones de belleza. En cuanto a aspiraciones, por cierto, siempre las ha tenido y en gran cantidad, pero ¿tener belleza? ¡Si yo hubiera hecho la mitad de los esfuerzos que ella hacía para llamar la atención! Pero eso no viene al caso ahora. Como decía, señor, un joven noble se enamoró de mi hermana y se casó con ella sin que el padre de él se enterase. Esta unión se mantuvo en secreto durante casi tres años, pero eventualmente llegó a oídos del viejo marqués, quien, como era bastante evidente que ocurriría, no se sintió feliz con la noticia. Viajó rápidamente a Córdoba, decidido a llevarse a Elvira y enviarla a algún lugar para que nadie volviera a saber de ella jamás. ¡Bendito San Pablo! ¡Cómo se enfureció al descubrir que se le había escapado por poco para unirse a su esposo y que se habían subido juntos a un barco con destino a las Indias! Nos maldijo a todos nosotros como si estuviera poseído por un espíritu maligno. Metió a mi padre en la cárcel, un zapatero tan honrado y trabajador como cualquier otro de Córdoba. Y cuando se fue tuvo además la crueldad de arrebatarnos al pequeño hijo de mi hermana, quien entonces apenas llegaba a los dos años y al que se vio obligada a abandonar debido a lo repentino de su huida. Supongo que el desdichado niño recibió muy malos tratos de parte de él, pues unos pocos meses más tarde recibimos la noticia de su muerte.

—¡En verdad! Qué individuo tan espantoso, señora.

—¡Oh, realmente atroz! ¡Y un hombre sin gusto alguno! ¿Me cree, señor? Cuando traté de calmarlo, me acusó de ser una bruja. ¡Me maldijo y deseó que mi hermana se volviera tan fea como yo para castigar al conde! Pero ¿fea, yo? ¡Cuánto lo admiro por haber pensado eso!

—¡Ridículo! —exclamó don Cristóbal—. No cabe duda de que el conde se habría considerado afortunado si se le hubiera permitido cambiar a una hermana por la otra.

—¡Oh, Cristo! De veras que es usted muy amable, señor. Pero de verdad me alegra que el conde haya pensado de otra manera. ¡Un bonito negocio hizo Elvira, realmente! Después de hervir y freírse en las Indias durante trece años muy largos, su esposo muere ¡y ella regresa a España sin casa en la que refugiarse ni dinero con el que adquirirla! Esta Antonia era entonces muy pequeña y la única hija que le quedaba. Descubrió que su suegro había vuelto a esposar a alguien, que nunca quiso reconciliarse con el conde y que su segunda mujer le dio un hijo, de quien se afirma que es un joven de cualidades admirables. El viejo marqués se negó a ver a mi hermana o a la hija que había tenido, pero le hizo saber, con la condición de no volver a oír hablar de ella, que le asignaría una pensión reducida y que podría vivir en un viejo castillo que tenía en Murcia. Esta había sido la residencia favorita de su hijo mayor. Pero desde su fuga de España, el viejo marqués no podía soportar el lugar y la dejó caer en ruinas y caos. Mi hermana aceptó la oferta y se retiró a Murcia, permaneciendo allí hasta el mes pasado.

—¿Y qué la trae ahora por Madrid? —preguntó don Lorenzo, a quien la admiración por la joven Antonia le hacía mostrar un vivo interés en el recuento que hacía la anciana parlanchina.

—¡Ay, señor! Como su suegro murió recientemente, el intendente de sus propiedades en Murcia se negó a seguir pagando la pensión. Y con la intención de suplicar al hijo del marqués que la renueve, ha venido hasta Madrid. Pero me parece que habría podido ahorrarse el viaje. Ustedes, los nobles jóvenes, siempre tienen muchas cosas en qué gastar su dinero y es poco frecuente que se muestren dispuestos a derrocharlo en viejas señoras. Yo aconsejé a mi hermana que enviara a Antonia junto con su solicitud, pero no quiso ni escuchar hablar de eso. ¡Es tan obstinada! ¡Bien! Ya verá el mal que hizo al no seguir mi consejo. La niña tiene un hermoso rostro, y es posible que eso fuera de mucha ayuda.

—¡Ah, señora! —la interrumpió don Cristóbal con una fingida expresión apasionada—. Si lo que hace falta es un rostro de gran belleza, ¿por qué su hermana no recurrió a usted?

—¡Oh, Jesús! ¡Mi Dios! ¡Le juro que me abruma con tanta cortesía! Pero le puedo asegurar que tengo mucha conciencia del peligro de tales gestiones como para ponerme en manos de un joven noble. No, no, hasta ahora he conservado mi reputación sin manchas ni reproches y siempre he sabido mantener a los hombres a la distancia justa.

—De eso, señora, no me cabe la menor duda. Pero, permítame que le pregunte: ¿tiene, entonces, algún rechazo al matrimonio?

—Esa es una pregunta prudente. No tengo más remedio que confesar que si un amable caballero se presentase...

En este punto, tuvo la intención de lanzar una mirada tierna y significativa a don Cristóbal, pero como por desgracia dio la casualidad de que bizqueó en una forma de lo más terrible, la mirada cayó de forma directa en el otro caballero. Don Lorenzo aceptó el cumplido y lo contestó con una reverencia profunda.

—¿Puedo preguntarle —dijo— cuál es el nombre del marqués?

—El Marqués de las Cisternas.

—Lo conozco íntimamente. En este momento no se encuentra en Madrid, pero se espera que llegue cualquier día de estos. Es una gran persona. Y si la encantadora Antonia me permite ser su abogado ante él, no me cabe duda de que podré presentar una defensa favorable con respecto a su situación.

Antonia levantó sus ojos azules y le agradeció en silencio la ayuda ofrecida con una sonrisa de inexpresable dulzura.

La satisfacción de Leonella fue mucho más aparente y audible. En realidad, como por lo general su sobrina guardaba silencio cuando estaba en su compañía, consideraba que era su obligación hablar por ambas. Lo conseguía sin problema, pues muy pocas veces le fallaban las palabras.

—¡Señor! —exclamó—. ¡Toda nuestra familia le estará muy en deuda! Acepto su ofrecimiento con el máximo de los agradecimientos posibles y le doy mil gracias por la generosidad de su acto. Antonia, ¿por qué no hablas, niña? Mientras el caballero te dice toda clase de amabilidades, tú permaneces sentada como una estatua, ¡y no pronuncias ni una sola palabra en agradecimiento, ya sea mala, buena o indiferente...!

—Mi querida tía, yo me doy cuenta por completo de que...

—¡Silencio, sobrina! ¡Cuántas veces he tenido que decirte que no debes interrumpir a una persona cuando está hablando! ¿Cuándo me has visto a mí hacer eso? ¿Estos son tus modales murcianos? ¡Piedad de mí! Nunca podré hacer de esta niña nada que remotamente se parezca a una persona con buena educación. Pero por favor, señor —continuó dirigiéndose a don Cristóbal—, dígame por qué hay tanta gente reunida en esta catedral el día de hoy.

—¿Es posible que usted no sepa que Ambrosio, abad de este monasterio, ofrece un sermón en esta iglesia cada jueves? Todo Madrid se llena de elogios hacia él. Hasta ahora ha predicado nada más que tres veces, pero quienes lo han escuchado se muestran tan contentos con su elocuencia que resulta complicado conseguir un lugar en la iglesia, igual que en el estreno de una comedia. ¿Acaso su fama no ha llegado a sus oídos?

—¡Ay, señor! Hasta el día de ayer no había tenido la buena suerte de conocer Madrid, y en Córdoba estamos tan poco al día de lo que ocurre en el resto del mundo que el nombre de Ambrosio nunca se ha mencionado en la ciudad.

—En Madrid lo escuchará de boca de todos. Parece haber fascinado a sus habitantes. Y como yo no he escuchado sus sermones, me asombra el entusiasmo que ha generado. La adoración que le profesan tanto jóvenes como viejos, mujeres y hombres, carece de comparación alguna. Los más importantes del reino lo llenan de regalos, sus esposas se niegan a tener otro confesor y en toda la ciudad se le conoce con el nombre de El Hombre de la Santidad.

—Por cierto, señor, cuál será su noble linaje...

—Ese asunto aún no ha podido ser resuelto. El difunto superior de los capuchinos lo encontró cuando era aún muy pequeño a las puertas de la abadía. Todos los intentos de descubrir quién lo había dejado allí fueron en vano y el mismo niño no fue capaz de explicar quiénes eran sus padres. Se educó en el monasterio, donde se quedó desde entonces. A partir de una edad temprana mostró una fuerte inclinación por el estudio y la vida apartada y, en cuanto llegó a la edad adecuada, hizo sus votos. Nadie nunca se presentó a reclamarlo o revelar el misterio que ronda su nacimiento. Y los monjes, quienes aprovechan la ayuda que se muestra a su institución por respeto a él, no dudaron en anunciar que es un regalo que les hizo la Virgen. De hecho, la singular austeridad de su vida da cierto aspecto de verdad a la afirmación. Ahora tiene treinta años, cada hora de los cuales ha dedicado a estudiar, a alejarse totalmente del mundo y a mortificar su carne. Hasta hace tres semanas, en que fue elegido superior de la orden de la cual forma parte, nunca había atravesado los muros de la abadía. Aun ahora solo sale los jueves, día en que pronuncia un sermón en esta catedral, que todo Madrid se reúne para escuchar. Se dice que sus conocimientos son los más profundos y su elocuencia la más persuasiva. Nunca se ha sabido, a lo largo de toda su vida, que transgrediera una sola regla de su orden, no es posible encontrar la más pequeña mancha en su actuar y se asegura que es un defensor tan estricto de su castidad que no sabe en qué consiste la diferencia entre hombre y mujer. Por lo tanto, la gente lo considera un santo.

—¿Eso lo hace santo a uno? —quiso saber Antonia—. ¡Dios me ampare! Entonces yo también lo soy.

—¡Santa Bárbara bendita —exclamó Leonella—, qué pregunta! ¡Calla, niña, calla! Estos no son temas apropiados para una joven como tú. No das la impresión de recordar que en este mundo existe algo que se llama hombre y tiendes a imaginar que todos los cuerpos son como el tuyo. Bueno sería que dieras a entender a la gente que tienes conciencia de que un hombre no tiene senos, ni caderas, ni...

Por suerte, para la ignorancia de Antonia, que la disertación de su tía habría disipado muy pronto, un murmullo general que recorrió toda la Iglesia anunció la llegada del predicador. Doña Leonella se levantó entonces del asiento para verlo mejor y Antonia imitó su ejemplo.

Se trataba de un hombre de porte distinguido y presencia dominante. Era de estatura alta y facciones extraordinariamente atractivas. Tenía una nariz aguileña, ojos grandes, negros y brillantes, y sus cejas negras casi se unían. Su piel era de un bronceado intenso pero transparente; y el estudio y la vigilia lo habían privado por completo de color en sus mejillas. La serenidad reinaba en su frente lisa y sin arrugas; y la conformidad, expresada en cada una de sus facciones, parecía anunciar igualmente al hombre desconocedor de preocupaciones y de crímenes. Hizo una humilde reverencia de cabeza dirigida a su audiencia. Sin embargo, había una cierta severidad en su aspecto y sus modales que inspiraba un sobrecogimiento universal, y pocos pudieron sostener la mirada ante sus ojos, a la vez apasionados y penetrantes. Tal era Ambrosio, abad de los capuchinos, apodado El Hombre de la Santidad.

Mientras lo contemplaba ávidamente, Antonia sintió que en el pecho le aleteaba un placer hasta entonces desconocido para ella y que en vano trató de explicarse. Esperó con impaciencia que comenzara el sermón, y cuando por fin el fraile habló, el sonido de su voz pareció penetrarle hasta el alma. Aunque ninguno de los demás espectadores experimentaba tan violentas sensaciones como la joven Antonia, todos escuchaban con interés y emoción. Quienes eran insensibles a los méritos de la religión se sentían igualmente arrebatados por la oratoria de Ambrosio. Todos experimentaron una irresistible atracción mientras hablaba, y el silencio más profundo reinó en las atestadas naves. Ni siquiera don Lorenzo pudo resistirse al encanto. Olvidó que Antonia se hallaba sentada junto a él y escuchó al predicador con toda su atención.

En un lenguaje enérgico, claro y simple, el monje se extendió hablando acerca de la belleza de la religión. Explicó algunos aspectos incomprensibles de las sagradas escrituras en un estilo que acarreaba con la convicción universal. Su voz, al mismo tiempo vibrante y profunda, estaba cargada de todos los terrores de la tempestad mientras estallaba en ataques contra los vicios de la humanidad y describía los castigos que le estaban reservados en un futuro. Todos quienes lo oían recordaron las culpas pasadas y temblaron. ¡El trueno parecía rugir, con un rayo destinado a aplastarlos, y el abismo de la destrucción eterna parecía abrirse a sus pies! Pero cuando Ambrosio, cambiando de tema, se refirió a la excelencia de una conciencia limpia, a la gloriosa perspectiva que la eternidad ofrecía al alma libre cuando es irreprochable y a la recompensa que le aguardaba en las regiones de la gloria perpetua, sus oyentes sintieron que el espíritu que los había abandonado volvía a ellos suavemente. Se entregaron con confianza a la merced de su juez, se aferraron, deleitándose, a las palabras de aliento del predicador, y mientras toda su voz se henchía hasta convertirse en una melodía, fueron transportados a las zonas de felicidad que pintaba ante la imaginación de los fieles con colores tan vivos y relucientes.

El sermón fue considerablemente largo en extensión, pero, en cuanto terminó, el público se entristeció de que no durara más. Aunque el monje había dejado de hablar, aún había en la Iglesia un silencio entusiasta. A la larga, este hechizo se fue desvaneciendo gradualmente y la admiración general pudo ser expresada en palabras. Cuando Ambrosio descendió del púlpito, sus oyentes se congregaron a su alrededor, lo llenaron de bendiciones, se lanzaron a sus pies y le besaron el borde de la túnica. Luego pasó lentamente, con sus manos devotamente cruzadas sobre su pecho, hacia la puerta que comunicaba con la capilla de la abadía y ante la que sus monjes ya esperaban para recibirlo. Subió los escalones y luego, volviéndose hacia sus fieles, les dirigió unas pocas palabras de gratitud y exhortación. Mientras hablaba, el rosario, hecho de grandes cuentas de ámbar, se le cayó de su mano hacia la multitud que lo rodeaba. Fue interceptado con ansiedad e inmediatamente repartido entre los espectadores. Quien se adueñaba de una de las cuentas la conservaba como si fuera una reliquia sagrada. Y si hubiese sido el rosario del triplemente bendito San Francisco, no habría sido disputado con mayor vivacidad que aquella. El abad, sonriendo ante tanto furor, dio su bendición y salió de la Iglesia, con la humildad pintada en su semblante. ¿Habitaba ella también en su corazón?

Los ojos de Antonia lo siguieron con anhelo y, cuando la puerta se cerró tras él, le pareció haber perdido a alguien esencial para su felicidad. Una lágrima se deslizó, silenciosa, por una de sus mejillas.

—¡No es parte de este mundo! —se dijo—. ¡Tal vez no vuelva a verlo jamás!

Mientras se secaba la lágrima, don Lorenzo observó su gesto.

—¿Está satisfecha con el orador? —le preguntó—. ¿O le parece que Madrid ha exagerado sus talentos?

El corazón de Antonia se hallaba tan lleno de admiración por aquel monje que con ansiedad aprovechó la oportunidad para hablar de él. Por lo demás, puesto que ya no consideraba a Lorenzo un absoluto desconocido, se sentía menos avergonzada por su excesiva timidez.

—¡Oh, excede con creces mis esperanzas! —respondió—. Hasta el día de hoy no conocía los poderes de la elocuencia. Pero cuando habló, su voz me inspiró tanto interés, estima y casi podría decir afecto por él, que yo misma estoy asombrada de la agudeza de mis sentimientos.

Lorenzo sonrió ante la intensidad de tales palabras.

—Usted es joven y acaba de comenzar la vida —dijo—. Su corazón, nuevo para el mundo y lleno de calidez y sensibilidad, recibe con entusiasmo sus primeras impresiones. Como es ingenua, no sospecha de engaños en los demás. Y como mira el mundo a través de su propia verdad e inocencia, cree que todos los que la rodean merecen su confianza y estima. ¡Es una lástima que esta alegre visión deba desaparecer muy pronto! ¡Es una pena que a corto plazo deba descubrir la bajeza del ser humano y que tenga que protegerse contra sus semejantes como si fueran sus enemigos!

—¡Ay, señor! —contestó Antonia—. ¡Las desdichas de mis padres ya me enfrentaron a muchos ejemplos tristes de la maldad del mundo! Pero no tengo duda alguna de que en este caso la calidez de su simpatía no puede haberme engañado.

—En este caso, es cierto que no. La reputación de Ambrosio es innegable. Y un hombre que se ha pasado toda la vida entre las paredes de un convento no puede haber hallado ocasión de cometer falta alguna, aunque se sintiera naturalmente inclinado a ella. Pero ahora que, obligado por los deberes de su rol, debe entrar una vez tras otra en el mundo y atravesar el camino de la tentación, ahora es que realmente le toca mostrar el verdadero brillo de su virtud. Y la prueba es peligrosa, pues se encuentra en la etapa de la vida en que las pasiones son más intensas, desenfrenadas y despóticas. Su famosa reputación lo presentará ante la seducción como una víctima ilustre, la novedad le dará mayores encantos a los atractivos del placer e incluso los talentos con que ha sido dotado por la naturaleza contribuirán a su ruina, al facilitarle los medios para lograr su objetivo. Pocos podrían volver victoriosos de una batalla así de dura.

—¡Ah! Pero, sin duda, Ambrosio será uno de esos pocos.

—Eso no lo contradigo. En todo sentido es una excepción a la regla general de la humanidad y en vano la envidia buscaría un deshonor en su carácter.

—¡Señor, me alegra su seguridad! Me motiva a dejarme llevar por mi impresión positiva. ¡Y no sabe con cuánto dolor había sometido ese sentimiento! ¡Ah, queridísima tía! Por favor, ruégale a mi madre que lo escoja como nuestro confesor.

—¿Que yo le ruegue? —respondió Leonella—. Te aseguro que no lo haré. Este Ambrosio no me gusta en lo absoluto. Tiene un aspecto de rigidez que me hace estremecer desde los pies hasta la cabeza. Si él fuese mi confesor, jamás tendría la valentía de reconocer ni la mitad de mis pecados, ¡y entonces me vería en una complicada situación! Nunca conocí a un mortal de aspecto tan austero y espero no volver a ver a ningún otro en mi vida. Su descripción del demonio... ¡Dios nos bendiga! Me aterrorizó hasta tal punto que me hizo perder el juicio, y cuando habló de los pecadores parecía que estaba listo para comérselos.

—Tiene toda la razón usted, señora —repuso don Cristóbal—. Se dice que una excesiva severidad es el único defecto que tiene Ambrosio. Como está a salvo de las debilidades humanas propias, no es lo bastante comprensivo con las ajenas. Y a pesar de que es estrictamente justo y desinteresado en sus decisiones, la manera en que lidera a los monjes ya ha dado pruebas de su inflexibilidad. Pero el público por fin ha terminado de disgregarse. ¿Nos permite que las acompañemos a su casa?

—¡Oh, Cristo! ¡Señor mío! —exclamó Leonella mientras fingía ruborizarse— ¡No permitiría tal cosa por nada del mundo! Si llego a casa acompañada por un caballero así de galante, mi hermana, que es tan escrupulosa, me dará un sermón durante una hora y jamás lo olvidará. Además, yo preferiría que usted no me hiciera ninguna propuesta por los momentos...

—¿Una propuesta? Señora, yo le doy mi palabra...

—¡Señor mío, creo que sus demostraciones de impaciencia son lo bastante honestas! Pero debo pedirle un pequeño respiro. No sería muy fino de mi parte aceptar su mano de buenas a primeras.

—¿Aceptar mi mano? Delo usted por hecho...

—¡Oh, señor mío, por favor no insista más si de verdad me ama! Consideraré su respeto como una prueba de su afecto. Mañana tendrá noticias mías, por lo tanto, me despido. Pero, por favor, caballeros, ¿no les parece justo que conozca sus nombres?

—Mi amigo —contestó Lorenzo— es el Conde de Osorio y yo soy Lorenzo de Medina.

—Con eso me basta. Bien, don Lorenzo, le haré llegar a

mi hermana el mensaje con su servicial ofrecimiento y le comunicaré su respuesta a la brevedad posible. ¿Cómo puedo hacérselo saber?

—Me puede encontrar siempre en el Palacio de Medina.

—Puede estar usted seguro de que recibirá noticias mías. Adiós, caballeros. Señor conde, permítame que lo invite a moderar el excesivo entusiasmo de su pasión. Pero, para demostrarle que no me siento ofendida por usted e impedir que se deje llevar por la desesperación, por favor reciba esta señal de mi afecto y dedique algunas veces un pensamiento a la ausente Leonella.

Al decir esto extendió una delgada y arrugada mano, que su supuesto admirador besó con tan poca gracia y un esfuerzo tan evidente que a Lorenzo le resultó difícil reprimir el deseo de reírse. Leonella se apuró entonces en salir de la Iglesia y la encantadora Antonia la siguió silenciosa, pero cuando llegó hasta el pórtico se volvió involuntariamente y posó su mirada en Lorenzo. Este le hizo una reverencia con la cabeza, como si se estuviera despidiendo de ella, y la joven le devolvió el cumplido y se retiró rápidamente.

—¡Qué bien, Lorenzo! —exclamó don Cristóbal en cuanto estuvieron los dos solos—. ¡Me diste una grata intriga! ¡Para favorecer tus intenciones acerca de Antonia le dirigiré a su tía unas pocas frases corteses que nada signifiquen y al cabo de una hora me encontraré al borde del matrimonio! ¿Cómo me compensarás por haber sufrido así de gravemente por tu propio bien? ¿Qué retribución tendré por haber besado la pata áspera de esa vieja bruja confundida? ¡Diablos! ¡Me dejó tal olor en los labios que apestaré a ajo durante todo el mes! ¡Cuándo pase por el Prado me confundirán con una *omelette* ambulante o con una gran cebolla germinada!

—Confieso, pobre amigo mío —le respondió Lorenzo—, que tu ayuda ha estado llena de peligro, pero estoy muy lejos de creer que sea insoportable. Tanto que tal vez te pida que sigas llevando más allá tus amores.

—De esta solicitud deduzco que la pequeña Antonia ha causado una cierta impresión en ti.

—No puedo decirte hasta qué punto me ha encantado. Desde que murió mi padre, mi tío, el Duque de Medina, me ha hecho saber sus deseos de verme casado. Hasta ahora logré esquivar todas sus insinuaciones y me negué a entenderlas. Pero lo que he visto esta tarde...

—Y bien, ¿qué es lo que viste esta tarde? Pienso, Lorenzo, que no puedes ser tan loco como para hacer tu esposa a esta nieta de "un zapatero tan honrado y trabajador como cualquier otro de Córdoba".

—Olvidas que también es la nieta del difunto Marqués de las Cisternas. Pero al margen de los orígenes de cuna y los títulos nobiliarios, debo decirte que jamás conocí a una mujer tan fascinante como Antonia.

—Es posible. Pero ¿es verdad que tienes la intención de casarte con ella?

—¿Y por qué no, mi querido amigo? Tendré la riqueza suficiente para los dos, y ya sabes que mi tío tiene una visión liberal sobre este tema. Por lo que conozco de Raimundo de las Cisternas, tengo la plena certeza de que no tendrá reparo alguno en reconocer a Antonia como su sobrina. Por lo tanto, su cuna no constituirá un impedimento para que le ofrezca mi mano. Yo sería un sinvergüenza si pensara estar con ella en otros términos que no sean los del matrimonio. y realmente parece poseer todas las cualidades necesarias en una esposa para hacerme feliz. Ella es joven, adorable, apacible, sensata…

—¿Sensata...? ¡Pero si no dijo más que "sí" y "no"!

—Es verdad que no dijo mucho más, debo confesarlo... Pero siempre dijo "sí" y "no" en el momento más apropiado.

—¿En serio? ¡Pero cuánta obediencia! Eso es usar el argumento de un enamorado como se debe. Ya no me atrevo a seguir discutiendo con alguien que analiza cada caso con tanta profundidad. ¿Te parece que vayamos a la comedia?

—No me será posible. Llegué a Madrid ayer por la noche y aún no he tenido la oportunidad de ver a mi hermana. Sabes que su convento se encuentra en esta misma calle y me dirigía hacia allá justo cuando la muchedumbre se estaba agolpando en esta Iglesia, y mi curiosidad se dejó llevar por saber lo que ocurría. Ahora tengo que continuar con mi primera intención, y es probable que pase la tarde con mi hermana ante la reja del salón.

—¿Tu hermana está en un convento, dices? ¡Ah, es cierto! Ya lo había olvidado. ¿Y cómo le va a doña Agnes? Me sorprendes, Lorenzo. ¿Cómo pudiste siquiera pensar en encerrar a una joven tan encantadora entre los muros de un convento?

—¿Que yo pensara en algo así, Cristóbal? ¿Cómo puedes sospechar que haya cometido semejante atrocidad? Sabes perfectamente bien que ella eligió el velo por sí misma y que ciertas circunstancias especiales le hicieron querer alejarse del mundo. Yo utilicé todos los medios que estuvieron a mi alcance para convencerla de que cambiara su decisión, ¡pero fue un trabajo inútil y perdí una hermana!

—Y eso fue una suerte para ti, porque creo, Lorenzo, que mucho ganaste con esa pérdida. Si mal no recuerdo, doña Agnes era propietaria de una buena parte de las diez mil pistolas que estaban en tu familia, la mitad de las cuales ahora volvieron a tu poder. ¡Por Santiago! Ojalá yo tuviese cincuenta hermanas en la misma situación. Aceptaría perder cada una de ellas sin que me afectara el corazón.

—¿Cómo es eso, conde? —exclamó Lorenzo con voz molesta—. ¿Crees que soy lo bastante perverso como para haber influido en el enclaustramiento de mi hermana? ¿Crees que el deseo despreciable de ser dueño de su fortuna podría haber...?

—¡Qué admirable! ¡Tanto valor, don Lorenzo! Ahora sí que te has exaltado. Dios quiera que Antonia pueda apaciguar ese temperamento tan fuerte o nos habremos cortado el cuello el uno al otro antes de que el mes llegue a su fin. Pero para evitar por el momento una catástrofe trágica como esa, me retiraré y te dejaré a tus anchas. ¡Espero que te vaya bien, mi caballero del Monte Etna! Modera esa naturaleza tan inflamable y por favor recuerda que cuando sea oportuno hacer el amor a aquella bruja puedes contar con mi ayuda.

Así dijo y salió de la catedral.

—¡Qué loco! —dijo Lorenzo—. Con un corazón tan grande es una lástima que posea tan poco juicio.

La noche avanzaba rápidamente. Los faroles aún no se habían encendido. Los suaves rayos de la luna que nacía apenas podían atravesar la oscuridad gótica de la Iglesia. Lorenzo se sintió incapaz de salir de ese lugar. El vacío que había dejado en su corazón la ausencia de Antonia y el sacrificio de su hermana, que don Cristóbal acababa de traer de vuelta a su mente, le generaron una melancolía de espíritu que coincidía demasiado bien con las tinieblas religiosas que lo rodeaban. Aún se encontraba recostado contra la séptima columna a partir del púlpito. Un aire suave de frescor recorría las naves solitarias y los rayos de la luna que penetraban los vitrales de la iglesia teñían los techos ornamentados y las sólidas columnas con un millar de distintos matices de luz y color. A su alrededor reinaba el silencio, solo interrumpido cada cierto tiempo por una puerta que se cerraba en la abadía de al lado.

La serenidad de la hora y lo desierto del lugar contribuyeron a estimular la predisposición a la pesadumbre de Lorenzo. Se dejó caer en uno de los asientos que tenía cerca y se abandonó a las ilusiones de su fantasía. Pensó en su posible unión con Antonia y en los obstáculos que podrían complicar sus deseos, y las mil visiones cambiantes flotaron ante su fantasía, por cierto, tristes, pero no del todo desagradables.

El sueño se fue apoderando de él poco a poco y la apacible solemnidad que tenía su espíritu en las horas de vigilia siguió influyendo en sus ensueños durante un buen rato.

Imaginaba encontrarse todavía en la iglesia de los capuchinos, pero esta ya no estaba oscura y solitaria. Una gran cantidad de lámparas de plata lanzaba su resplandor desde los techos abovedados. Acompañada por el cautivante canto de un coro en la distancia, la melodía del órgano iba creciendo en la Iglesia. El altar parecía estar decorado como para una celebración excepcionalmente importante. Se encontraba rodeado por una brillante concurrencia y cerca del altar se encontraba Antonia, vestida con las blancas galas nupciales y ruborizada con los encantos de su modesta inocencia.

Mitad esperanzado y mitad temeroso, Lorenzo observó la escena que tenía ante él. De pronto se abrió la puerta que comunicaba con la abadía. Y vio que, seguido por un largo cortejo de monjes, el orador a quien hasta no hacía mucho había escuchado con tanta admiración avanzaba acercándose hacia Antonia.

—¿Y en dónde está el novio? —le preguntó el fraile imaginario.

Antonia pareció mirar a su alrededor con angustia. El joven se adelantó involuntariamente varios pasos, saliendo de su escondite. Ella lo vio y se sonrojó de un placer que brillaba en sus mejillas. Con un movimiento elegante de la mano le pidió que avanzara. Lorenzo obedeció la orden, voló hacia ella y se arrojó a sus pies.

Antonia retrocedió por un momento y luego lo miró con un júbilo inexpresable.

—¡Sí, mi novio! —exclamó— ¡El novio que me ha reservado el destino!

Así dijo, y se apresuró a dejarse envolver por sus brazos. Pero antes de que él siquiera tuviera tiempo de recibirla, un desconocido se interpuso velozmente entre ellos. Su cuerpo era gigante; su tez, morena; sus ojos, feroces y terribles; su boca expedía lenguas de fuego y en su frente estaba escrito en caracteres legibles "¡Orgullo! ¡Lujuria! ¡Inhumanidad!".

Antonia lanzó entonces un grito. El monstruo la estrechó entre sus brazos, saltó con ella hasta el altar y la torturó con sus odiosas caricias. En vano se esforzó ella por escapar de ese abrazo. Lorenzo se apresuró en ayudarla, pero antes de que tuviese tiempo de llegar a su lado se escuchó la fuerte explosión de un trueno. En ese mismo momento, la catedral pareció derrumbarse en pedazos. Los monjes se dieron a la fuga lanzando chillidos de temor, las lámparas se extinguieron por completo, el altar se hundió en sus cimientos y en su lugar apareció un abismo vomitando nubes de llamas. Con un fuerte y terrible grito, el monstruo se hundió en las profundidades y, mientras caía, trató de arrastrar consigo a Antonia. Pero fueron inútiles sus intentos. Movida por poderes sobrenaturales, la joven se liberó de su abrazo, aunque su vestido blanco quedó en poder del atacante. En ese mismo momento, un ala de brillante esplendor se extendió desde cada uno de los brazos de Antonia. Se lanzó hacia las alturas y, mientras ascendía, le gritó a Lorenzo:

—¡Amigo! ¡Nos encontraremos allá arriba!

En ese preciso momento el techo de la catedral se abrió, voces armoniosas resonaron en las bóvedas y la gloria con la que fue recibida Antonia estaba hecha de rayos de tal brillo enceguecedor que Lorenzo no pudo sostener la mirada. Su vista le falló y se hundió en el suelo.

Cuando despertó, se encontró a sí mismo acostado en el piso de la Iglesia, que sí estaba iluminada, y escuchó el canto de himnos a lo lejos. Durante un rato, Lorenzo no pudo convencerse de que todo cuanto había visto era solamente un sueño. Así de intensa era la impresión que había causado en su fantasía. Pero una breve recapitulación lo convenció de su falsedad: las lámparas habían sido encendidas mientras dormía y la música que oía era ejecutada por los monjes, que estaban celebrando sus vísperas en la capilla de la abadía.

Lorenzo se puso en pie y decidió encaminarse hacia el convento donde estaba su hermana, con los pensamientos completamente invadidos por aquel singular sueño. Se hallaba cerca del pórtico cuando le llamó la atención una sombra que se movía en la pared opuesta. Miró con curiosidad hacia ese punto y pronto distinguió a un hombre envuelto en una capa, quien parecía observar con cuidado si alguien notaba sus movimientos. Muy pocas personas están libres del impulso curioso. El desconocido parecía ansioso de esconder el motivo por el cual se hallaba en la catedral. Y esta misma circunstancia fue la que hizo que Lorenzo quisiera descubrir sus intenciones.

Nuestro héroe sabía que no tenía derecho alguno para entrometerse en los secretos de ese caballero desconocido.

—Me iré —dijo Lorenzo. Pero permaneció donde estaba.

La sombra de la columna lo ocultaba eficazmente del desconocido, quien continuó avanzando con suma cautela. Al cabo de un rato, extrajo una carta de entre los pliegues de su capa y la dejó con rapidez debajo de una enorme estatua de San Francisco. Luego se retiró precipitadamente y se escondió en un sector de la iglesia, a una distancia considerable de donde se hallaba la imagen del santo.

—¡Vaya! —se dijo así mismo Lorenzo—. Creo que esto no es más que un tonto asunto amoroso. Será mejor que me marche. De nada vale que tenga injerencia en ello.

En realidad, hasta ese momento no se le hubiera ocurrido intervenir en un asunto como aquel, pero pensó que era necesario encontrar una excusa por haberse dejado tentar por su curiosidad. Entonces inició su segundo intento por salir de la iglesia y llegó al pórtico sin encontrar obstáculos, pero el destino quiso que hiciera una segunda visita al recinto sagrado en esa noche. Cuando descendía por los escalones que llegaban hasta la calle, un caballero chocó con él con tanta violencia que ambos estuvieron a punto de caerse a causa de la colisión. Lorenzo se llevó la mano a la espada.

—¿A qué se debe esto, señor? —exclamó—. ¿Por qué la grosería?

—¡Ah! ¿Eres tú, Medina? —contestó el recién llegado, en quien Lorenzo reconoció entonces la voz de don Cristóbal—. Eres la persona más afortunada del mundo por no haberte ido de la iglesia antes de mi regreso. ¡Entra, entra, mi querido muchacho! ¡Enseguida estarán aquí!

—¿A quiénes te refieres?

—La vieja gallina y sus hermosos pollitos. Entra, te digo, y entonces te lo contaré todo.

Lorenzo lo siguió de vuelta a la catedral y se ocultaron detrás de la estatua de San Francisco.

—Y ahora —dijo nuestro protagonista—, ¿puedo tomarme la libertad de preguntarte a qué viene tanta prisa y éxtasis?

—¡Oh, Lorenzo, vamos a presenciar una visión tan gloriosa! La monja superiora de Santa Clara y todo su séquito están viniendo hasta aquí. Debes saber que el piadoso padre Ambrosio (¡el Señor lo recompense por esto!) no se aleja por ningún motivo de este recinto. Como es absolutamente necesario que cada convento que esté a la moda lo tenga de confesor, las monjas se ven en la obligación de visitarlo en la abadía, ya que, si la montaña no va a Mahoma, Mahoma va a la montaña. Pues bien, la superiora de Santa Clara, para evitar mejor la mirada de ojos tan impuros como los que tenemos tú y yo, tu humilde servidor, considera apropiado traer su sagrado rebaño para confesarse en cuanto oscurece. Se les hará entrar en la capilla de la abadía por aquella puerta privada. La portera de Santa Clara, que es una anciana digna, además de una amiga personal mía, acaba de decirme que estarán aquí dentro de un momento. ¡Hay noticias para ti, bandido! ¡Veremos algunos de los rostros más hermosos de todo Madrid!

—Por cierto, Cristóbal, que nada de eso vamos a hacer. Las monjas siempre llevan velo.

—¡No, no! ¡Sé que no es así! Cada vez que entran en un lugar de adoración se quitan los velos por respeto al santo a quien esté dedicado. ¡Pero escucha! ¡Ya vienen! ¡Silencio, silencio! Presta atención y ya verás lo que te digo.

—¡Bien! —se dijo Lorenzo a sí mismo—. Es posible que descubra a quién van dirigidos los mensajes del misterioso desconocido.

Apenas había dejado de hablar don Cristóbal cuando la superiora de Santa Clara apareció, seguida por una larga fila de monjas. Al entrar en la Iglesia, cada una se quitaba el velo. La superiora cruzó las manos sobre su pecho e hizo una profunda reverencia cuando pasó frente la estatua de San Francisco, que era el patrono de esa catedral. Las monjas la siguieron en ejemplo y varias continuaron su camino sin haber satisfecho la curiosidad de Lorenzo. Casi se había desesperado por ver aclarado el misterio cuando, al presentar sus respetos a San Francisco, una de las monjas pareció que dejaba caer su rosario por casualidad. En cuanto se inclinó para recogerlo, la luz le dio de lleno en el rostro. Al mismo tiempo, retiró la carta que estaba debajo de la imagen con habilidad, guardándosela en el pecho y apresurando el paso para ocupar de nuevo su puesto en la procesión.

—¡Ja! —exclamó Cristóbal en voz baja—. No hay duda de que aquí tenemos una pequeña intriga.

—¡Cielos, es Agnes! —estalló Lorenzo.

—¿Qué? ¿Es tu hermana? ¡Diablos! Entonces supongo que alguien tendrá que pagar por nuestra indiscreción.

—Y lo pagará de inmediato —respondió el enfurecido hermano.

La piadosa procesión acababa de entrar a la abadía y la

puerta ya estaba cerrada tras ella. En el acto, el desconocido abandonó su escondite y se apuró en salir de la Iglesia. Pero antes de que pudiese poner en práctica lo que pretendía, vio que Medina le estaba cerrando el paso. El desconocido retrocedió rápidamente y se calzó el sombrero sobre los ojos.

—¡No intentes huir de mí! —le gritó Lorenzo—. Sabré quién eres y qué es lo que dice esa carta.

—¿Esa carta? —repitió el desconocido—. ¿Y con qué derecho me haces esta pregunta?

—Con un derecho del que ahora mismo me avergüenzo, pero no te corresponde hacerme un interrogatorio. O respondes con la verdad a mis preguntas o me contestas con tu espada.

—Este último método será el más rápido —respondió el otro, desenvainando su espada—. ¡Vamos, señor valiente! Estoy listo.

Lorenzo, que ardía de cólera, se apresuró a iniciar el ataque. Los antagonistas ya habían intercambiado varios amagos de espadazos antes de que don Cristóbal, quien en ese momento tenía mayor sensatez que cualquiera de los dos, pudiera terciar entre sus armas.

—¡Detente, detente, Medina! —exclamó—. ¡Acuérdate de las consecuencias de un derramamiento de sangre en un sitio sagrado como este!

El desconocido bajó la espada en el acto.

—¿Medina? —repitió—. Por Dios, ¿será posible? Lorenzo, ¿te olvidaste de Raimundo de las Cisternas?

La sorpresa de Lorenzo crecía cada vez más y más. Raimundo avanzó hacia él, pero con una expresión de suspicacia retiró la mano, que el otro ya se disponía a tomar.

—¿Tú aquí, marqués? ¿Qué significado tiene todo esto? ¿Tú en medio de una correspondencia clandestina con mi hermana, cuyo afecto...?

—Siempre ha sido mío y sigue siéndolo. Pero este no es el

sitio adecuado para dar explicaciones. Acompáñame a mi residencia y te lo contaré todo. ¿Quién es el que te acompaña?

—Alguien a quien yo creo que ya has visto antes —respondió don Cristóbal—, aunque tal vez no en una iglesia.

—¿El Conde de Osorio?

—Precisamente, marqués.

—No me opongo a confesarte mi secreto, porque estoy seguro de que lo guardarás.

—Entonces tu opinión sobre mí es mucho mejor que la mía y, por lo tanto, debo atreverme a rechazar tus confidencias. Sigue tu camino y yo seguiré el mío. Marqués, ¿dónde te puedo encontrar?

—Como siempre, en la residencia de las Cisternas, pero recuerda que allí estoy de incógnito y que, si quieres verme, debes preguntar por Alfonso de Alvarada.

—¡Muy bien! ¡Adiós, caballeros! —dijo don Cristóbal, y se fue en el acto.

—¿Tú, marqués? —preguntó Lorenzo con acento de sorpresa— ¿Tú, Alfonso de Alvarada?

—Así es, Lorenzo. Pero a menos que te hayas enterado de mi vida a través de tu hermana, tengo mucho que contarte que te sorprenderá. Sígueme entonces, sin demora, hasta mi casa.

En ese preciso instante, el portero de los capuchinos entró en la catedral para cerrar las puertas por la noche. Los dos nobles se retiraron y se dirigieron a toda velocidad hacia el Palacio de las Cisternas.

—Bien, Antonia —dijo su tía en cuanto abandonó la Iglesia—, ¿qué piensas de esos caballeros? En verdad, don Lorenzo me parece un joven muy servicial y bondadoso. Te prestó una cierta atención, y quién sabe qué puede resultar de eso. Pero en lo que a don Cristóbal respecta, te aseguro que es el fénix de la cortesía. ¡Tan atento, tan bien educado, tan sensato y tan tierno! Bueno, si algún hombre puede lograr que quiebre mi juramento de no casarme jamás, será ese don Cristóbal. Ya ves, sobrina, que todo está saliendo tal como te lo dije: el mismo momento en que me presenté en Madrid, supe que me vería rodeada de admiradores. Cuando me saqué el velo, ¿viste la impresión que causé en el conde, Antonia? Y cuando le presenté mi mano, ¿notaste la forma apasionada con que la besó? ¡Si alguna vez vi un amor verdadero, era el que estaba dibujado en el semblante de don Cristóbal!

Pero Antonia había notado la expresión con la que don Cristóbal había besado esa mano y extrajo conclusiones muy distintas de las de su tía, así que tuvo la suficiente prudencia para callarse. Y como este punto de vista no encontró quien lo escuchara, lo dejamos registrado aquí.

La anciana siguió con su discurso sobre el mismo tema hasta que llegaron a la calle en la que se encontraba su alojamiento. Un gentío reunido allí, ante su puerta, no les permitía acercarse. Se reubicaron en el lado opuesto de la calle y trataron de averiguar por qué había tanta gente reunida en el lugar. Al cabo de algunos momentos, la muchedumbre formó un círculo y entonces Antonia vio, en medio de este, a una mujer de gran estatura que giraba repetidas veces sobre sí misma, haciendo todo tipo de gestos extravagantes. Su vestimenta estaba compuesta de jirones de sedas y lienzos de diversos colores, de fantásticos arreglos, aunque no del todo sin gusto. Llevaba la cabeza cubierta por una especie de turbante adornado con hojas de parra y flores silvestres. Parecía estar muy bronceada y su piel era de un intenso color oliva. Sus ojos tenían una mirada fogosa y extraña, y en la mano llevaba una larga vara negra con la que trazaba de vez en vez figuras de aspecto singular en el suelo. El baile que hacía alrededor de ellas exhibía todas las actitudes de la locura y el delirio, de la excentricidad. De repente interrumpió la danza, giró tres veces sobre sí misma con velocidad y, luego de un momento de pausa, entonó la siguiente canción:

LA CANCIÓN GITANA

¡Vamos, atraviesa mi mano! Mi arte supera
todo lo que saben los Mortales.
¡Vengan, Doncellas, vengan! Mis mágicos anteojos
pueden mostrarles la forma de su futuro Esposo,
porque me fue dado el poder de leer
el libro abierto del Destino,
de leer las resoluciones inalterables del cielo
y adentrarme en el porvenir.
Yo conduzco la carreta de plata de la pálida Luna,
a los vientos con mágicos lazos me aferro,
encanto a dormir al Dragón carmesí
que ama vigilar el oro enterrado,
envuelta en hechizos, ilesa me aventuro
por su aquelarre donde las Brujas se guardan,
sin miedo entro al círculo de su Hechicera
y sin herirme piso las serpientes dormidas.
¡Aquí hay hechizos de gran poder!
¡Este garantiza que el Esposo sea honesto,
y este, compuesto a medianoche,
forzará a amar hasta al joven más fío;
si una doncella ha concedido demasiado,
este filtro reparará su pérdida;
este ruboriza una mejilla que requiera rojo
y este hará que una piel opaca brille!
Entonces silenciosos escuchen mientras descubro
lo que veo en el espejo de la fortuna
y cada uno, cuando muchos años pasen,
sabrá que lo dicho por la Gitana es verdad.

—¡Tía querida! —dijo Antonia cuando terminó el canto de la desconocida—. ¿Esta mujer está loca?

—¿Loca? No, niña. Tan solo es malvada. Es una gitana, que es una especie de vagabunda cuya única ocupación en la vida es recorrer el país diciendo mentiras y despojando de dinero a quienes se lo ganan honradamente. ¡Fuera con esta plaga! Si yo fuera el rey de España quemaría viva a cada una de las que aún permaneciesen frente a mi casa después de tres semanas.

Estas palabras fueron pronunciadas de forma tan audible que llegaron a los oídos de la gitana. Enseguida atravesó la multitud y se dirigió hacia donde se encontraban ambas mujeres. Las saludó tres veces, a la manera oriental, y entonces comenzó a hablarle a Antonia.

LA GITANA

¡Dama! ¡Amable dama! Sepa
que yo su futuro puedo enseñarle.
Deme su mano y no tema.
¡Dama! ¡Amable dama! Escuche.

—¡Queridísima tía! —dijo Antonia—. ¡Por favor, compláceme esta vez! ¡Deja que me lean la fortuna!

—¡Tonterías, niña! No te dirá otra cosa que calumnias.

—No me importa. Por lo menos permíteme escuchar lo que quiera decirme. ¡Por favor, querida tía, te lo ruego!

—¡Bueno, bueno, Antonia! Ya que tienes tantas ganas... Toma, buena mujer, nos leerás las manos a nosotras dos. Aquí tienes el dinero. Ahora déjame conocer mi destino.

Al decir esto, se quitó el guante y le dio la mano. La gitana la miró un instante y luego le dijo lo siguiente:

LA GITANA

¿Su destino? Es ahora tan vieja,
Buena Dama, que ya todo está dicho.
Pero por su dinero, en un santiamén,
le compensaré con consejos.
Asombrados por su vanidad infantil,
sus Amigos le imputan locura
y les apena ver que usa sus artes
para robar el corazón de un joven Amante.
Créame, Dama, que cuando todo esté terminado,
su edad seguirá siendo cincuenta y uno
y los Hombres rara vez captarán indicio
de amor, de dos grises ojos que bizquean.
Acepte mi consejo: deje a un lado
su pintura y remiendos, su lujuria y orgullo,
y a los Pobres entregue el dinero
que ahora gasta en inútiles exhibiciones.
Piense en su Creador, no en un Pretendiente,
en sus culpas pasadas, no en el futuro,
y piense que el Implacable Tiempo cortará pronto
los pocos pelos rojos que adornan su frente.

El público comenzó a reírse durante el discurso de la gitana y "cincuenta y uno, ojos que bizquean, pelos rojos, pintura y remiendos", etcétera, circularon de boca en boca. Leonella casi se atragantó de la rabia y descargó sobre su maliciosa consejera los reproches más amargos. La adivina la escuchó durante un rato, mostrando una sonrisa despectiva. Al cabo de un rato le dio una breve respuesta y después se volvió hacia Antonia.

La gitana

¡Calma, Dama! Lo que le dije es verdad.
Y ahora usted, mi encantadora Doncella,
deme su mano y permítame que vea
su destino futuro y el decreto celestial.

Al igual que Leonella, Antonia se quitó el guante y le dio su blanca mano a la gitana, quien luego de mirarla un rato con una expresión que mezclaba lástima y asombro, pronunció su oráculo con las palabras que siguen a continuación:

La gitana

¡Jesús! ¡Qué palma la que veo!
Casta y amable, bella y joven,
de mente y forma perfectas poseedora,
usted sería la bendición de algún buen Hombre.
¡Pero, Ay! Esta línea revela
que la destrucción se cierne sobre usted.
Un Hombre lujurioso y un Demonio astuto
se combinarán para trabajar su maldad
y de la tierra, por las penas impulsada,
muy pronto su Alma acelerará al cielo.
Sin embargo, sus sufrimientos para retrasarlo
bien recordarán lo que digo.
Cuando usted, más virtuosa, ve
lo que a un Hombre corresponde ser,
uno que no comete crímenes
y no se compadece de las Fallas de su Prójimo,
recuerde las palabras de esta Gitana:
Aunque bueno y amable Él le parezca
¡un hermoso Exterior a veces esconde

un corazón henchido de lujuria y orgullo!
Encantadora Doncella, con lágrimas la dejo.
Que mi predicción no le entristezca,
sino con sumisa inflexión
aguarde calmadamente la angustia inminente
y espere la felicidad eterna
en un mejor mundo que este.

Habiendo dicho esto, la gitana giró tres veces sobre sí misma y cruzó la calle a toda marcha, con frenéticos gestos. La multitud la siguió y, como la puerta de Elvira ya estaba despejada, Leonella entró a la casa, malhumorada con la gitana, con su sobrina y con la gente. En resumen, con todo el mundo salvo consigo misma y su encantador caballero. Las predicciones que había hecho la gitana también habían afectado considerablemente a Antonia, pero su impresión desapareció muy pronto y en pocas horas olvidó el suceso, como si jamás hubiese ocurrido.

Capítulo II

Forse, se tu gustassi anco una volta
La millesima parte de le gioie,
Che gusta un cor amato riamando,
Diresti, ripentita, sospirando:
Perduto è tutto il tempo,
Che in amar non si spende.[5]
Torquato Tasso, *Aminta*

Después de que los monjes acompañaran al abad hasta la puerta de su celda, Ambrosio los despidió con una expresión de intencionada superioridad, en la que la apariencia de humildad rivalizaba con la realidad de la soberbia.

Apenas se quedó solo, se dejó llevar por su vanidad. Recordando el entusiasmo que había despertado su sermón, el corazón se le hinchó de arrebato y la imaginación lo llevó a tener espléndidas visiones de engrandecimiento. Miró alrededor con júbilo y el orgullo le dijo en voz alta que era mejor que el resto de sus semejantes.

"¿Quién —pensó—, quién sino yo ha sobrepasado la prueba de la juventud y, sin embargo, no advierte ni una sola mancha en su conciencia? ¿Quién más ha dominado la violencia de fuertes pasiones y de un temperamento impetuoso y se ha sometido, casi desde el alba de su vida, al retiro voluntario? Yo busco a ese hombre en vano. No veo a nadie más que a mí mismo poseyendo esa resolución. ¡La religión no puede presumir de tener otro como Ambrosio! ¡Qué efecto tan poderoso tuvo mi sermón sobre quienes lo oyeron! ¡Cómo se apiñaron a mi alrededor! ¡Cómo me llenaron de bendiciones y me consideraron el único pilar incorrupto de toda la Iglesia! ¿Qué me queda ahora por hacer? Nada,

5 *Tal vez, si probaras una vez más / la milésima parte de los goces, / disfrutaras de un corazón amado amando de vuelta, / dirías, repitiéndolo, suspirando: / perdido es todo el tiempo, / que en el amor no gastas.*

excepto vigilar la conducta de mis hermanos con tanto cuidado como hasta ahora he vigilado la mía. Pero ¡espera! ¿No podría verme tentado a apartarme de esos caminos que hasta ahora seguí sin un momento de errancia? ¿No soy un hombre cuya naturaleza es frágil y propensa al error? Ahora debo abandonar la soledad de mi retiro; las más bellas y nobles damas de Madrid continuamente se presentan en la abadía y no quieren acudir a otro confesor. Debo acostumbrar mis ojos a todos los objetos de tentación y exponerme ante la seducción del lujo y el deseo. Si en ese mundo en que me veo obligado a estar me encontrase con alguna mujer encantadora… ¡Tan encantadora como tú, oh, Virgen!".

Y, mientras decía esto, clavó la vista en un cuadro de la Virgen que colgaba frente a él. Durante dos años había sido el objeto de su creciente asombro y adoración. Se detuvo y lo contempló con deleite.

"¡Cuánta belleza en ese rostro! —continuó luego de unos pocos minutos de silencio—. ¡Cuán grácil es la postura de esa cabeza! ¡Cuánta dulzura y, al mismo tiempo, qué esplendor hay en esos ojos divinos! ¡Con cuánta suavidad apoya la mejilla en la mano! ¿Puede una rosa competir con el rubor de su mejilla? ¿El lirio rivalizar con la blancura de su mano? ¡Ah, si tan solo una criatura semejante existiera, y existiera solo para mí! ¡Si me estuviera permitido enroscar en mis dedos esos rizos dorados y presionar con mis labios los tesoros de ese pecho nevado! Dios mío, ¿podría entonces resistir la tentación? ¿No debería negociar la recompensa de mis sufrimientos de treinta años por un solo abrazo? ¿No debería abandonar...? ¡Qué tonto soy! ¿Hasta dónde dejaré que mi admiración por esa imagen me lleve? ¡Fuera, ideas impuras! Debo recordar que la mujer está perdida para mí por siempre. Nunca una mortal estuvo tan perfectamente formada como en esa imagen. Aunque existiera, la prueba podría ser demasiado poderosa para una virtud común. Pero

Ambrosio está a salvo de las tentaciones. ¿Tentaciones, dije? Para mí no habría ninguna. Lo que me encanta, cuando es un ideal y es considerado un ser superior, me disgustaría si se convirtiese en mujer, manchada con todas las flaquezas de la mortalidad. No es la belleza femenina lo que me llena con tal entusiasmo. Lo que admiro es la habilidad del pintor, es la divinidad lo que adoro. ¿Acaso no están muertas las pasiones en mi pecho? ¿No me he liberado a mí mismo de la fragilidad de los hombres? ¡No temas, Ambrosio! Ten confianza en la fortaleza de tu virtud. Entra audazmente en el mundo cuyas fallas superas. Reflexiona en que ahora estás exento de los defectos de la humanidad y desafía todas los artificios de los espíritus de las tinieblas. ¡Te conocerán por lo que eres!".

Sus pensamientos fueron interrumpidos en este punto por tres golpes suaves a su puerta. El abad se despertó de su delirio con dificultad. Los golpes se repitieron.

—¿Quién es? —preguntó Ambrosio al cabo de un rato.

—Soy solo Rosario —respondió una voz dulzona.

—¡Entra, entra, mi hijo!

La puerta se abrió de inmediato y Rosario apareció con un pequeño cesto en la mano.

Rosario era un joven novicio del monasterio que se proponía consagrarse en tres meses más. Una especie de misterio rodeaba al muchacho y lo convertía, a la vez, en objeto de interés y curiosidad. Su desprecio a la sociedad, su profunda melancolía, su rígida mirada de los deberes de la orden, su voluntario aislamiento del mundo, tan poco común a su edad, captaban la atención de toda la comunidad. Parecía temer ser reconocido y nadie nunca le había visto el rostro. Llevaba la cabeza siempre cubierta por la capucha, pero aquellas de sus facciones que por accidente quedaban al descubierto parecían ser bellas y nobles. Rosario era el único nombre con que se le conocía en el monasterio. Nadie sabía de dónde venía, y cuando se le interrogaba sobre eso mantenía un completo silencio. Un desconocido, cuyo exquisito hábito y magnífica presencia evidenciaba su rango social, comprometió a los monjes a recibir a un novicio y depositó el dinero necesario. Al siguiente día regresó con Rosario, y desde entonces no se volvió a saber de él.

El joven había evitado con cuidado la compañía de los monjes. Respondía a sus amabilidades con dulzura, pero con prudencia, y mostraba siempre con claridad que su inclinación lo llevaba a la soledad. El superior era la única excepción a esta regla general. Le tenía un respeto que rayaba en la idolatría: buscaba su compañía con la más atenta frecuencia y buscaba con avidez todos los medios para congraciarse a su favor. Cuando estaba con el abad, su corazón parecía estar sereno y un aire de alegría impregnaba sus modales y forma de hablar. Ambrosio, por su parte, no se sentía menos atraído hacia el joven; solo con él dejaba de lado su habitual severidad. Cuando hablaba con él, sin darse cuenta adoptaba un tono más suave que el que le era habitual y ninguna voz le sonaba tan dulce como la de Rosario. Devolvía las atenciones del joven enseñándole diversas ciencias y el novicio recibía sus lecciones con docilidad. Ambrosio se sentía cada día más maravillado por la vivacidad de su genio, la sencillez de sus modales y la rectitud de su corazón. En pocas palabras, lo amaba con el afecto de un padre. A veces no podía evitar el secreto deseo de ver el rostro de su apadrinado. Pero su espíritu de abnegación se extendía inclusive a la curiosidad y le impedía comunicar sus deseos al joven.

—Perdóneme la interrupción, padre —dijo Rosario, mientras depositaba el cesto sobre la mesa—. Vengo a usted como suplicante. Me enteré de que un querido amigo está muy enfermo y venía a rogarle que rece por su recuperación. Si las súplicas pueden hacer que Dios lo proteja, es indudable que las de usted resultarán eficaces.

—Ya sabes, hijo mío, que puedes pedirme lo que dependa de mí. ¿Cuál es el nombre de tu amigo?

—Vincentio della Ronda.

—Con eso me basta. No lo olvidaré en mis oraciones ¡y que nuestro triplemente bendito San Francisco se digne a escuchar mi intercesión…! ¿Qué tienes en la cesta, Rosario?

—Algunas de las flores que, según creo, le resultarán más agradables a usted, reverendo padre. ¿Me permite que las arregle en su habitación?

—Tus atenciones me gustan, hijo mío.

Mientras Rosario distribuía el contenido del pequeño cesto en jarroncitos, ubicados para tal fin en varias partes de la habitación, el abad siguió hablando así:

—Hoy por la tarde no te vi en la Iglesia, Rosario.

—Y, sin embargo, ahí estuve, padre. Me siento demasiado agradecido por su protección como para perder una oportunidad de presenciar su triunfo.

—¡Ay, Rosario! Tengo muy pocos motivos para considerarme un triunfador. El Santo habló a través de mi boca, es a Él quien corresponden los méritos. Parece que mi discurso te dejó satisfecho...

—¿Que me satisfizo, dice? ¡Oh, mucho más que eso! ¡Nunca había escuchado tal elocuencia... salvo una sola vez!

Aquí el novicio dejó escapar un suspiro involuntario.

—¿Cuándo? —le preguntó el abad.

—Cuando predicó sobre la repentina indisposición de nuestro difunto superior.

—Lo recuerdo. Fue hace más de dos años. ¿Y tú estabas presente ese día? Entonces no te conocía, Rosario.

—Es verdad, padre. Ojalá yo hubiese muerto antes de llegar a ese día. ¡De qué sufrimientos y qué penas me habría escapado!

—¿Sufrimientos a tu edad, Rosario?

—Sí, padre. ¡Sufrimientos que, si usted conociera, también encenderían su rabia y su compasión! ¡Sufrimientos que son, a la vez, el tormento y el placer de mi existencia! Mi pecho se sentiría tranquilo en este retiro si no fuese por los pesares que ha asimilado. ¡Oh, Dios, oh, Dios, qué cruel es una vida llena de temor! ¡Padre, me he rendido ante todo! ¡Abandoné el mundo y sus placeres por siempre! Nada me queda ahora, nada tiene encanto para mí, salvo su amistad y su afecto. ¡Y si pierdo eso padre, oh, si pierdo eso tiemble por los efectos de mi desesperanza!

—¿Temes perder mi amistad? ¿Cómo es que mi conducta ha justificado ese miedo? Deberías conocerme mejor, Rosario, y así me considerarías digno de tu confianza. ¿Cuáles son tus sufrimientos? Cuéntamelos y, si está en mi poder aliviarlos, créeme que...

—¡Ah, no está en poder de nadie más que en el suyo! Sin embargo, no debo contárselos. ¡Me odiaría por mi confesión! Me alejaría de su presencia con desprecio y deshonor.

—¡Hijo mío, te lo pido! Te lo ruego.

—Por piedad, ¡no trate de averiguar más! No debo y no me atrevo. ¡Escuche, la campana llama a vísperas! Padre, deme su bendición y lo dejo.

Y al decir eso se arrodilló para recibir las bendiciones que pedía. Luego se llevó la mano del abad a los labios, se levantó y salió deprisa de la celda. Poco tiempo después Ambrosio bajó a vísperas (que se celebraban en una capillita de la abadía), lleno de sorpresa por la singular conducta del joven.

Una vez terminadas las vísperas, los monjes se retiraron a sus respectivas celdas. Solo el abad permaneció un rato más en la capilla para recibir a las monjas de Santa Clara. No hacía mucho que estaba sentado en el confesionario cuando apareció la superiora. Cada una de las novicias fue escuchada por turnos, mientras que las demás esperaban con la superiora en la sacristía que estaba al lado. Ambrosio escuchó las confesiones con interés, hizo muchas advertencias, asignó penitencias en proporción a cada pecado. Durante un tiempo todo se desarrolló como de costumbre, hasta que una de las monjas, que destacaba por la nobleza de su aire y la elegancia de su figura, permitió por un descuido que una carta cayese de su pecho. Se fue sin advertir la pérdida y Ambrosio, suponiendo que había sido escrita por alguno de sus parientes, la recogió con la intención de devolvérsela.

—Espera, hija —dijo—. Dejaste caer...

En ese momento, ya abierto el sobre, sus ojos leyeron involuntariamente las primeras palabras. Se sobresaltó del asombro. La monja se había vuelto al escuchar aquella voz. Vio la carta en manos de él y, lanzando un grito horrorizado, corrió a recuperarla.

—¡Un momento, por favor! —dijo el fraile con tono severo—. Hija, debo leer esta carta.

—¡Entonces estoy perdida! —gritó ella, retorciéndose las manos de la angustia.

Todo rastro de color desapareció de su rostro, se estremeció de agitación y se vio obligada a abrazar una de las columnas de la capilla para no caer al suelo. Entretanto, el abad leía las siguientes líneas: "¡Todo está listo para que huyas, mi queridísima Agnes! Mañana a las doce de la medianoche espero encontrarte frente a la puerta del jardín. Ya tengo la llave y pocas horas bastarán para llevarte a un lugar seguro. Que ningún reparo equivocado te lleve a rechazar los medios necesarios para protegerte a ti y a la inocente criatura que llevas en tu vientre. Recuerda que te comprometiste a ser mía mucho antes de que lo hicieras con la Iglesia, que tu estado resultará muy pronto evidente a las miradas inquisitivas de tus compañeras y que huir es el único medio para evitar los efectos de su malvada suspicacia. ¡Adiós, mi Agnes! ¡Mi querida y destinada esposa prometida! No dejes de ir a las doce a la puerta del jardín".

En cuanto terminó de leer, Ambrosio lanzó una mirada dura y furiosa a la imprudente monja.

—Esta carta debe llegar a la superiora —dijo, pasando enfrente de ella.

Sus palabras se retumbaron como un trueno en los oídos de la joven. Despertó de su apatía nada más que para advertir las amenazas que debía enfrentar ahora. Lo siguió rápidamente y lo detuvo, tomándolo por el hábito.

—¡Espere, por favor, espere! —exclamó con aire desesperado, mientras se arrojaba a los pies del fraile y los bañaba con sus lágrimas—. ¡Padre, compadézcase de lo joven que soy! ¡Mire con piedad la debilidad de una mujer y dígnese a ocultar mi flaqueza! ¡El resto de mi vida lo dedicaré a reparar esta única falta, y su benevolencia devolverá un alma al cielo!

—¡Espantosa confesión! ¿Qué? ¿El convento de Santa Clara debe convertirse en un refugio de inmorales? ¿Permitiré que la Iglesia de Cristo atesore en su seno la perversión y la vergüenza? ¡Miserable indigna! Esa piedad me convertiría en tu cómplice. La misericordia, en este caso, sería criminal. Te dejaste abandonar a la lujuria de un seductor. Profanaste el hábito sagrado con tu impureza. ¿Y todavía así te atreves a considerarte merecedora de mi compasión? Por todo eso, no me demores más. ¿Dónde está la superiora? —agregó, levantando la voz.

—¡Espere, padre, espere! ¡Escúcheme tan solo un momento! No me acuse de impureza ni piense que pequé por exceso de impulsividad. Mucho antes de consagrarme, ya Raimundo era el dueño de mi corazón. Me inspiraba la más pura e irreprochable de las pasiones y estaba a punto de convertirse en mi esposo por ley. Una horrible aventura y la traición de un pariente lograron separarnos. Yo lo creí perdido para siempre y entré en el convento por motivos de desesperación. Pero el azar volvió a unirnos y no me podía negar al melancólico placer de mezclar mis lágrimas con las suyas.

Nos encontramos todas las noches en los jardines de Santa Clara y, en un momento de imprudencia, rompí mis votos de castidad. Pronto seré madre. Padre Ambrosio, por favor tenga compasión de mí, tenga compasión del ser inocente cuya inocente vida se encuentra unida a la mía. Si revela mi imprudencia a la superiora, los dos estaremos perdidos. El castigo que las reglas de Santa Clara dictan a las desdichadas como yo es muy severo y cruel. ¡Digno, muy digno padre! ¡Que su conciencia tan pura no lo vuelva insensible hacia quienes somos menos capaces de resistir la tentación! ¡Que la piedad no sea la única virtud a la que su corazón no es susceptible! ¡Apiádese de mí, reverendísimo! ¡Devuélvame mi carta y no me condene a la destrucción que me espera!

—Tu atrevimiento me confunde. ¿Yo debo ocultar tu delito? ¿Yo, el engañado por tu fingida confesión? No, hija mía, no. Te brindaré un servicio aún más esencial. Te libraré de la perdición a pesar de ti misma. La penitencia y la mortificación expiarán tu ofensa y la severidad te obligará a volver por los caminos de la santidad. ¡Madre Santa Ágata!

—¡Oh, padre, por todo lo que es sagrado, por lo que es más querido por usted, le ruego, le suplico que...!

—Suéltame. No te escucharé. ¿Dónde está la superiora, Madre Santa Ágata? ¿Dónde está?

Entonces se abrió la puerta de la sacristía y la superiora entró a la capilla, seguida por su séquito de monjas.

—¡Cruel, cruel! —exclamó Agnes, finalmente soltándolo.

Salvaje y desesperada, en medio de un delirio, se arrojó al suelo golpeándose el pecho y rasgándose el velo. Las monjas contemplaron la escena que se desarrollaba ante ellas con real asombro. El fraile le entregó entonces la desgraciada carta a la superiora, le informó acerca de la forma en que la había encontrado y agregó que el deber de ella era decidir qué castigo merecía la transgresora.

Mientras leía el contenido de la carta, el semblante de la

superiora se fue inflamando de furia. ¿Qué? ¿Cómo es que se había cometido semejante delito en su convento y había sido descubierto por Ambrosio, el ídolo de Madrid, el hombre a quien tan ansiosamente esperaba conmover con la impresión del rigor y la severidad de su convento? Las palabras le resultaban insuficientes para expresar su ira. Guardó silencio y dirigió a la humillada monja miradas de amenaza y malignidad.

—¡Llévensela al convento! —dijo al cabo de un momento a algunas de sus ayudantes.

Dos de las monjas de mayor edad se aproximaron entonces a Agnes, la levantaron del suelo a la fuerza y se prepararon para sacarla de la capilla.

—Pero ¡¿cómo?! —exclamó la joven de repente, liberándose con gestos distraídos—.Entonces ¿ya no hay esperanza? ¿Ya me llevan hacia mi castigo? ¿Dónde estás, Raimundo? ¡Oh, sálvame, sálvame! —y continuó, lanzando al abad una mirada de desesperación—. ¡Escúcheme, hombre de frío corazón! ¡Escúcheme, orgulloso, severo y cruel! ¡Usted habría podido salvarme y devolverme la felicidad y la virtud, pero no quiso! ¡Usted es el destructor de mi alma, mi asesino, y le caerá la maldición de mi muerte y la de mi hijo no nacido! Insolente en su virtud imperturbable, ha desestimado las súplicas de una penitente, pero Dios le mostrará clemencia, aunque usted no tenga ninguna. ¿Y dónde está el mérito de la virtud de la que se jacta? ¿Qué tentaciones venció? ¡Cobarde! ¡Huyó de la seducción, no se opuso a ella, pero el día del juicio llegará! ¡Oh, entonces, cuando ceda a las fuertes pasiones, cuando sienta que el hombre es débil y nacido para equivocarse, cuando estremeciéndose mire hacia atrás sus culpas y pida, con terror, la misericordia de Dios! ¡Uh, en ese momento temible piense en mí! ¡Piense en su crueldad! ¡Piense en Agnes y el desespero del perdón!

Al pronunciar estas últimas palabras, sus fuerzas se agotaron y se dejó caer desmayada sobre el pecho de una monja que estaba de pie cerca de ella. Inmediatamente la sacaron de la capilla y sus compañeras la siguieron.

Ambrosio no había escuchado sus reproches sin emoción alguna. Un secreto dolor del corazón le hizo sentir que había tratado a aquella desdichada con una excesiva severidad. Es por eso por lo que retuvo a la superiora y se aventuró a decir algunas palabras que buscaban favorecer a la pecadora.

—La fuerza de su desesperación —dijo— demuestra que, por lo menos, el vicio no se ha vuelto familiar en su vida. Quizá si se la tratara con un poco menos de severidad que la acostumbrada, y si se moderara en cierta medida el castigo habitual...

—¿Moderar el castigo, padre? —lo interrumpió la superiora—. Créame que yo no lo haré. Las reglas de nuestra orden son estrictas, severas y, aunque últimamente han caído en desuso, la culpa de Agnes demuestra la necesidad de restablecerlas con urgencia. Voy a dar a conocer mis intenciones al convento y Agnes será la primera en sentir todo el peso de esas reglas, las cuales se cumplirán hasta la última letra. ¡Adiós, reverendo padre!

Y con eso dicho, salió apresuradamente de la capilla.

—He cumplido con mi deber —se dijo a sí mismo Ambrosio.

Sin embargo, no se sentía del todo satisfecho con esa afirmación. Para desechar las desagradables ideas que esa escena había provocado en él, se fue caminando hasta el jardín de la abadía. En todo Madrid no existía un lugar más hermoso o mejor estructurado. Estaba distribuido con el gusto más fino, las flores más selectas lo adornaban en el punto más alto de lujo y, aunque ingeniosamente dispuestas, parecían haber sido plantadas por la misma mano de la naturaleza. Varias fuentes, que brotaban de cuencos de mármol blanco, refrescaban el aire con una llovizna continuada y las paredes se encontraban enteramente cubiertas por jazmines, enredaderas y madreselvas. La hora acentuaba aún más la belleza del paisaje. La luna llena, atravesando un cielo azul y sin nubes, arrojaba sobre los árboles un resplandor que temblaba, y el agua de las fuentes centelleaba en el rayo de plata. Una suave brisa soplaba la fragancia de los azahares por los senderos y el ruiseñor derramaba su melodioso murmullo desde el refugio de una selva artificial. Hacia ese lugar dirigió sus pasos el abad.

En el centro de este bosquecillo había una gruta rústica que imitaba una ermita. El seto estaba conformado por raíces de árboles y los intersticios se recubrían de hiedra y musgo. A cada lado se veían laderas de césped y desde rocas elevadas descendía una cascada natural. Ensimismado, el monje se fue acercando al lugar. La calma general contagió a su pecho y una satisfactoria tranquilidad le llenó el alma de abatimiento.

Llegó hasta la ermita y estaba por entrar para descansar en ella, cuando se detuvo al ver que ya se encontraba ocupada. Un hombre estaba extendido en uno de los bancos, en un postura melancólica. Apoyaba la cabeza en un brazo y parecía estar sumido en la meditación. El monje se acercó y reconoció a Rosario. Lo miró en silencio y no entró en la ermita. Al cabo de unos pocos minutos, el joven levantó la vista y clavó los ojos tristes en el muro que tenía enfrente.

—Sí —dijo con un profundo y quejumbroso suspiro—, siento toda la dicha de tu posición y toda la desgracia de la mía. ¡Feliz sería si pudiese pensar tal como tú! ¡Si como tú pudiera mirar a la humanidad con desagrado y si pudiera hundirme para siempre en alguna impenetrable soledad, olvidando que el mundo acoge seres dignos de ser amados! ¡Oh, Dios, qué bendición sería la misantropía para mí!

—Ese es un pensamiento inaudito, Rosario —dijo el abad al entrar en aquella gruta.

—¿Qué hace usted aquí, reverendo padre? —gritó el novicio.

Al mismo tiempo se levantó de su puesto, desconcertado, y se cubrió a toda prisa el rostro con la capucha. Ambrosio se sentó en el banco y obligó al joven a ubicarse a su lado.

—No debes permitirte esta predisposición a la melancolía —dijo—. ¿Qué podría haberte hecho ver bajo una luz tan deseable la misantropía, que de todos los sentimientos es el más odioso?

—La lectura de estos versos, padre, que hasta ahora habían escapado a mi vista. La claridad de la luna me permitió leerlos y, ¡ay!, cuánto envidio el sentimiento del escritor.

Mientras lo decía, señaló una placa de mármol fijada en la pared opuesta. En ella se encontraban grabadas las siguientes líneas:

Inscripción en una ermita

Quienquiera que seas que lee estas líneas,
no pienses que aunque del mundo me alejo
me da placer conducir en días solitarios
este triste Desierto
que con remordimiento una conciencia sangrante
me ha traído aquí.

Ningún pensamiento de culpa mi pecho guarda.
Voluntariamente hui de las casas cortesanas
pues bien vi Salas y Torres
que la Lujuria y el Orgullo,
los Poderes oscuros más queridos del Demonio, presiden.

Vi a la Humanidad en el vicio sumergida,
vi que esa espada de Honor estaba oxidada,

que pocos codiciaban otra cosa que loca lujuria,
que todavía era engañado Quien confiaba,
en el Amor o la Amistad,
y así llegó disgustada con los Hombres,
mi vida a su final.

En esta Cueva solitaria, humildemente vestido,
como Enemigo de la locura ruidosa
y la melancolía que frunce el ceño,
desgasto mi vida y mi sagrado oficio
consumo el día.

Contento y consuelo me bendicen más en
esta Gruta, de lo que jamás sentí en
un Palacio, y con pensamientos aún volando
hacia Dios en lo alto
cada noche y día con voz implorando,
este deseo suspiro:

"Déjame, ¡oh, Señor!, retirarme de la vida
desconociendo cada fuego mundano y culpable,
latido de remordimiento o deseo suelto,
y cuando muera,
déjame expirar en esta creencia:
'hacia Dios vuelo'".

Extraño, si estás lleno de juventud y perturbación,
ya que hasta ahora dolor alguno ha dañado tu quietud,
aunque quizá des una mirada de desdén
a la oración del Ermitaño.
Pero si Tienes causa para suspirar ante
tu culpa o cuidados,

si Has conocido la aflicción del falso Amor

o has sido exiliado de tu Patria
o la culpa te hace temer tu contemplación
y te hace desanimarte,
¡oh, cómo debes lamentar Tu situación
y envidiar la mía!

—Si fuese posible —dijo el fraile— que un hombre estuviese tan absolutamente sumido en sí mismo como para vivir absolutamente apartado de la naturaleza humana y al mismo tiempo pudiera sentir la satisfacción de la tranquilidad de la que estos versos hablan, admito que la situación resultaría más ideal que vivir en un mundo tan lleno de cada vicio y cada locura. Pero eso jamás podría ser así. La inscripción se puso aquí nada más que como adorno de la gruta, y los sentimientos y el ermitaño son igual de imaginarios. Los hombres nacimos para la sociedad. Por muy poco apego que le tengamos al mundo, nunca podemos olvidarlo completamente o ser completamente olvidados por él. Molesto por la culpa o lo absurdo de la humanidad, el misántropo huye de ella. Busca convertirse en ermitaño y se entierra en la caverna de alguna roca sombría. Mientras el odio le infla el pecho, es posible que se sienta bien con su situación. Pero en cuanto sus pasiones comiencen a enfriarse, en cuanto el tiempo apacigüe sus penas y cure las heridas que lo llevaron a su soledad, ¿crees que la satisfacción se convierte en su compañera? ¡Por supuesto que no, Rosario! Como ya no lo impulsa la fuerza de su pasión, siente toda la monotonía de su estilo de vida y su corazón se torna una presa fácil del tedio y cansancio. Mira a su alrededor y se encuentra solo en el universo. El amor por la sociedad revive en su pecho y ansía retornar al mundo que abandonó. La naturaleza pierde todos los encantos para él. No tiene a nadie cerca para señalar su belleza o compartir su admiración por su excelencia y variedad. Apoyado en un pedazo de roca, contempla el agua de la catarata desplomarse con mirada vacía y ve sin emoción la gloria del sol que se pone. Lentamente regresa a su celda durante la noche, pues nadie espera con ansia su llegada, y no encuentra alivio en su comida solitaria e insípida. Se lanza sobre su lecho de musgo, abatido e insatisfecho, y solo despierta para pasar un día tan triste y tan monótono como el anterior.

—¡Me asombra, padre! Supongamos que las circunstancias lo hubiesen condenado a la soledad. Los deberes de la religión y la conciencia de una vida bien vivida, ¿no darían a su corazón la calma que...?

—Me engañaría a mí mismo si creyera que tales circunstancias lo permitirían. Estoy convencido de exactamente lo contrario y de que toda mi fortaleza no me impediría caer en la melancolía y la pesadumbre. Después de agotar mi día en el estudio, ¡si tú supieras cuánto placer me da encontrarme con mis hermanos al atardecer! Luego de pasar una hora en solitario, ¡si pudiese expresarte la alegría que siento al ver de nuevo a uno de los míos! A mi juicio, este es el principal mérito de una institución monástica como la nuestra. Aparta al hombre de las tentaciones del vicio, le procura el ocio necesario para servir adecuadamente al Supremo, le ahorra la mortificación de presenciar los crímenes del mundo y, sin embargo, le permite disfrutar de las bendiciones de la sociedad. ¿Y tú, Rosario, envidias la vida de un ermitaño? ¿Puedes estar así de ciego a la felicidad de tu situación? Reflexiona sobre ello por un momento. Esta abadía se ha convertido en tu refugio. Tu disciplina, tu dulzura y tu talento te han convertido en objeto de estima universal. Estás apartado del mundo que dices odiar y, sin embargo, continúas poseyendo los beneficios de vivir en sociedad, una compuesta por las personas más estimables del género humano.

—¡Padre, padre! ¡Eso es lo que me atormenta! ¡Feliz habría sido si mi vida hubiera transcurrido entre viciosos y abandonados, si jamás hubiese oído pronunciar el nombre de la virtud! ¡Es mi ilimitada adoración por la fe, la exquisita sensibilidad de mi alma hacia la belleza de lo justo y lo bueno, lo que me llena de vergüenza, lo que me empuja a la perdición! ¡Oh, si tan solo nunca hubiese visto los muros de esta abadía!

—Pero ¿cómo, Rosario? La última vez que conversamos hablaste en un tono muy diferente. ¿Acaso mi amistad se ha vuelto de tan poca importancia para ti? Si nunca hubieses visto los muros de esta abadía, no me habrías visto a mí. ¿Es posible que ese sea, realmente, tu deseo?

—¿Nunca lo habría visto a usted? —repitió el novicio, levantándose del banco de un salto y tomando la mano del fraile con expresión frenética—. ¿Usted? ¿Usted? ¡Quiera Dios que un rayo hubiera estallado en mis ojos antes de que me hubiese mirado! ¡Quiera Dios que no lo viese nunca más y pudiera olvidar que lo había visto alguna vez!

Al terminar de decir estas palabras, se fue precipitadamente de la gruta. Ambrosio se mantuvo en su actitud anterior, pensando en la inexplicable conducta de aquel joven. Se inclinaba a creer que se trataba de un trastorno del juicio, pero el modo general en que actuaba, la coherencia de sus pensamientos y la serenidad de su comportamiento hasta el instante en que abandonó la gruta parecían contradecir esa conjetura. Al cabo de unos momentos, Rosario regresó. Volvió a sentarse en el banco, apoyó la mejilla en una de sus manos y con la otra se limpió las lágrimas que caían de sus ojos intermitentemente.

El monje le dio una mirada de compasión y se abstuvo de interrumpir sus cavilaciones. Ambos continuaron durante un tiempo sumidos en un profundo silencio. Un ruiseñor se había posado en un naranjo que se encontraba frente a la ermita y lanzaba melancólicos y melodiosos cantos. Rosario levantó la cabeza y lo escuchó con interés.

—Así —dijo con un hondo suspiro—, así, en el último mes de su desgraciada vida, solía mi hermana sentarse a escuchar al ruiseñor. ¡Pobre Matilde! Ahora descansa en su tumba y su corazón destrozado ya no palpita de pasión.

—¿Tenías una hermana?

—Lo dice usted bien. Tenía. ¡Desafortunadamente ya no la tengo! Se hundió bajo el peso de sus penas en la primavera misma de la vida.

—¿Qué penas eran esas?

—No le inspirarán piedad. Usted no conoce el poder de esos sentimientos irreprimibles, fatales, de los que su corazón era presa. Padre, ella amó desgraciadamente. Sentía pasión por un hombre dotado de todas las virtudes, por un hombre, más bien, permítame decir, por una divinidad que resultó ser la ruina de toda su existencia. Sus nobles formas, su inmaculado carácter, sus diversos talentos, su sólida, maravillosa y gloriosa sabiduría hasta habrían enardecido el pecho del más insensible. Mi hermana lo vio y se atrevió a amar, aunque jamás se atrevió a tener esperanza.

—Si el amor le había sido tan bien otorgado, ¿qué le impedía esperar la obtención de su deseo?

—Padre, ya antes de conocerla, Julián estaba casado con la mujer más hermosa y celestial. Pero mi hermana lo seguía amando y, por el bien de él, sentía afecto por su esposa. Una mañana encontró la manera de huir de la casa de nuestro padre. Vestida con ropa humilde, se ofreció como criada a la mujer de su amado y fue aceptada. Ahora se encontraba todo el tiempo en su presencia y se esforzó por congraciarse con él, hasta que lo logró. Todas sus atenciones atrajeron el interés de Julián. Los virtuosos siempre son agradecidos, y él distinguió a Matilde por sobre sus compañeros.

—¿Y tus padres no la buscaron? ¿Se sometieron con docilidad a su pérdida y no intentaron recuperar a su hija perdida?

—Antes de que pudiesen hallarla, ella se descubrió a sí misma. Su amor se volvió demasiado arrebatado para poder ocultarlo. Sin embargo, no deseaba a la persona de Julián, sino una parte de su corazón. En un momento de descuido le confesó su amor. ¿Y cuál fue la recompensa? Con una muestra exagerada de cariño hacia su esposa, y creyendo que una mirada de lástima dedicada a otra era un robo de lo que le debía a ella, alejó a Matilde de su presencia y le prohibió que volviera a aparecer en su presencia. Su severidad le rompió el corazón a mi hermana, que retornó a la casa de nuestro padre y unos pocos meses después fue llevada a la tumba.

—¡Qué joven tan desgraciada! No tengo dudas de que su destino fue demasiado severo y que Julián se mostró excesivamente cruel.

—¿Le parece, padre? —exclamó el novicio con vivacidad—. ¿Cree que fue cruel?

—Sin duda que sí, y sinceramente la compadezco.

—¿Se apiada de ella? ¿Se apiada de ella? ¡Oh, padre, padre! Entonces, apiádese de mí…

El fraile se sobresaltó cuando, después de una breve pausa, Rosario añadió con voz vacilante:

—Porque lo cierto es que mis sufrimientos son mayores. Mi hermana tenía una amiga, una verdadera amiga, que se compadecía de la intensidad de sus sentimientos y no le reprochaba su incapacidad para frenarlos. Yo... ¡Yo no tengo amigos! El mundo entero no puede proveerme de un corazón dispuesto a ser partícipe de mis dolores.

Y cuando pronunció estas palabras, sollozó de forma audible. El fraile se conmovió y tomó la mano de Rosario, estrechándola con ternura.

—¿Dices que no tienes amigos? ¿Y entonces qué soy yo? ¿Por qué no confías en mí y a qué puedes temer? ¿Mi severidad? ¿Alguna vez la usé contigo? ¿La seriedad de mi hábito? Rosario, deja a un lado al monje y te pido que me consideres como nada menos que tu amigo, tu padre. Y muy bien podría adoptar el título, pues nunca un padre cuidó a un hijo con más cariño que con el que yo te cuidé. Desde el mismo momento en que te vi por primera vez, percibí en mi pecho sensaciones que hasta entonces eran desconocidas para mí. En tu compañía encontré un deleite que nadie más podría permitirse y fui testigo de toda la extensión de tu talento y educación; me regocijé como un padre lo hace con las perfecciones de su hijo. Deja, pues, a un lado tus temores y háblame con franqueza. Háblame, Rosario, y di que confiarás en mí. Si mi ayuda o mi piedad pueden aliviar tu angustia...

—Pueden. Solo ellas pueden. ¡Oh, padre! De buena gana le descubriría mi corazón. De buena gana le revelaría el secreto que tanto me agobia con su peso. ¡Pero, ay! Tengo miedo, tanto miedo…

—¿De qué, hijo mío?

—De que me aborrezca por mi debilidad. De que la retribución de mi confidencia sea la pérdida de su estima.

—¿Cómo puedo tranquilizarte? Piensa en todo mi actuar pasado, en la ternura paternal que siempre te he mostrado. ¿Aborrecerte, Rosario? No está en mi poder hacer tal cosa. Alejarme de ti sería privarme del mayor placer de mi vida. Dime, pues, qué es lo que te aflige, y te juro solemnemente que...

—¡Aguarde! —lo interrumpió el novicio—. Júreme, por favor, que sea cual fuere mi secreto no me obligará a dejar el monasterio hasta que haya terminado mi noviciado.

—Lo prometo solemnemente. ¡Y como cumplo mis votos hacia ti, Cristo cumplirá los suyos hacia la humanidad! Ahora explícame ese misterio y confía en la compasión que tendré.

—Le obedezco. Sepa, entonces que... ¡Ah, cómo tiemblo al pronunciar estas palabras! ¡Escúcheme con piedad, padre Ambrosio! ¡Convoque hasta el último pedazo de debilidad humana que pueda enseñarle a compadecerse de la mía! ¡Padre! —continuó, lanzándose a los pies del fraile y llevándose su mano a los labios con ansiedad, mientras la agitación le ahogaba la voz por un momento—. ¡Padre —prosiguió entrecortadamente—, soy una mujer!

El fraile se sobresaltó ante esta sorpresiva confesión. La falsa Rosario estaba postrada en el suelo, como si esperara en silencio la decisión de un juez. Estupefacción por una parte, asimilación por la otra, los unieron durante unos pocos momentos en las mismas actitudes, como si hubieran sido tocados por la varita de algún brujo. Al cabo de un rato, el monje se recobró de su confusión, salió de la gruta y se encaminó precipitadamente hacia la abadía. La suplicante no dejó de advertir su reacción. Se puso de pie de un solo salto, se apresuró a seguirlo, lo alcanzó, se interpuso en su camino y le abrazó las rodillas. Ambrosio se esforzó, en vano, por soltarse.

—¡No se escape de mí! —exclamó—. ¡No me deje abandonada en mi desesperación! Escúcheme mientras justifico mi imprudencia, ¡mientras reconozco que la historia de mi hermana es la mía! Yo soy Matilde y usted mi amado.

Si bien la sorpresa de Ambrosio fue grande ante la primera declaración, la segunda superó todos los límites cuando la escuchó. Asombrado, avergonzado e indeciso, no se sintió capaz de pronunciar una sola sílaba y se quedó contemplando en silencio a Matilde. Esto le dio a ella la oportunidad de continuar su explicación de la siguiente manera:

—No piense, Ambrosio, que vengo a privarlo de la mujer de sus afectos. Créame que no. Solo la religión merece a alguien como usted y muy lejos está Matilde de desear apartarlo de los caminos de la virtud. Lo que siento por usted es amor, no lujuria. Suspiro por ser la dueña de su corazón, no busco el goce de su persona. Escuche, por favor, mi defensa. Unos pocos momentos lo convencerán de que este santo retiro no ha sido deshonrado por mi presencia y de que puede concederme piedad sin violar sus votos —se sentó y Ambrosio, apenas consciente de lo que hacía, siguió su ejemplo. Ella prosiguió su relato.

—Vengo de una distinguida familia. Mi padre era el jefe de la noble Casa de Villanegas. Murió cuando yo era aún muy pequeña y me dejó como única heredera de sus innumerables posesiones. Joven y adinerada, fui solicitada en matrimonio por los jóvenes más nobles de todo Madrid. Pero ninguno logró ganar mi afecto. Yo me había criado al cuidado de un tío poseedor de un juicio sólido y muy erudito. Él se alegraba de compartir conmigo una porción de sus conocimientos. Bajo su instrucción, mi entendimiento adquirió una mayor fuerza y justicia de la que normalmente la suerte permite a mi sexo. La habilidad de mi instructor contaba con la asistencia de mi curiosidad natural, y no solo hice un progreso considerable en las ciencias habitualmente estudiadas sino también en otras conocidas por unos pocos y que se hallaban prohibidas por la ceguera de la superstición. Pero al mismo tiempo que mi tutor se esforzaba por ampliar mi conocimiento, me enseñó cuidadosamente cada precepto moral: me liberó de las cadenas de los prejuicios vulgares, me mostró la belleza de la religión, me indicó cómo mirar con adoración a los puros y virtuosos... ¡Ay de mí! Yo le obedecí demasiado bien.

»En tales circunstancias, juzgue usted si yo podía ver el vicio, el derroche y la ignorancia que deshonran a la juventud española con otro sentimiento que no fuese el de la repugnancia. Rechacé todos y cada uno de los ofrecimientos que me hicieron con desdén. Mi corazón permaneció sin dueño hasta que la pura casualidad me condujo hasta la catedral de los capuchinos. ¡Oh, qué duda cabe de que ese día mi ángel guardián dormía, olvidando a la que tenía bajo su custodia! Esa fue la primera vez que lo vi a usted, reemplazando al abad que se encontraba enfermo. Sin duda, usted recordará el gran entusiasmo que generó su sermón. ¡Oh, cómo bebí de sus palabras y hasta qué punto su elocuencia parecía arrebatarme el ser! Casi no me atrevía a respirar por miedo a perderme de una sola palabra. Y mientras usted hablaba, pensé que una aureola resplandeciente le rodeaba la cabeza y su semblante brillaba con la majestad de un dios. Me retiré de la iglesia, radiante de admiración. A partir de ese momento usted se convirtió en el ídolo de mi corazón, en el objeto recurrente de mis meditaciones. Hice mis indagaciones con respecto a usted. Y la información que me llegaba sobre su modo de vida, sabiduría, piedad y abnegación afianzaron las cadenas que me había impuesto su elocuencia. Tuve consciencia de que ya no existía vacío alguno en mi corazón y de que había encontrado al hombre que hasta entonces había buscado en vano. Con la esperanza de volver a escucharlo, visitaba todos los días la catedral. Pero usted seguía recluido entre los muros de la abadía y yo siempre me alejaba desdichada y desilusionada. La noche me era más favorable, porque entonces usted se me presentaba cuando soñaba: me juraba amistad eterna, me llevaba por los caminos de la virtud y me ayudaba a soportar el desasosiego de la vida. Ya en la mañana se evaporaban esas agradables visiones. Despertaba y me encontraba separada de usted por muros que parecían insuperables. El tiempo solo daba la impresión de aumentar la intensidad de mi pasión, y me volví melancólica y desesperanzada. Hui de la sociedad, y mi salud declinaba cada día. Al cabo de un tiempo, como ya no podía seguir existiendo en ese estado de tortura, decidí adoptar el disfraz en que me ve. Mi artificio fue afortunado: me recibieron en el monasterio y logré ganarme su estima.

»Ahora bien, habría debido considerarme completamente feliz, si mi tranquilidad no hubiese sido perturbada por el miedo a ser descubierta. El placer que recibía de su compañía era resentido por la idea de que tal vez me vería privada de él muy pronto. Y mi corazón latía con tanto entusiasmo al recibir muestras de su amistad que me convencí de que nunca podría sobrevivir a su pérdida. Decidí, entonces, no dejar al azar que pudieran descubrir mi sexo, confesárselo todo y entregarme por entero a su misericordia e indulgencia. ¡Oh, Ambrosio!, ¿puedo haberme engañado? ¿Será usted menos generoso de lo que creí? Yo ni siquiera lo sospecharía. Usted no empujará a una desgraciada a la desesperación. ¡Seguirá permitiendo que lo vea, que converse con usted, que lo adore! Sus virtudes serán un ejemplo para mi vida y, cuando muramos, nuestros cuerpos descansarán en la misma tumba».

Finalmente se calló. Mientras hablaba, mil sentimientos contradictorios se batían en el pecho de Ambrosio. Sorpresa ante la singularidad de las circunstancias, confusión por la brusca declaración, resentimiento por la audacia de entrar al monasterio y consciencia de la autoridad con que le correspondía contestar. Esos eran los sentimientos de los que tenía conciencia. Pero además había otros a los que no había prestado atención. No se dio cuenta de que su vanidad había sido halagada por los elogios a su elocuencia y virtud, de que sintió un secreto placer al pensar que una mujer joven y en apariencia encantadora había abandonado el mundo por él y había sacrificado todas las demás pasiones por aquella que él le había inspirado. Aún menos advertía que su corazón latía de deseo mientras su mano era suavemente presionada por los dedos marfil de Matilde.

Poco a poco comenzó a recuperarse de su confusión. Sus ideas se fueron aclarando. En el acto comprendió la transgresión que significaba permitir que Matilde continuara en la abadía después de haber revelado su verdadero sexo. Adoptó un aire severo y le retiró la mano.

—¿Cómo, señora? —dijo—. ¿De veras tiene la esperanza de que le permita permanecer entre nosotros? Aunque le concediera esa solicitud, ¿qué de bueno podría salir de ello? ¿Le parece que puedo corresponder alguna vez a un afecto que...?

—¡No, padre, no! No espero inspirar en usted un amor como el mío. Tan solo aspiro a la libertad de estar cerca, de pasar algunas horas del día en su compañía, para obtener su compasión, amistad y estima. Pienso que mi petición no es irrazonable.

—¡Pero reflexione, señora! Por un momento, piense en lo imprudente que sería que retuviese a una mujer en la abadía y, además, a una mujer que ha confesado amarme. No es posible. El riesgo de que la descubran es muy grande y no me expondré a una tentación tan peligrosa.

—¿Tentación, dice usted? Con solo olvidarse de que soy mujer ya no habrá ninguna. Considéreme solo una amiga, una desgraciada cuya felicidad y vida dependen de su protección. No tenga miedo de que alguna vez llegue a recordarle que el amor más impetuoso, el más ilimitado, me indujo a ocultar mi sexo; o que impulsada por deseos ofensivos para sus votos y mi propio honor trate de desviarlo de su camino de rectitud. No, Ambrosio. Aprenda a conocerme mejor. Lo amo por sus virtudes. Piérdalas y con ellas perderá mi afecto. Yo lo veo a usted como un santo, demuéstreme que es un hombre y lo dejaré, repugnada. ¿Es entonces por mí que teme a la tentación? ¿Por mí, en quien los deslumbrantes placeres del mundo no crearon otro sentimiento que el desprecio? ¿Por mí, cuyo apego se basa en su liberación de la fragilidad humana? ¡Oh, deseche tan ofensivos temores! Piense en mí con más nobleza y piense en usted mismo con más nobleza. Soy incapaz de seducirlo al error, y es seguro que su virtud está construida sobre una base demasiado firme como para ser sacudida por deseos injustificados. ¡Ambrosio, querido Ambrosio! No me aleje de su presencia, recuerde su promesa y permítame que me quede.

—¡Es imposible, Matilde! Su interés me exige que rechace tal petición, pues tiemblo por usted, no por mí. Después de vencer los impetuosos arrebatos de la juventud, después de pasar treinta años de mortificación y penitencia, podría permitirle quedarse de forma segura, sin temer que me inspirase sentimientos más cálidos que la piedad. Pero para usted misma, quedarse en la abadía provocaría consecuencias fatales. Malinterpretaría cada una de mis palabras y acciones, aprovecharía cada circunstancia con avidez, lo que incitaría a esperar la compensación de sus afectos. Sin advertirlo, la pasión ganaría a su razón y, lejos de que esta fuera reprimida por mi presencia, cada momento que pasemos juntos solo serviría para irritarlos y despertarlos. ¡Créame, mujer infeliz! Cuenta usted con mi sincera compasión. Estoy convencido de que hasta el momento ha actuado sobre los motivos más puros. Pero aunque estuviera ciego ante la imprudencia de su conducta, yo sería culpable de no abrirle los ojos. Siento que el deber me obliga a tratarla con dureza. Debo rechazar su súplica y despejar toda sombra de esperanza que pueda contribuir a alimentar sentimientos tan dañinos para su sosiego. Matilde, mañana debe partir de aquí.

—¿Mañana, Ambrosio, mañana? ¡Oh, por favor, seguramente esa no puede ser tu intención! ¡No puede optar por empujarme a la desesperación! No puede tener la crueldad de...

—Ya escuchó usted mi decisión y debe obedecerla. Las reglas de nuestra orden prohíben que se quede. Ocultar a una mujer entre estos muros sería perjurio y mis votos me obligan a contar su historia a la comunidad. Debe irse. Me apiado de usted, pero más no puedo hacer.

Pronunció estas palabras con voz débil y temblorosa. Luego se levantó de su asiento y se disponía a apresurarse al monasterio, pero con un fuerte grito Matilde lo siguió y lo detuvo.

—¡Quédese un momento, Ambrosio! ¡Escúcheme un momento!

—No me atrevo a escuchar. Suélteme, ya conoce mi decisión.

—¡Pero una sola palabra, una última palabra y habré terminado!

—Déjeme. Sus súplicas son inútiles. Tiene que irse mañana mismo.

—¡Váyase, pues, bárbaro! Pero aún me queda este último recurso.

Y mientras decía esto de pronto sacó un puñal, se rasgó el vestido y apoyó la punta del arma sobre su pecho.

—Padre, jamás saldré viva de aquí.

—¡Espere, espere, Matilde! ¿Qué cree que está haciendo?

—Usted está decidido y yo también. En cuanto me deje, me clavaré este acero en el corazón.

—¡Bendito San Francisco! Matilde, ¿ha perdido la razón? ¿Conoce las consecuencias de esa acción? ¿Sabe que el suicidio es el pecado de pecados? ¿Que destruye su alma, que le hace perder su derecho a la salvación, que la prepara para el eterno tormento ?

—No me importa. No me importa nada —respondió apasionada—. O sus manos me llevan al paraíso o las mías me conducirán a la perdición. ¡Hábleme, Ambrosio! Dígame que ocultará mi identidad y que seguiré siendo su amiga y compañera, o este puñal se beberá de mi sangre.

Al pronunciar estas últimas palabras, levantó el brazo e hizo ademán de clavarse el puñal. El fraile siguió con mirada temerosa la trayectoria de la daga. Ella se había desgarrado el hábito y su pecho estaba descubierto a medias. La punta del arma blanca se apoyaba en el seno izquierdo y ¡qué maravillosa revelación! Los rayos de la luna cayeron de lleno sobre el pecho y permitieron al monje observar su blancura resplandeciente. Su mirada se demoró con un voraz anhelo en su bella redondez. Una sensación hasta entonces desconocida le llenó el corazón con una mezcla de ansiedad y deleite. Un fuego ardiente le recorrió todos los miembros del cuerpo, la sangre le hirvió en sus venas y mil deseos salvajes desconcertaron su imaginación.

—¡Espere! —exclamó con voz entrecortada y apresurada—. ¡No puedo resistirlo más! ¡Quédese, pues, hechicera, quédese y sea mi perdición!

Así dijo, y se alejó dirigiéndose rápidamente hacia el monasterio. Retornó a su celda y se arrojó al lecho consternado, vacilante y confundido.

Durante algún tiempo le resultó imposible ordenar sus ideas. La escena en la que había participado le generaba tal variedad de sentimientos en su pecho que era incapaz de decidir cuál era más poderoso. No sabía qué conducta debía adoptar con ella, la perturbadora de su paz. Era consciente de que la prudencia, la religión y el decoro exigían que la obligase a abandonar la abadía. Pero, por otro lado, había razones muy poderosas que reclamaban esa permanencia y él se sentía demasiado inclinado a autorizar que se quedara. No podía dejar de sentirse halagado por la declaración de Matilde y por el hecho de haber sometido de manera inconsciente un corazón que había resistido la pretensión de los caballeros más nobles de España. La forma en que conquistó sus afectos también resultaba muy halagadora para su vanidad. Recordaba las muchas horas felices que había pasado junto a Rosario y temía el vacío que en su corazón ocasionaría el alejamiento. Además consideraba que, puesto que Matilde era rica, contar con su atención podría resultar, en esencia, beneficioso para la abadía.

"¿Y qué arriesgo —se preguntó a sí mismo— si la autorizo a quedarse? ¿Acaso no puedo dar crédito a sus afirmaciones con seguridad? ¿Acaso no me será posible olvidar su sexo y seguir considerándola mi amiga y discípula? Seguramente que su amor es tan puro como lo describe. Si hubiera nacido de la lujuria, ¿lo habría escondido durante tanto tiempo en su pecho? ¿No habría empleado algún medio para procurarse satisfacción? Ella hizo todo lo contrario. Se esforzó por mantenerme en la ignorancia sobre su sexo. Y nada que no fuese el miedo de ser descubierta y mi insistencia la habrían obligado a descubrir lo que ocultaba. Cumplió las obligaciones de la religión de modo no menos estricto que yo mismo. No hizo ningún intento por despertar mis pasiones adormecidas y no habló conmigo sobre el tema del amor sino hasta esta noche. Si hubiese querido lograr mi afecto en lugar de mi estima, no me habría ocultado sus encantos con tanto cuidado. Hasta el día de hoy no he visto su cara, pero ciertamente debe ser encantadora; y su cuerpo es hermoso, a juzgar por su... por lo que he visto."

Mientras esta última idea le pasaba por la cabeza, un sonrojo se le iba extendiendo por las mejillas. Alarmado por los sentimientos que estaba teniendo, se dispuso a rezar. Se levantó de la cama, se arrodilló ante la hermosa Virgen y le suplicó su ayuda para sofocar tan culpables emociones. Luego volvió a su lecho y se resignó a dormir.

Despertó en un estado febril y sin haber descansado. Durante el sueño, su ardiente imaginación le había mostrado nada más que los objetos más voluptuosos. En sus sueños, Matilde estuvo nuevamente ante él y su mirada volvió a posarse en el pecho desnudo de ella. Matilde repitió sus declaraciones de amor eterno, le echó los brazos al cuello y lo cubrió de besos. Él se los devolvió, la estrechó apasionadamente contra su pecho y... la visión se desvaneció. A veces, sus sueños le presentaban la imagen de su Virgen favorita y se imaginaba que estaba arrodillado ante ella. Cuando le ofrecía sus votos, los ojos de la figura parecían mirarlo con una inexpresable dulzura. Posaba sus labios en los de ella y le parecían cálidos. La forma animada se apartaba del lienzo, lo abrazaba cariñosamente y los sentidos de Ambrosio eran incapaces de soportar tan exquisito deleite. Tales eran las escenas que ocupaban sus sentidos mientras dormía. Sus deseos insatisfechos ponían ante él las imágenes más lujuriosas y provocadoras. Él se deleitaba de una alegría hasta entonces desconocida.

Saltó del lecho, lleno de confusión ante el recuerdo de sus sueños. No se sintió menos avergonzado que cuando pensó en las razones que lo indujeron a aceptar la permanencia de Matilde la noche anterior. Ya se había disipado la nube que ofuscaba su juicio. Se estremeció al pensar en sus argumentos teñidos con sus verdaderos colores y al descubrir que se había convertido en un esclavo de la adulación, la avaricia y el egoísmo. Si en una hora de conversación Matilde había provocado un cambio tan significativo en sus sentimientos, ¿qué no debía temer de su permanencia en la abadía? Consciente del peligro que corría, despierto de su confiado sueño, decidió insistir en que la joven se fuera cuanto antes. Comenzó a sentir que no estaba hecho a prueba de tentaciones y que, por mucho que Matilde permaneciera dentro de los límites del recato, él era incapaz de luchar contra las pasiones de las que falsamente se creía a salvo.

—¡Agnes! ¡Agnes! —exclamó mientras pensaba en su vergüenza—. ¡Ya siento tu maldición!

Salió de su celda, decidido a expulsar a la falsa Rosario. Asistió a los maitines, pero sus pensamientos estaban lejos y prestó poquísima atención. Tenía el corazón y el cerebro saturados de cosas mundanas y rezó sin devoción alguna. Terminado el oficio, bajó hasta el jardín. Se encaminó hacia el mismo lugar en que la noche anterior había hecho su inquietante descubrimiento. No dudaba de que Matilde lo buscaría allí. No se engañaba. Ella se presentó muy pronto en la ermita y se acercó al monje con tímida expresión. Al cabo de unos minutos, durante los cuales ambos guardaron silencio, ella pareció a punto de hablar, pero el abad, quien durante ese intervalo reunió toda su resolución, la interrumpió. Aunque inconsciente todavía de la amplitud de su influencia, temía la melodiosa seducción de su voz femenina.

—Siéntate a mi lado, Matilde —dijo con un tono de firmeza, aunque evitando con cuidado la menor sombra de severidad—. Escúchame con paciencia y créeme que en lo que digo influye más tu interés que el mío propio. Créeme que siento por ti la más cálida amistad, una verdadera compasión y el mayor dolor al decirte que no debemos volver a vernos más.

—¡Ambrosio! —exclamó ella, con una voz que expresaba a la vez sorpresa y pena.

—¡Calma, amiga mía, mi Rosario! Déjame seguir llamándote por ese nombre tan querido para mí. Nuestra separación es inevitable. Me ruborizo al confesar cuánto me afecta sensiblemente. Pero así tiene que ser. Me siento incapaz de tratarte con indiferencia alguna y ese convencimiento me obliga a insistir en que partas. Matilde, no debes seguir quedándote aquí.

—¡Oh! ¿Y dónde buscaré ahora una vida honrada? Asqueada con un mundo perverso, ¿en qué feliz región se oculta la verdad? Padre, yo confiaba en que podía hallarla aquí. Creía que tu pecho había sido su altar predilecto. ¿Y tú también te muestras falso? ¡Oh, Dios! ¿Y tú también puedes traicionarme?

—¡Matilde!

—Sí, padre, sí. Te reprocho con razón. ¡Ay! ¿Dónde están tus promesas? Mi noviciado todavía no terminó y, sin embargo, te dispones a expulsarme del monasterio. ¿Tienes el corazón para apartarme de ti? ¿Y no recibí tu solemne juramento de lo contrario?

—No voy a obligarte a que te vayas del monasterio. Sí recibiste mi solemne juramento. Pero cuando me encomiendo a tu generosidad, cuando te confieso la consternación que me embarga en tu presencia, ¿no quieres liberarme de ese juramento? Piensa en el peligro de que seas descubierta, en la humillación en que me hundiría esa situación. Recuerda que están en juego mi honor y mi reputación, y que la paz de mi espíritu depende de que cumplas. Hasta ahora, mi corazón es libre. Y me separaría de ti con pesar, pero no con desesperación. Quédate aquí y en pocas semanas sacrificaré mi felicidad en el altar de tus encantos. Eres demasiado interesante, demasiado atractiva. ¡Debería amarte y adorarte! Mi pecho se convertiría en presa de deseos que el honor y mi profesión me prohíben satisfacer. Si los resistiera, la impetuosidad de mis deseos insatisfechos me empujaría a la locura. Si cediera ante la tentación, sacrificaría por un momento de placer culpable mi reputación en este mundo, mi salvación en el próximo. A ti entonces vuelo en defensa de mí mismo. ¡Guárdame de perder la recompensa de treinta años de sufrimiento! ¡Guárdame de ser víctima del remordimiento! Tu corazón ya ha conocido la angustia del amor sin esperanza. ¡Oh! Si realmente me valoras, ahórrame esa angustia. Devuélveme mi promesa, vuela desde estas paredes. Vete y lleva contigo mis más cálidas oraciones por tu felicidad, mi amistad, mi estima y mi admiración. Quédate, y te conviertes en una fuente de peligro, sufrimiento y desesperación para mí. Respóndeme, Matilde, ¿qué decides? —ella guardó silencio—. ¿No quieres hablar, Matilde? ¿No me dirás tu elección?

—¡Eres cruel! ¡Cruel! —exclamó ella, retorciéndose las manos en agonía—. Sabes perfectamente bien que no me das elección alguna. ¡Demasiado bien sabes que no tengo más voluntad que la tuya!

—Entonces no me he engañado. La generosidad de Matilde está a la altura de mis expectativas.

—Sí, te demostraré la verdad de mi afecto sometiéndome

a una sentencia que me duele hasta el alma. Puedes retirar tu promesa. Hoy mismo me iré del monasterio. Tengo una abadesa como familiar en un convento de Extremadura. Me dirigiré hacia allá y me aislaré del mundo para siempre. Pero dime, padre, ¿en mi soledad contaré con tus buenos deseos? ¿Alguna vez distraerás tu atención de las reflexiones celestiales para dedicarme un pensamiento?

—¡Ay, Matilde, me temo que pensaré en ti con demasiada frecuencia para mi tranquilidad!

—Entonces no tengo nada más que desear, salvo que podamos encontrarnos en el cielo. ¡Adiós, amigo mío, mi Ambrosio! Y, sin embargo, creo que me gustaría llevarme alguna muestra de tu aprecio.

—¿Qué debería darte?

—Algo, cualquier cosa. Una de esas flores será suficiente —señaló un rosal que estaba plantado a la puerta de la gruta—. La ocultaré en mi pecho y, cuando haya muerto, las monjas la encontrarán marchita sobre mi corazón.

El fraile no pudo responder. Con pasos lentos y el alma llena de pena salió de la ermita. Se aproximó al arbusto y se inclinó para cortar una de las flores. De pronto lanzó un grito penetrante, retrocedió rápidamente y soltó la flor que tenía en sus manos. Matilde escuchó el grito y se precipitó hacia él ansiosamente.

—¿Qué ocurre? —exclamó—. ¡Contéstame, por el amor de Dios! ¿Qué sucedió?

—He recibido mi muerte —respondió con voz débil—. Escondida entre las rosas... Una serpiente...

En ese momento, el dolor de la herida se hizo tan agudo que fue incapaz de soportarlo. Los sentidos lo abandonaron y cayó desmayado entre los brazos de Matilde.

La angustia de la muchacha fue indescriptible. Se arrancó los cabellos, se golpeó el pecho y, como no se atrevía a abandonar a Ambrosio, se esforzó por llamar a los monjes en su ayuda con los gritos más estridentes. Al cabo de un rato lo logró. Alarmados por su llamado, varios frailes acudieron al lugar y el superior fue llevado hasta la abadía. Enseguida lo acostaron, y el monje que hacía de médico de la congregación se dispuso a inspeccionar la herida. En ese momento, la mano de Ambrosio se había hinchado hasta adquirir un gran tamaño. Si bien los medicamentos que le administraron le devolvieron la vida, no le restauraron la lucidez. Desvariaba en medio de todos los horrores del delirio, lanzaba espuma por la boca y cuatro de los monjes más fuertes casi no podían retenerlo en el lecho.

El padre Pablo (ese era el nombre del médico) se apresuró a examinar la mano herida. Los monjes rodearon la cama y esperaron ansiosos el diagnóstico. Entre ellos estaba el supuesto Rosario, que no parecía el menos insensible ante la calamidad sufrida por el fraile. Contempló al enfermo con una angustia indescriptible y los gemidos de él, que se le escapaban del pecho a cada instante, traicionaban en suficiente medida la intensidad de su tormento.

El padre Pablo revisó la herida. Cuando extrajo el bisturí, la punta estaba teñida de un color verdoso. Meneó la cabeza, afligido, y se apartó de la cama.

—Es lo que me temía —dijo—. No hay esperanza.

—¿No hay esperanza? —exclamaron los monjes al mismo tiempo—. ¿Cómo que no hay esperanza?

—Por los efectos súbitos, sospechaba que el abad había sido mordido por una cientipiadora[6]. El veneno que ven en mi bisturí confirma esta suposición. No llegará a vivir tres días.

—¿Y no es posible encontrar alguna cura? —quiso saber Rosario.

—Sin extraer el veneno, no podrá recuperarse. Y la forma

6 Nota del autor: Se supone el cientipedoro que es nativo de Cuba y que fue traído a España, de esa isla, en la nave de Colón.

de extraerlo es todavía un secreto para mí. Lo único que puedo hacer ahora es aplicar a la herida hierbas que alivien su dolor. El paciente recuperará los sentidos, pero el veneno irá descomponiendo su sangre y en tres días dejará de vivir.

La angustia se extendió entre los presentes al escuchar este diagnóstico. Pablo, tal como lo había prometido, curó la herida y se fue, seguido por sus compañeros. Tan solo Rosario permaneció en la celda porque el abad había sido confiado a su cuidado, después de haber suplicado por ello insistentemente. Agotadas las fuerzas por la intensidad de sus esfuerzos, Ambrosio había caído en un profundo sopor. Tan totalmente había sido vencido por el cansancio que casi no daba señales de vida. Todavía se encontraba en ese estado cuando los monjes regresaron a la celda para averiguar si se había producido algún cambio. Pablo aflojó el vendaje que protegía la herida, más por satisfacer su curiosidad que por abrigar la esperanza de descubrir síntomas favorables. ¡Pero cuál no sería su asombro al descubrir que la inflamación había desaparecido totalmente! Examinó la mano y su bisturí salió puro e inmaculado. No se veían rastros del veneno y, si el orificio no fuera todavía visible, Pablo habría dudado de que alguna vez hubiese habido una herida.

Contó la noticia a la congregación y la satisfacción solo fue igualada por la sorpresa. Pero muy pronto se liberaron de esta última impresión al explicarse lo que había pasado según sus propias creencias. Estaban muy convencidos de que su superior era un santo, y consideraban que nada podía ser más natural que el hecho de que San Francisco hubiese concedido ese milagro en su favor. Esta opinión fue adoptada por unanimidad. La declararon en voz alta y exclamaron "¡milagro, milagro!" con tanto fervor que pronto interrumpieron el sueño de Ambrosio.

Inmediatamente, los monjes rodearon su cama dando muestras de alegría por tan maravillosa recuperación. Él estaba muy en sus cabales y libre de todo dolor, pero aún se sentía débil y lánguido. Pablo le dio una medicina tonificante y le aconsejó que guardase reposo durante los dos días siguientes. Luego se retiró, después de pedirle a su paciente que no se agotara con conversaciones y que más bien se esforzara por descansar un poco. Los otros monjes siguieron su ejemplo, quedando el abad y Rosario a solas, sin testigos.

Durante unos cuantos minutos, Ambrosio miró a la joven con una mezcla de placer y aprensión. Ella estaba sentada al borde de la cama, con la cabeza baja y, como de costumbre, envuelta en la capucha de su hábito.

—¿Aún estás aquí, Matilde? —preguntó finalmente el fraile—. ¿No te basta con haber estado tan cerca de conseguir mi destrucción que nada, salvo un milagro, pudo salvarme de la tumba? ¡Ay! Seguramente el cielo envió esa serpiente para castigar...

Matilde lo interrumpió, poniéndole la mano sobre los labios con expresión de felicidad.

—¡Calla! ¡Padre, calla! No debes hablar.

—El que impuso esa orden no sabía cuán importantes son los temas de los cuales quiero conversar.

—Pero yo los conozco y, sin embargo, comparto el mismo consejo. Se me ha pedido ser tu enfermera y no debes desobedecer mis órdenes.

—¡Se te ve animada, Matilde!

—Y con toda razón. Acabo de experimentar un placer como ningún otro en mi vida.

—¿Cuál fue ese placer?

—Uno que debo ocultar a todos, pero sobre todo a ti.

—¿A mí? Por favor, te lo ruego, Matilde...

—¡Calla! ¡Padre, calla! Sabes que no debes hablar. Pero como no pareces tener ganas de dormir, ¿le parece que lo entretenga con mi arpa?

—¿Cómo? Ignoraba que supieses de música.

—¡Oh, soy una mala intérprete! Pero como se te ha prescrito silencio por cuarenta y ocho horas, es posible que te distraigas cuando te canses de tus propias reflexiones. Iré a buscar mi arpa.

Pronto regresó con ella.

—Y bien, padre, ¿qué debo cantar? ¿Quieres escuchar la balada que habla del valiente Durandarte, ese que murió en la famosa batalla de Roncesvalles?

—Lo que tú quieras, Matilde.

—¡Por favor, no me llames Matilde! Llámame Rosario, llámame tu amigo. Esos son los nombres que me encanta oír de tus labios. ¡Y ahora, escucha!

Afinó el arpa y luego preludió por algunos momentos con un gusto tan exquisito que demostró dominar el instrumento como una maestra. La melodía que ejecutó era suave y quejumbrosa.

Mientras escuchaba, Ambrosio sintió que su desasosiego se aplacaba y que una grata melancolía se extendía por su pecho. De repente, Matilde cambió de ritmo. Con mano audaz y rápida tocó unos acordes marciales fuertes y luego entonó la siguiente balada, con un aire a la vez simple y melodioso:

Durandarte y Belerma

Triste y temerosa es la historia
de la batalla de Roncesvalles.
En esas llanuras fatales de gloria
perecieron muchos Caballeros valientes.

Allí cayó Durandarte, nunca
un verso llamó mejor a un Cacique más noble.
Él, antes de que por siempre sus labios
se cerraran, en silencio así exclamó:

"¡Oh, Belerma! ¡Oh, mi querida!
¡Para mi dolor y placer nacida!
Siete largos años te serví, hermosa,
siete largos años mi pago fue el desprecio.

Y ahora cuando tu corazón responde
a mis deseos, arde como el mío,
el Cruel Destino mi dicha negando
me pide que a toda esperanza renuncie.

¡Oh! Aunque joven caigo, créeme,
la muerte nunca reclamaría un suspiro.
¡Es perderte, es dejarte,
me hace pensar que es difícil morir!

¡Oh! Mi Primo Montesinos,
por esa amistad firme y querida
que desde la Juventud ha vivido entre nosotros,
¡ahora escucha mi última petición!

Cuando mi Alma estas extremidades abandone,
ansioso busque un aire más puro,
de mi pecho toma el frío corazón
y entrégalo al cuidado de Belerma.

Digamos, yo de mis tierras Poseedora
la nombré con mi último aliento;
digamos, mis labios abrí para bendecirla,
antes de que cerraran para sí en la muerte.

Dos veces a la semana cuán sinceramente también
la adoraba, Primo, digamos;
dos veces a la semana por alguien que tanto
la amaba, Primo, pídele que ore.

Montesinos, ahora la hora
marcada por el destino está cerca.
¡Mira! ¡Mi brazo ha perdido su poder!
¡Mira! ¡Dejo mi marca de confianza!

Ojos que me vieron partir,
¡yendo hacia casa nunca me verán!
Primo, detén esas lágrimas que fluyen,
¡déjame morir en tu pecho!

Tu bondadosa mano mis párpados cerrando,
pero un favor imploro:
reza por el reposo de mi Alma,
cuando mi corazón no lata más.

Así también lo hará Jesús, todavía asistiendo
con su gracia al voto de un Cristiano.
Complacido acepta mi Fantasma ascendiendo
y un asiento en el cielo permite".

Así habló el gallardo Durandarte y
pronto su valiente corazón se partió en dos.
Mucho se alegró la fiesta Mora
de que el valiente Caballero fuera asesinado.

Con amargo llanto Montesinos
le quitó el yelmo y la espada;
con amargo llanto Montesinos
cavó la tumba de su galante Primo.

Para cumplir la promesa hecha, Él
le cortó el corazón desde el pecho.
¡Esa Belerma, desgraciada Dama!
Podría recibir el último legado.

Triste estaba el corazón de Montesinos, Él
sentía angustia en su pecho desgarrado:
"¡Oh! Mi Primo Durandarte,
¡Ay de mí por ver tu final!

Dulce en modales, justo en favores,
de temperamento suave, feroz en la lucha,
un guerrero más noble, más gentil, más valiente,
¡Nunca verá la luz!

¡Primo, mira! ¡Mis lágrimas te bañan!
¿cómo sobreviviré a tu pérdida?
Durandarte, El que te mató,
¿por qué me dejó vivo?"[7]

Mientras Matilde cantaba, Ambrosio escuchaba deleitado. Nunca había oído una voz con tanta armonía, y se preguntaba cómo alguien que no fuera un ángel podía emitir sonidos así de celestiales. Pero aunque ella complacía su sentido del oído, una sola mirada lo convenció de que no debía confiar en el de la vista. La cantante se encontraba sentada a una corta distancia de su cama. La actitud con la que se inclinaba sobre el arpa era desenvuelta y grácil, y la capucha se le había deslizado más atrás que lo acostumbrado. Sus labios corales eran visibles, maduros, frescos y se derretían, y tenía una barbilla cuyos hoyuelos parecían acechar mil cupidos. La larga manga de su hábito podría haber rozado las cuerdas del instrumento, pero para evitarlo se la había recogido hasta el codo, de manera tal que un brazo le quedaba al descubierto, hecho con la más perfecta simetría. Su delicada piel habría podido competir en blancura con la misma nieve. Ambrosio solamente se atrevió a mirarla una vez. Esa

7 Traducción de la versión del autor.

mirada le bastó para convencerlo de lo peligrosa que era la presencia de esa seductora compañía. Cerró los ojos, pero en vano se esforzó por sacarla de sus pensamientos. Ella seguía moviéndose ante él, ataviada con todos los encantos que su acalorada imaginación era capaz de suministrarle. Todas las bellezas que había visto se mostraban acentuadas y las que aún permanecían ocultas, la fantasía las presentaba con colores deslumbrantes. Pero aun así, sus votos y la necesidad de respetarlos continuaban ocupando su mente. Luchó contra el deseo y se estremeció cuando advirtió lo profundo que era el precipicio que se abría ante él.

Matilde dejó de cantar. Temeroso de la influencia de sus encantos, Ambrosio mantuvo los ojos cerrados y ofreció su oración a San Francisco para que lo ayudara en esa peligrosa prueba. Creyendo que dormía, Matilde se levantó de su asiento, se aproximó con suavidad al lecho y durante unos minutos lo miró atentamente.

—¡Duerme! —dijo después en voz baja, pero lo suficientemente perceptible para él—. Ahora puedo mirarlo sin realizar ninguna ofensa. Y puedo mezclar mi aliento con el suyo, embriagarme en la contemplación de sus facciones sin que me considere sospechosa de impureza y engaño. Teme que mi seducción le haga romper sus votos. ¡Qué injusto es! Si quisiera incitar su deseo, ¿le ocultaría con tanto cuidado mi rostro? Esas facciones de las cuales a diario le oigo decir...

Se interrumpió y se dejó llevar por sus reflexiones.

—Fue tan solo ayer —continuó—. Muy pocas horas han pasado desde que le resulté tan querida. Me tenía en estima y mi corazón se sentía satisfecho. Y ahora, ¡oh, de qué cruel manera cambió mi situación! Me mira con suspicacia, me pide que lo deje, que lo deje para siempre. ¡Oh tú, mi santo, mi ídolo! Tú, que tienes el lugar más cercano a Dios en mi pecho... Dos días más y mi corazón se te habrá revelado. ¡Si hubieras podido conocer mis sentimientos cuando te miraba agonizar! ¡Si supieras cuán amado te hicieron tus recientes sufrimientos! Pero llegará el día en que te convenzas de que mi pasión es pura y desinteresada. Entonces te compadecerás de mí y sentirás todo el peso de esta pena.

Y al terminar de decir esto su voz se ahogó con el llanto. Mientras se inclinaba sobre Ambrosio, una lágrima cayó sobre la mejilla del abad.

—¡Ay, he perturbado su sueño! —se lamentó Matilde y retrocedió rápidamente.

Su alarma estaba injustificada. Nadie duerme tan profundamente como aquellos que están decididos a no despertar. El fraile se encontraba en esa situación. Todavía parecía sumido en el sueño que minuto a minuto se le hacía más difícil disfrutar. La ardiente lágrima había comunicado su calor al corazón de Ambrosio.

"¡Qué afecto, qué pureza! —reflexionó él—. Como mi corazón es tan sensible a la piedad, ¿cómo sería si el amor lo agitara?".

Matilde abandonó el lugar en el que se encontraba y se retiró a cierta distancia de la cama. Ambrosio se aventuró a abrir los ojos y a mirarla, temeroso. Ella tenía el rostro vuelto hacia el otro lado. Apoyaba la cabeza con una postura melancólica sobre su arpa y miraba la imagen que colgaba de la pared frente a la cama.

—¡Feliz, feliz imagen! —así le habló a la bella Virgen—. A ti ofrece todas sus oraciones, a ti te contempla admirado. Confié en que aliviaras mis penas y solo las has hecho más difíciles. Me hiciste sentir que, si lo hubiese conocido antes de hacer sus votos, Ambrosio y la felicidad habrían podido ser míos. ¡Con cuánto placer contempla él tu cuadro! ¡Con qué fervor dirige sus oraciones a tu imagen indiferente! ¡Ay! ¿Podría ser que sus sentimientos no estuvieran inspirados por algún genio bueno y secreto, amigo de mis afectos? Que fuera el instinto natural del hombre el que le inspirara... ¡Callen, esperanzas vanas! No alienten en mí ideas que resten brillo a las virtudes de Ambrosio. Lo que me atrae es su admiración por la religión, no la belleza. Que no se arrodilla ante la mujer, sino ante la divinidad. ¡Si tan solo derramara en mí la más mínima expresión de la ternura que dedica a la Virgen! ¡Si dijera que si no estuviera ya comprometido con la Iglesia, no habría despreciado a Matilde! ¡Oh, déjame alimentar esa dulce idea! Quizá podría llegar a reconocer que siente algo más que lástima por mí y que un afecto como el mío bien merecería ser recompensado. Tal vez así lo llegue a reconocer cuando ya me encuentre en mi lecho de muerte. Entonces no debería temer romper sus votos, y la confesión de su cariño suavizaría los dolores de la muerte. ¡Si estuviera segura de ello! ¡Oh, cuán seriamente debo suspirar por el momento de la disolución!

De este monólogo, el abad no se perdió ni una sola palabra y el tono en que fueron pronunciadas las últimas le perforó el corazón. Se incorporó involuntariamente de la almohada.

—¡Matilde! —exclamó con voz desconcertada—. ¡Oh, mi Matilde!

Ella se sobresaltó y se volvió súbitamente hacia el abad. Su brusco movimiento hizo que la capucha se le deslizara de la cabeza, quedando a la vista sus facciones ante la mirada inquisitiva del monje. ¡Y cuál fue su asombro al contemplar la exacta réplica de su admirada Virgen! ¡La misma proporción exquisita en las facciones, la misma abundancia de cabellos dorados, los mismos labios rosados, los mismos ojos celestiales y el mismo majestuoso semblante adornaban a Matilde! Lanzando una exclamación de sorpresa, Ambrosio se dejó caer de nuevo sobre la almohada y se preguntó si lo que tenía ante sí era mortal o divino.

Matilde parecía llena de confusión. Permaneció sin moverse en su lugar y se apoyó en el arpa. Bajó su mirada hasta el suelo y sus blancas mejillas se cubrieron de rubor. Al recomponerse, su primera reacción fue ocultar su rostro. Después, con voz insegura y aturdida, se aventuró a dirigir estas palabras a Ambrosio:

—Un súbito accidente te hizo conocer un secreto que jamás habría revelado a no ser que estuviera en mi lecho de muerte. Sí, Ambrosio. En Matilde de Villanegas ves el original de tu amada Virgen. Poco después de haber comprendido mi desafortunada pasión, planeé hacerte llegar mi retrato. Muchos admiradores me convencieron de que poseía cierta belleza y estaba ansiosa por saber qué efecto tendría en ti. Hice pintar mi retrato por Martín Galuppi, un célebre veneciano que por entonces vivía en Madrid. El parecido era notable. Lo envié a la abadía de los capuchinos como si estuviese a la venta y el judío a quien se lo compraste era uno de mis emisarios. Lo adquiriste. Imagina cuál sería mi arrebato cuando me enteré de que lo contemplabas con deleite o, más bien, con adoración. Que lo habías colgado en tu celda y que no le dirigías tus súplicas a ningún otro santo. ¿Acaso esta revelación hará que me consideres aún más un objeto de sospecha? Más bien debe convencerte de lo puro que es mi afecto y comprometerte a tolerarme en tu compañía y estima. Todos los días te escuché dirigir las alabanzas a mi retrato, fui testigo ocular del trance que su belleza provocaba en ti y, sin embargo, me abstuve de usar contra tu virtud esas armas de las que tú mismo me habías provisto. Oculté de tu vista estas facciones que amabas de manera inconsciente. Traté de no provocar tu deseo mediante la exhibición de mis encantos y de no adueñarme de tu corazón a través de tus sentidos. Atraer tu atención con el cumplimiento diligente de mis obligaciones religiosas, y hacerme querer por ti convenciéndote de que mi mente era virtuosa y mi apego sincero. Esos fueron mis únicos objetivos. Y lo logré. Me convertí en tu compañera y tu amiga. Oculté mi sexo de ti y, si no me hubieras presionado para que revelara mi secreto, si no me hubiese atormentado el miedo de un descubrimiento, nunca me habrías conocido por otro nombre que no fuera el de Rosario. ¿Y aun así estás decidido a alejarme de tu lado? Las pocas horas de vida que me quedan, ¿no puedo pasarlas en tu presencia? ¡Oh! Por favor habla, Ambrosio, y dime que puedo quedarme.

Este monólogo le dio al abad la oportunidad de recuperarse. Tenía consciencia de que, en el estado de ánimo en el que se encontraba, evitar la compañía de ella era el único refugio contra los poderes de aquella encantadora mujer.

—Tu declaración me asombra tanto —dijo— que en este momento no podría contestarte. No insistas en pedirme una respuesta, Matilde. Ahora déjame, necesito estar solo.

—Te obedeceré. Pero antes de irme por favor prométeme que no insistirás en que me vaya de la abadía de inmediato.

—Matilde, piensa en tu situación. Piensa en las consecuencias de permanecer aquí. Nuestra separación es inevitable, y debemos alejarnos.

—¡Pero hoy no, padre! ¡Por piedad que hoy no!

—Me exiges demasiado, pero no puedo resistir a ese tono de súplica. Ya que insistes tanto, cedo a tu ruego. Acepto que te quedes aquí el tiempo necesario para preparar a la congregación, de alguna forma, para tu partida. Quédate dos días más. Pero al tercero —suspiró involuntariamente—, recuérdalo. ¡Al tercero debemos separarnos por siempre!

Ella le tomó la mano con angustia y se la llevó a los labios.

—¡Al tercero! —exclamó con expresión de gravedad indomable—. ¡Tienes razón, padre, tienes razón! ¡Al tercero debemos separarnos por siempre!

Tan temible era la expresión que había en sus ojos cuando pronunció estas palabras que el alma del fraile se llenó de terror. Le besó una vez más la mano y después huyó con rapidez de la habitación.

Ansioso por autorizar la estadía de tan peligrosa huésped, pero consciente de que su permanencia infringía las reglas de la orden, el pecho de Ambrosio se convirtió en un teatro de mil pasiones que se contradecían. Al final, su apego a la falsa Rosario, ayudado por la calidez natural del temperamento de Ambrosio, parecían capaces de lograr la victoria. El éxito fue asegurado cuando esa presunción, que era la base de su personaje, acudió en ayuda de Matilde. El monje pensó que vencer la tentación era un mérito incalculablemente mayor que evadirla, que más bien debía alegrarse ante la oportunidad que se le había ofrecido de probar la firmeza de su virtud. San Antonio había resistido todas las seducciones de los sentidos, ¿por qué él no podría? Además, San Antonio había sido tentado por el demonio, quien puso en práctica todas los artimañas para despertar sus pasiones, mientras que para Ambrosio el peligro provenía de una simple mujer mortal, temerosa y modesta, cuyas aprensiones sobre el abandono no eran menos violentas que las suyas.

—Sí —dijo—, la desdichada se podrá quedar. No debo temer su presencia. Y aunque la mía resulte demasiado débil como para resistir a la tentación, la inocencia de Matilde me protegerá de cualquier peligro.

Ambrosio aún tenía que aprender que para un corazón que no tiene conocimiento del vicio, este último es mucho más peligroso cuando acecha detrás de la máscara de virtud.

Se sintió tan bien recuperado que, cuando el padre Pablo volvió a visitarlo en la noche, le rogó que le permitiera salir de su habitación al siguiente día. Su pedido fue escuchado. Matilde no volvió a aparecer aquella noche, excepto en la compañía de los monjes, cuando se presentaron juntos para preguntar por la salud del fraile. Parecía tener miedo de reunirse con él en privado y apenas se quedó unos pocos minutos en su habitación. El fraile durmió bien, pero los sueños que había tenido la noche anterior volvieron y sus sensaciones de placer fueron aún más agudas e intensas. Las mismas visiones tentadoras flotaron entre sus ojos. Matilde, en todo su derroche de belleza, cálida, tierna y lujuriosa, lo estrechó contra su pecho y lo cubrió de las más ardientes caricias. Él las devolvió con igual entusiasmo y ya se encontraba a punto de satisfacer su deseo cuando esa forma desleal desapareció, dejándolo abandonado a los horrores de la vergüenza y la desilusión.

Llegó el alba. Fatigado, acosado y agotado por sus sueños provocadores, no se sintió con la disposición de dejar su cama. Se excusó de asistir a los maitines. Era la primera mañana de su vida que no asistía. Se levantó tarde y durante todo el día no tuvo la oportunidad de hablar con Matilde a solas. Su celda estaba llena de monjes, ansiosos de hablar de su preocupación por la enfermedad del abad, y Ambrosio seguía ocupado recibiendo las felicitaciones por su recuperación cuando la campana los llamó al comedor.

Después de almorzar, los monjes se separaron y se dispersaron por varios lugares del jardín, donde la sombra de los árboles o el aislamiento de alguna gruta les ofrecían los espacios más agradables para disfrutar de la siesta. El abad se dirigió hacia la ermita y con una mirada invitó a Matilde a acompañarlo.

Ella obedeció y lo siguió silenciosamente. Juntos entraron a la gruta y se sentaron. Ambos parecían reacios a tomar las riendas de la conversación, y operaban bajo la influencia de la vergüenza mutua. Al cabo de un rato, el abad finalmente habló. Se refirió solo a temas poco trascendentales y Matilde le respondió en el mismo tono. Parecía ansiosa por hacerle olvidar que la persona que se sentaba a su lado pudiera ser otra que Rosario. Ninguno de los dos se atrevió, ni quiso hacer alusión, al tema que más les oprimía el corazón.

Resultaba evidente que el empeño de Matilde por parecer alegre era forzado. Su espíritu se encontraba sofocado por el peso de la ansiedad. Y cuando hablaba, su voz era baja y débil. Parecía deseosa de terminar una conversación que la avergonzaba y, quejándose de que no se sentía bien, pidió permiso a Ambrosio para regresar a la abadía. Él la acompañó hasta la puerta de la celda en la que dormía y, cuando llegó allí, la detuvo para decirle que autorizaba que siguiera siendo la compañera de su soledad mientras eso le resultara grato.

Ella no dio muestras de placer al recibir esta noticia, a pesar de que el día anterior había estado muy ansiosa por obtener tal autorización.

—Ay, padre —dijo triste moviendo la cabeza—. Tu bondad llega muy tarde. Mi destino está sellado. Debemos separarnos por siempre. ¡Pero créeme que estoy muy agradecida por tu generosidad y por tu compasión hacia una desgraciada que tan poco la merece!

Se llevó el pañuelo a los ojos. Su capucha le cubría el rostro a medias. Ambrosio pudo ver que estaba pálida y que tenía los ojos hundidos y pesados.

—¡Por Dios! —exclamó—. Estás muy enferma, Matilde. Haré venir al padre Pablo de inmediato.

—No, no. Estoy enferma, eso es cierto, pero él no puede curar mi enfermedad. ¡Adiós, padre! Recuérdame mañana en tus oraciones, que yo te recordaré en el cielo.

Entró a su celda y cerró la puerta tras de sí.

El abad le envió al médico sin perder ni un minuto y esperó impacientemente su informe. Pero el padre Pablo volvió muy pronto y le comunicó que su misión había sido infructuosa. Rosario se negó a dejarlo entrar y rechazó enérgicamente todos sus ofrecimientos de ayuda. El desasosiego que escuchar esto le provocó no fue insignificante, pero decidió que Matilde podría salirse con la suya esa noche. Si su situación no mejoraba en la mañana, insistiría en que aceptase la ayuda de Pablo.

No se sentía inclinado a dormir, así que abrió la ventana y se quedó contemplando los rayos de la luna, que jugaban con el pequeño arroyo cuyas aguas bañaban los muros del monasterio. El frescor de la brisa nocturna y la tranquilidad de la hora llenaron de tristeza el espíritu del fraile. Pensó en la belleza y el cariño de Matilde, en los placeres que habría podido compartir con ella si no hubiera sido restringido por las obligaciones monásticas. Pensó en que, desprovisto de esperanza, el amor que ella sentía no podría continuar existiendo por mucho tiempo; que sin duda alguna ella conseguiría extinguir su pasión y buscaría la felicidad en los brazos de alguien más afortunado. Se estremeció al pensar en el vacío que su ausencia dejaría en su pecho. Miró con disgusto la monotonía del convento y dejó escapar un suspiro hacia ese mundo del que estaba separado por siempre. Sobre esto reflexionaba cuando un estridente golpe en su puerta lo interrumpió. La campana de la iglesia ya había dado las dos. El abad se apresuró a averiguar la causa de tal disturbio. Abrió la puerta de su celda y entró un hermano cuya expresión mostraba prisa y confusión.

—¡Dese prisa, reverendo padre! —dijo—. ¡Corra a ver al joven Rosario! Ha pedido verlo con insistencia. Se encuentra al borde de la muerte.

—¡Por Dios! ¿Dónde está el padre Pablo? ¿Por qué no lo está acompañando? ¡Oh, me temo que… Me temo que...!

—El padre Pablo lo vio, pero su oficio ya nada puede hacer. Dice sospechar que el joven ha sido envenenado.

—¿Envenenado? ¡Oh, desdichado! ¡Entonces es lo que yo sospechaba! Pero no perdamos un solo momento, quizá todavía haya tiempo de hacer algo.

Dicho esto, corrió a toda velocidad hacia la celda del novicio. Varios monjes ya se encontraban allí. El padre Pablo era uno de ellos y tenía una medicina en la mano, que se esforzaba por convencer a Rosario de que tragara. Los otros estaban ocupados en admirar el rostro divino del paciente, que ahora veían por primera vez. Matilde parecía más encantadora que nunca. Ya no estaba pálida ni lánguida. Un brillo intenso se había esparcido por sus mejillas, sus ojos brillaban con un sereno deleite y su semblante expresaba confianza y resignación.

—¡Ya no me atormentes más! —le decía a Pablo cuando el aterrorizado abad entró precipitándose en la celda—. Mi enfermedad va mucho más allá del alcance de tu habilidad y no quiero curarme de ella. —Al ver a Ambrosio, exclamó llorando—: ¡Ah, es él! ¡Lo vuelvo a ver antes de que nos separemos por siempre! Déjenme, hermanos míos. Mucho tengo que decir a este santo hombre en privado.

Los monjes se retiraron de inmediato, quedando Matilde y el abad completamente solos.

—¿Qué has hecho, mujer imprudente? —exclamó Ambrosio—. Dime, ¿me equivoco en mis sospechas? ¿De verdad voy a perderte? ¿Fue tu propia mano el instrumento de tu destrucción?

Ella sonrió y le tomó la mano.

—¿En qué fui imprudente, padre? Sacrifiqué una piedrecita y salvé un diamante. Mi muerte habrá salvado una vida valiosa para el mundo y más querida para mí que la mía propia. Sí, padre, me he envenenado. Pero debes saber que el veneno circulaba antes por tus venas.

—¡Matilde!

—Lo que te digo decidí revelártelo solamente en el lecho de muerte y ese momento ya llegó. No puedes haber olvidado ya el día en que tu vida corrió peligro por la mordedura de una serpiente. El médico te había dado por perdido, pues ignoraba cómo extraer el veneno. Yo conocía una sola manera, y no dudé ni un instante en practicarla. Me quedé a solas contigo y, mientras dormías, te aflojé el vendaje de la mano, besé la herida y le extraje el veneno con los labios.

El efecto ha sido más rápido de lo que esperaba. Siento la muerte en mi corazón. Una hora más y estaré en un mundo mejor.

—¡Dios todopoderoso! —exclamó el abad y se desplomó casi inerte sobre la cama.

Al cabo de unos minutos volvió a levantarse repentinamente y miró a Matilde con todo el desenfreno de la desesperación.

—¿Y tú te sacrificaste por mí? ¡Mueres y lo haces para proteger a Ambrosio! ¿Y es cierto que no hay remedio, Matilde? ¿Realmente no hay esperanza? ¡Háblame! ¡Oh, háblame! ¡Dime que todavía tienes forma de vivir!

—¡Consuélate, mi único amigo! Sí, todavía tengo en mi poder la forma de seguir viviendo, pero es una que no me atrevo a emplear. ¡Es peligrosa! ¡Es terrible! La vida se compraría a un precio demasiado alto... A menos de que se me permitiera vivir para ti.

—Entonces vive para mí, Matilde. ¡Para mí y mi gratitud! —le tomó la mano y la presionó intensamente con los labios—. Recuerda nuestras últimas conversaciones. Ahora lo consiento todo. Recuerda con qué vivos colores describiste la unión de las almas. Que sea nuestra la puesta en práctica de esas ideas. Olvidemos las distinciones de sexo, despreciemos los prejuicios del mundo y solo considerémonos el uno al otro como hermano y amiga. ¡Vive entonces, Matilde! ¡Oh, vive para mí!

—Ambrosio, así no debe ser. Cuando pensaba de esa manera, te engañé a ti y a mí misma. O muero ahora o moriré por los persistentes tormentos del deseo insatisfecho. ¡Oh! Desde la última vez que conversamos, se rasgó ante mis ojos un espantoso velo. Ya no te amo con la devoción que se tiene de un santo. No te aprecio más por las virtudes de tu alma, sino que deseo el goce de tu persona. Una mujer reina en mi pecho y soy presa de la más salvaje de las pasiones. ¡Basta de amistad! Es una palabra fría e insensible. Mi pecho arde de amor, de un inexpresable amor, y el amor tiene que ser su recompensa. Tiembla entonces, Ambrosio, tiembla por el éxito de tus oraciones. Si vivo, tu verdad, tu reputación, tu recompensa por toda una vida de sufrimientos, todo lo que valoras, estará irremediablemente perdido. Ya no seré capaz de luchar contra mis pasiones, aprovecharé cada oportunidad para despertar tu deseo y me esforzaré en lograr tu deshonra y la mía. No, no, Ambrosio. ¡No debo vivir! Cada momento que pasa me convenzo más de que solamente me queda una alternativa. Siento con cada latido de mi corazón que debo disfrutarte o morir.

—¡Increíble! ¡Matilde! ¿Es posible que seas tú quien me hable así?

Hizo un movimiento como para abandonar el lugar en el que se encontraba. Ella lanzó un fuerte chillido y, levantándose a medias de la cama, arrojó sus brazos alrededor del fraile para detenerlo.

—¡Oh, no me dejes! ¡Escucha mis errores con compasión! Dentro de unas pocas horas ya no existiré. Un poco más y ya me liberaré de esta desgraciada pasión.

—Desdichada mujer, ¿qué puedo decirte? No puedo... No debo... ¡Pero vive, Matilde! ¡Oh, vive!

—¿No te das cuenta de lo que pides? ¿Qué? ¿Vivir para hundirme en la infamia? ¿Para convertirme en un agente del infierno? ¿Para lograr tu destrucción y la mía? ¡Siente este corazón, padre!

Ella tomó su mano. Confundido, avergonzado y fascinado, él no la retiró y sintió que su corazón latía debajo de ella.

—¡Siente este corazón, padre! Todavía sigue siendo la sede del honor, la verdad y la castidad. Si palpita mañana, será presa de los más negros crímenes. ¡Oh, déjame morir hoy! ¡Déjame morir mientras todavía merezco las lágrimas de los virtuosos! ¡Así quiero expirar! —reclinó la cabeza sobre el hombro de Ambrosio y el dorado cabello se derramó sobre el pecho de él—. Acurrucada en tus brazos, me hundiré en el sueño. Tu mano cerrará mis ojos para siempre y tus labios recibirán mi último aliento. ¿Y no pensarás a veces en mí? ¿No derramarás a veces una lágrima sobre mi tumba? ¡Oh, sí, sí, sí! Ese beso me lo asegura.

La hora era nocturna. Todo era silencio alrededor. Los débiles rayos de una lámpara solitaria caían sobre la figura de Matilde y proyectaban por la habitación una luz tenue y misteriosa. No había miradas indiscretas ni oídos curiosos cerca de los amantes. No se escuchaba nada aparte de los melodiosos acentos de Matilde. Ambrosio se encontraba en la plenitud del vigor masculino. Veía ante sí a una mujer joven y hermosa, la salvadora de su vida, la adoradora de su persona, cuyo afecto por él la había llevado al borde de la muerte. Se sentó en su cama, dejó descansar la mano en el pecho de Matilde y la cabeza de ella se reclinó sensualmente en el pecho del abad. ¿Quién puede entonces preguntarse si cedió a la tentación? Embriagado de deseo, presionó sus labios contra aquellos que los buscaban. Sus besos rivalizaban con los de Matilde en calidez y pasión. Él la estrechó con intensidad entre sus brazos, olvidándose de sus votos, de su santidad y de su fama. No recordaba nada más que el placer y la oportunidad.

—¡Ambrosio! ¡Oh, mi Ambrosio! —dijo suspirando Matilde.

—¡Tuyo, siempre tuyo! —murmuró el fraile y se hundió en el pecho de ella.

Capítulo III

These are the Villains
Whom all the Travelers do fear so much.
Some of them are Gentlemen Such
as the fury of ungoverned Youth
Thrust from the company of awful Men.[8]
William Shakespeare, *Two Gentlemen of Verona*

El marqués y Lorenzo se dirigieron a la mansión silenciosamente. El primero se dedicó a recordar todas las circunstancias que, al ser relatadas, pudieran dar a Lorenzo la mejor idea posible de su conexión con Agnes. El segundo, con razón alarmado por el honor de su familia, se sentía cohibido por la presencia del marqués. Lo que acababa de presenciar le impedía verlo como a un amigo y, como los intereses de Antonia habían sido confiados a su mediación, advertía la falta a la norma que sería tratarlo como a un enemigo. Por medio de estas reflexiones llegó a la conclusión de que el silencio más profundo sería la táctica más prudente, y esperó con impaciencia la explicación de don Raimundo.

Llegaron al Palacio de las Cisternas. Inmediatamente, el marqués lo condujo a su habitación y comenzó a expresarle la satisfacción que sentía de encontrarlo en Madrid. Lorenzo lo interrumpió.

—Perdóname —dijo con aire distante— si respondo con cierta frialdad a tus muestras de aprecio. En este asunto está comprometido el honor de mi hermana. Hasta que eso se resuelva y quede aclarado el significado de tu intercambio de correspondencia con Agnes, no puedo considerarte mi amigo. Estoy ansioso por conocer el motivo de tu conducta, y espero que no te demores en explicarme lo prometido.

8 *Estos son los Villanos / a quien todos los Viajeros temen tanto. / Algunos de ellos son Caballeros / como la furia de la Juventud sin gobierno. / Apártese de la compañía de Hombres horribles.*

—Primero, dame tu palabra de que me escucharás con paciencia y compasión.

—Quiero demasiado a mi hermana para juzgarla con tanta dureza y hasta este momento no tenía a un amigo tan querido como tú. Además, tengo que confesar que el hecho de que esté en tus manos ayudarme en un plan que tengo en el fondo del corazón me hace sentir muy ansioso por que todavía merezcas mi estima.

—¡Lorenzo, me entusiasmas! No puedes ofrecerme mayor dicha que el de ayudar al hermano de Agnes.

—Convénceme de que puedo aceptar tus favores sin deshonra y no habrá hombre en el mundo a quien esté más agradecido.

—Es probable que ya hayas oído hablar a tu hermana de Alfonso de Alvarada.

—Nunca. Aunque tengo un afecto verdaderamente fraternal por Agnes, las circunstancias nos han impedido pasar demasiado tiempo juntos. Cuando aún era niña, fue entregada al cuidado de su tía, quien se había casado con un noble alemán. Ella permaneció en el castillo de estos parientes hasta hace apenas dos años, momento en el que regresó a España y decidió alejarse del mundo.

—¡Por Dios, Lorenzo! ¿Conocías su intención y, sin embargo, no hiciste nada por cambiarla?

—Marqués, me ofendes. La noticia que recibí en Nápoles me perturbó extre*madame*nte y adelanté mi regreso a Madrid con la expresa intención de impedir el sacrificio. En cuanto llegué, me apresuré a ir al convento de Santa Clara, el que Agnes había elegido como lugar para hacer su noviciado. Y pedí ver a mi hermana, pero imagina mi sorpresa cuando ella se negó a recibirme. Declaró de forma rotunda que, por miedo a que influyera en su espíritu, no quería verme hasta la víspera del día en que hiciera sus votos. Le rogué a las monjas, insistí en ver a Agnes y no me abstuve de decir que sospechaba que el hecho de que no se presentara ante mí era ajeno a su propia voluntad. Para protegerse de la agresiva acusación, la superiora me trajo un mensaje de unas pocas líneas, escritas con la muy reconocible letra de mi hermana, en el que reiteraba lo ya transmitido. Todos los intentos posteriores de intercambiar unas breves palabras con ella fueron tan inútiles como el primero. Agnes se mostró inflexible y no se me permitió verla hasta el día anterior al que entró en el claustro, para no dejarlo más nunca. Esa entrevista se realizó en presencia de nuestros parientes más cercanos. Era la primera vez que la veía desde la infancia y la escena fue de lo más conmovedora. Se arrojó sobre mi pecho, me besó y lloró amargamente. Con todos los argumentos posibles, con lágrimas, con ruegos, arrodillándome, me esforcé por hacerla dejar su idea de lado. Le describí todas las penurias de una vida religiosa. Pinté para su imaginación todos los placeres a los que iba a renunciar y le supliqué que me revelara lo que había ocasionado su repulsión hacia el mundo. Ante esta última pregunta palideció, y sus lágrimas comenzaron a fluir aún más rápido. Me imploró que no la presionara sobre ese tema y me aseguró que me bastaba con saber que su decisión estaba tomada y que un convento era el único lugar en el cual ahora podía esperar encontrar tranquilidad. Ella perseveró en su plan y lo hizo su profesión. La visité con frecuencia junto a la reja, y cada momento que pasaba con ella me hacía sentir más pesar por su pérdida. Poco después me vi obligado a salir de Madrid. Regresé ayer por la noche y desde entonces no he tenido tiempo de visitar el convento de Santa Clara.

—¿Entonces, hasta que te lo nombré, no habías escuchado hablar de Alfonso de Alvarada?

—Perdóname. Mi tía me escribió una carta para informarme que un aventurero había encontrado la forma de introducirse en el Castillo de Lindenberg. Que se le había insinuado a mi hermana y que ella incluso había aceptado fugarse con él. Pero antes de que pudiesen ejecutar el plan, el caballero descubrió que las tierras que, según creía, Agnes poseía en La Española[9], en realidad eran de mi pertenencia. Esta noticia le hizo cambiar de opinión. Desapareció el mismo día que habían pactado fugarse. Y Agnes, desesperada ante su traición y mezquindad, decidió recluirse en un convento. Añadió que como ese aventurero había afirmado ser mi amigo, quería saber si yo lo conocía. Le respondí que no. En aquel entonces no tenía ni idea de que Alfonso de Alvarada y el Marqués de las Cisternas eran la misma persona. La descripción que me hicieron del primero no coincidía de ninguna manera con lo que yo sabía del segundo.

—En esto reconozco fácilmente el carácter traicionero de doña Rodolfa. Cada una de las palabras de este relato lleva marcas de su malicia, de su falsedad, de su talento para tergiversar a aquellos a quienes quiere dañar. Perdóname, Medina, por hablar con tanta libertad de tu familia. El daño que ella me ha hecho autoriza mi resentimiento. Y cuando hayas escuchado mi relato, te convencerás de que mi manera de expresarme no ha sido tan severa.

Y comenzó su historia de la siguiente forma:

Historia de Don Raimundo,
Marqués de las Cisternas

—Una larga experiencia, mi queridísimo Lorenzo, me ha convencido de la generosidad de tu propia naturaleza. No fue necesario que me dijeras que ignorabas las aventuras de tu hermana para suponer que te habían sido ocultadas a propósito. Si hubiesen llegado a ser de tu conocimiento, ¡de cuántas desgracias nos hubiésemos escapado Agnes y yo! ¡El destino lo había dispuesto de otro modo! Estabas en uno de tus viajes cuando conocí a tu hermana por primera

9 Isla que comprende Haití y República Dominicana.

vez. Y como nuestros enemigos se cuidaron de ocultarle tu dirección, le fue imposible pedir por carta tu protección y consejo.

»Después de salir de Salamanca —en cuya universidad estuviste un año después de que yo saliera de ella, según supe más tarde—, emprendí mi viaje. Mi padre me entregó una cantidad generosa de dinero, pero insistió en que ocultara mi título y que solo me presentara como un caballero de bajo rango. Esta orden me fue impuesta por consejo de su amigo el duque de Villahermosa, un noble por cuyas habilidades y conocimientos acerca del mundo he tenido siempre la más profunda veneración.

»—Créeme —me dijo—, mi querido Raimundo. De ahora en adelante sentirás los beneficios de esta degradación temporal. Es verdad que como Conde de las Cisternas podrías ser recibido con los brazos abiertos y la vanidad propia de tu edad encontraría satisfacción en las atenciones que te lluevan de todos lados. Pero de este otro modo dependerá mucho más de ti mismo. Tienes excelentes recomendaciones, pero serás tú el responsable de usarlas a favor. Debes mostrarte complaciente, trabajar para ganar la aprobación de aquellos a quienes seas presentado. Quienes hubiesen buscado la amistad del Conde de las Cisternas, no tendrían interés en conocer los méritos ni en soportar pacientemente los errores de Alfonso de Alvarada. Por lo cual, cuando te sientas muy querido, podrás atribuirlo con seguridad a tus cualidades positivas y no a tu rango, haciendo que la distinción que te muestren sea infinitamente más halagadora. Además, tu alta cuna no te permitiría juntarte con las clases bajas de la sociedad, lo que ahora estará a tu alcance y de lo cual, en mi opinión, obtendrás considerables ganancias. No te limites a los ilustres de los países por los cuales pases. Estudia los modales y las costumbres de la gente, entra en las chozas y, al observar cómo se trata a los criados de los extranjeros, aprende a disminuir las cargas y a aumentar las comodidades de los tuyos propios. A mi manera de pensar, entre las ventajas que un joven destinado a tener poder y riqueza puede obtener de sus viajes, no debe considerar como la menos esencial la oportunidad de mezclarse con las clases inferiores y convertirse en testigo presencial de lo que sufre el pueblo.

»Perdóname, Lorenzo, si mi narración te parece tediosa. La relación tan cercana que ahora existe entre ambos me hace querer que conozcas cada detalle de mi vida. Y en mi temor de omitir la menor circunstancia que pueda persuadirte de pensar favorablemente de tu hermana y de mí, es posible que te relate muchos detalles que te parezcan poco interesantes.

»Seguí el consejo del duque. Muy pronto me convencí de su sabiduría.

»Dejé España con el falso nombre de don Alfonso de Alvarada y con la compañía de un solo criado de probada lealtad. París fue mi primera parada. Durante algún tiempo me encantó, como en verdad debería ocurrir con cualquier hombre que sea joven, rico y aficionado al placer. Pero en medio de todas las alegrías, sentí que algo le faltaba a mi corazón. Me aburrí del derroche. Descubrí que las personas entre las que vivía, y cuyo exterior era tan refinado y seductor, en el fondo eran frívolas, insensibles y deshonestas. Me aparté repugnado de los habitantes de París y abandoné el teatro del lujo sin lanzar un solo suspiro de arrepentimiento.

»Me dirigí entonces hacia Alemania, con la intención de visitar la mayor cantidad de cortes principales. Antes de esa expedición, tenía la intención de quedarme brevemente en Estrasburgo. Al dejar mi carruaje en Lunéville para tomar un refrigerio, observé una espléndida carroza, acompañada por cuatro criados exquisitamente uniformados, que esperaba a la puerta del león de plata. Poco después, cuando me asomé por la ventana, vi a una dama de noble presencia, seguida por dos criadas, que entraba en la carroza, la cual partió enseguida.

»Pregunté al anfitrión quién era la dama que acababa de marcharse.

»—Una baronesa alemana, *monsieur*, de gran rango y fortuna. Estuvo de visita a la Duquesa de Longueville, según me han informado sus sirvientes. Ella va a Estrasburgo, donde se encontrará con su esposo. Luego ambos regresarán a su castillo en Alemania.

»Reanudé mi viaje con la intención de llegar a Estrasburgo esa misma noche. Pero mis esperanzas se vieron frustradas cuando mi coche sufrió un accidente. Ocurrió en medio de un denso bosque, y me sentí bastante inquieto con respecto a los medios para continuar la marcha.

»Era pleno invierno. La noche ya caía a nuestro alrededor y Estrasburgo, la ciudad más cercana, aún se hallaba a una distancia considerable. Me pareció que la única solución que me quedaba, además de pasar la noche en medio del bosque, era tomar el caballo de mi criado y cabalgar hasta Estrasburgo, una hazaña que en esa estación del año estaba muy lejos de ser agradable. Sin embargo, al no haber otro recurso, me vi obligado a tomar esa decisión. Por lo cual comuniqué mi intención al postillón[10], diciéndole que enviaría gente a ayudarlo en cuanto llegara a Estrasburgo. No tenía mucha confianza en su honradez, pero como Estéfano se encontraba bien armado y el conductor, considerando todas las apariencias, era un hombre de muy avanzada edad, me pareció que no correría el riesgo de perder mi equipaje.

»Por suerte, según me pareció entonces, se me presentó la oportunidad de pasar una mejor noche de la que originalmente esperaba. Al mencionar mi intención de ir a Estrasburgo, el guía meneó la cabeza en señal de desaprobación.

10 Persona que guía un carruaje tirado por caballos, mientras monta uno de estos animales.

»—Es un viaje largo —dijo—. Le resultará difícil llegar sin alguien que lo oriente. Además, *monsieur* no parece acostumbrado a la severidad del clima, y es posible que sea incapaz de soportar el excesivo frío...

»—¿Qué sentido tiene que me hagas todas esas objeciones? —le dije con impaciencia, interrumpiéndolo—. No tengo otra alternativa. Corro aún más peligro de morir de frío si paso la noche en el bosque.

»—¿Pasar la noche en el bosque? —respondió—. ¡Oh, por San Dionisio! La situación todavía no es tan mala. Si no me equivoco, nos encontramos a menos de cinco minutos caminando de la cabaña de mi viejo amigo Baptiste. Es un leñador y una persona muy honrada. No tengo duda de que sentirá gran placer en darle albergue por una noche. Mientras tanto, yo tomaré el caballo de silla, iré a Estrasburgo y volveré con las personas apropiadas para arreglar su carruaje para el alba.

»—En nombre de Dios —dije—, ¿cómo pudiste dejar pasar tanto tiempo sin decírmelo? ¿Por qué no me hablaste antes de esa cabaña? ¡Cuánta estupidez!

»—Pensé que tal vez *monsieur* no se dignaría a aceptar...

»—¡Qué absurdo! ¡Vamos, vamos! No digas más y llévanos sin demora a la cabaña de ese leñador.

»Obedeció y comenzamos nuestra marcha. Los caballos lograron, con ciertas dificultades, arrastrar detrás de nosotros el vehículo accidentado. Mi sirviente casi no hablaba y yo comencé a sentir los efectos del frío antes de llegar a la ansiada cabaña. Era una construcción pequeña pero sólida. Al acercarnos, me alegré al ver por la ventana las llamas de un fuego acogedor. Nuestro conductor golpeó a la puerta y pasó un rato antes que alguien contestara. La gente que estaba adentro parecía dudar si debían dejarnos entrar.

»—¡Vamos! ¡Vamos, amigo Baptiste! —exclamó el conductor con impaciencia—. ¿Qué haces? ¿Duermes? ¿O le negarás una noche de alojamiento a un caballero cuyo coche acaba de averiarse en el bosque?

»—Ah, ¿eres tú, honrado Claude? —contestó una voz de hombre desde adentro—. Espera un momento y abriremos la puerta.

»Poco después descorrieron los cerrojos, abrieron la puerta y un hombre se presentó ante nosotros con una lámpara en la mano. Dio al guía una calurosa recepción y después se dirigió a mí:

»—Adelante, *monsieur*, adelante. Sea usted bienvenido a mi casa. Perdóneme por no haberlo dejado entrar al comienzo, pero hay tantos sinvergüenzas por aquí que, salvando su presencia, sospeché que usted fuese uno de ellos.

»Mientras lo decía, me hizo entrar en la habitación en la que había visto el fuego. Inmediatamente me ubicó en una butaca cerca de la chimenea. Una mujer, que supuse que era esposa del dueño de la cabaña, se levantó de su asiento al verme entrar y me recibió con una leve y distante reverencia. No contestó a mis cumplidos, sino que se sentó nuevamente y continuó con la tarea en la que se encontraba ocupada. Los modales de su marido eran tan amistosos como los de ella severos y repugnantes.

»—Me gustaría poder ofrecerle un alojamiento más conveniente, *monsieur* —dijo él—, pero en esta casa no puedo presumir de tener mucho espacio libre. Sin embargo, creo que puedo arreglármelas para darle una habitación a usted y otra a su criado. Tendrá que conformarse con una comida humilde, pero créame que compartiremos cordialmente con usted la que tenemos —y luego, volviéndose hacia su esposa, dijo—. Pero ¿cómo te quedas sentada ahí, Marguerite, con tanta tranquilidad, como si no tuvieras nada mejor que hacer? ¡No te hagas la gran dama, a moverte! Haz algo de cenar, busca algunas sábanas. ¡Aquí, aquí! Pon leña en el fuego, pues el caballero parece que muere de frío.

»La mujer arrojó a toda prisa lo que hacía sobre la mesa y procedió a llevar a cabo las órdenes de mala gana. Su semblante me generó rechazo desde la primera vez que lo vi de cerca. Pero, vistas en conjunto, no cabía duda de que sus facciones eran agradables. No obstante, su piel era cetrina y toda su persona delgada y magra. Una melancolía amenazante le cubría el rostro, y tenía marcas tan visibles de rencor y disgusto que ni el observador más distraído podía dejar de verlas. Su aspecto y sus acciones daban cuenta de su descontento e impaciencia, y las respuestas que le daba a Baptiste, cuando él le hacía críticas humorosas por su aspecto insatisfecho, eran ácidas, escuetas y cortantes. En pocas palabras, a primera vista experimenté en igual medida desagrado por ella y simpatía por su marido, cuyo aspecto parecía calculado para inspirar estima y confianza. Sus rasgos eran transparentes, sinceros y amistosos; sus modales tenían toda la honradez del campesino pero sin su rudeza; sus mejillas eran anchas, carnosas y rojizas; y en la solidez de su persona parecía ofrecer una amplia disculpa por su esposa. Por las arrugas de su frente me pareció que andaba por los sesenta, pero llevaba bien sus años y todavía parecía vigoroso y fuerte. La esposa no podía tener más de treinta, pero en espíritu y vivacidad era infinitamente mayor que el marido.

»A pesar de su renuencia, Marguerite comenzó a preparar la cena mientras que el leñador conversaba ani*madame*nte sobre distintos temas. El postillón, a quien se le proporcionó una botella de aguardiente, ya se encontraba dispuesto a partir hacia Estrasburgo, y preguntó si yo tenía alguna otra orden que darle antes.

»—¿A Estrasburgo? —interrumpió Baptiste—. No pensarás ir esta noche...

»—Perdón, pero si no consigo los trabajadores para arreglar el carruaje, ¿cómo seguirá el viaje mañana *monsieur*?

»—Es cierto lo que dices. Me había olvidado del carruaje.

Bueno, Claude, pero ¿por lo menos cenarás aquí? Eso te quitará muy poco tiempo y *monsieur* parece demasiado bondadoso como para hacerte salir con el estómago vacío en una noche de frío tan intenso como esta.

»Asentí de buena gana y le dije al postillón que tenía muy poca importancia que llegara a Estrasburgo al día siguiente una o dos horas más tarde. Me lo agradeció. Salió de la cabaña con Estéfano y llevó los caballos al establo del leñador. Baptiste los siguió hasta la puerta y la cerró con ansiedad.

»—Este es un viento cortante y helado —dijo—. ¡Me pregunto qué es lo que demorará tanto a mis hijos! *Monsieur*, le presentaré a dos de los mejores muchachos que jamás han pisado esta tierra. El mayor tiene veintitrés y el menor un año menos. A ochenta kilómetros de Estrasburgo no es posible encontrar iguales a ellos en sensatez, valentía y diligencia. ¡Ojalá ya estuvieran de vuelta! Empiezo a preocuparme por ellos.

»En ese momento Marguerite estaba poniendo la mesa.

»—¿Usted también se siente ansiosa por el retorno de sus hijos? —le pregunté.

»—No —respondió con irritación—. No son mis hijos.

»—¡Vamos! ¡Vamos, Marguerite! —dijo el marido—. No te enojes solo porque el caballero te haga una simple pregunta. Si no estuvieras tan irritada, nunca te habría considerado lo bastante mayor como para tener un hijo de veintitrés. ¡Pero ya ves cuántos años te agrega el malhumor! Perdone lo descortés de mi mujer, *monsieur*. Cualquier cosa la saca de sus casillas y está un poco molesta porque usted no la haya considerado menor de treinta años. Esa es la verdad, ¿cierto, Marguerite? Usted sabe, *monsieur*, la edad es siempre un tema delicado para las mujeres. ¡Vamos! ¡Vamos, Marguerite! ¡Anímate un poco! Si no tienes hijos así de mayores, los tendrás de aquí a veinte años. Y espero que vivamos para verlos tan buenos como Jacques y Robert.

»Marguerite juntó las manos apasionadamente.

»—¡Dios no lo quiera! —exclamó—. ¡Dios no lo quiera! ¡Si pensara que eso fuera a suceder, los estrangularía con mis propias manos!

»Salió del cuarto apresuradamente y fue al piso de arriba.

»Yo no pude dejar de decirle al leñador cuánta lástima le tenía por verlo encadenado de por vida a una mujer tan malhumorada.

»—¡Oh, Dios! *Monsieur*, todos llevamos penas a cuestas y Marguerite es la que me ha tocado a mí. Además, a fin de cuentas, solo tiene mal genio pero no es malvada. Lo peor es que el afecto por los dos niños que tuvo en un matrimonio anterior la obliga a cumplir el papel de madrastra de mis dos hijos. No soporta verlos y, si se cumplieran sus deseos, jamás pasarían de la puerta de mi casa. Pero en este punto siempre me mantengo firme y nunca permitiré abandonar a los pobrecitos a su suerte. En todo lo demás, la dejo que se salga con la suya. Y en verdad maneja muy bien el hogar, eso debo reconocerlo.

»Estábamos conversando de esa forma cuando nos vimos interrumpidos por un grito estruendoso que atravesó el bosque.

»—¡Mis hijos, espero! —prorrumpió el leñador y corrió a abrir la puerta.

»El grito se repitió. Entonces escuchamos pisadas de caballos, y poco después se detuvo ante la puerta de la cabaña un carruaje seguido por varios jinetes. Uno de ellos preguntó la distancia a la que se encontraba Estrasburgo. Como se dirigió a mí, yo le contesté el número de kilómetros que me había dicho Claude, ante lo cual se desató una sarta de maldiciones contra los conductores por haberse equivocado de camino. Las personas del carruaje estaban ahora en conocimiento de la distancia que había hasta Estrasburgo y, también, de que los caballos estaban tan fatigados que no podían seguir adelante. Una dama que parecía ser la líder expresó pena ante la noticia. Pero como no parecía haber otra solución, uno de los acompañantes preguntó al leñador si podía proporcionarles hospedaje solo por aquella noche.

»El hombre pareció muy avergonzado y contestó que no, agregando que un caballero español y su criado ya ocupaban las únicas habitaciones libres de su casa. Al oír esto, la cortesía propia de mi patria no me permitió ocupar las habitaciones que necesitaba una mujer. En el acto le hice saber al leñador que cedía mis privilegios a la dama. Él hizo algunas objeciones, pero yo las rechacé. Corrí hacia el carruaje, abrí su puerta y ayudé a la dama a descender. Inmediatamente la reconocí como la misma persona a la que había visto en la posada de Lunéville. Aproveché la oportunidad para preguntarle a uno de los integrantes de su séquito cómo se llamaba.

»—Baronesa Lindenberg —fue su respuesta.

»No pude dejar de advertir lo distinta que había sido la recepción que nuestro anfitrión había tenido con esos recién llegados de la que había tenido conmigo. Su resistencia por admitirlos se le manifestaba de manera visible en la cara, y le resultó complicado decirle a la dama que era bienvenida. Yo la acompañé hasta la cabaña y la dejé sentarse en la butaca que acababa de abandonar. Ella me agradeció grácilmente y me ofreció mil disculpas por causar tantos inconvenientes. De pronto, al leñador se le iluminó el rostro.

—¡Ya sé cuál es la solución! —dijo interrumpiendo a la dama—. Puedo darle hospedaje a usted y a su séquito, señora, sin que se vea obligada a hacer que este caballero sufra por su cortesía. Tenemos dos habitaciones desocupadas: una para la dama y la otra, *monsieur*, para usted. Mi mujer dejará la suya a las dos doncellas. En cuanto a los criados, deberán conformarse con pasar la noche en un establo que se encuentra a unos pocos metros de la cabaña. Allá tendrán un fuego ardiente y una cena tan buena como podamos prepararles.

»Después de varias palabras de gratitud por parte de la

dama y de oposición por la mía, a que Marguerite dejara su lecho, la propuesta fue aceptada. Como la habitación era bastante pequeña, la baronesa despidió enseguida a sus servidores masculinos. Baptiste se encontraba a punto de conducirlos al establo que había mencionado cuando dos jóvenes aparecieron en la puerta de la cabaña.

»—¡Diablos! —exclamó el primero mientras retrocedía.

»—¡Robert, la casa está llena de extraños!

»—¡Oh, aquí están mis hijos! —gritó el anfitrión—. ¡Vaya, Jacques, Robert! ¿A dónde creen que van corriendo, muchachos? Todavía queda espacio suficiente para ustedes.

»Ante esta declaración, los jóvenes se devolvieron. El padre nos los presentó a la baronesa y a mí, después retirándose con nuestros criados. En tanto que, por petición de las dos doncellas, Marguerite las condujo hasta la habitación destinada a su ama.

»Los dos recién llegados eran jóvenes altos, robustos, con buena forma y de facciones toscas y muy tostadas por el sol. Nos saludaron en muy pocas palabras y recibieron a Claude, quien entraba en ese momento, como a un viejo conocido. Luego se despojaron de las capas en las que venían envueltos, se quitaron los cinturones de cuero de los cuales colgaban grandes machetes y cada uno se sacó un par de pistolas del cinto y las dejó sobre un estante.

»—Ustedes viajan bien armados —dije yo.

»—Es cierto, *monsieur* —respondió Robert—. Esta noche salimos tarde de Estrasburgo y es necesario tomar precauciones cuando se atraviesa el bosque después de que oscurece. Su reputación no es buena. Se lo aseguro.

»—¿Cómo es eso? —exclamó la baronesa—. ¿Hay ladrones por aquí?

»—Así se dice, *madame*. Por mi parte he atravesado el bosque a todas las horas posibles y nunca he encontrado a uno solo de ellos.

»En ese momento volvió Marguerite. Sus hijastros la llevaron al otro extremo de la habitación y hablaron en voz baja con ella durante algunos minutos. Por las miradas que nos dirigían cada cierto tiempo, supuse que averiguaban qué hacíamos en aquella casa.

»Mientras tanto, la baronesa expresó el miedo que sentía de que su marido estuviera sufriendo ansiedad por su causa. Había tratado de enviar a uno de sus criados para que informara al barón del motivo de su demora, pero la descripción que los jóvenes le habían hecho del bosque hacía imposible aquel propósito. Claude alivió sus inquietudes anunciándole que tenía la necesidad de llegar a Estrasburgo esa misma noche y que, si ella le daba una carta, podría estar segura de que sería entregada sin problemas.

»—¿Y cómo es —le pregunté yo— que no tienes miedo de encontrarte con esos bandidos?

»—¡Ay, señor! Un hombre pobre con familia numerosa no debe perder nunca una cierta ganancia porque esta vaya acompañada de algún peligro. Y tal vez mi señor, el barón, me dé algo por mis penas. Además, no tengo nada que perder excepto mi propia vida, y esta de nada les valdrá a los ladrones.

»Pensé que sus argumentos eran pobres y le aconsejé que esperara hasta la mañana siguiente. Pero como la baronesa no mostró apoyó, me vi obligado a ceder. Como descubrí más tarde, la Baronesa Lindenberg estaba acostumbrada desde hacía mucho tiempo a sacrificar los intereses de los demás por los suyos propios. Y su deseo de enviar a Claude a Estrasburgo le hacía ignorar los peligros de la travesía. En consecuencia, se decidió que partiría de inmediato. La baronesa escribió la carta para su marido y yo envié algunas líneas a mi banquero, informándole que no llegaría a Estrasburgo hasta el próximo día. Claude recogió nuestras cartas y salió de la cabaña.

»Entonces la baronesa declaró que estaba muy cansada por el viaje que había hecho. Además de haber venido de lejos, sus cocheros se las habían ingeniado para perderse en el bosque. Se dirigió a Marguerite para pedirle que le mostrara su habitación y se le permitiera descansar una media hora. De inmediato llamaron a una de sus doncellas, que apareció con una luz. La baronesa la siguió escaleras arriba. Una tela era extendida en la habitación en la que yo me encontraba y Marguerite pronto me dio a entender que obstaculizaba el paso. Sus insinuaciones eran demasiado transparentes como para confundirse con facilidad. Por lo tanto, le pedí a uno de los jóvenes que me llevara a la habitación en la que debía dormir y donde podría permanecer hasta que la cena estuviera lista.

»—¿Qué habitación es, madre? —preguntó Robert.

»—La que tiene los cortinajes verdes —respondió ella—. Acabo de tomarme el tiempo de prepararla y poner sábanas limpias en la cama. Si el caballero decide acostarse y reposar en ella, tendrá que volver a hacerla él mismo.

»—Estás malhumorada, madre, pero eso no es nada nuevo. Tenga la bondad de seguirme, *monsieur*.

»Abrió la puerta y caminó hacia una estrecha escalera.

»—¡No llevas ninguna luz! —dijo Marguerite. ¿Es tu propio cuello o el del caballero el que intentas romper?

»Pasó a mi lado y le entregó una vela a Robert, quien comenzó a subir de inmediato. Jacques se hallaba ocupado en tender la mesa y estaba de espaldas a mí.

»Marguerite aprovechó la oportunidad cuando no nos observaban. Me tomó la mano y me la apretó con fuerza.

»—¡Mire las sábanas! —dijo al pasar a mi lado, e inmediatamente continuó con su ocupación anterior.

»Sobresaltado por su acción tan brusca, me quedé como petrificado. La voz de Robert, pidiéndome que lo siguiera, me hizo volver a la realidad. Subí por la escalera. Mi guía me hizo pasar a una habitación donde un excelente fuego crepitaba en la chimenea. Puso la luz sobre la mesa, me preguntó si necesitaba algo más y, cuando le respondí negativamente, me dejó solo. Puedes estar seguro de que en el instante en que me encontré solo cumplí con lo ordenado por Marguerite. Tomé la vela, me acerqué apresuradamente a la cama y quité el cobertor. ¡Cuál no sería mi asombro, mi horror, al descubrir que las sábanas estaban teñidas de sangre carmesí!

»En ese instante me pasaron por la imaginación mil ideas difusas. Los asaltantes que acechaban el bosque; lo que había dicho Marguerite acerca de sus niños, las armas y la apariencia de los dos jóvenes; y las distintas anécdotas que había escuchado sobre la secreta correspondencia que a menudo existe entre bandidos y postillones. Todas estas circunstancias se me cruzaron por la cabeza y me inspiraron dudas y aprensión. Sopesé los medios más probables para determinar la veracidad de mis conjeturas. De pronto me di cuenta de que alguien se paseaba abajo, a toda prisa, de un lado a otro. Ahora todo me parecía motivo para sospechar. Me acerqué con precaución a la ventana que, como la habitación no se utilizaba desde hacía mucho tiempo, había quedado abierta a pesar del frío. Los rayos de la luna me permitieron distinguir a un hombre, en quien no me fue difícil reconocer a mi anfitrión. Observé sus movimientos.

»Caminaba rápidamente. Luego se detenía y parecía escuchar algo. Daba pisotones al suelo y se golpeaba el vientre con ambas manos, como para protegerse de la inclemencia del clima. Al menor ruido, si se oía una voz en la planta baja de la casa, si un murciélago revoloteaba a su lado o si el viento se agitaba entre las ramas sin hojas, se sobresaltaba y miraba a su alrededor inquietamente.

»—¡Que la peste se lo lleve! —dijo al cabo de un rato con extrema impaciencia—. ¿Qué puede estar haciendo?

»Habló en voz baja. Pero como estaba justo debajo de mi ventana, no tuve dificultad en comprender sus palabras.

»Ahora escuchaba los pasos de alguien que se acercaba. Baptiste se dirigió hacia el lugar de donde provenía el sonido, se unió a un hombre cuya baja estatura y cuerno que colgaba del cuello revelaban que no se trataba de otro que mi fiel Claude, a quien yo suponía camino a Estrasburgo. Como esperaba que su conversación arrojara alguna luz sobre mi situación, me apresuré a disponer todo para oírla con seguridad. Fue con este propósito que apagué la vela que estaba sobre una mesa cerca de la cama. La llama del fuego no era lo suficientemente fuerte para traicionarme, así que inmediatamente volví a ocupar mi lugar junto a la ventana.

»Las personas que despertaban mi curiosidad se habían detenido justamente debajo de ella. Yo supongo que durante mi momentánea ausencia el leñador habría estado culpando a Claude por su demora, ya que cuando volví junto a la ventana este se esforzaba por disculpar su falta.

»—Sin embargo —agregó—, mi gestión de ahora compensará mi demora.

»—Solo bajo esa condición —respondió Baptiste— es que te perdono de buena gana. Pero es verdad que como gozas de los beneficios en condiciones de igualdad, tu propio interés te impulsará a la mayor diligencia posible. Sería una pena dejar que tan noble botín se nos escape. ¿Dices que el español es rico?

»Su criado dijo en la posada que las pertenencias que lleva en el coche valen más de dos mil pistolas.

»¡Oh, cómo maldije la imprudente vanidad de Estéfano!

»—Y también me dijo —continuó el postillón— que la baronesa lleva consigo un cofrecillo de joyas de gran valor.

»—Es posible que así sea, pero yo habría preferido tenerla lejos. El español era un objetivo seguro. Los muchachos y yo habríamos podido someterlos con facilidad tanto a él como a su criado y nos habríamos dividido las dos mil pistolas entre los cuatro. Ahora debemos dejar participar a la banda y es posible que se nos escape la víctima. Si nuestros amigos se fueron a sus distintos puestos antes de que llegaras a la caverna, todo estará perdido. Los acompañantes de la baronesa son muy numerosos para que podamos dominarlos Si nuestros socios no llegan a tiempo, tendremos que dejar que viajen mañana sin daños ni heridas.

»—¡Qué mala suerte que los camaradas que conducían el coche no conocieran nuestra alianza! Pero no tengas miedo, amigo Baptiste. En una hora estaré en la caverna. Ahora son las diez de la noche y a eso de la medianoche puedes esperar la llegada de la banda. Por cierto, ten cuidado con tu esposa. Ya sabes cuán fuerte es su repugnancia por nuestro modo de vida, y puede encontrar maneras de informar de nuestros planes a los criados de la dama.

»—¡Bah! Estoy seguro de que se mantendrá callada. Me tiene mucho miedo y quiere demasiado a sus hijos para atreverse a contar mi secreto. Además, Jacques y Robert no le quitan la vista de encima y no tiene permitido salir de nuestra casa. Los criados están alojados en el granero. Me ocuparé de que todo siga tranquilo hasta la llegada de nuestros amigos. Si estuviese seguro de que los encontrarás, los forasteros serían despachados en este instante. Pero como es posible que no encuentres a los bandidos, temo que por la mañana los criados nos pregunten dónde están.

»—¿Y si alguno de los viajeros descubriera tus planes?

»—Entonces apuñalaremos a los que estén en nuestro poder y correremos el riesgo de someter al resto. Sin embargo, para evitar arriesgarnos tanto, dirígete de inmediato a la caverna. Los bandidos nunca la abandonan antes de las once y, si eres diligente, puedes llegar a tiempo para detenerlos.

»—Por favor, dile a Robert que me llevo su caballo. El mío tiene un freno roto y escapó hacia el bosque. ¿Cuál es la contraseña?

»—La recompensa del valor.

»—Suficiente de esto. Salgo volando a la caverna.

»—Y yo a reunirme con mis huéspedes, no vaya a ser que mi ausencia les genere sospechas. Adiós, sé diligente.

»Los socios se separaron: uno fue en dirección al establo, mientras que el otro a la cabaña.

»Puedes juzgar lo que sentí durante aquella conversación, de la cual no me perdí ni una sola palabra. No me atreví a confiar en mis reflexiones ni se me ocurrió manera alguna de escapar a los peligros que me amenazaban. Sabía que la resistencia sería inútil. Estaba desarmado y sería un solo hombre contra tres. Pero decidí, por lo menos, ponerle el mayor precio posible a mi vida. Como tenía miedo de que Baptiste se diera cuenta de mi ausencia y sospechara que yo había escuchado el mensaje con el que despidió a Claude, rápidamente volví a encender la vela y salí de la habitación. Al bajar, encontré la mesa tendida para seis personas. La baronesa se encontraba sentada junto al fuego, Marguerite preparaba una ensalada y sus hijastros conversaban en susurros en el otro rincón de la habitación. Baptiste, quien debía dar la vuelta al huerto antes de llegar a la puerta de la cabaña, no había llegado todavía. Me senté en silencio, enfrente de la baronesa.

»Una sola mirada a Marguerite le dijo que su insinuación no se me había escapado. ¡Qué distinta la veía ahora! Lo que antes parecía melancolía y tristeza, ahora era, a mi parecer, disgusto con su familia y compasión por el peligro que yo corría. La miré como mi único recurso, pero como sabía que su marido la vigilaba con suspicacia, podía confiar muy poco en el ejercicio de su buena voluntad.

»A pesar de todos mis esfuerzos por ocultarla, la agitación era demasiado visible en mi rostro. Estaba pálido. Mis palabras y acciones eran dispersas y vergonzosas. Los jóvenes lo notaron y quisieron saber la causa. Lo atribuí a un exceso de cansancio y al efecto que me producía el clima tan severo de la época. No puedo asegurarte que me creyeran, pero por lo menos dejaron de acosarme con sus preguntas. Hice lo posible por apartar mi atención de los peligros que me rodeaban conversando con la baronesa sobre diversos temas. Le hablé de Alemania y de mi intención de visitarla muy pronto. ¡Dios sabe lo poco seguro que me estaba en ese momento de llegar a verla algún día! Ella me contestó con gran aplomo y cortesía, afirmó que el placer de conocerme compensaba con creces el retraso en su viaje y me invitó insistentemente a visitarla en el Castillo de Lindenberg. Mientras hablaba, los jóvenes intercambiaron una sonrisa maligna que decía que ella tendría mucha suerte si siquiera conseguía llegar al castillo. No se me pasó por alto aquella sonrisa, pero oculté las emociones que generó en mi pecho. Continué conversando con la dama, pero mis palabras eran a menudo tan incoherentes que, como me dijo después, comenzó a dudar de que estuviera en mis cabales. El hecho es que mientras nuestro diálogo giraba en torno a determinado asunto, mi mente estaba completamente ocupada por otro. Pensaba en la forma de abandonar la cabaña, llegar al establo e informar a los criados acerca del plan de nuestro anfitrión. Pronto me convencí de la imposibilidad de esa opción. Jacques y Robert vigilaban cada uno de mis movimientos con mirada atenta, así que me vi obligado a abandonar la idea. Todas mis esperanzas se concentraban ahora en la posibilidad de que Claude no encontrara a los bandidos. En cuyo caso, según había entendido, se nos permitiría partir sanos y salvos.

»Cuando regresó Baptiste, me estremecí involuntariamente. Ofreció muchas disculpas por su larga ausencia, pero "había sido retenido por asuntos de imposible postergación". Luego pidió permiso para que su familia cenara en la misma mesa que nosotros, puesto que por respeto no se tomaría semejante libertad. ¡Oh, cómo maldije al hipócrita desde el fondo de mi corazón! ¡Cómo aborrecí aquella presencia a punto de privarme de una existencia que en ese momento era infinitamente valiosa! Tenía todos los motivos para estar satisfecho con mi vida. Poseía juventud, riqueza, rango y educación, así como también tenía las mejores perspectivas por delante. Y las vi a punto de cerrarse de la manera más horrible. Sin embargo, me vi obligado a disimular y aceptar con apariencia de gratitud la falsa cortesía de aquel que empuñaba la daga contra mi pecho.

»El permiso solicitado por nuestro anfitrión fue fácilmente obtenido. Nos sentamos a la mesa. La baronesa y yo ocupábamos un lado, mientras que los hijos, frente a nosotros, estaban de espaldas a la puerta. Baptiste se sentó junto a la baronesa en la cabecera y a su lado quedó un lugar para su mujer. Muy pronto apareció Marguerite y sirvió ante nosotros una cena campesina, sencilla pero agradable. A nuestro anfitrión le pareció necesario disculparse por la pobreza de los alimentos. "No tenía idea de nuestra llegada. Solamente podía ofrecernos la comida destinada a su propia familia".

»—Pero —añadió—, si algún accidente detuviese a mis nobles invitados más tiempo del previsto, espero ofrecerles una mejor cena.

»¡Canalla! Conocía bien el accidente al que estaba aludiendo. Me estremecí ante la hostilidad que él nos hacía esperar.

»Mi compañera de peligros parecía haber olvidado su molestia ante la tardanza. Aunque en vano, intenté seguir su ejemplo. Pero resultaba evidente que mi buen ánimo era forzado y el autocontrol que me imponía no escapó a la mirada de Baptiste.

»—¡Vamos, vamos, *monsieur*, anímese! —dijo—. No parece haberse recuperado de su cansancio. Para levantar su ánimo, ¿qué le parecería una copa de un excelente vino añejo que me dejó mi padre? ¡Que Dios le de descanso a su alma, está en un mundo mejor! Pocas veces ofrezco ese vino, pero como no suelo recibir con frecuencia invitados de honor como ustedes, esta es una ocasión que merece esa botella.

»Entregó a su mujer una llave y le explicó dónde podía encontrar el vino del que había hablado. Ella no pareció de ninguna manera complacida con el encargo. Tomó la llave con expresión de vergüenza y dudó en abandonar la mesa.

»—¿Acaso no me oíste? —exclamó Baptiste con tono rabioso.

»Marguerite le lanzó una mirada en la que se mezclaban la ira y el miedo y salió de la habitación. El marido la siguió con una mirada suspicaz hasta que hubo cerrado la puerta tras de sí.

»Rápidamente volvió con una botella sellada con cera amarilla. La dejó sobre la mesa y le devolvió la llave a su esposo. Sospeché que este vino se nos ofrecía con algún motivo ulterior y observé con inquietud lo que hacía Marguerite. Se encontraba dedicada a limpiar unas pequeñas copas de cuerno. Cuando las dejó ante Baptiste, se dio cuenta de que yo la miraba y en el momento en que consideró que pasaba desapercibida por los bandidos me hizo señas, con la cabeza, de que no probara el vino. Luego volvió a su sitio.

»Mientras tanto, nuestro anfitrión había extraído el tapón y, llenando dos de las pequeñas copas, nos las ofreció a la baronesa y a mí. Al principio ella hizo algunas objeciones, pero la insistencia de Baptiste fue tal que se sintió obligada a aceptarla. Para no generar sospechas, no dudé en tomar la copa que se me extendía. Por su aroma y color, supuse que era champaña, pero algunos granos de polvo que flotaban en su superficie me convencieron de que estaba adulterada. Sin embargo, no me atreví a negarme a beberla. Me la llevé a los labios y fingí tragar. De repente me levanté de la silla y llegué como mejor pude hasta una jarra de agua, que se encontraba a una cierta distancia, y en la cual Marguerite había lavado las copas. Hice el gesto de escupir el vino con asco y aproveché la oportunidad de vaciar, sin ser visto, el resto de la bebida en la jarra.

»Los bandidos parecieron alarmarse por mi acto. Jacques se levantó a medias de la silla, se llevó la mano al pecho y yo pude ver a medias el mango de una daga. Regresé a mi asiento tranquilamente y fingí no haber advertido la confusión de los hombres.

»—No has complacido mi gusto, honrado amigo —dije en dirección a Baptiste—. Nunca puedo beber champaña sin que me produzca un desagradable malestar. Tragué algunos sorbos antes de darme cuenta de lo que era y me temo que ahora tendré que pagar las consecuencias de mi imprudencia.

»Baptiste y Jacques se miraron con desconfianza.

»—¿Tal vez —dijo Robert— le parece desagradable el olor?

»Abandonó su silla y tomó la copa. Observé que miraba si estaba casi vacía.

»—Debe de haber tomado lo suficiente —le dijo a su hermano en voz baja, mientras se sentaba nuevamente.

»Marguerite pareció inquietarse por el hecho de que yo hubiese bebido aquel licor, pero una mirada mía la tranquilizó.

»Esperé con angustia los efectos que la bebida produciría en la baronesa. No dudaba de que los granos de polvo que había visto eran venenosos y lamentaba que me hubiera sido imposible prevenirla del peligro. Pero pasaron unos pocos minutos antes de que viera que los ojos se le ponían pesados. La cabeza se le cayó sobre el hombro y se hundió en un profundo sueño. Fingí no darme cuenta y continué mi charla con Baptiste con toda la alegría que estaba en mi poder probar. Pero ya no me respondía sin reserva. Me miraba con desconfianza y asombro. Vi que los bandidos cuchicheaban entre sí con frecuencia. Mi situación se volvía más lamentable a cada momento y mantuve un semblante de confianza con la peor gracia jamás vista. Temiendo en igual medida la llegada de los cómplices y de que sospecharan que conocía su plan, no sabía cómo despejar la desconfianza que indudablemente ya sentían los bandidos. La amistosa Marguerite volvió a ayudarme con ese problema. Caminó por detrás de las sillas de sus hijastros, se detuvo un momento enfrente de mí, cerró los ojos y reclinó la cabeza sobre su hombro. Una insinuación que disipó inmediatamente mi incertidumbre. Lo que me había dicho era que debía imitar a la baronesa y fingir que la bebida había tenido efecto en mí. Así lo hice y en unos pocos minutos parecía completamente superado por el sueño.

»—¡Bien! —exclamó Baptiste en cuanto me desplomé en el respaldo de la silla—. ¡Por fin duerme! Estaba comenzando a pensar que había adivinado nuestros propósitos y que nos veríamos obligados a acabar con él de todos modos.

»—¿Y por qué no acabar con él de todos modos? —preguntó un feroz Jacques—. ¿Por qué darle la posibilidad de traicionar nuestro secreto? Marguerite, dame una de mis pistolas. Un solo toque en el gatillo terminará con él.

»—Y suponiendo —respondió el padre—, suponiendo que nuestros amigos no pudieran llegar esta noche, una bonita imagen daríamos cuando los criados pregunten mañana por él. No, no, Jacques, debemos esperar a nuestros socios. Si se unen a nosotros seremos lo bastante fuertes para liquidar tanto a los criados como a sus amos, y el botín será nuestro. Si Claude no encuentra a la banda, deberemos tener paciencia y dejar que la presa se nos escape de entre los dedos. ¡Oh! Muchachos, muchachos, si hubieran llegado cinco minutos antes, el español ya hubiese sido liquidado y dos mil pistolas serían nuestras. Pero siempre están lejos cuando más se los necesita. Son los bandidos con menos suerte...

»—¡Bueno, bueno, padre! —dijo Jacques—. Si hubieras estado en mi mente, ya todo habría terminado. Bastaba con

Robert, Claude, tú y yo... Pues los forasteros apenas nos doblaban en número y te aseguro que habríamos podido someterlos. Pero Claude se fue y ahora es muy tarde ya para pensar en ello. Debemos esperar pacientemente la llegada de la banda, y si los viajeros se nos escapan esta noche, debemos tener cuidado de acecharlos mañana.

»—¡Cierto, cierto! —dijo Baptiste—. Marguerite, ¿les diste el somnífero a las doncellas?

»Ella contestó afirmativamente.

»—Entonces todo marcha bien. Vamos, vamos, muchachos. Pase lo que pase, no tenemos razones para quejarnos de esta aventura. No corremos peligro alguno, podemos ganar mucho dinero y no hay nada que perder.

»En ese instante escuché el ruido de cascos de caballos. ¡Oh, qué espantoso resultó ese sonido en mis oídos! Un sudor frío corrió por mi frente y sentí todos los terrores de una muerte inminente. De ninguna manera me tranquilizó escuchar a la compasiva Marguerite exclamar con tono de desesperación:

»—¡Dios todopoderoso, están perdidos!

»Por fortuna, el leñador y sus hijos se encontraban demasiado ocupados con la llegada de sus socios como para prestarme atención, o la brusquedad de mi agitación los habría convencido de que mi sueño era falso.

»—¡Abran, abran! —exclamaron varias voces afuera de la cabaña.

»—¡Sí, sí! —gritó Baptiste con alegría—. En efecto, son nuestros amigos. Ahora nuestro botín está asegurado. ¡En marcha, muchachos, en marcha! Llévenlos al establo. Y ya saben qué hay que hacer allí.

»Robert se apresuró a abrir la puerta de la cabaña.

»—Pero primero —dijo Jacques tomando su arma—, primero déjame liquidar a estos durmientes.

»—¡No, no, no! —contestó su padre—. Ve al establo,

donde se requiere tu presencia. Deja que yo me ocupe de ellos y de las mujeres de arriba.

»Jacques obedeció la orden y siguió a su hermano. Según parece, estuvieron conversando durante unos minutos con los recién llegados, después de lo cual oí que los bandidos desmontaban los caballos y, como bien adiviné, se encaminaron hacia el establo.

»—¡Ah, eso está muy sabiamente hecho! —murmuró Baptiste—. Dejaron sus caballos para poder caer sobre los forasteros por sorpresa. ¡Bien, bien! Y ahora a nuestro negocio.

»Lo oí caminar hacia una pequeña alacena que estaba ubicada en una parte distinta de la habitación y abrirla. En ese momento sentí que me sacudían con suavidad.

»—¡Ahora, ahora! —susurró Marguerite.

»Abrí los ojos. Baptiste se encontraba a mis espaldas. No había más nadie en la habitación, excepto por Marguerite y la baronesa dormida. El villano había tomado una daga de la alacena y parecía estar verificando si tenía filo suficiente. Yo no había tenido la precaución de aprovisionarme con armas, pero me di cuenta de que esa era mi única oportunidad para escapar y decidí no desaprovecharla. Salté de mi puesto, me precipité de pronto sobre Baptiste y le rodeé la garganta con las manos, apretando con la fuerza suficiente como para impedirle que dejara escapar un solo grito. Recordarás que en Salamanca destacaba por la fuerza de mi brazo. Pues en ese momento me fue de especial utilidad. Sorprendido, aterrorizado y sin aliento, el bandido no resultó un rival que pudiera pelear conmigo. Lo tiré al suelo, lo agarré aún más fuerte y, mientras lo inmovilizaba en el suelo, Marguerite le arrancó la daga de la mano y se la clavó repetidas veces en el corazón hasta que murió.

»Tan pronto como este horrible pero necesario acto fue perpetrado, Marguerite me pidió que la siguiera.

»—Escapar es nuestra única salvación —dijo—. ¡Rápido! ¡Rápido, vamos!

»No dudé en obedecer su orden. Pero como no quería que la baronesa fuera víctima de la venganza de los bandidos, la tomé entre mis brazos aún dormida y corrí detrás de Marguerite. Los caballos de los malhechores estaban atados cerca de la puerta. Mi guía saltó a uno de ellos y yo la imité. Acomodé a la baronesa delante de mí y di la orden al caballo de moverse. Nuestra única esperanza era llegar a Estrasburgo, que se encontraba mucho más cerca de lo que me había dicho el traidor de Claude. Marguerite conocía de sobra el camino y galopaba delante de nosotros. Nos vimos obligados a pasar delante del establo, donde los bandidos estaban matando a nuestros criados. La puerta estaba abierta y escuchamos los gritos de los moribundos y las maldiciones que lanzaban los asesinos. Las palabras no pueden describir lo que yo sentí en aquel momento.

»Jacques escuchó las pisadas de nuestros caballos cuando pasamos galopando frente al establo. Corrió hasta la puerta con una antorcha encendida en la mano y reconoció fácilmente a los fugitivos.

»—¡Traición, traición! —gritó a sus compañeros.

»De inmediato abandonaron la sangrienta tarea y corrieron hacia sus caballos. No escuchamos nada más. Enterré las espuelas en los flancos de mi caballo y Marguerite provocó al suyo con el puñal que tan buen servicio ya nos había prestado. Volamos como un relámpago y llegamos a la llanura abierta. Ya estaba a la vista el campanario de Estrasburgo cuando escuchamos que los bandidos nos perseguían. Marguerite miró hacia atrás y distinguió que nuestros persecutores descendían por una loma a una distancia no tan considerable. Espoleamos nuestros caballos en vano. El ruido se acercaba cada vez más y más.

»—¡Estamos perdidos! —gritó—. ¡Los bandidos nos alcanzan!

»—¡Adelante, adelante! —exclamé—. ¡Escucho cascos de caballos que se acercan desde el pueblo!

»Incrementamos nuestros esfuerzos y pronto vimos que un grupo grande de jinetes venía hacia nosotros a toda marcha. Estaban a punto de seguir de largo cuando Marguerite gritó:

»—¡Esperen, esperen! ¡Sálvennos! ¡Por el amor de Dios, sálvennos!

»El que iba adelante, que parecía ser el guía, frenó inmediatamente su caballo.

»—¡Es ella! —gritó saltando al suelo—. ¡Deténgase, mi señor, deténgase! ¡Están a salvo! ¡Es mi madre!

»En ese mismo momento Marguerite se lanzó del caballo, lo abrazó y lo cubrió de besos. Los otros caballeros se detuvieron al escuchar los gritos.

»—¡La Baronesa Lindenberg! —gritó con angustia otro de los desconocidos— ¿Dónde está? ¿No viaja con ustedes?

»Se interrumpió al verla inerte entre mis brazos y me la quitó. El profundo sueño en el que se encontraba sumida la baronesa le hizo temer por su vida al comienzo, pero las palpitaciones de su corazón pronto lo tranquilizaron.

»—¡Gracias a Dios! —dijo—. Escapó ilesa.

»Interrumpí aquella alegría señalando a los bandidos, que continuaban acercándose a nosotros. En cuanto los mencioné, la mayor parte del grupo, que parecía esencialmente compuesto por soldados, se marchó a toda velocidad a su encuentro. Los bandidos no esperaron el ataque. Al darse cuenta del peligro que corrían, hicieron devolverse a sus caballos y escaparon hacia el bosque, hasta donde fueron perseguidos por nuestros salvadores. Mientras tanto, el desconocido, quien supuse ser el Barón Lindenberg, me agradeció por haber protegido a la baronesa y me propuso que siguiéramos sin perder tiempo hasta la ciudad. Acomodaron frente a él a la baronesa, en quien aún no había pasado el efecto del somnífero. Marguerite y su hijo volvieron a montar los caballos, los criados del barón siguieron su ejemplo y pronto llegamos a la posada en la cual él se alojaba.

»Se trataba de la taberna del Águila Austríaca, en la que mi banquero, a quien antes de partir de París había dado a conocer mi intención de visitar Estrasburgo, me había reservado habitaciones. Fue una circunstancia que me alegró. Me dio la oportunidad de cultivar mi relación con el barón, previendo que me resultaría útil en Alemania. Inmediatamente después de que llegamos, llevaron a la dama a su habitación. Mandaron a llamar a un médico, quien le recetó un medicamento para contrarrestar los efectos del narcótico. Luego de que se lo vertieran en la garganta, quedó al cuidado de la posadera. Entonces el barón se dirigió a mí y me pidió que le contara los detalles de nuestra aventura. Complací su pedido sin demora, pues me encontraba apenado por el destino de Estéfano, a quien me había visto obligado a dejar atrás, víctima de la crueldad de los bandidos, y me resultaba imposible descansar hasta que tuviera alguna noticia de él. Muy pronto recibí la información de que mi fiel servidor había muerto. Los soldados que perseguían a los bandidos regresaron mientras yo relataba lo acontecido al barón. Por lo que nos dijeron, habían alcanzado a los ladrones. La culpa y el verdadero coraje son incompatibles. Estos se lanzaron a los pies de sus perseguidores, se rindieron sin ofrecer resistencia alguna, revelaron su escondite secreto y dieron a conocer las señas por medio de las cuales se podía atrapar al resto de los miembros de banda. En pocas palabras, dieron muestras de cobardía y bajeza. Gracias a esa información, la banda entera, compuesta por casi sesenta personas, fue apresada, maniatada y llevada a Estrasburgo. Algunos de los soldados se apresuraron a ir hasta la cabaña con uno de los bandidos como guía. En primer lugar fueron al establo del desenlace fatal, donde tuvieron la suerte de encontrar vivos a dos de los criados del barón, ambos gravemente heridos. El resto había muerto por causa de las espadas de los bandidos, entre ellos mi desdichado Estéfano.

»Alarmados por nuestra fuga, los ladrones, en su afán por alcanzarnos, se habían olvidado de ir a la cabaña. Por lo que los soldados encontraron ilesas a las dos doncellas, hundidas en el mismo sopor, como de muerte, en el que había caído su ama. No había más nadie en la cabaña, excepto por un niño de no más de cuatro años que los soldados se llevaron consigo. Estábamos haciendo conjeturas sobre la procedencia del pequeño desafortunado, cuando Marguerite se precipitó en la habitación con él entre los brazos. Cayó a los pies del oficial que nos presentaba el reporte y lo bendijo mil veces por salvar a su hijo.

»Cuando terminó aquel brote de ternura maternal, le supliqué que me contara cómo es que se había unido a un hombre cuyos principios parecían tan absolutamente discordantes con los suyos. Ella bajó la mirada y se limpió las lágrimas de la mejilla.

»—Caballeros —dijo después de hacer silencio por algunos instantes—, deseo pedirles un favor. Tienen derecho a saber quién les estará en deuda. No reprimiré entonces una confesión que me llena de vergüenza. Pero permítanme resumirlo en la menor cantidad de palabras que me sea posible:

»"Nací en Estrasburgo de padres respetables. Por ahora debo ocultar sus nombres. Mi padre todavía está vivo y no merece verse implicado en mi infamia. Si me conceden lo que les solicito, les diré mi apellido. Un bandido consiguió hacerse dueño de mi afecto y por seguirlo abandoné mi hogar paterno. Pero aunque mis pasiones vencieron sobre mi virtud, no me hundí en la depravación del vicio, que es el destino más común entre las mujeres que dan su primer paso en falso. ¡Amaba al que me había seducido, lo amaba tanto!

Le fui fiel en la cama y este bebé y el joven que le dio aviso sobre el peligro que corría su mujer, señor barón, son las pruebas de nuestro afecto. Todavía en este instante lamento su pérdida, aunque a él le debo toda la miseria de mi vida.

»Él era noble de cuna, pero había derrochado toda su herencia paterna. Sus parientes lo consideraban una deshonra para su apellido y lo rechazaron. Sus excesos causaron la indignación de la policía. Se vio obligado a escapar de Estrasburgo y, aparte de mendigar, no vio otra alternativa más que unirse a los bandidos que infestaban el bosque vecino y cuya tropa estaba principalmente conformada por jóvenes de buena familia en los mismos apuros que él. Yo estaba determinada a no abandonarlo. Lo seguí hasta la caverna de los bandidos y compartí con él la miseria de una vida desvergonzada. Pero aunque me daba cuenta de que nuestra existencia se basaba en robar, no estaba al tanto de todas las horribles circunstancias asociadas al oficio de mi amado. Me las escondía con el máximo cuidado. Él sabía que mi manera de pensar no era lo suficientemente corrupta como para contemplar sin horror los asesinatos. Con razón suponía que yo huiría con desprecio de los brazos de un asesino. Ocho años de convivencia no habían disminuido su amor por mí, y con cautela me ocultaba toda circunstancia que pudiese llevarme a sospechar los delitos en los que participaba con demasiada frecuencia. Lo logró a la perfección. Solo después de la muerte de mi amante es que descubrí que sus manos estaban manchadas con la sangre de inocentes.

»Una noche fatal fue llevado a la caverna lleno de las heridas que había recibido al atacar a un viajero inglés, a quien los compañeros de mi amado sacrificaron en venganza inmediatamente. Apenas tuvo tiempo de pedirme perdón por todas las penas que me había ocasionado. Se llevó mi mano a los labios y murió. Mi dolor era inexpresable. Tan pronto disminuyó su intensidad, decidí regresar a Estrasburgo, lanzarme con mis dos hijos a los pies de mi padre y suplicar por su perdón, aunque tenía muy pocas esperanzas de conseguirlo. ¡Cuál no sería mi consternación cuando me dijo que nadie que conociera el secreto de la caverna tenía permitido liberarse de la banda! ¡Que debía abandonar toda esperanza de reintegrarme alguna vez a la sociedad y que debía aceptar por marido a uno de los asesinos! Mis súplicas y protestas fueron inútiles. Dejaron a la suerte la decisión de quién viviría conmigo. Y así me convertí en propiedad del infame Baptiste. Un ladrón, que en otro tiempo había sido monje, llevó a cabo la ceremonia, más burlesca que religiosa. Mis hijos y yo fuimos entregados a mi nuevo esposo y él nos llevó enseguida a su hogar.

»Baptiste me aseguró que hacía tiempo que experimentaba el más ardiente deseo por mí, pero que su amistad con mi difunto amante lo había obligado a sofocarlo. Intentó reconciliarme con mi destino, y durante algún tiempo me trató con respeto y gentileza. Finalmente, al ver que mi resistencia aumentaba en lugar de disminuir, consiguió por medio de la violencia los favores que insistía en negarle. No me quedó otra opción que soportar mis penas con paciencia. Yo era consciente de lo mucho que las merecía. La huida estaba prohibida. Mis hijos se hallaban bajo el poder de Baptiste y él había jurado que, si yo intentaba escapar, ellos lo pagarían con sus vidas. Y ya había tenido muchas oportunidades de comprobar la barbarie de su naturaleza como para dudar de que cumpliría su promesa al pie de la letra. La triste experiencia me había convencido del horror de mi situación. Mi primer amante me lo había ocultado con cuidado. Baptiste más bien se alegró de abrirme los ojos a las crueldades de su oficio y se esforzó por familiarizarme con la sangre y la matanza.

»Mi naturaleza era inmoral y ardiente, pero no cruel. Mi conducta había sido imprudente, pero a mi corazón no le faltaban principios. ¡Juzguen entonces lo que debí de haber sentido al ser testigo permanente de los más horribles y repugnantes crímenes! ¡Juzguen cómo debí de haberme afligido al estar unida a un hombre que recibía a huéspedes desprevenidos con un aire de franqueza y hospitalidad mientras planeaba su destrucción! La pena y el descontento se apoderaron de mí. Los pocos encantos que la naturaleza me había dado se marchitaron, y el abatimiento de mi semblante dejaba en evidencia los sufrimientos de mi corazón. Mil veces sentí la tentación de poner fin a mi vida, pero el recuerdo de mis hijos me detenía. De solo pensar en dejarlos a la merced de mi tirano, me estremecía y temblaba más por su virtud que por su propia vida. El segundo era todavía muy pequeño como para beneficiarse con mis consejos, pero trabajé sin descanso en el corazón del mayor para inculcarle los principios que le permitieran mantenerse a salvo de los crímenes de sus padres. Me escuchaba con docilidad o, más bien, con avidez. A pesar de su corta edad, ya daba señales de que no estaba hecho para tener una vida de delincuente, y el único consuelo que tuve entre mis penas fue presenciar el despertar de las virtudes de mi Théodore.

»Esa era mi situación cuando el traicionero postillón de don Alfonso lo condujo hasta mi casa. Su juventud, su talante y sus modales me llevaron a preocuparme por su salvación. La ausencia de los hijos de mi marido me dio una oportunidad que desde hacía mucho esperaba encontrar y decidí arriesgarlo todo para proteger al desconocido. La vigilancia de Baptiste me impidió prevenir a don Alfonso del peligro. Sabía que si traicionaba su secreto sería castigada con la muerte de inmediato y, por más amargada que estuviera por las calamidades de mi vida, necesitaba coraje para sacrificarla a fin de salvar la de otra persona. Mi única esperanza estaba en conseguir ayuda en Estrasburgo. Decidí intentarlo y, si se presentaba la ocasión de advertir a don

Alfonso del peligro sin ser vista, estaba dispuesta a aprovecharla con avidez. Por orden de Baptiste, subí a preparar la cama del recién llegado. La tendí con las sábanas sobre las que un viajero había sido asesinado algunas noches antes y que aún se encontraban manchadas de sangre. Tenía la esperanza de que esas marcas no escaparan de la vista de nuestro huésped y que percibiera en ellas los planes de mi perverso esposo. Pero esa no fue la única medida que tomé para salvar al desconocido. Théodore estaba en cama por enfermedad. Entré sigilosamente a su habitación, sin ser vista por mi tirano, le conté mi proyecto y se unió a él con entusiasmo. Se levantó a pesar de su malestar y se vistió deprisa. Le até una de las sábanas alrededor de los brazos y lo bajé por la ventana. Corrió al establo, tomó el caballo de Claude y se fue hasta Estrasburgo. Si lo hubieran detenido los bandidos, habría dicho que Baptiste lo enviaba con un mensaje, pero afortunadamente llegó a la ciudad sin toparse con ningún obstáculo. Inmediatamente pidió ayuda a la magistratura, su relato pasó de boca en boca y al cabo de un rato llegó a oídos del barón. Ansioso por la seguridad de su esposa, que según sabía debía viajar aquella noche, se le ocurrió que habría podido caer en poder de los bandidos. Acompañó a Théodore, quien condujo a los soldados hasta la cabaña, llegando justo a tiempo para salvarnos de caer una vez más en las garras de nuestros enemigos".

»Aquí interrumpí el relato de Marguerite para preguntarle por qué me habían dado el somnífero. Respondió que Baptiste suponía que yo portaba algún arma y quería impedir que ofreciera resistencia. Era una precaución que siempre tenía, ya que como los viajeros no tenían esperanzas de escapar, la desesperación podía llevarlos a vender cara su vida.

»Entonces el barón quiso que Marguerite le informara cuáles eran sus planes a partir de aquel instante. Me uní a él para dejarle clara mi disposición a mostrarle mi gratitud por haber preservado mi vida.

»—Disgustada con un mundo en el que solo he encontrado desgracias —contestó—, mi único deseo es retirarme a un convento. Pero primero debo proveer para mis hijos... ¡Me enteré de que mi madre ya no vive, quizá empujada a la tumba por mi abandono prematuro! Mi padre todavía vive y no es un hombre demasiado duro. Quizá, caballeros, a pesar de mi ingratitud e imprudencia, por medio de su intercesión puede convencerse de perdonarme y hacerse cargo de sus desdichados nietos. ¡Si obtienen esta bendición para mí, habrán pagado mil veces por mis servicios!

»El barón y yo le aseguramos a Marguerite que no escatimaríamos esfuerzos para lograr su perdón y que, aunque su padre se mostrara inflexible, no debía temer con respecto a la suerte de sus hijos. Me comprometí a cuidar de Théodore y el barón juró proteger al menor.

»La agradecida madre retribuyó con lágrimas lo que ella llamó generosidad, aunque en realidad no era otra cosa más que el propio sentido de nuestras obligaciones con ella. Entonces salió de la habitación para acostar a su pequeño hijo, a quien la fatiga y el sueño habían vencido por completo.

»Al recuperarse, la baronesa fue puesta al día sobre los peligros de los cuales yo la había salvado y no tuvo límites en expresar su gratitud. Su marido la apoyó tan vehementemente en su insistencia para que los acompañara a su castillo en Baviera que me resultó imposible resistir tales ruegos. Durante la semana que estuvimos en Estrasburgo, no olvidamos los intereses de Marguerite. En nuestra conversación con su padre tuvimos tanto éxito como podíamos haber deseado. El bondadoso anciano había perdido a su mujer. No tenía más descendientes que su desafortunada hija, de quien hacía catorce años que no sabía nada. Estaba rodeado de parientes lejanos, quienes esperaban con impaciencia su muerte para apoderarse de su dinero. Por lo que cuando Marguerite reapareció de tan inesperada forma la consideró como un regalo del cielo. La recibió, junto a sus hijos, con los brazos abiertos e insistió en que se quedaran en su casa sin demora. Desilusionados, los primos se vieron obligados a hacerles un lugar. El anciano no quiso ni oír hablar de que su hija se retirara a un convento. Dijo que Marguerite era demasiado necesaria para su felicidad y ella se dejó convencer con facilidad, abandonando sus planes. Pero Théodore no pudo ser persuadido de abandonar el plan que yo le había trazado en un primer momento. Se había apegado de manera muy sincera a mí en Estrasburgo y, cuando estaba a punto de marchame, me pidió entre lágrimas que contratara sus servicios. Demostró todos sus pequeños talentos con los colores más vivos y favorables, y trató de convencerme de que me sería de infinita utilidad durante el camino. No estaba dispuesto a cargar con un niño que apenas había cumplido los trece años porque sabía que no solamente sería un estorbo para mí. Pero no pude resistirme a las súplicas de aquel afectuoso muchacho, quien en verdad poseía una cantidad considerable de cualidades valiosas. Con algo de dificultad, logró convencer a sus parientes de que le permitieran marcharse conmigo, y una vez obtenido el permiso fue honrado con el título de paje mío. Luego de pasar una semana en Estrasburgo, Théodore y yo partimos hacia Baviera en compañía del barón y la baronesa. Esta última, igual que yo, había obligado a Marguerite a aceptar varios regalos de valor, tanto para ella como para su pequeño hijo. Al despedirnos, le prometí que al terminar el año le devolvería a Théodore.

»Te he relatado esta aventura con lujo de detalles, Lorenzo, para que entiendas los medios por los cuales "el aventurero Alfonso de Alvarada se introdujo en el Castillo de Lindenberg". ¡Juzga por mi experiencia cuánta fe se debe dar a las afirmaciones de su tía!».

VOLUMEN II

CAPÍTULO I

Avaunt! and quit my sight! Let the Earth hide thee!
Thy bones are marrowless, thy blood is cold!
Thou hast no speculation in those eyes
Which Thou dost glare with! Hence, horrible shadow!
Unreal mockery hence![11]
WILLIAM SHAKESPEARE, *Macbeth*

CONTINUACIÓN DE LA HISTORIA DE DON RAIMUNDO

—Mi viaje fue increíblemente agradable. Descubrí que el barón era un hombre que poseía cierta sensatez, pero que tenía muy poco conocimiento del mundo. Había pasado gran parte de su vida sin ir más allá de los límites de sus dominios y, por lo tanto, sus modales estaban bastante lejos de ser los más finos. Sin embargo, era cordial, tenía buen humor y resultaba amigable. Sus atenciones conmigo fueron todo lo que podía esperar, y tuve motivos suficientes para sentirme satisfecho con su manera de proceder. Su mayor pasión era la caza, a la que él mismo había llegado a considerar una ocupación seria y, cuando hablaba de alguna cacería importante trataba el tema con tanta formalidad como si hubiese sido una batalla de la que dependiera el destino de dos reinos. Yo resulté ser un deportista tolerable. Poco después de mi llegada a Lindenberg di algunas pruebas de mi destreza. Inmediatamente, el barón me consideró un hombre de genio y me prometió amistad eterna.

---

11 *¡Atrás! ¡Y aléjate de mi vista! ¡Que la tierra te oculte! / ¡Tus huesos no tienen tuétano, tu sangre está fría! / ¡No hay observación en esos ojos / con los que deslumbras! ¡Por eso, sombra horrible! / ¡Burla irreal, por eso!*

»Esa amistad no me fue en absoluto intrascendente. En el Castillo de Lindenberg conocí a tu hermana, la encantadora Agnes. Para mí, que no tenía comprometido el corazón y que me afligía por este vacío, verla y amarla fue lo mismo. Encontré en Agnes todo lo que necesitaba para asegurar mi afecto. Era joven, delgada y elegante; dominaba a la perfección varios talentos, en especial los de la música y el dibujo; su carácter era alegre, abierto y agradable; y la sencilla gracia con la que se vestía y comportaba representaba un ventajoso contraste con respecto al artificio y la estudiada coquetería de las damas de París, que yo acababa de dejar atrás. Desde el momento en que la vi sentí el más profundo interés por su destino. Hice muchas averiguaciones sobre ella con la baronesa.

»—Es mi sobrina —respondió la dama—. Usted aún no lo sabe, don Alfonso, pero yo soy su compatriota. Soy hermana del Duque de Medinaceli. Agnes es la hija de mi segundo hermano, don Gastón. Está destinada al convento desde la cuna y muy pronto hará sus votos en Madrid».

En este punto, Lorenzo interrumpió al marqués con una exclamación de sorpresa:

—¿Destinada al convento desde la cuna? —dijo—. ¡Por Dios, esta es la primera vez que escucho un plan como ese!

—Te creo, mi querido Lorenzo —respondió don Raimundo—, pero debes escucharme pacientemente. No te sentirás menos sorprendido cuando te cuente algunos detalles de tu familia que aún no conoces y de los que me enteré a través de la misma Agnes.

Y procedió a continuar su narración de la siguiente manera:

—No olvides que tus padres eran, por desgracia, esclavos de la más ordinaria superstición. Cuando esta debilidad entraba en juego, todos sus otros sentimientos, todas sus demás pasiones, cedían ante la fuerza irresistible de esa influencia. Cuando estaba embarazada de Agnes, tu madre fue presa de una peligrosa enfermedad y los médicos consideraron que no tenía cura. En esta situación, doña Inesilla juró que, si se recuperaba de su mal y el bebé que entonces llevaba en su vientre era una niña, sería consagrada a Santa Clara; y si era un niño, a San Benito. Sus oraciones fueron escuchadas, pues se curó de su enfermedad. Agnes llegó viva a este mundo e inmediatamente fue destinada al servicio de Santa Clara.

»Don Gastón consintió con facilidad los deseos de su mujer. Pero como conocía los sentimientos de su hermano, el duque, con respecto a la vida religiosa, decidieron que le ocultarían con sumo cuidado la suerte que tu hermana estaba destinada a correr. Para guardar aún mejor el secreto, se resolvió que Agnes acompañara a su tía, doña Rodolfa, a Alemania, donde se uniría a su esposo, el Barón Lindenberg, como recién casada. Al llegar a la mansión, la pequeña Agnes entró en un convento ubicado a unos pocos kilómetros del castillo. Las monjas, en quienes fue depositada su educación, llevaron a cabo su misión con dedicación. Le enseñaron a la perfección muchas habilidades y se esforzaron por inculcar en su espíritu el gusto por el retiro y los tranquilos placeres de un convento. Pero un instinto secreto le decía a Agnes que no había nacido para estar en soledad. Con toda la libertad de la juventud y la alegría, no tenía reparos en tratar como ridículas muchas de las ceremonias que las monjas consideraban fascinantes. Y nunca se sentía más feliz que cuando la viveza de su imaginación le inspiraba algún plan para molestar a la rígida abadesa o a la malhumorada portera. Miraba con disgusto la perspectiva que tenía ante sí. Sin embargo, no tuvo ninguna otra alternativa y se sometió a la decisión de sus padres, aunque no sin quejarse en secreto.

»Pero no tenía la capacidad necesaria para esconder durante demasiado tiempo esa resistencia. Don Gastón fue informado al respecto. Alarmado por miedo a que tu cariño por ella obstaculizara sus proyectos y de que impidieras la desdicha de tu hermana, Lorenzo tomó la decisión de mantener en secreto todo el asunto, tanto ante ti como ante el duque, hasta que se realizara el sacrificio. El momento en que debía tomar el velo se fijó para cuando tú estuvieras de viaje. Mientras tanto, no se hizo alusión alguna a la fatal promesa de doña Inesilla. A tu hermana jamás se le permitió conocer dónde estabas. Todas tus cartas eran leídas antes de que ella las recibiera y se tachaban las partes que podían incitar su interés por el mundo. Las respuestas se las dictaba su tía o la señora Cunegunda, su institutriz. Estos detalles los conocí parcialmente por Agnes, parcialmente por la misma baronesa.

»Muy pronto resolví liberar a aquella encantadora joven de un destino tan contrario a sus inclinaciones naturales y tan poco coherente con sus méritos. Hice lo posible por ganármela. Presumí mi amistad e intimidad contigo, mientras ella me escuchaba con ansia. Parecía devorar mis palabras mientras yo hablaba bien de ti, y sus ojos agradecían el cariño hacia su hermano. Finalmente, mis constantes e incansables atenciones lograron conquistar su corazón y con dificultad la obligué a confesar que me amaba. Pero cuando le propuse que nos fuéramos del Castillo de Lindenberg, rechazó la propuesta de forma tajantes.

»—Por favor, sé generoso, Alfonso —me dijo entonces—. Puedes tener mi corazón pero no usarlo de una manera innoble. No emplees tu influencia sobre mí para convencerme de que dé un paso que después me avergonzaría. Soy joven y estoy sola. Mi hermano, que es mi único amigo, vive apartado de mí, y mis demás parientes se comportan como mis enemigos. Apiádate de mi desamparo. En lugar de seducirme para actuar de un modo que me llenaría de vergüenza, esfuérzate más bien por ganarte el afecto de quienes me dominan. El barón te estima. Mi tía, para otros siempre fría, orgullosa y despectiva, recuerda siempre que la rescataste de manos de asesinos y solo contigo se muestra bondadosa y benevolente. Entonces, prueba tu influencia con mis tutores. Si ellos aceptan nuestra unión, mi mano será tuya. Por lo que has dicho sobre mi hermano, no dudo de que obtengas su aprobación. Y cuando se vean ante la imposibilidad de cumplir sus planes, confío en que mis padres perdonarán mi desobediencia y me redimirán por medio de algún otro sacrificio la fatal promesa de mi madre.

»Desde el primer instante en que vi a Agnes, hice todo lo que estaba en mi poder por conquistar a sus parientes. Autorizado por la confesión de su amor, reforcé mis esfuerzos. Mi principal meta fue la baronesa. Era fácil darme cuenta de que era ella quien tomaba las decisiones en el castillo. Su marido le era sumiso en absolutamente todo y la consideraba un ser superior. Ella tenía unos cuarenta años. En su juventud había sido de gran belleza, pero sus encantos eran del tipo que terminan soportando muy mal el paso de los años. Sin embargo, aún le quedaban algunos restos de ellos. Cuando no se encontraba opacada por los prejuicios, cosa que por desgracia muy pocas veces sucedía, su capacidad de entender era sólida y excelente. Sus pasiones eran fuertes. No se reprimía para satisfacerlas y perseguía con furor a quienes se oponían a sus deseos. La más cálida de las amigas y la más intransigente de las enemigas: esa era la Baronesa Lindenberg.

»Me esforcé mucho por complacerla, tanto que por desgracia tuve demasiado éxito. Mis atenciones parecieron satisfacerla y me trató de una manera especial que no reservaba para nadie más. Una de mis actividades cotidianas consistía en leerle durante varias horas. Yo habría preferido pasarlas con Agnes, pero como sabía que eso complacería a su tía y promovería nuestra unión, me sometía de buena gana al castigo que me era impuesto. La biblioteca de doña Rodolfa estaba principalmente conformada por novelas españolas. Estas eran sus lecturas favoritas y una vez por día se me ponía en las manos uno de esos implacables volúmenes. Le leí las fatigosas aventuras de *Perceforest*, *Tirante el blanco*, *Palmerín de Inglaterra* y *El caballero del sol* hasta que el libro estaba a punto de caerse de mis manos de tanto aburrimiento. Pero el creciente placer que la baronesa parecía encontrar en mi compañía me motivó a perseverar. Y más tarde me mostró una atención tan notable que Agnes me aconsejó que aprovechara la primera oportunidad para revelar a su tía la pasión que había entre nosotros.

»Un atardecer me encontraba a solas con doña Rodolfa en sus habitaciones. Como nuestras lecturas generalmente trataban sobre el amor, Agnes no tenía permitido asistir a ellas. Yo me estaba felicitando por haber terminado *Tristán e Isolda*.

»—¡Oh, qué desdichados! —exclamó la baronesa—. ¿Qué opina, señor? ¿Le parece posible que un hombre sienta un apego así de desinteresado y sincero?

»—No lo pongo en duda —respondí—. Mi propio corazón me lo confirma. ¡Oh, doña Rodolfa, si pudiera tener la esperanza de contar con su aprobación para mi amor! ¡Si pudiera confesarle el nombre de mi amada sin desatar su cólera!

»Me interrumpió.

»—¿Y si le ahorrara esa confesión? ¿Si reconociera que no desconozco el objeto de su deseo? ¿Si le dijera que corresponde a su afecto y lamenta, no con menos sinceridad que usted, los votos que por desgracia causan la separación?

»—¡Oh, doña Rodolfa! —exclamé, arrodillándome ante ella y llevándome su mano a los labios— ¡Ha descubierto mi secreto! ¿Cuál es su decisión? ¿Debo vivir en desesperanza o puedo contar con su favor?

»Ella no retiró la mano que yo sostenía, pero se apartó de mí y se cubrió la cara con la otra.

»—¿Cómo podría rechazarlo? —repuso—. ¡Oh, don Alfonso! Hace tanto que me di cuenta de quién era la persona a la que dirigía sus atenciones, ¡pero hasta ahora no me había dado cuenta de la impresión que producían en mi corazón! Ya no puedo ocultar más mi debilidad, ni a mí misma ni a usted. ¡Cedo a la fuerza de mi pasión y le confieso que lo adoro! Durante tres largos meses he reprimido mi deseo. Pero ahora, fortalecidos por la resistencia, me someto a su impetuosidad. El orgullo, el miedo, el honor, el respeto que me debo a mí misma y la fidelidad hacia el barón… Todo se ha desmoronado. Los sacrifico por mi amor hacia usted y aún me parece que pago un precio demasiado bajo por poseerlo.

»Hizo una pausa esperando mi respuesta. Juzga tú, Lorenzo, cuál fue mi confusión ante aquella confesión. En el acto me di cuenta de la dimensión de ese obstáculo que yo mismo había interpuesto en la búsqueda de mi propia dicha. La baronesa había recibido mis atenciones como muestras de amor hacia ella, aunque yo se las ofrecía por el bien de Agnes. Y la energía de su expresión, la mirada que la acompañaba y mi conocimiento de su carácter vengativo me hicieron temblar por mí y por mi amada. Mantuve el silencio durante varios instantes. No sabía cómo contestar a aquella declaración. Tan solo podía aclarar el error sin demora y, por el momento, esconder el nombre de la verdadera dueña de mi corazón. Tan pronto como confesó su pasión, el ardor que tan claramente se veía en mis facciones dejó paso a la consternación y la reserva. Solté su mano y me puse de pie. El cambio en mi semblante no pasó desapercibido

»—¿Qué significa este silencio? —preguntó con voz temblorosa—. ¿Dónde está la alegría que me hizo esperar?

»—Perdóneme, señora —le contesté—, si las palabras que voy a decir ahora le resultan duras y desagradecidas. Alentarla sería incurrir en un error que, por más que me halague, para usted representaría una fuente de desilusión y a mí me haría parecer un criminal ante los ojos de cualquier persona. El honor me obliga a aclararle que usted confundió una declaración de amor por lo que en realidad no era más que una muestra de amistad. Este último sentimiento era el que deseaba generar en su pecho. El respeto que siento hacia usted y la gratitud por el generoso trato del barón me prohíben alentar uno más cálido. Tal vez estos motivos no serían suficientes para protegerme de su atractivo, si no fuera porque mi afecto ya ha sido depositado en otra persona. Usted posee un encanto, señora, que podría cautivar al más insensible. Creo que ningún corazón libre de compromisos podría resistirse a él. Yo tengo la suerte de que el mío ya no esté en mi posesión, o tendría que reprocharme por haber roto las leyes de la hospitalidad. Recuerde, noble dama, recuerde lo que usted le debe al honor y yo al barón. Reemplace por la estima y la amistad aquellos sentimientos a los cuales nunca podré corresponder.

»La baronesa se mostró pálida ante esta inesperada y tajante declaración. Dudó de si dormía o estaba despierta. Al cabo de un rato se recobró de su sorpresa, la consternación dio paso a la rabia y la sangre llenó con violencia sus mejillas.

»—¡Sinvergüenza! —exclamó llorando—. ¡Monstruo del engaño! ¿Así es que recibe la confesión de mi amor? ¿Así es que…? ¡Pero no, no! ¡No puede ni debe ser! ¡Alfonso, míreme a sus pies! ¡Sea testigo de mi desesperación! ¡Mire con piedad a una mujer que lo ama con sincero cariño! Quien posee su corazón, ¿cómo mereció tal tesoro? ¿Qué sacrificio ha hecho por usted? ¿Qué la eleva por encima de Rodolfa?

»Traté de que se pusiera en pie.

»—Por el amor de Dios, señora, contenga ese ímpetu. Nos deshonra tanto a usted como a mí. Sus gritos pueden ser oídos y sus criados podrían enterarse de su secreto. Veo que mi presencia no hace más que irritarla, así que, por favor, permita que me retire.

»Me disponía a salir de la habitación cuando la baronesa me tomó del brazo de forma inesperada.

»—¿Y quién es la dichosa rival? —preguntó con tono amenazante—. Me enteraré de su nombre y cuando me entere... ¡Es alguien que está en mi poder! ¡Pediste mi favor y protección! Espera que la encuentre, espera que sepa quién se atreve a robarme tu corazón, y sufrirá todo el tormento que pueden infligir los celos y la decepción. ¿Quién es? Respóndeme ahora mismo. ¡No tengas la esperanza de ocultarla a mi venganza! Te pondré espías que vigilarán cada uno de tus pasos y cada una de tus miradas. Tus ojos revelarán a mi rival. ¡La conoceré! ¡Y cuando la descubra, tiembla, Alfonso, tiembla por ella y por ti!

»Después de que pronunció estas últimas palabras, su furia llegó a tal punto que le quitó la respiración. Jadeó, gimió y finalmente se desmayó. Mientras caía, la tomé entre mis brazos y la acomodé en un sofá. Luego corrí hasta la puerta y llamé a sus doncellas para que la atendieran. La dejé bajo su cuidado y aproveché la oportunidad para escaparme de allí.

»Agitado y confundido más allá de toda posibilidad de expresarlo, me dirigí hacia el jardín. La bondad con que la baronesa me había escuchado al inicio elevó mis esperanzas al máximo. Imaginé que estaba al tanto de mi amor por su sobrina y que lo aprobaba. Grande fue mi desilusión al entender el verdadero significado de su declaración. No sabía qué debía hacer. La superstición de los padres de Agnes, sumada a la desafortunada pasión de su tía, parecían poner obstáculos casi insuperables a nuestra unión.

»Al pasar ante una sala baja, en la cual las ventanas daban al jardín, vi a Agnes sentada ante una mesa a través de la puerta entreabierta. Estaba dibujando y a su alrededor se veían dispersos varios bocetos inconclusos. Entré sin saber si debía contarle la declaración de la baronesa.

»—Oh, ¿eres tú? —dijo levantando la cabeza—. Como

no eres un extraño, continuaré mi ocupación sin mayor ceremonia. Toma una silla y siéntate a mi lado.

»Obedecí y me ubiqué cerca de la mesa. Inconsciente de lo que hacía y totalmente absorto en la escena que acababa de tener lugar, tomé algunos de sus dibujos y los contemplé. Uno de los temas me llamó la atención por su particularidad. En él, se veía el gran salón del Castillo de Lindenberg. Una puerta que llevaba a una angosta escalera se encontraba entreabierta. En un primer plano, aparecía un grupo de figuras en las más grotescas de las actitudes. El terror se transmitía en cada uno de los semblantes.

»En una parte, una de las figuras estaba arrodillada, con la vista levantada hacia el cielo y rezando con gran devoción. En otra, una figura se arrastraba a gatas. Algunas ocultaban el rostro en la capa o en el regazo de sus compañeros, algunas se habían escondido debajo de una mesa en la que se distinguían los restos de una fiesta. Por último, las había con la boca y los ojos muy abiertos, señalando a una figura que supuestamente había provocado aquel revuelo. Representaba a una mujer de una estatura mayor a la humana, envuelta en los hábitos de alguna orden religiosa. Llevaba el rostro escondido en un velo y de su brazo colgaba un rosario. Su vestimenta se encontraba manchada en varias partes con la sangre que brotaba de una herida en el pecho. En una mano sostenía una lámpara y en la otra un cuchillo grande. Parecía avanzar hacia las puertas de hierro del salón.

»—¿Y esto qué significa, Agnes? —le pregunté—. ¿Lo hiciste tú?

»Miró el dibujo.

»—¡Oh, no! —respondió—. Es obra de cabezas mucho más sabias que la mía. ¿Es posible que hayas vivido tres meses en Lindenberg sin haber oído hablar de la Monja Sangrienta?

»—Eres la primera persona que me la menciona. Por favor, dime, ¿quién es esa mujer?

»—Eso es más de lo que podría decirte. Todo lo que conozco acerca de ella viene de una antigua tradición de esta familia, que ha sido transmitida de padres a hijos y a la cual se le da crédito en todos las propiedades del barón. Incluso el barón mismo cree en ella. Y en cuanto a mi tía, ella tiene una tendencia natural hacia lo maravilloso y preferiría dudar de la veracidad de la Biblia antes que de la Monja Sangrienta. ¿Te cuento la historia?

»Le respondí que estaría muy agradecido si me la relatara. Retomó su dibujo y luego continuó hablando con fingida seriedad.

»—Resulta sorpresivo que, en todas las crónicas de tiempos pasados, no se mencione ni una sola vez a este notable personaje. De buena gana te contaría su vida pero, desgraciadamente, hasta después de su muerte no se supo que hubiera existido. Entonces primero pensó que era necesario provocar algún alboroto en el mundo y con esa intención se atrevió a apoderarse del Castillo de Lindenberg. Como tenía buen gusto, se acomodó en la mejor habitación de la casa y, una vez instalada allí, comenzó a divertirse golpeando las mesas y las sillas durante la noche. Tal vez dormía mal, pero nunca pude saberlo a ciencia cierta. Según la tradición, esa forma de entretenerse empezó hace un siglo. Iba acompañada por chillidos, aullidos, gemidos, maldiciones y muchos otros ruidos agradables del mismo tipo. Pero si bien una habitación fue especialmente honrada con sus apariciones, no se limitaba a ella. De vez en cuando se aventuraba por las antiguas galerías, se paseaba de un lado a otro por los espaciosos salones o se detenía ante las puertas de los dormitorios. Allí, para el terror de todos, lloraba y emitía alaridos. Durante esas excursiones nocturnas la vieron distintas personas y todas describen su aspecto tal como lo ves aquí, trazado por la mano de su indigna historiadora.

»Aquella insólita historia atrajo insensiblemente mi atención.

»—¿Le hablaba alguna vez a quienes la encontraban? —pregunté.

»—No. Las muestras que, cada noche, daba de su talento para la conversación no invitaban al diálogo. A veces el castillo resonaba con juramentos y abominaciones, para un momento más tarde escucharse el Padre Nuestro. Después aullaba las más horribles blasfemias y enseguida entonaba el *De profundis* tan bien como si todavía estuviera en el coro. En una palabra, parecía un ser poderoso y caprichoso. Pero ya sea que rezara o maldijera, fuera impía o devota, siempre se las arreglaba para que sus oyentes sintieran terror hasta volverse locos. El castillo se volvió prácticamente inhabitable y su dueño tenía tanto miedo de esos tumultos nocturnos que una mañana lo encontraron muerto en su cama. Este éxito pareció agradar mucho a la monja, pues a partir de ese momento hizo más ruido que nunca. Pero el barón siguiente resultó muy astuto para ella. Hizo su aparición con un célebre exorcista, que no temió encerrarse durante una noche en la habitación embrujada. Allí parece que tuvo una dura batalla con ella hasta que le prometió guardar silencio. La monja fue obstinada, pero él más. Y al final consintió en permitir que los habitantes del castillo descansaran como es debido por la noche. Durante algún tiempo, no se supo de ella. Pero cinco años más tarde el exorcista murió, y la monja se atrevió a volver para echar una mirada. Para esa época se había vuelto más tratable y educada. Caminaba en silencio y no se apareció ni una sola vez arriba en cinco años. Esta costumbre, si le crees al barón, todavía continúa. Él está plenamente convencido de que el cinco de mayo, cada cinco años, tan pronto como el reloj da la una, se abre la puerta de la habitación embrujada (si no lo has notado, ha estado cerrada desde hace un siglo) y entonces sale la monja fantasmal, con su lámpara y su daga. Baja por la escalera de la torre este y cruza el gran salón. En esa noche, el celador siempre deja abiertos los portones del castillo por respeto a la aparición. No es que esto se considere necesario de manera alguna, ya que ella fácilmente podría atravesar el ojo de la cerradura si así lo deseara. Es simplemente por cortesía y para evitar que se vaya de una manera ofensiva a la dignidad de su señoría fantasmal.

»—¿Y a dónde va al salir del castillo?

»—Al cielo, espero. Pero si lo hace, el lugar ciertamente no es de su agrado porque siempre regresa después de una hora de ausencia. Luego se va a su habitación y permanece tranquila durante otros cinco años.

»—¿Tú crees en eso, Agnes?

»—¿Cómo puedes hacerme esa pregunta? ¡No, no, Alfonso! Tengo demasiados motivos para lamentar la influencia de la superstición como para ser yo misma su víctima. Pero no debo confesar mi incredulidad a la baronesa. Ella no tiene ninguna duda de la veracidad de la historia. Y en cuanto a la señora Cunegunda, mi institutriz, ella afirma que hace quince años vio al espectro con sus propios ojos. Una noche me contó que ella y varios otros criados se vieron aterrorizados, mientras cenaban, por la aparición de la Monja Sangrienta, que es como se llama al fantasma en el castillo. Gracias a su relato hice este dibujo, y puedes estar seguro de que no omití a Cunegunda. ¡Ahí está! Jamás olvidaré lo apasionada que se mostró y lo fea que se veía cuando me regañaba por haberla hecho tan parecida a ella misma.

»Aquí señaló la figura burlesca de una anciana en actitud aterrorizadora.

»A pesar de la melancolía que me oprimía, no pude dejar de sonreír ante la divertida imaginación de Agnes. Había reproducido a la perfección a la señora Cunegunda, pero con los defectos tan exagerados y con las facciones tan irresistiblemente graciosas, que me resultó fácil ver la ira de la dueña.

»—¡La figura es admirable, mi querida Agnes! No sabía que tuvieras tanto talento para lo ridículo.

»—Espera un momento —me respondió—. Te mostraré una figura más ridícula todavía que la de Cunegunda. Si quieres, puedes usarla como mejor te parezca.

»Se puso de pie y fue hasta un armario que estaba cerca. Abrió con llave un compartimiento, sacó una cajita, que a su vez abrió, y me la mostró.

»—¿Te das cuenta del parecido? —preguntó sonriente.

»Era ella.

»Embelesado por el regalo, besé aquel retrato con pasión. Me arrojé a sus pies y le di las gracias en los términos más cálidos y afectuosos. Me escuchó con complacencia y me aseguró que los sentimientos eran mutuos. De pronto lanzó un grito agudo, soltó mi mano y escapó de la habitación por la puerta que comunicaba con el jardín. Sorprendido ante tan repentina partida, me levanté. Confuso, vi a la baronesa cerca de mí, encendida de celos y casi ahogada por la rabia. Al recuperarse de su desmayo, había torturado su imaginación para descubrir quién era su rival. Nadie parecía merecía ser sospechosa, aparte de Agnes. Corrió en busca de su sobrina, para recriminarle que alentara mis sentimientos y asegurarse de que lo que pensaba era cierto. Por desgracia, ya había visto lo suficiente como para no necesitar otra confirmación. Llegó hasta la puerta de la habitación en el preciso momento en que Agnes me daba su retrato. Me oyó cuando le declaraba mi eterno amor a su rival y me vio arrodillarme a sus pies. Se acercó para separarnos, pero estábamos demasiado concentrados el uno en el otro como para verla acercarse y no nos dimos cuenta hasta que Agnes notó su presencia a mi lado.

»La cólera por parte de doña Rodolfa y el desconcierto por la mía fueron los sentimientos que por unos momentos nos mantuvieron en silencio. La dama se repuso primero.

»—Entonces mis sospechas eran ciertas —dijo—. La coquetería de mi sobrina ha ganado y es por ella que me sacrificas. Pero en cierto sentido soy afortunada. No seré la única que lamente una pasión frustrada. ¡Tú también sabrás lo que es amar sin esperanza! En cualquier momento espero la orden de llevar a Agnes de regreso con sus padres. En cuanto llegue a España, hará los votos y levantará una barrera infranqueable para la unión de los dos. Puedes ahorrarte tus súplicas —continuó al ver que estaba a punto de hablar—. Mi decisión es definitiva. Tu amante permanecerá encerrada en su habitación hasta que cambie este castillo por el claustro. Quizá la soledad le devuelva el sentido del deber. Y para impedirte que te opongas a ese anhelado suceso, debo informarte que tu presencia ya no nos resulta grata ni al barón ni a mí, don Alfonso. Tus parientes no te enviaron a Alemania para que le dijeras tonterías a mi sobrina. Tu ocupación era viajar y lamentaría mucho seguir impidiendo tan importante tarea. Adiós, señor, recuerda que mañana por la mañana nos veremos por última vez.

»Luego de decir aquello, me lanzó una mirada llena de orgullo, desprecio y malicia y salió de la habitación. Me retiré a la mía y pasé la noche planeando la manera de rescatar a Agnes del poder de su tiránica tía.

»Después de la tajante declaración de la dueña de casa, me resultó imposible seguir permaneciendo en el Castillo de Lindenberg. Es por ello por lo que al día siguiente comuniqué mi inmediata partida. El barón declaró su sincero dolor y se expresó con tanta calidez de mí que me esforcé por ganarme su favor. Apenas pronuncié el nombre de Agnes, me interrumpió en seco y me dijo que era absolutamente imposible que pudiera intervenir en el asunto. Vi que era inútil discutirlo y que la baronesa manejaba a su esposo con despótica autoridad. Me fue muy fácil notar que ella le había advertido que se opusiera a tal unión. Agnes no se presentó.

Pedí permiso para despedirme de ella, pero mi solicitud fue rechazada. Me vi obligado a partir sin volver a verla.

»Al dejarlo, el barón me estrechó la mano afectuosamente y me aseguró que en cuanto se fuera su sobrina podía considerar su casa como la mía.

»—¡Adiós, don Alfonso! —dijo la baronesa y me dio la mano.

»La tomé y me dispuse a llevármela a los labios, pero ella me lo impidió. Su marido se encontraba al otro lado de la habitación y no podía escucharnos.

»—Cuídate —siguió ella—. Mi amor por ti se ha convertido en odio y mi orgullo herido no se detendrá. ¡A donde sea que vayas, mi venganza te seguirá!

»Acompañó estas palabras con una mirada capaz de hacerme temblar. No le contesté y me apresuré a salir del castillo.

»Cuando salía del patio en mi carruaje, miré hacia las ventanas de la habitación de tu hermana y no había nadie en ella. Me recosté, afligido, en mi coche. No iba con más criados que un francés al que había contratado en Estrasburgo, para reemplazar a Estéfano, y mi pequeño paje, a quien ya te mencioné antes. La fidelidad, la inteligencia y el buen carácter de Théodore ya habían hecho que lo apreciara. Pero se dispuso a hacerme un favor que me hizo considerarlo mi genio guardián. Apenas habíamos recorrido poco menos de un kilómetro desde el castillo, cuando se acercó en su caballo hasta la puerta del vehículo.

»—Tenga valor, señor —dijo en español, que ya había aprendido a hablar con fluida y correctamente—. Mientras usted estaba con el barón, esperé el momento en que la señora Cunegunda se encontraba abajo y subí a la habitación que se encuentra sobre la de doña Agnes. Canté tan alto como pude una melodía alemana, bien conocida por ella, con la esperanza de que recordara mi voz. No me desilusionó, porque muy pronto oí que abría su ventana. Me apresuré a bajar una cuerda que me había procurado antes. Y al escuchar que la ventana volvía a cerrarse, subí la cuerda y, atado a ella, encontré este trozo de papel:

Escóndete durante los próximos quince días en alguna aldea vecina. Mi tía creerá que dejaste Lindenberg y yo recuperaré mi libertad. Estaré en el pabellón del oeste a las doce de la noche del día treinta. No dejes de ir y entonces tendremos oportunidad de acordar nuestros planes futuros.

Adieu. Agnes.

»Al leer estas pocas líneas, mi éxtasis superó todos los límites de lo posible y no me contuve en expresiones de gratitud hacia Théodore. De hecho, su destreza y atención merecían mis más calurosos elogios. ¿Puedes creer que no le había confesado mi pasión por Agnes? Pero el astuto joven tenía demasiada perspicacia como para no descubrir mi secreto, y demasiada discreción como para no ocultar lo que sabía. Observó en silencio lo que pasaba y no se esforzó por convertirse en intermediario hasta que mis intereses necesitaron de su ayuda. Admiraba por igual su juicio, su intuición, su destreza y su fidelidad. Esta no era la primera ocasión en que lo encontraba de infinita utilidad, y cada día que pasaba me convencía más y más de su rapidez y capacidad. Durante mi corta estancia en Estrasburgo, se había dedicado con diligencia a aprender los principios del español. Continuó estudiándolo con tanto éxito que incluso ya lo hablaba con la misma facilidad que su idioma materno. La mayor parte de su tiempo se la pasaba leyendo. Tenía una muy buena formación para su edad, y en él se mezclaban las ventajas de un rostro vivaz y una figura atractiva a una excelente comprensión y el mejor de los corazones. Ahora tiene quince años y aún sigue a mi servicio. Cuando lo conozcas, estoy seguro de que te agradará. Pero perdón por el desvío. Vuelvo al tema que abandoné.

»Seguí las instrucciones de Agnes y viajé a Múnich. Allí dejé mi carruaje al cuidado de Lucas, otro criado francés, regresando a caballo a una aldea a unos seis kilómetros del Castillo de Lindenberg. Al llegar le conté al dueño de la posada una historia que hizo que no se asombrara por el hecho de que me hospedara por tanto tiempo en su casa. Por fortuna, el anciano era crédulo y para nada curioso. Creyó en todo lo que le dije y no trató de averiguar nada más que lo que yo consideré oportuno decirle. Solamente me acompañaba Théodore. Ambos íbamos disfrazados y, como siempre estábamos juntos, nadie sospechaba que fuéramos otra cosa que lo que parecíamos ser. De esa manera pasaron los quince días. Durante ese lapso tuve la agradable constatación de que Agnes se encontraba de nuevo en libertad. Pasó por la aldea con la señora Cunegunda y parecía tener buena salud y ánimo. Hablaba con su compañera sin aparentar coerción.

»—¿Quiénes son aquellas damas? —pregunté a mi posadero cuando pasó el carruaje.

»—La sobrina del Barón Lindenberg con su institutriz —contestó—. Ella va todos los viernes al convento de Santa Catalina, que se encuentra a un kilómetro y medio de aquí, donde se crio.

»Puedes estar seguro de que esperé impacientemente la llegada del otro viernes, cuando vería de nuevo a mi encantadora amada. Me miró mientras pasaba delante de la puerta de la posada. Sus mejillas se sonrojaron y me dijo que, a pesar de mi disfraz, me había reconocido. Le hice una profunda reverencia y ella retribuyó el cumplido con una leve inclinación de la cabeza, como si estuviera dirigiéndose a un inferior. Luego miró hacia otro lado hasta que el carruaje desapareció de su vista.

»Y llegó la noche más esperada y deseada. Reinaba la tranquilidad y había luna llena. En cuanto el reloj marcó las once me dirigí rápidamente al lugar de la cita, resuelto a no llegar tarde. Théodore había conseguido una escalera y subí sin dificultades a la pared del jardín. El paje me siguió y dejó la escalera detrás de nosotros. Me posicioné en el pabellón del oeste y esperé con impaciencia que Agnes llegara. Me parecía que todas las brisas que susurraban y hojas que caían eran sus pasos, y cada cierto tiempo me apresuraba a salir a su encuentro. Así me vi obligado a pasar una hora entera, cada instante de la cual parecía un siglo. Finalmente, la campana del castillo dio las doce y casi no podía creer que la noche no hubiera avanzado más. Transcurrió otro cuarto de hora y escuché los pasos leves de mi amada, que se acercaba con precaución al pabellón. Corrí a recibirla y la conduje a un asiento. Me arrojé a sus pies y le expresé mi alegría por el hecho de verla, y me interrumpió así:

»—No tenemos tiempo que perder, Alfonso. Cada momento es un bien preciado, porque a pesar de que ya no soy prisionera, Cunegunda vigila cada uno de mis pasos. Llegó un mensaje de mi padre y debo partir inmediatamente a Madrid. Con grandes dificultades logré postergarlo por una semana. La superstición de mis padres, respaldada por la voluntad de mi cruel tía, no me dejan esperanzas de ablandarlos y llevarlos al camino de la compasión. En medio de este dilema, decidí confiar en tu honor. ¡Dios quiera que nunca me des motivos para arrepentirme de mi decisión! Escapar es el único recurso que me queda como alternativa de los horrores de un convento, y mi imprudencia debe ser disculpada por la inminencia del peligro. Ahora escucha el plan que he diseñado para mi escape: hoy es treinta de abril y dentro de cinco días se espera que aparezca la Monja Sangrienta. En mi última visita al convento busqué un vestido apropiado para el personaje. Una amiga a la que dejé allí y a quien no tuve miedo de revelar mi secreto aceptó de buena gana prestarme su hábito. Entonces te pido que consigas un carruaje y me esperes a una corta distancia de los grandes portones del castillo. En cuanto el reloj marque la una, saldré de mi habitación vestida con la misma ropa que se supone usa el fantasma. Quien tropiece conmigo se espantará lo suficiente como para oponerse a mi huida, así que llegaré con facilidad a la puerta y me pondré bajo tu protección. Hasta tal punto, el éxito estará asegurado. ¡Pero, oh, Alfonso! ¡Si me engañaras! ¡Si despreciaras mi imprudencia y la recompensaras con ingratitud, el mundo no conocería a un ser más miserable que yo! Siento todos los peligros a los que me veré expuesta. Siento que te estoy dando el derecho a tratarme con ligereza. ¡Pero confío en tu amor, en tu honor! El paso que estoy a punto de dar pondrá a mis parientes en contra de mí. Si me abandonaras, si traicionaras la fe depositada en ti, no tendré amigo que castigue tu ofensa y defienda mi causa. He depositado todas mis esperanzas en ti y, si tu corazón no intercede en mi favor, ¡estoy perdida para siempre!

»El tono con el que dijo estas palabras fue tan conmovedor que, a pesar de la alegría con que recibí la promesa de seguirme, no pude dejar de sentirme afectado. También lamenté en secreto el no haber tenido la precaución de conseguir un carruaje en la aldea, en cuyo caso me habría llevado a Agnes aquella misma noche. Tal intención era entonces imposible. No se podía conseguir ni carruaje ni caballos más cerca que en Múnich, que estaba a dos largos días de viaje desde Lindenberg. Por lo tanto, me vi obligado a aceptar un plan que, en todo, parecía muy sólido. Su disfraz impediría que la detuvieran en cuanto saliera del castillo y le permitiría subir al carruaje frente a los mismos portones, sin dificultades ni pérdidas de tiempo.

»Agnes apoyó la cabeza, con pesadumbre, sobre mi hombro y a la luz de la luna vi que le corrían lágrimas por las mejillas. Hice lo posible por atenuar su tristeza y la invité a pensar en la perspectiva de nuestra futura felicidad. Le dije, en los términos más solemnes, que su virtud e inocencia estarían a salvo bajo mi protección y que, hasta que la Iglesia la convirtiera en mi legítima esposa, su honor sería para mí tan sagrado como el de una hermana. También le dije que mi primera preocupación sería encontrarte a ti, Lorenzo, y pedirte que aceptaras nuestro matrimonio. E iba a continuar hablando con palabras del mismo tono cuando me alarmó un ruido. De pronto se abrió la puerta del pabellón y Cunegunda apareció ante nosotros. Había oído a Agnes salir de su habitación, la siguió hasta el jardín y la vio entrar en el pabellón. Favorecida por la sombra de los árboles y sin ser vista por Théodore, quien esperaba a una cierta distancia, se acercó en silencio y escuchó toda nuestra conversación.

»—¡Increíble! —exclamó Cunegunda con una voz chillona de arrebato, mientras que Agnes lanzaba un fuerte grito—. ¡Por Santa Bárbara! ¡Jovencita, qué gran inventiva tienes! ¿Vas a personificar a la Monja Sangrienta? ¡Qué falta de Dios! ¡Qué incredulidad! ¡Cásate, tengo muchas ganas de dejarte seguir con tu plan! ¡Cuando el verdadero fantasma se encontrara contigo, te aseguro que estarías en muy buenas condiciones! Don Alfonso, debería avergonzarse de haber seducido a una joven criatura ignorante, de convencerla de que abandone a su familia y amigos. Al menos por esta vez truncaré sus malvados planes. Informaré a la noble señora de todo el asunto y Agnes postergará su disfraz de fantasma hasta una próxima oportunidad. Adiós, señor. Doña Agnes, concédame el honor de conducir a su señoría fantasmal de vuelta a su habitación.

»Se acercó al sofá en el que se encontraba sentada su pupila temblando, la tomó de la mano y se dispuso a llevarla fuera del pabellón.

»La detuve y me esforcé con súplicas, consuelos, promesas y halagos para ganarme su favor. Pero viendo que todo lo que pudiera decir sería en vano, abandoné mis intentos.

»—Tu obstinación tendrá castigo propio —le dije—. Pero

todavía queda un recurso para salvarnos a Agnes y a mí, y no vacilaré en usarlo.

»Aterrorizada por esta amenaza, Cunegunda trató de salir del pabellón nuevamente, pero yo la tomé de la muñeca y la detuve por la fuerza. En ese mismo momento, Théodore, quien la había seguido al pabellón, entró, cerró la puerta y le impidió huir. Tomé el velo de Agnes, lo envolví alrededor de la cabeza de la institutriz, quien lanzó gritos tan desgarradores que, a pesar de la distancia de la que nos encontrábamos del castillo, temí que los escucharan desde allí. Al cabo de un rato conseguí amordazarla de tal manera que no pudo emitir un solo sonido más. Théodore y yo, con cierta dificultad, nos las arreglamos para maniatarla con nuestros pañuelos y le aconsejé a Agnes que regresara a su habitación lo antes posible. Le prometí que Cunegunda no sufriría ningún daño y le pedí que recordara que el cinco de mayo la esperaría delante de los grandes portones del castillo. Recibí de ella una afectuosa despedida. Temblorosa e inquieta, apenas tuvo fuerzas para expresar su consentimiento a mis planes y corrió a su habitación, en medio del desorden y la confusión.

»Mientras tanto, Théodore me ayudó a llevarme el anticuado trofeo. Después de levantarla por encima del muro y acomodarla sobre el caballo delante de mí, como si fuera un maletín, galopé con ella, alejándome del Castillo de Lindenberg. Jamás en su vida la desafortunada institutriz habría hecho un viaje más desagradable. Fue sacudida y sobresaltada hasta quedar convertida en poco más que una momia animada, por no hablar del miedo que sintió cuando cruzamos un riachuelo que era necesario pasar para regresar a la aldea. Antes de llegar a la posada, ya había decidido cómo deshacerme de la molesta Cunegunda. Entramos en la calle en la que se ubicaba nuestro hospedaje y, mientras el paje golpeaba la puerta, esperé a cierta distancia. El posadero abrió la puerta con una lámpara en la mano.

»—¡Dame la luz! —dijo Théodore— Mi amo está a punto de llegar.

»Le arrebató la lámpara con rapidez y la dejó caer a propósito. El posadero se fue a la cocina para volver a encenderla y dejó la puerta abierta. Aproveché la oscuridad que reinaba, salté del caballo con Cunegunda entre los brazos, me precipité hacia el piso de arriba, llegué a mi habitación sin que nadie me viera, abrí la puerta de mi enorme armario, la metí adentro y volví a cerrarlo con llave. Poco después aparecieron el arrendatario y Théodore con la luz. El primero se mostró sorprendido por el hecho de que hubiera regresado tan tarde, pero no hizo ninguna pregunta impertinente. Rápidamente salió de la habitación y me dejó, satisfecho por el éxito de mi misión.

»De inmediato realicé una visita a mi prisionera. Traté de convencerla de que se sometiera con paciencia a aquel encierro temporario. Este intento no tuvo éxito. Incapaz de hablar o moverse, expresó su rabia a través de su mirada y, salvo durante las comidas, nunca me atreví a desatarla ni a liberarla de la mordaza. En esas ocasiones, permanecía junto a ella con una espada desenvainada y le decía que si daba un solo grito se la clavaría en el pecho. En cuanto terminaba de comer, volvía a poner la mordaza en su sitio. Por mi parte, tenía consciencia de que ese era un procedimiento cruel que solo podía justificar por la urgencia de las circunstancias. En cuanto a Théodore, no tenía reparo al respecto. El cautiverio de Cunegunda lo divertía mucho. Durante su permanencia en el castillo, se había desarrollado una guerra continua entre él y la institutriz, y ahora que su enemiga estaba tan absolutamente bajo su poder, no tenía piedad. Parecía no pensar en otra cosa que no fuera la búsqueda de nuevas maneras de acosarla. A veces fingía compadecerse de su desgracia, pero luego se reía de ella, la maltrataba y la imitaba. Le hacía mil bromas, cada una más provocadora que la anterior, y se divertía diciéndole que su fuga debía de haber causado mucha sorpresa en el castillo. De hecho, así era. Nadie, salvo Agnes, podía imaginar lo que había sido de la señora Cunegunda. Cada rincón fue registrado en su búsqueda, cada estanque dragado y bosque sometido a un examen exhaustivo. Pero no aparecía Cunegunda por ninguna parte. Agnes guardó el secreto y yo a la dueña. Por lo tanto, la baronesa era por completo ignorante de la suerte de la anciana, aunque sospechaba que se había suicidado. Así pasaron cinco días, durante los cuales preparé todo lo necesario para mi misión. Al separarme de Agnes, lo primero que hice fue despachar a un campesino con una carta a Lucas, en Múnich, ordenándole que preparara un carruaje con cuatro caballos para que llegara a eso de las diez de la noche del cinco de mayo al pueblo de Rosenwald. Él obedeció mis instrucciones con puntualidad y el vehículo llegó a la hora señalada. A medida que se aproximaba el momento de la fuga de Agnes, la rabia de Cunegunda iba en aumento. Realmente pienso que aquel arrebato la habría matado, si yo no hubiera descubierto su gusto por el brandy de cereza. Abastecida en abundancia con su licor favorito y siempre vigilada de cerca por Théodore, de vez en cuando le quitábamos la mordaza. El licor parecía tener un efecto maravilloso al suavizar su amarga naturaleza. Y no permitiendo ninguna otra diversión durante su encierro, se emborrachaba una vez al día solo para pasar el tiempo.

»¡Y llegó el cinco de mayo, fecha que jamás olvidaré! Antes de que el reloj marcara las doce, me dirigí al lugar donde se desarrollarían los eventos. Théodore me siguió a caballo. Escondí el carruaje en la enorme caverna de una colina, esa en cuya cresta se alzaba el castillo. Dicha caverna tenía una profundidad considerable y entre los campesinos se le conocía con el nombre de Hoyo de Lindenberg. La noche estaba tranquila y hermosa. Los rayos lunares caían en las antiguas torres del castillo y derramaban sobre ellas una plateada luz. Todo estaba silencioso a mi alrededor. Nada se oía, salvo la brisa nocturna que respiraba entre las hojas, el ladrido distante de los perros del pueblo o el búho que se había dispuesto en un rincón de la abandonada torre del este. Escuché su melancólico chillido y miré hacia arriba. Se encontraba posado en el borde de una ventana, que reconocí como la de la habitación embrujada. Aquello me recordó la historia de la Monja Sangrienta, y suspiré mientras pensaba en la influencia de la superstición y la debilidad de la razón humana. De repente oí un coro débil robarse el silencio de la noche.

»—¿Cuál será la causa de ese rumor, Théodore?

»—Un distinguido forastero —contestó— pasó hoy por el pueblo, de regreso del castillo. Se dice que es el padre de doña Agnes. Sin duda, el barón ofrece una fiesta para celebrar su llegada.

»Entonces la campana del castillo anunció la medianoche. Esa era la señal para que la familia se retirara a dormir. Poco después vi luces encendidas en el castillo, moviéndose de un lado a otro en distintas direcciones. Supuse que las personas allí reunidas se dispersaban. Pude oír el chirrido de las pesadas puertas al ser abiertas con dificultad y, al cerrarse estas, las ventanas podridas que crujían en sus marcos. La habitación de Agnes se encontraba al otro extremo del castillo. Tuve miedo de que no hubiera encontrado la llave del cuarto embrujado. Tenía que pasar por él para llegar a la angosta escalera por la cual se suponía que el fantasma bajaba al gran salón. Agitado por este miedo, mantuve los ojos clavados en la ventana, a través de la que esperaba ver el amistoso resplandor de una lámpara siendo transportada por Agnes. En ese instante escuché cómo se abrían los macizos portones. Por la vela que llevaba en la mano, pude distinguir a Conrad, el viejo portero. Dejó las puertas abiertas de par en par y se fue. Las luces del castillo se fueron apagando poco a poco y, finalmente, todo el edificio quedó envuelto en las tinieblas.

»Mientras estaba sentado en una cresta de la colina, la quietud del paisaje me inspiró ideas melancólicas, pero no del todo desagradables. El castillo, que podía ver entero desde donde estaba, era un objeto a la vez espantoso y pintoresco. Sus murallas macizas, teñidas por la luna con un brillo solemne; sus antiguas torres, en parte en ruinas, que se elevaban en dirección a las nubes y que parecían mirar, con el ceño fruncido, las llanuras que las rodeaban; sus elevadas almenas, cubiertas de hiedra; y sus portones, abiertos en honor a la habitante fantasma; todo me hizo sentir un triste y respetuoso horror. Pero estas sensaciones no me distrajeron tanto como para impedirme sentir con impaciencia el lento paso del tiempo. Me acerqué al castillo y me aventuré a caminar a sus alrededores. Unos pocos haces de luz parpadeaban aún en la habitación de Agnes. Los observé con felicidad. Todavía los admiraba cuando vi que una figura se acercaba a la ventana y que la cortina se corría con cuidado para ocultar la lámpara que ardía allí. Convencido por esto último de que Agnes no había abandonado nuestro plan, volví con el corazón aliviado a mi ubicación anterior.

»¡Pasó media hora! ¡Tres cuartos de hora! El pecho me saltaba de esperanza y expectativa. Al cabo de un rato escuché el sonido que estaba esperando. La campana sonó marcando la una y la mansión resonó con los ecos de ese ruido intenso y solemne. Levanté la vista hacia la ventana de la habitación embrujada. Apenas habían transcurrido cinco minutos cuando vi la luz esperada. Ahora me encontraba cerca de la torre. La ventana no estaba muy lejos del suelo, pero me pareció ver que una figura femenina, con una lámpara en la mano, avanzaba con lentitud por la habitación. La luz se disipó muy pronto y todo volvió a la lúgubre oscuridad.

»Ocasionalmente se veía cierto resplandor en las ventanas

de la escalera, cuando el encantador fantasma pasaba frente ellas. Seguí el trayecto de la luz a través del salón hasta que llegó al portal y por fin vi a Agnes, que pasaba por las puertas abiertas. Llevaba la misma vestimenta que había descrito del espectro. Del brazo le colgaba un rosario, tenía la cabeza envuelta en un velo blanco largo, su hábito religioso estaba manchado de sangre y había tenido cuidado de equiparse con una lámpara y una daga. Avanzó hasta el punto en que yo me encontraba. Corrí a su encuentro y la estreché entre mis brazos.

»—¡Agnes! —exclamé mientras la presionaba contra mi pecho—. ¡Agnes, Agnes! ¡Eres mía! ¡Agnes, Agnes! ¡Soy tuyo! ¡Mientras fluya la sangre por mis venas, eres mía! ¡Y yo soy tuyo! ¡Tuyo mi cuerpo y tuya mi alma!

»Aterrorizada y sin aliento, ella no pudo hablar. Dejó caer la lámpara y la daga, desplomándose silenciosamente contra mi pecho. La levanté en brazos y la llevé hasta el carruaje. Théodore se quedó para liberar a la señora Cunegunda. También le confié una carta para la baronesa en la que le explicaba todo lo acontecido y le solicitaba su favor para hacer que don Gastón aceptara mi unión con su hija. Le revelaba mi verdadero nombre. Le demostraba que mi cuna y expectativas justificaban que pretendiera a su sobrina y le aseguraba que, si bien no podía corresponder a su amor, me esforzaría sin descanso por ganarme su estima y amistad.

»Entré en el carruaje, donde Agnes ya estaba sentada. Théodore cerró la puerta y los postillones pusieron en marcha el vehículo. Al principio estaba encantado con la prisa a la que íbamos, pero apenas pasó el peligro de ser perseguidos llamé a los conductores y les pedí que bajaran la velocidad. En vano intentaron obedecerme, puesto que los caballos no respondían a las riendas y continuaban corriendo con una sorprendente rapidez. Los postillones intensificaron sus esfuerzos para detenerlos, pero pateando y precipitándose al suelo los animales se libraron muy pronto del freno. Con un agudo chillido, los conductores fueron arrojados al suelo. En ese momento unas gruesas nubes oscurecieron el cielo, los vientos aullaron a nuestro alrededor, los relámpagos estallaron y los truenos lanzaron tremendos rugidos. ¡Nunca había vivido una tempestad tan aterradora como esa! Asustados por el implacable estruendo de los elementos, los caballos parecían acelerar aún más su velocidad. Nada podría interrumpir su carrera. Así, arrastraban el carruaje a través de setos y zanjas, se abalanzaban por los precipicios más peligrosos y parecían competir en celeridad con el viento.

»Mientras tanto, mi compañera permanecía inmóvil entre mis brazos. Extre*madame*nte alarmado por el enorme peligro, en vano me esforzaba por que recobrara la consciencia, cuando un fuerte estrépito anunció que había finalizado nuestro viaje y de la manera más desagradable. El carruaje quedó destrozado. Al caer, me golpeé la frente contra una roca. El dolor de la herida, la brusquedad del choque y mi temor por la seguridad de Agnes se combinaron para abrumarme de tal manera que los sentidos me abandonaron y quedé inconsciente en el suelo.

»Probablemente haya estado durante un buen tiempo en esa situación, porque cuando abrí los ojos ya era de día. Varios campesinos que se encontraban a mi alrededor parecían discutir si era posible mi recuperación. Yo hablaba un alemán pasable, así que en cuanto pude articular algún sonido pregunté por Agnes. ¡Cuál sería mi sorpresa y angustia cuando me aseguraron que no habían visto a nadie con esa descripción! Me dijeron que al dirigirse a sus labores cotidianas se alarmaron al ver los restos de mi carruaje y al escuchar los gemidos de un caballo. Era el único de los cuatro que había quedado vivo, los otros tres estaban muertos a mi lado. No había nadie a mi alrededor cuando llegaron y mucho tiempo pasó antes de que lograran reanimarme. Inquieto a más no poder por el paradero de mi compañera, les imploré a los campesinos que se dispersaran para buscarla. Les describí su vestimenta y les prometí una gran recompensa si me traían alguna información. En cuanto a mí, me era imposible unirme a su misión. Me había roto dos costillas durante la caída, mi brazo dislocado colgaba inútil a mi lado y mi pierna izquierda estaba tan destrozada que no tenía esperanza de recuperar su uso.

»Los campesinos accedieron ante mi solicitud. Partieron todos menos cuatro, que hicieron una camilla con ramas para llevarme al pueblo vecino. Pregunté su nombre y respondieron que se trataba de Ratisbona. Apenas pude convencerme de que había viajado tal distancia en una sola noche. Les dije que a la una de la madrugada había pasado por la aldea de Rosenwald. Sacudieron la cabeza en forma dubitativa y, por las señas que intercambiaron unos con otros, parecían pensar que debía de estar delirando. Me llevaron a una posada respetable y me acostaron de inmediato. Mandaron a buscar a un médico, quien me curó con éxito el brazo. Luego examinó mis demás heridas y dijo que no debía tener miedo alguno a las consecuencias de ninguna de ellas, pero ordenó que me quedara quieto y me preparara para una cura tediosa y dolorosa. Le respondí que si quería que me mantuviera callado, primero debía averiguar algo sobre la dama que había dejado Rosenwald la noche anterior y que se encontraba conmigo en el coche cuando se destrozó. Sonrió y solo contestó aconsejándome que me quedara tranquilo, puesto que se me darían todos los cuidados adecuados. Al dejarme, la anfitriona lo recibió en la puerta de la habitación.

»—El caballero no está exactamente en sus cabales —escuché que él le decía en voz baja—. Es la consecuencia normal de su caída, pero se le pasará pronto.

»Uno tras otro, los campesinos regresaron a la posada y me informaron que no habían descubierto rastro alguno de mi infortunada amada.

»La inquietud se convirtió entonces en desesperación. Les supliqué, en los más enérgicos términos, que reanudaran su búsqueda. Dupliqué las promesas que ya les había hecho. La manera salvaje y frenética en que lo hice confirmó a los presentes la idea de que deliraba. Como no había señales de aquella mujer, creyeron que se trataba de una criatura inventada por mi cerebro sobrecalentado y no prestaron atención a mis súplicas. Sin embargo, la anfitriona me aseguró que se llevaría a cabo una nueva búsqueda. Más tarde descubrí que solo me había hecho la promesa para tranquilizarme. No se hicieron más esfuerzos para encontrar a Agnes.

»Aunque mi equipaje se había quedado en Múnich al cuidado de mi criado francés, mi bolsa tenía provisiones suficientes, ya que me había preparado para un extenso viaje. Además, mi carruaje mostraba que era una persona distinguida, por lo que se me brindaron todas las comodidades posibles en la posada. Transcurrió el día sin noticia alguna de Agnes. La ansiedad del miedo a que le hubiera pasado algo dio paso al desaliento. Dejé de desvariar sobre ella y me sumergí en la profundidad de mis melancólicas reflexiones. Al verme silencioso y tranquilo, mis ayudantes pensaron que el delirio se aminoraba y que la enfermedad seguía un curso favorable. De acuerdo con la orden del médico, tomé una medicina reconstituyente y, tan pronto como cayó la noche, mis asistentes se retiraron y me dejaron dormir.

»En vano traté de guardar reposo. La agitación que había dentro de mi pecho ahuyentaba el sueño. Con el espíritu tan inquieto, a pesar del cansancio que sentía en el cuerpo, continué dando vueltas en la cama hasta que el reloj de un campanario vecino marcó la una. Mientras escuchaba el triste y hueco sonido, y lo oía morir con el viento, sentí que un repentino escalofrío recorría todo mi cuerpo. Me estremecí sin saber muy bien por qué. Un sudor frío me bañó la frente y el cabello se me erizó en señal de alarma. De pronto escuché unos pasos lentos y pesados que subían por la escalera. Con un movimiento involuntario, me incorporé en la cama y descorrí la cortina. Una sola vela brillaba tenuemente sobre la chimenea, arrojando un vago resplandor en la habitación, que estaba cubierta de tapices. La puerta se abrió violentamente. Una figura entró y se acercó a mi cama con pasos solemnes y medidos. Con un miedo que me hacía temblar, examiné aquella visita de medianoche. ¡Y Dios todopoderoso! ¡Era la Monja Sangrienta! ¡Mi compañera perdida hace mucho! Todavía llevaba el rostro velado, pero ya no tenía la lámpara ni la daga. Se levantó el velo lentamente. ¡Qué espectáculo se presentó ante mi atónita mirada! Veía un cadáver animado. Su semblante era largo y demacrado, sus mejillas y labios no tenían sangre, la palidez de la muerte se extendía por sus facciones y sus globos oculares, firmemente clavados en mí, estaban vacíos y sin brillo.

»Contemplé al fantasma con un horror demasiado grande como para ser descrito. La sangre se me heló en las venas. Habría pedido ayuda, pero el sonido se apagó antes de que pudiera salir por mis labios. Mis nervios estaban paralizados por la impotencia y permanecía en la misma actitud inanimado como una estatua.

»La monja fantasma me contempló silenciosamente durante unos momentos y en su mirada había algo que me petrificaba. Finalmente, en una voz baja y sepulcral, pronunció las siguientes palabras:

¡Raimundo, Raimundo! ¡Eres mío!
¡Raimundo, Raimundo! ¡Soy tuya!
¡Mientras fluya la sangre por tus venas, soy tuya!
¡Y tú eres mío! ¡Mío tu cuerpo y mía tu alma!

»Sin aliento a causa del miedo, la escuché repetir mis propias palabras. Se sentó frente a mí a los pies de la cama y se quedó en silencio. Tenía los ojos fijos en mí y parecían dotados de las propiedades de una serpiente de cascabel, pues en vano me esforcé por desviar la vista de ella. Mis ojos estaban fascinados y no tenía el poder de retirarlos de los del espectro.

»En esa actitud continuó durante una larga hora, sin hablar ni moverse. Yo tampoco pude hacer ni una cosa ni la otra. Cuando el reloj marcó las dos, la aparición se puso de pie y se acercó a un lado de la cama. Me tomó con sus dedos helados la mano que reposaba, sin moverse, sobre el cobertor, y apretando sus fríos labios contra los míos, volvió a decir:

»—¡Raimundo, Raimundo! ¡Eres mío! ¡Raimundo, Raimundo! ¡Soy tuya!...

»Después me soltó la mano, salió de la habitación con pasos lentos y la puerta se cerró detrás de ella. Hasta ese momento las facultades de mi cuerpo habían quedado suspendidas. Tan solo las de mi mente se encontraban despiertas. Entonces el hechizo cesó y mi sangre, congelada en mis venas, se precipitó con furia hacia mi corazón. Lancé un hondo gemido y caí inerte sobre la almohada.

»La habitación de al lado estaba separada de la mía solamente por una delgada pared. La ocupaban el posadero y su mujer. El primero despertó al oír mi gemido y corrió hacia mi cuarto. La segunda lo siguió muy pronto. Con algunas dificultades, lograron que recuperara mis sentidos y enseguida mandaron a buscar al médico, quien llegó con toda celeridad. Declaró que mi fiebre había subido mucho y que, si continuaba sufriendo tanta agitación, no podría garantizar mi vida. Algunas de las medicinas que me dio tranquilizaron hasta cierto punto mi espíritu. Hacia el alba, caí en una suerte de sopor. Pero las pesadillas me impedían tener algo de reposo. Agnes y la Monja Sangrienta se alternaban en mi fantasía y se entremezclaban para acosarme y atormentarme. Desperté fatigado y sin haber descansado. Mi fiebre parecía haber subido en lugar de bajado. La agitación de mi mente impedía que mis huesos fracturados se soldaran. Tuve frecuentes desmayos y durante todo el día el médico consideró conveniente nunca dejarme solo más de dos horas seguidas.

»La singularidad de mi aventura me hizo decidirme a ocultarla a todos, pues no podía esperar que alguien creyera un suceso tan extraordinario. Me sentía muy intranquilo por Agnes. No sabía lo que habría pensado al no encontrarme en el lugar de la cita y temía que tuviera dudas sobre mi fidelidad. Es por eso por lo que dependía de la discreción de Théodore y confiaba en que mi carta convenciera a la baronesa de la honradez de mis intenciones. Estas consideraciones aliviaron un poco mi inquietud acerca de ella. Pero la impresión que me había dejado mi visitante la noche anterior crecía a cada momento. La noche se acercaba y temía una nueva llegada, pero hice lo posible por convencerme a mí mismo de que el fantasma no volvería a aparecer. De todas formas, pedí que un criado permaneciera sentado en mi habitación.

»El cansancio de mi cuerpo por no haber dormido la noche anterior, junto con el efecto de las fuertes drogas que me habían suministrado en grandes cantidades, me procuraron finalmente el reposo que tanto necesitaba. Me hundí en un sueño profundo y tranquilo. Y ya hacía varias horas que dormía cuando el reloj más cercano me despertó al marcar la una. Su repique me trajo a la memoria todos los horrores de la noche previa. Se apoderó de mí el mismo escalofrío. Me incorporé en la cama y vi al criado dormido en un sillón cerca de mí. Lo llamé por su nombre, pero no respondió. Lo sacudí con fuerza del brazo y traté en vano de despertarlo. Era completamente insensible a mis esfuerzos. Entonces escuché los pesados pasos que subían por la escalera, la puerta se abrió y, una vez más, la Monja Sangrienta se detuvo ante mis ojos. Una vez más mis miembros quedaron encadenados a la impotencia de mi mente. Una vez más escuché esas palabras fatales:

»—¡Raimundo, Raimundo! ¡Eres mío! ¡Raimundo, Raimundo! ¡Soy tuya!...

»Se representó nuevamente la escena que tanto me había conmovido la noche anterior. El fantasma volvió a presionar sus labios contra los míos, me tocó de nuevo con sus dedos podridos y, tal como en su primera aparición, salió de la habitación en cuanto el reloj marcó las dos.

»Este episodio se repitió cada noche. Lejos de acostumbrarme al fantasma, sus sucesivas visitas me inspiraron un horror cada vez mayor. La imagen de ella me perseguía todo el tiempo y fui víctima de una constante melancolía. Naturalmente, la continua agitación de mi mente retrasó el restablecimiento de mi salud. Pasaron varios meses antes de que pudiera abandonar la cama. Y cuando por fin fui trasladado a un sofá, estaba tan débil, sin ánimo y demacrado que no podía cruzar la habitación sin ayuda. Las miradas de mis cuidadores denotaban con claridad las pocas esperanzas que albergaban en cuanto a mi recuperación. La enorme tristeza que me oprimía sin tregua hizo que el médico me considerara un hipocondríaco. Oculté en lo más hondo de mi pecho la causa de mi pena, pues sabía que nadie podría aliviarme de ella. El fantasma ni siquiera era visible para otros ojos que no fueran los míos. Con frecuencia había hecho que los que me cuidaban se quedaran a hacerme compañía, pero siempre que el reloj daba la una se apoderaba de ellos un sueño irresistible que no los abandonaba hasta que el fantasma se iba.

»Te sorprenderá saber que durante ese tiempo no hiciera averiguaciones acerca de tu hermana. Pues resulta que Théodore, quien con dificultad había descubierto el lugar en el que me alojaba, aquietó mis miedos sobre su seguridad. Al mismo tiempo, me convenció de que todos los intentos de liberarla de su cautiverio serían inútiles hasta que estuviera en condiciones de volver a España. Los detalles de su aventura, que ahora te diré, me fueron contados en parte por Théodore y en parte por la propia Agnes.

»En aquella noche fatal en la que debía tener lugar su huida, un accidente no le permitió salir de su habitación a la hora acordada. Al cabo de un rato se aventuró a entrar en la habitación embrujada, descendió por la escalera que llevaba al salón, encontró los portones abiertos tal como esperaba y salió del castillo sin que nadie la viera. ¡Cuál no sería su sorpresa al no encontrarme esperándola! Inspeccionó en la caverna, recorrió todas las veredas del bosque contiguo y pasó dos horas completas en una inútil búsqueda. No pudo encontrar rastros míos ni del carruaje. Alarmada y desilusionada, su única opción era regresar al castillo antes de que la baronesa la echara en falta. Pero entonces se encontró presa de una nueva vergüenza. La campana ya había dado las dos, la hora fantasmal había pasado y el cuidadoso portero ya había cerrado los portones. Después de mucho pensarlo, se arriesgó a llamar con suavidad. Por suerte para ella, Conrad aún estaba despierto, escuchó el ruido y se levantó refunfuñando cuando escuchó por segunda vez el llamado. En cuanto abrió una de las puertas y vio al supuesto fantasma esperando a que se la dejara entrar, lanzó un fuerte grito y cayó de rodillas. Agnes aprovechó su terror, se deslizó junto a su lado, corrió hacia su habitación y, luego de sacarse su disfraz de espectro, se metió en la cama, tratando en vano de explicarse mi desaparición.

»Mientras tanto, Théodore, quien había visto salir el carruaje con la falsa Agnes, volvió dichoso a la aldea. A la mañana siguiente sacó a Cunegunda de su encierro y la acompañó hasta el castillo. Allí encontró al barón, su esposa y don Gastón, discutiendo sobre el relato del portero. Todos ellos coincidieron en que creían en la existencia de los fantasmas, pero el último declaró que el hecho de que uno de ellos golpeara para que lo dejaran entrar era una forma de actuar hasta entonces desconocida y en todo sentido contraria a la naturaleza inmaterial de los espíritus. Todavía discutían con respecto al tema cuando el paje apareció con Cunegunda y aclaró el misterio. Al escuchar su relato, se admitió por unanimidad que la Agnes a quien Théodore había visto entrar en el carruaje tenía que ser la Monja Sangrienta, y que el fantasma que había aterrorizado a Conrad no era otro que la propia hija de don Gastón.

»Luego de la sorpresa inicial que ocasionó este descubrimiento, la baronesa decidió utilizarlo para convencer a su sobrina de que hiciera los votos. Como tenía miedo de que un futuro tan ventajoso para su sobrina llevara a don Gastón a renunciar a su resolución, escondió mi carta y continuó hablando de mí como un aventurero desconocido y pobre. Una infantil vanidad me había hecho ocultar mi verdadero nombre, incluso a mi amada. Quería que me amara por mí mismo y no por ser el heredero del Marqués de las Cisternas. La consecuencia de aquello fue que nadie conocía mi rango en el castillo excepto por la baronesa, y esta se ocupó de guardárselo. Como don Gastón estuvo de acuerdo con la propuesta de su hermana, Agnes fue requerida ante sus padres. Se la acusó de haber planeado una fuga, se la obligó a confesar todo y ella se sintió asombrada por la amabilidad con la que fue escuchada. ¡Pero cuál no sería su desazón cuando fue informada de que el fracaso de su plan había sido mi responsabilidad! Cunegunda, adiestrada por la baronesa, dijo que cuando la liberé le pedí que informara a su ama que nuestra relación había terminado y que de ninguna manera me convenía casarme con una mujer sin fortuna ni esperanza de tenerla.

»Mi repentina desaparición hacía probable esa versión. Théodore, quien podría haberla contradicho, estaba fuera de la vista por orden de doña Rodolfa. Y una mayor confirmación de que yo era un impostor la tuvo una carta tuya, en la que declarabas que no tenías vínculo alguno con Alfonso de Alvarada. Estas aparentes pruebas de mi traición, secundadas por las astutas insinuaciones de su tía, los halagos de Cunegunda y las rabiosas amenazas de su padre, vencieron la reticencia de tu hermana a ingresar en un convento. Enfurecida por mi actuar y disgustada con el mundo entero, aceptó hacer los votos. Pasó otro mes en el Castillo de Lindenberg, durante el cual el hecho de que yo no apareciera confirmó que su decisión era la correcta, y luego acompañó a don Gastón a España. Liberaron a Théodore y este viajó a toda prisa a Múnich, donde yo le había prometido que podría encontrarme. Pero al enterarse por Lucas de mi ausencia, continuó buscándome con infatigable perseverancia hasta que consiguió ubicarme en Ratisbona.

»Yo estaba tan alterado que apenas reconoció mis facciones. Una visible pena en él fue testimonio suficiente del vivo interés que tenía por mí. La compañía de aquel amable joven, a quien siempre consideré un amigo más que un criado, era entonces mi único consuelo. Hablaba de forma alegre pero sensata y sus comentarios eran agudos y divertidos. Había acumulado más conocimiento del habitual a su edad. Pero lo más agradable para mí era que tenía una voz encantadora y cierta habilidad con la música. También había adquirido cierto gusto por la poesía y, a veces, incluso se atrevía a escribir versos. De vez en cuando componía baladas en español, aunque debo confesar que sin importancia. Sin embargo, me agradaban por su novedad y fueron la única diversión que tuve a mi alcance, cuando las cantaba con su guitarra. Théodore muy bien se dio cuenta de que algo me rondaba la mente, pero como le oculté la causa de mi tristeza, el respeto no le permitía insistir en que revelara mi secreto.

»Una noche estaba acostado en mi sofá, absorto en reflexiones que estaban muy lejos de ser agradables. Théodore se divertía observando a través de la ventana una pelea entre dos postillones, que discutían en el patio de la posada.

»—¡Ja, ja! —exclamó de pronto—. Ahí está el Gran Mogol.

»—¿Quién? —le pregunté.

»—Nada más que un hombre que me dio un extraño discurso en Múnich.

»—¿Cuál fue el propósito?

»—Ahora que me lo recuerda, señor, fue una suerte de mensaje para usted, pero la verdad es que no valía la pena dárselo. Por mi parte, creo que está loco. Cuando llegué a Múnich buscándolo a usted, lo encontré viviendo en *El Rey de los Romanos* y el posadero me contó una historia rara acerca del individuo. Por su acento, se supone que es extranjero, pero nadie sabe de qué país viene. Parecía no conocer a nadie en la ciudad, hablaba poquísimo y nunca se lo veía sonreír. No tenía criados ni equipaje, pero su bolsa parecía estar muy bien provista y hacía muchas obras buenas en la ciudad. Algunos creían que era un astrólogo árabe y otros un charlatán que viajaba. Muchos declaraban que era el doctor Fausto, a quien el diablo había enviado de regreso a Alemania. Pero el arrendatario me dijo que tenía las mejores razones para suponer que se trataba del Gran Mogol, que viajaba de incógnito.

»—Pero ¿y el extraño discurso, Théodore?

»—Es verdad, casi se me olvida. De hecho, no sería una gran pérdida si lo olvidara del todo. Debe saber, señor, que mientras yo preguntaba al posadero por usted, ese desconocido pasó cerca de mí. Se detuvo y me miró gravemente. "Muchacho —dijo con voz solemne —, aquel a quien buscas ha hallado lo que preferiría perder. Solo mi mano puede secar la sangre. Pídele a tu amo que me convoque a su presencia cuando el reloj marque la una".

»—¿Cómo? —exclamé, saltando del sofá. Las palabras que Théodore había pronunciado parecían sugerir que aquel forastero conocía mi secreto—. ¡Corre hacia él, muchacho! Ruégale que me conceda un momento de su atención.

»Théodore se sorprendió ante el entusiasmo de mi reacción. Pero no hizo ninguna pregunta y obedeció en el acto. Aguardé su retorno con impaciencia. Apenas había pasado un tiempo cuando reapareció y presentó al esperado invitado. Su presencia era majestuosa, sus facciones eran muy marcadas y sus ojos grandes, negros y brillantes. Pero en su mirada había algo que, en cuanto lo vi, me inspiró un secreto estremecimiento, por no decir terror. Iba vestido con sencillez, no tenía el cabello empolvado y una cinta de terciopelo negro que le rodeaba la frente cubría sus facciones, añadiendo cierta tristeza Su semblante mostraba las marcas de una profunda melancolía, su paso era lento y sus modales serios, señoriales y solemnes.

»Me saludó con cortesía y, después de contestar a los habituales cumplidos de rigor, hizo señas a Théodore para que saliera de la habitación. El paje se fue inmediatamente.

»—Conozco lo que lo aqueja —dijo sin darme tiempo de hablar—. En mi poder está librarlo de su visitante nocturna, pero es imposible hacerlo antes del domingo. En cuanto comienza la mañana de ese día, los espíritus de las sombras tienen menos influencia sobre los mortales. Después de eso la Monja Sangrienta no volverá a visitarlo.

»—¿Puedo preguntarle —dije— de qué forma ha llegado usted a conocer mi secreto, que con tanto cuidado he ocultado a todos?

»—¿Cómo puedo ignorar lo que lo aflige, cuando la causa se encuentra en este momento a su lado?

»Me sobresalté. Pero el forastero continuó:

»—Aunque solo sea visible para usted durante una hora al día, su presencia no lo abandona ni lo abandonará hasta que usted le conceda lo que ella busca.

»—¿Y qué busca?

»—Eso tiene que explicárselo ella misma, porque no lo conozco. Espere con paciencia la noche del sábado. Todo quedará aclarado entonces.

»No me atreví a insistir más. Poco después cambió de tema y terminamos conversando de una variedad de cosas. Habló de gente que había muerto hacía siglos, pero con la cual parecía haber tenido una relación personal. No fui capaz de mencionar una comarca, por distante que estuviera, que él no hubiera visitado, ni me fue posible admirar lo suficiente la extensión y diversidad de su conocimiento. Le comenté que el haber viajado, visto y conocido tanto debía de haberle dado infinitos placeres. Movió la cabeza de un lado a otro con tristeza.

—¡Nadie puede entender lo desdichada de mi suerte! —respondió—. El destino me ha obligado a estar en constante movimiento, sin permitir que me quede más de dos semanas en el mismo lugar. No tengo un solo amigo en el mundo y, debido a mi ajetreada ocupación, no puedo tenerlo. Yo preferiría terminar con mi desgraciada vida, pues envidio a quienes pueden gozar de la tranquilidad de la tumba. Pero la muerte me evade y huye de mi abrazo. En vano me lanzo en el camino del peligro. Si me sumerjo en el océano, las olas me devuelven con horror a la orilla; si me lanzo al fuego, las llamas retroceden ante mi llegada; y si me opongo a la furia de bandidos, sus espadas se desafilan y se rompen contra mi pecho. El tigre hambriento se estremece cuando me acerco y el caimán huye de un monstruo más horrible que él mismo. ¡Dios me ha marcado y todas sus criaturas respetan esta marca fatal!

»Se llevó la mano al terciopelo que estaba alrededor de su frente. Había en sus ojos una expresión de rabia, desesperación y malevolencia que me horrorizó hasta el fondo del alma. Una convulsión involuntaria me estremeció. El desconocido se dio cuenta.

»—Esa es la maldición que me han echado —continuó—. Estoy condenado a generar terror y desprecio en todos los que me miran. Usted ya siente la influencia de ese hechizo y cada momento que pase la sentirá más y más. No contribuiré a sus sufrimientos con mi presencia. Hasta el sábado. En cuanto el reloj marque las doce, espéreme en la puerta de su habitación.

»Habiendo dicho esto se retiró, dejándome asombrado por sus modales y conversación.

»Su certeza de que pronto me vería liberado de las visitas de la aparición produjeron un efecto positivo en mí. Théodore, a quien trataba como un hijo adoptivo en vez de un criado, se sorprendió, a su regreso, al observar la mejoría de mi estado. Me felicitó por este avance en la recuperación de mi salud y se declaró complacido por que hubiera obtenido tantos beneficios de mi conversación con el Gran Mogol. Después de hacer algunas averiguaciones, supe que el desconocido ya había pasado ocho días en Ratisbona. Según lo que me había dicho, entonces solamente podía quedarse seis días más. Hasta el sábado faltaban tres. ¡Con cuánta impaciencia esperé su llegada! Mientras tanto, la Monja Sangrienta continuaba con sus apariciones nocturnas, pero como tenía la esperanza de verme completamente liberado de ellas, los efectos que me producían se hicieron cada vez menos fuertes.

»Finalmente llegó la noche en cuestión. Para evitar sospechas, me acosté a la hora usual. Pero apenas mis cuidadores se fueron, volví a vestirme y me preparé para recibir al forastero. Él entró en mi habitación a medianoche con un cofrecito que ubicó junto a la chimenea. Me saludó sin emitir sonido alguno y yo le respondí de igual forma. Entonces abrió el cofrecito y sacó, primero, un pequeño crucifijo de madera. Se puso de rodillas, lo contempló con tristeza y levantó la vista hacia el cielo. Parecía estar rezando con devoción. Al cabo de un rato inclinó la cabeza con respeto, besó tres veces el crucifijo y abandonó su postura arrodillada. Luego sacó del cofrecito una pequeña copa cubierta. Con el líquido que contenía, el cual parecía ser sangre, roció el piso y luego, mojando en él un extremo del crucifijo, dibujó un círculo en el medio de la habitación. Alrededor de esto dispuso varias reliquias, cráneos, fémures, entre otros. Observé que todos estaban en forma de cruces. Por último, sacó una Biblia grande y me hizo señas para que lo siguiera al círculo. Le obedecí.

»—¡Cuidado con pronunciar una sola palabra! —susurró el desconocido—. ¡No salga del círculo y, por lo que más quiera, no se atreva a verme a la cara!

»Con el crucifijo en una mano y la Biblia en la otra, pareció leer con una profunda atención. El reloj marcó la una y, como de costumbre, escuché los pasos del fantasma en la escalera, aunque no se apoderó de mí el temblor habitual. Esperé su llegada confiado. Entró en la habitación, se acercó al círculo y se detuvo en seco. El forastero murmuró unas cuantas palabras, completamente ininteligibles para mí. Luego levantó alzó la vista del libro, extendió el crucifijo hacia el fantasma y pronunció con una voz clara y solemne:

»—¡Beatriz! ¡Beatriz! ¡Beatriz!

»—¿Qué quieres? —preguntó la aparición con un tono hueco y vacilante.

»—¿Qué perturba tu sueño? ¿Por qué amargas y torturas a este joven? ¿Cómo restaurar el descanso a tu espíritu inquieto?

»—¡No me atrevo a decirlo! ¡No debo decirlo! ¡Si pudiera descansaría en mi tumba, pero las órdenes más estrictas me obligan a prolongar mi castigo!

»—¿Conoces esta sangre? ¿Sabes por las venas de quién fluyó? ¡Beatriz, Beatriz! ¡En su nombre te ordeno que me respondas!

»—No me atrevo a desobedecer a mis amos.

»—¿Y te atreves a desobedecerme a mí?

»Habló en un tono imperativo y se apartó de la frente la cinta negra. A pesar de sus instrucciones, la curiosidad no me dejó apartar los ojos de su rostro. Los levanté y vi una cruz ardiendo impresa en su frente. No puedo expresar el horror que me inspiró aquello. ¡Nunca sentí nada igual! Mis sentidos me abandonaron por unos instantes y un misterioso temor se apoderó de mí. Si el exorcista no me hubiera tomado de la mano, habría caído fuera del círculo.

»En cuanto me recobré, vi que la cruz ardiente había producido un efecto no menos fuerte en el espectro. Su rostro expresó reverencia y horror; sus miembros visionarios fueron sacudidos por el miedo.

»—¡Sí! —dijo al cabo de un rato—. Tiemblo ante esa marca. ¡La respeto! ¡Te obedezco! Debes saber, pues, que mis huesos aún están insepultos y se pudren en la oscuridad del Hoyo de Lindenberg. Nadie, salvo este joven, tiene el derecho de llevarlos a la tumba. Sus propios labios me han entregado su cuerpo y su alma. Nunca le devolveré su promesa ni conocerá una noche sin terror, a menos de que se comprometa a recoger mis huesos desmoronados, depositarlos en el panteón familiar de su Castillo de Andalucía y ofrecer treinta misas por el descanso de mi espíritu. Solo así no perturbaré más este mundo. ¡Ahora déjame partir! ¡Esas llamas me abrasan!

»Él dejó caer lentamente la mano que sostenía el crucifijo y que hasta entonces había apuntado hacia ella. La aparición inclinó la cabeza y se disolvió en el aire. El exorcista me condujo fuera del círculo. Volvió a guardar la Biblia y todo lo demás en el cofrecito. Se dirigió a mí, que me encontraba mudo de asombro a su lado.

»—Don Raimundo, ya escuchó las condiciones en que se le promete tranquilidad. Ocúpese de cumplirlas al pie de la letra. A mí nada me queda por hacer excepto aclarar la oscuridad que aún reviste la historia del espectro e informarle que en vida Beatriz llevaba el apellido de las Cisternas. Fue tía abuela de su abuelo. Como pariente suya, sus cenizas le exigen respeto, aunque la enormidad de sus pecados le provoque repulsión. Nadie más que yo es capaz de explicarle la naturaleza de esos delitos. Conocí personalmente al santo hombre que prohibió sus disturbios nocturnos en el Castillo de Lindenberg y guardo la historia de sus propios labios:

»"Beatriz de las Cisternas hizo los votos a una edad temprana, no por su propia voluntad sino por orden de sus padres. En aquel tiempo era demasiado joven como para lamentar los placeres de los que la privaría su ingreso en la vida religiosa. Pero en cuanto comenzó a desarrollar su apasionado carácter, se dejó llevar por la lujuria y aprovechó la primera oportunidad que tuvo para satisfacerla. Esta oportunidad se presentó después de muchos obstáculos que no hicieron más que aumentar su deseo. Consiguió escapar del convento y se fugó a Alemania con el Barón Lindenberg. Vivió con él varios meses en el castillo en un claro concubinato. Toda Baviera se escandalizó de su conducta descarada y desenfrenada. Sus fiestas competían en lujo con las de Cleopatra y Lindenberg se convirtió en el teatro del libertinaje más desaforado. No contenta con exhibir el comportamiento de una libertina, se declaró atea. Aprovechaba cada oportunidad para burlarse de sus votos y ridiculizaba las ceremonias más sagradas.

»"De naturaleza depravada, no restringía sus afectos a una sola persona durante demasiado tiempo. Poco después de llegar al castillo, el hermano menor del barón llamó su atención por sus facciones marcadas, su gran estatura y sus fuertes extremidades. Beatriz no era capaz de mantener su deseo en secreto por un periodo largo, pero en el caso de Otto von Lindenberg encontró su par en lo que a depravación se refiere. Él le devolvió su pasión en la medida suficiente como para aumentarla y, cuando la llevó al punto anhelado, fijó como precio de su amor el asesinato de su hermano. La desgraciada consintió ese horrible trato. Eligieron una noche para perpetrar el hecho. Otto, quien vivía en una pequeña propiedad a unos pocos kilómetros del castillo, prometió que a la una de la mañana la estaría esperando en el Hoyo de Lindenberg, que llevaría consigo un grupo selecto de amigos con cuya ayuda, no dudaba, podría adueñarse del castillo, y que su paso siguiente debería ser unir su mano a la de él. Fue esta última promesa la que terminó con todos los reparos de Beatrice, ya que a pesar de su afecto por ella, el barón había declarado que nunca la haría su esposa.

»"Entonces llegó la noche fatal. El barón dormía entre los brazos de su amante traidora cuando el reloj del castillo marcó la una. En ese instante, Beatriz extrajo una daga de debajo de su almohada y la hundió en el corazón del barón, quien lanzó un solo gemido espantoso y murió. La asesina saltó deprisa de la cama, tomó una lámpara en una mano, en la otra la daga ensangrentada y se dirigió a la caverna. El portero no se atrevió a negarse a abrir los portones a alguien incluso más temido en el castillo que su propio amo. Beatriz llegó sin contratiempos al Hoyo de Lindenberg y allí, de acuerdo con lo acordado, encontró a Otto esperándola. La recibió y escuchó su relato como en un trance, pero antes de que ella tuviera tiempo de preguntarle por qué estaba solo, él la convenció de que no deseaba testigos de su encuentro. Angustiado por ocultar su participación en el asesinato y de liberarse de una mujer cuyo violento y atroz carácter lo hacían temblar, con razón, por su propia seguridad, había decidido matarla. Se precipitó de pronto sobre ella y le arrebató la daga de la mano. Se la hundió, aún teñida con la sangre de su hermano, en el pecho, y con repetidas puñaladas puso fin a su vida.

»"Otto pasó a ocupar entonces la baronía de Lindenberg.

El asesinato fue solamente atribuido a la monja fugitiva y nadie sospechó quién la había convencido de que lo llevara a cabo. Pero, a pesar de que su delito no fue perseguido por el hombre, la justicia de Dios no le permitió gozar en paz de sus ensangrentados honores. Como los huesos de Beatriz yacen aún insepultos en la caverna, su alma inquieta sigue habitando el castillo. Vestida con su hábito en memoria de los votos que había roto, equipada con la daga que había bebido la sangre de su amante, con la lámpara que había iluminado sus pasos en la fuga, aparecía todas las noches junto a la cama de Otto. La más espantosa confusión reinaba en el castillo. Las cámaras abovedadas resonaban con chillidos y gemidos, mientras el espectro recorría las antiguas galerías, pronunciando una mezcla incoherente de oraciones y blasfemias. Otto no pudo soportar la conmoción que sentía ante aquella temible visión y su horror crecía con cada sucesiva aparición. Finalmente, su miedo se hizo tan insoportable que le estalló el corazón y una mañana fue encontrado en la cama totalmente privado de calor y vida. Su muerte no puso fin al alboroto nocturno. Los huesos de Beatriz seguían sin ser sepultados, y su fantasma continuaba recorriendo el castillo.

»"Entonces los dominios de Lindenberg pasaron a las manos de un pariente lejano, quien, aterrorizado por las historias que había escuchado sobre la Monja Sangrienta, que era como la gente había nombrado al espectro, llamó a un célebre exorcista para que lo ayudara. Ese hombre santo logró obligarla a reposar temporalmente. Pero aunque ella le contó su historia, él no tuvo permiso de narrarla a otros ni de hacer que su esqueleto fuera llevado al camposanto. Esa tarea te estaba reservada a ti y, hasta tu llegada, el fantasma estuvo condenado a vagar por el castillo y a lamentar el crimen que había cometido allí. Sin embargo, el exorcista la obligó a guardar silencio mientras él viviera. Por lo que durante el resto de su existencia, la habitación embrujada quedó cerrada y el espectro fue invisible. Al morir él, cinco años después, Beatriz volvió a aparecer, pero a partir de entonces solo una vez cada cinco años, el mismo día y a la misma hora en que había clavado el cuchillo en el corazón de su amante dormido. Luego visitaba la caverna donde estaba su esqueleto mohoso, regresaba al castillo tan pronto como el reloj marcaba las dos y no se la volvía a ver hasta que transcurrieron los siguientes cinco años.

»"Estaba condenada a sufrir durante un siglo y este ya pasó. Ahora no queda más que llevar hasta la tumba las cenizas de Beatriz. He sido el medio para liberarte de tu tormento fantasma y, en medio de las penas que aún me afligen, me es de algún consuelo pensar que he podido serte de utilidad. ¡Adiós, joven! ¡Que el fantasma de tu pariente goce del descanso eterno en la tumba, algo que la venganza del Todopoderoso me ha negado para siempre!".

»En ese punto el desconocido se dispuso a salir de mi habitación.

»—¡Quédate un momento! —le dije—. Has satisfecho mi curiosidad sobre el espectro, pero me dejas una mucho más grande con respecto a ti mismo. Por favor, infórmame con quién estoy en deuda. Mencionas circunstancias pasadas y personas muertas hace mucho tiempo. Conocías personalmente al exorcista, quien según tu propio testimonio falleció hace cerca de un siglo. ¿Cómo voy a explicar esto? ¿Qué significa esa cruz ardiendo sobre tu frente y por qué verla llenó de tanto horror a mi alma?

»Acerca de estos puntos se negó a hablarme durante un rato. Por último, abrumado por mis súplicas, aceptó aclararlo todo bajo la condición de que lo dejara postergar la explicación para el día siguiente. Me vi obligado a acoger ese pedido y me abandonó. Por la mañana, mi primera preocupación fue preguntar por el misterioso desconocido. Imagina mi desilusión cuando fui informado de que se había ido de Ratisbona. Despaché a mensajeros en su búsqueda, pero fue en vano. No se descubrieron rastros del fugitivo. A partir de ese momento no volví a tener noticias de él, y es muy probable que no las tenga jamás».

Aquí Lorenzo interrumpió el relato de su amigo.

—¿Cómo? —dijo— ¿Jamás descubriste quién era ni llegaste a sospecharlo?

—Perdóname —contestó el marqués—. Cuando le conté esta aventura a mi tío, el cardenal y duque, me dijo que no tenía dudas de que aquel hombre tan particular era el célebre personaje universalmente conocido como El Judío Errante. El hecho de que no se le permitiera pasar más de catorce días en un mismo lugar, la cruz ardiente en su frente, el efecto que producía en quienes la miraban y muchas otras circunstancias dan a esa suposición el color de la verdad. El cardenal está plenamente convencido de ello, y por mi parte me inclino a pensar que es la única solución posible a este enigma. Ahora vuelvo a la narración de la que me he desvié:

»Después de aquello recuperé la salud con tal velocidad que asombré a mis médicos. La Monja Sangrienta no volvió a aparecerse y pronto pude viajar a Lindenberg. El barón me recibió con los brazos abiertos. Le conté de mi aventura y se mostró muy complacido cuando supo que su mansión ya no sería perturbada por las frecuentes apariciones del fantasma. Lamenté percibir que mi ausencia no había debilitado la imprudente pasión de doña Rodolfa. En una conversación privada que tuve con ella durante mi corta estancia en el castillo, intentó convencerme una vez más de que debía corresponder a su afecto. Como la consideraba la causa principal de mis sufrimientos, no sentía por ella otro sentimiento más que repugnancia. El esqueleto de Beatriz fue encontrado en el lugar que ella había dicho. Como eso era todo lo que buscaba hacer en Lindenberg, me apuré en abandonar los dominios del barón, tan ansioso por llevar a cabo el funeral de la monja asesinada como de escapar del acoso de una mujer a quien detestaba. Partí e inmediatamente siguieron las amenazas de Doña Rodolfa de que mi desprecio no quedaría impune por demasiado tiempo.

»Me dirigí entonces a toda marcha a España. Lucas, quien se había unido a mí durante mi permanencia en Lindenberg, iba con mi equipaje. Llegué a mi país natal sin percances y en el acto me encaminé hacia el castillo de mi padre en Andalucía. Los restos de Beatriz fueron depositados en la bóveda familiar, se realizaron todas las ceremonias acostumbradas y se dijeron las misas que ella había pedido. Ya nada me impedía dedicar todos mis esfuerzos a descubrir el paradero de Agnes. La baronesa me había jurado que su sobrina ya había hecho los votos, pero yo sospechaba que esa información estaba inspirada por los celos y tenía la esperanza de encontrar a mi amada todavía en libertad para casarse conmigo. Pregunté por su familia y supe que antes de que su hija pudiera llegar a Madrid, doña Inesilla había muerto. Con respecto a ti, mi querido Lorenzo, me dijeron que te encontrabas en el extranjero, aunque no pude descubrir exactamente dónde. Tu padre se encontraba en una provincia lejana, visitando al Duque de Medina. Y en cuanto a Agnes, nadie pudo o quiso decirme qué había pasado con ella. Théodore, según lo había prometido, volvió a Estrasburgo, donde encontró muerto a su abuelo y a Marguerite en posesión de su fortuna. Todos sus ruegos para que se quedara con ella fueron inútiles. La abandonó por segunda vez y me siguió hasta Madrid. Hizo todo lo posible por llevar adelante mi búsqueda, pero nuestros esfuerzos conjuntos no tuvieron éxito. El lugar en el que se refugiaba Agnes siguió siendo un misterio impenetrable, y comencé a abandonar toda esperanza de recuperarla.

»Hace unos ocho meses regresaba a mi residencia de un humor melancólico, después de haber pasado la velada en un teatro. La noche era oscura y yo iba solo. Hundido en pensamientos que estaban lejos de ser gratos, no pude ver que tres hombres me seguían desde el teatro hasta que, al cruzar en una calle poco frecuentada, me atacaron al mismo tiempo con gran furia. Retrocedí algunos pasos, desenvainé mi espada y me envolví el brazo izquierdo con la capa. La oscuridad de la noche me era favorable y la mayoría de los golpes de los asesinos, que lanzaban al azar, no me alcanzaron. Al cabo de un rato, tuve la suerte de dejar tendido a mis pies a uno de mis adversarios. Pero ya antes de eso había recibido tantas heridas, y me encontraba tan abatido, que mi destrucción habría sido inevitable si no hubiera sido por un caballero que se acercó a ayudarme, tras sentirse atraído por el entrechocar de las espadas. Este corrió hacia mí con su arma desenvainada, seguido por varios criados con antorchas. Su llegada equilibró el combate, pero los atacantes no quisieron abandonar sus planes hasta que los criados del caballero se aproximaron a nosotros. Entonces huyeron y se perdieron en la oscuridad.

»El desconocido me habló cortésmente y me preguntó si estaba herido. Débil por la pérdida de sangre, apenas pude agradecerle su oportuna ayuda y suplicarle que dispusiera que algunos de sus criados me llevaran al Palacio de las Cisternas. En cuanto mencioné aquel nombre, aseguró conocer a mi padre y declaró que no permitiría que se me hiciera recorrer aquella distancia antes de que me examinaran las heridas. Agregó que su casa estaba cerca y me rogó que lo acompañara hasta allí. Sus modales eran tan honestos que no pude rechazar el ofrecimiento y, apoyándome en su brazo, poco después llegué al pórtico de una magnífica mansión.

»Al entrar en la casa, un criado anciano y canoso se adelantó para darle la bienvenida a mi guía. Preguntó cuándo pensaba el duque, su amo, salir del país. Se le respondió que se quedaría algunos meses más todavía. Mi salvador ordenó entonces que se llamara sin demora al médico de la familia y sus instrucciones fueron obedecidas. Me sentaron en el sofá, en una majestuosa habitación y, una vez que examinaron mis heridas, se declaró que eran muy leves. Sin embargo, el médico me aconsejó que no me expusiera al aire nocturno, y el desconocido me rogó con tanta insistencia que ocupara una habitación en su casa que acepté quedarme por un tiempo.

»Cuando estuve solo con mi salvador, aproveché la oportunidad para agradecerle en los términos más explícitos, pero él me pidió que no insistiera en el asunto.

»—Yo me considero dichoso —dijo— por haberle prestado ese pequeño servicio. Y le estaré agradecido a mi hija por siempre por haberme retenido hasta tan tarde en el convento de Santa Clara. La gran estima en que tuve al Marqués de las Cisternas, aunque las circunstancias no hayan permitido que fuéramos tan cercanos como habría deseado, hace que me alegre por la oportunidad de conocer a su hijo. Estoy seguro de que mi hermano, en cuya casa está usted ahora, lamentará no estar en Madrid para recibirlo él mismo. Pero en ausencia del duque soy el jefe de la familia, y en su nombre puedo asegurarle que todo lo que hay en el Palacio de Medina está a su completa disposición.

»Imagina mi sorpresa, Lorenzo, al descubrir que mi salvador era don Gastón de Medina. Solamente pudo compararse con mi secreta satisfacción ante la seguridad de que Agnes estaba en el convento de Santa Clara. Esta última impresión quedó un poco debilitada cuando, en respuesta a mis preguntas en apariencia casuales, me dijo que su hija efectivamente ya había hecho los votos. En tales circunstancias, no permití que mi pena echara raíces en mi espíritu. Me refugié en la idea de que las influencias de mi tío en la Corte de Roma eliminarían ese obstáculo y que lograría que mi amada, sin dificultad, pudiera librarse de sus votos. Alentado por esa esperanza, calmé las inquietudes de mi pecho y aumenté mis esfuerzos por mostrarme agradecido ante las atenciones de don Gastón y complacido con su compañía.

»Entonces entró un criado en la habitación y me comunicó que el atacante, al que había herido, daba algunas señales de vida. Pedí que lo llevara a la casa de mi padre y añadí que en cuanto recuperara el habla lo interrogaría sobre las razones para atentar contra mi vida. Me dijo que ya se hallaba en condiciones de hablar, aunque con cierta dificultad. La curiosidad de don Gastón hizo que me urgiera por interrogar al asesino en su presencia, pero de ningún modo me sentía inclinado a satisfacer esa curiosidad. Una de las razones era que, como sospechaba la procedencia del golpe, no me sentía dispuesto a exponer ante don Gastón la culpabilidad de su hermana. Además, tenía miedo de ser reconocido como Alfonso de Alvarada y de que, a causa de ello, se adoptara alguna medida para impedirme ver a Agnes. Por lo que sabía del carácter de don Gastón, estaba convencido de que confesarle mi pasión por su hija y esforzarme por hacerlo partícipe de mis planes sería imprudente. Y como consideraba esencial que me conociera solo como el Conde de las Cisternas, tomé la decisión de no dejarle escuchar la confesión del agresor. Le insinué mi sospecha de que había una dama implicada en el asunto, cuyo nombre podía escapar por accidente de los labios del asesino, y que era necesario que interrogara al hombre en privado. La educación de don Gastón no le permitió continuar insistiendo, por lo que llevaron al atacante a mi residencia.

»A la mañana siguiente le dije adiós a mi anfitrión, quien ese mismo día debía encontrarse con el duque. Mis heridas eran tan superficiales que, aparte de verme obligado a llevar el brazo en un cabestrillo durante cierto tiempo, la aventura de la noche no me había generado mayores inconvenientes. El médico que examinó la herida del asesino declaró que era de muerte. Apenas le quedó tiempo para confesar que la vengativa doña Rodolfa lo había contratado para asesinarme, expirando unos pocos minutos después.

»A partir de ese momento todos mis pensamientos se concentraron en hablar con mi encantadora monja. Théodore se puso manos a la obra y esa vez tuvo mayor éxito. Se ensañó tan enérgicamente con el jardinero de Santa Clara, ofreciéndole sobornos y promesas, que el anciano finalmente quedó completamente a la orden de mis intereses y acordó que me introduciría en el convento en calidad de ayudante. El plan se ejecutaría de inmediato. Disfrazado con ropa humilde y con un ojo cubierto por un parche negro, fui presentado a la superiora, quien aceptó la propuesta del jardinero. Enseguida comencé mi trabajo. Como la botánica había sido uno de mis estudios preferidos, de ninguna manera me sentía perdido en mi nuevo oficio. Durante algunos días continué trabajando en el jardín del convento, sin encontrarme con la causante de todo aquello. Pero en la cuarta mañana tuve mejor suerte. Escuché la voz de Agnes y corrí hacia el lugar en el que había resonado, cuando me detuvo la presencia de la superiora. Retrocedí cautelosamente y me oculté detrás de un frondoso grupo de árboles.

»La superiora caminó y se sentó con Agnes en un banco cercano. Escuché que, con tono airado, culpaba a su compañera por su constante melancolía. Le dijo que, en su situación, llorar por la pérdida de cualquier enamorado era un delito, pero llorar por la de un enamorado infiel era una locura y un absurdo en extremo. Agnes respondió en voz tan baja que no pude distinguir lo que decía, pero advertí que usaba términos dulces y sumisos. La conversación se interrumpió cuando llegó una joven pensionista, quien informó a la superiora que la esperaban en el salón. La anciana se puso de pie, besó la mejilla de Agnes y se fue. La recién llegada se quedó. Agnes le habló muy elogiosamente de alguien que no pude saber quién era, pero su oyente pareció singularmente encantada e interesada con lo que le decía. La monja le mostró varias cartas y la otra las leyó con un placer evidente, le pidió permiso para copiarlas y se alejó con ese fin, para mi gran satisfacción.

»Tan pronto como desapareció de la vista, abandoné mi escondite. Como temía asustar a mi amada, me acerqué con sumo cuidado con la intención de dejarme ver poco a poco. Pero ¿quién puede engañar a los ojos del amor por un instante? Levantó la cabeza cuando me acerqué y me reconoció con una sola mirada, a pesar de mi disfraz. Se levantó rápidamente de su asiento con una exclamación de sorpresa e intentó irse. Pero yo la seguí, la detuve y le supliqué que me escuchara. Convencida de mi falsedad, se negó a escucharme y me ordenó firmemente que saliera del jardín. Entonces me tocó a mí el turno de negarme. Le dije con firmeza que, por peligrosas que pudieran ser las consecuencias, no me iría hasta que escuchara mi versión. Le aseguré que había sido engañada por los artificios de su familia y que podía convencerla de que, sin lugar a dudas, mi pasión había sido pura y desinteresada. Y le pregunté qué podría haberme incitado a buscarla en el convento, si era cierto que era el egoísta que mis enemigos decían.

»Todos mis ruegos, argumentos y promesas de que no me iría hasta que prometiera escucharme, sumados a sus temores de que las monjas me vieran con ella, a su natural curiosidad y al afecto que aún sentía por mí, a pesar de mi supuesta traición, por fin triunfaron. Me dijo que en ese momento le era imposible hacer lo que le pedía, pero se comprometió a ir al mismo lugar a las once de esa noche y conversar conmigo por una última vez. Una vez lograda esa promesa, le solté la mano y ella corrió deprisa hasta el convento.

»Le conté mi éxito a mi aliado, el viejo jardinero. Este me habló de un escondite que podía ocupar hasta la noche sin temor a que me descubrieran. Hacia allí me encaminé a la hora en que habría debido irme con mi supuesto jefe y esperé con impaciencia el momento del encuentro. El frío de la noche me favorecía, pues hacía que las demás monjas no abandonaran sus celdas. Solamente Agnes se mostró insensible a la inclemencia del tiempo y antes de las once llegó al lugar que había sido testigo de nuestra conversación previa. Seguro de que no sería interrumpido, le conté la verdadera causa de mi desaparición aquel fatal cinco de mayo. Pude ver con claridad que mi narración la conmovía. Cuando terminé de hablar, confesó que sus sospechas eran injustas y se reprochó el haber hecho los votos, impulsada por la desesperanza que sentía ante mi ingratitud.

»—¡Pero ahora es muy tarde para arrepentirme! —agregó—. La suerte ya está echada. Hice mis votos y me entregué al servicio de Dios. Ahora me doy cuenta de lo poco apta que soy para la vida religiosa. Mi desagrado por la vida de convento aumenta cada día más. El aburrimiento y el descontento son mis compañeros constantes y no te ocultaré que la pasión que antes sentía por alguien que iba a ser mi esposo aún no se ha extinguido en mi pecho. ¡Pero debemos separarnos! ¡Son insuperables las barreras nos apartan y de este lado de la tumba no debemos encontrarnos de nuevo!

»Hice lo posible por hacerle ver que nuestra unión no era tan imposible como ella parecía creer. Me jacté de la influencia que tenía el Cardenal y Duque de Lerma en la Corte de Roma. Le aseguré que me resultaría sencillo obtener para ella una exoneración de sus votos y no dudé de que don Gastón coincidiría conmigo cuando le dijera mi verdadero nombre y le hiciera saber mi afecto de tanto tiempo. Agnes contestó que si tenía tales esperanzas era porque poco conocía a su padre. Liberal y bondadoso en otros sentidos, el fanatismo era la única mancha de su carácter. Desde ese punto de vista era inflexible, sacrificando sus más valiosos intereses por sus reparos. Él consideraría insultante que lo creyera capaz de autorizar a su hija a dejar una vida consagrada a Dios.

»—Pero imagina —le dije, interrumpiéndola—, imagina que él desapruebe nuestra unión. Deja que ignore mi plan hasta que te haya rescatado de la cárcel en que estás encerrada ahora. Una vez que seas mi mujer, serás libre de su autoridad. No necesito ayuda monetaria de él y cuando vea que su resentimiento es inútil, no tengo dudas de que te dará su apoyo. Pero imagina que sucede lo peor y don Gastón se muestra inquebrantable. Mis parientes competirán entre ellos para que olvides el haberlo perdido y encontrarás en mi padre un sustituto del que te fue privado.

»—Don Raimundo —respondió Agnes con voz firme y decidida—, yo amo a mi padre. Solamente en este caso me trató con dureza, pero en todo lo demás he recibido de él tantas pruebas de amor que su afecto llegó a ser necesario para vivir. Si abandonara el convento, nunca me lo perdonaría. Y no puedo imaginarme que me maldiga en su lecho de muerte sin estremecerme ante semejante idea. Además, yo misma tengo consciencia de que mis votos me imponen un deber. Contraje voluntariamente mi compromiso con Dios y no puedo romperlo sin cometer un delito. Te sugiero sacar de tu mente la ilusión de que podamos estar juntos alguna vez. Estoy consagrada a la vida religiosa y, por más que me duela nuestra separación, yo misma me opondré a lo que, según lo que siento, me convertiría en culpable.

»Me esforcé por disipar ese miedo infundado. Todavía estábamos discutiendo al respecto cuando la campana del convento anunció los maitines. Agnes estaba obligada a asistir, pero no me abandonó hasta que la obligué a prometerme que la noche siguiente se presentaría en el mismo lugar y a la misma hora. Esos encuentros se prolongaron de forma ininterrumpida durante varias semanas. Y ahora, Lorenzo, debo rogar por tu perdón. Piensa en nuestra situación, en nuestra juventud, en nuestro afecto de tan larga data. Considera todas las circunstancias que rodeaban nuestras citas y tendrás que confesar que la tentación era irresistible. Incluso me perdonarás cuando admita que, en un momento de descuido, el honor de Agnes fue sacrificado por mi pasión».

Los ojos de Lorenzo brillaron de furia y un rojo intenso le cubrió el rostro. Dio un respingo en el asiento e intentó desenvainar su espada. El marqués se dio cuenta de su movimiento y le tomó la mano cariñosamente.

—¡Amigo mío! ¡Hermano mío! ¡Escúchame hasta que termine! Hasta entonces, trata de contener tu arrebato y al menos convéncete de que, si lo que he contado es criminal, la culpa debe recaer en mí y no en tu hermana.

Lorenzo se dejó convencer por las súplicas de don Raimundo. Volvió a sentarse y escuchó el resto del relato con semblante sombrío e impaciente. El marqués continuó así:

—Apenas había terminado el primer estallido de pasión cuando Agnes, recuperándose, se apartó de mis brazos horrorizada. Me llamó infame seductor, me llenó de los más amargos reproches y se golpeó el pecho en medio del desenfreno del delirio. Avergonzado por la imprudencia que había cometido, encontré las palabras para excusarme con mucha dificultad. Traté de consolarla, me arrojé a sus pies y le supliqué que me perdonara. Me obligó a soltarle la mano, que yo había tomado para besar.

»—¡No me toques! —gritó con una furia que me aterró—. ¡Monstruo traicionero e ingrato! ¡Cómo me dejé engañar por ti! Te veía como mi amigo, mi protector. Deposité mi confianza en tus manos y, como me encomendé a tu honor, pensé que el mío no corría peligro. ¡Y por ti, a quien adoraba, ahora he caído en la deshonra! ¡Es por ti que he sido seducida para romper mis votos! ¡Que he sido reducida al nivel más bajo de mi sexo! ¡Qué vergüenza! ¡Eres un villano! ¡Nunca más me verás!

»Saltó del banco en el que se encontraba sentada y quise

detenerla, pero se soltó de mí con brusquedad y se refugió en el convento.

»Me retiré confuso e inquieto. A la mañana siguiente no dejé de presentarme en el jardín como ya era costumbre, pero no pude ver a Agnes. Por la noche la esperé en el lugar en que nos encontrábamos siempre. No tuve éxito. Pasaron varios días y noches de la misma forma. Al cabo de un tiempo, vi a mi ofendida amante cruzar el sendero cerca del que me encontraba trabajando. La acompañaba la misma joven pensionista, en cuyo brazo parecía obligada a apoyarse por debilidad. Me miró por un instante, pero en el acto volvió la cabeza. Esperé su retorno, pero siguió camino al convento sin prestar la menor atención ni a mí ni al aspecto arrepentido con el que imploraba su perdón.

»En cuanto las monjas se retiraron, el anciano jardinero se me acercó con una expresión de pena dibujada en su rostro.

»—Señor —dijo—, me duele tener que ser yo quien le informe que no puedo seguir siéndole útil. La dama con quien usted solía encontrarse acaba de asegurarme que si vuelvo a dejarlo entrar en el jardín contará todo a la superiora. Además, me pidió que le dijera que su presencia era insultante y que, si aún siente algún respeto por ella, no trate de volver a verla. Perdóneme, entonces, por decirle que ya no puedo continuar escondiendo su disfraz. Si la superiora se enterara de mi conducta, no le bastaría despedirme. Por venganza, podría acusarme de haber profanado el convento y hacer que me lanzaran a la cárcel de la Inquisición.

»Mis intentos de cambiar su decisión fueron inútiles. Me negó todo ingreso al jardín en el futuro y Agnes insistió en no dejarme verla ni saber de ella. Un par de semanas más tarde, una implacable enfermedad que se apoderó de mi padre me obligó a partir a Andalucía. Fui hasta allí a toda velocidad y, tal como me había imaginado, encontré al marqués al borde de la muerte. Aunque desde el principio su enfermedad había sido declarada mortal, sobrevivió varios meses más, durante los cuales tanto sus cuidados como la organización de sus asuntos para después de la muerte no me permitieron salir de Andalucía. Regresé a Madrid hace cuatro días, y al llegar a casa encontré esta carta esperándome».

Entonces el marqués abrió un cajón de un armario y sacó un papel plegado que tendió a Lorenzo, quien lo desplegó y reconoció la letra de su hermana. El contenido era el que sigue:

"¡En qué abismo de miseria me has hundido! Raimundo, me obligas a ser tan mala como tú. He decidido no volver a verte y, si es posible, olvidarte. Si no, recordarte solamente con odio. Un ser humano, por quien ya siento la ternura de una madre, me pide que perdone a mi seductor y que recurra a su amor buscando los medios para protegerlo. Raimundo, tu hijo vive en mi vientre. Y tiemblo ante la idea del castigo que me será impuesto por la superiora. Tiemblo mucho por mí, pero más todavía por la inocente criatura que depende de mí para vivir. Las dos estaremos perdidas si se descubre mi estado. Te pido, entonces, que me aconsejes en cuanto a los pasos que debo dar, sin tratar de verme. El jardinero, que se comprometió a entregar esta carta, ha sido despedido y ya no podemos tener esperanza por ese lado. El hombre que han contratado en su lugar es de incorruptible fidelidad. La mejor manera de hacerme llegar tu respuesta sería ocultarla debajo de la gran estatua de San Francisco que se encuentra en la catedral de los capuchinos. Yo voy todos los jueves a confesarme y me sería fácil encontrar una oportunidad para recoger tu misiva. Tengo entendido que no estás en Madrid. ¿Necesito suplicarte que me escribas el instante mismo de tu regreso? No lo creo. ¡Ay, Raimundo, mi situación es cruel! Engañada por mi familia cercana, obligada a abrazar una vida para cuyos deberes no estoy preparada para cumplir, consciente de la santidad de dichas responsabilidades y seducida a quebrantarlas por aquel de quien menos podía sospechar una traición, las circunstancias me obligan ahora a elegir entre la muerte y el perjurio. La timidez propia de la mujer y el afecto materno no me dejan opción intermedia. Siento toda la culpa en la que me sumerjo al aceptar el plan que antes me propusiste. El fallecimiento de mi pobre padre, que se produjo después de nuestro último encuentro, eliminó uno de los obstáculos. Ahora descansa en su tumba y ya no tengo miedo de su ira. Pero de la ira de Dios... ¡Oh, Raimundo! ¿Quién me protegerá? ¿Quién puede protegerme contra mi propia consciencia, contra mí misma? No me atrevo a ahondar en estos pensamientos porque me volverían loca. He tomado mi decisión. Ayúdame a eximirme de mis votos. Estoy dispuesta a escapar contigo. ¡Escríbeme, esposo mío! ¡Dime que la ausencia no ha disminuido tu amor! Dime que rescatarás de la muerte a tu hijo no nacido y a su desgraciada madre. Vivo con todas las agonías del terror. ¡Cada ojo que se fija en mí parece ver mi secreto y mi vergüenza! ¡Y tú eres el causante de esas agonías! ¡Oh, cuando mi corazón te amó por primera vez, qué poco sospechó que tú le harías sentir tal dolor! Agnes".

Después de leer aquella carta, Lorenzo la devolvió en silencio. El marqués volvió a guardarla en el armario y siguió diciendo:

—Qué grande fue mi alegría al conocer aquella noticia, tan ansiosamente deseada y a la vez tan poco esperada. Mi plan pronto quedó trazado. Cuando don Gastón me había dado a conocer el lugar en el que se había retirado su hija, no me cupo duda de que ella estaría dispuesta a abandonar el convento, e hice conocer al Cardenal y Duque de Lerma todo el asunto, del que él se ocupó de inmediato con el objetivo de obtener la exoneración necesaria. Por fortuna, después no detuve sus trámites y no hacía mucho había recibido una carta suya, en la cual me decía que en cualquier momento esperaba la respuesta de las autoridades romanas. De buena gana habría confiado en que mi plan resultaría, pero el cardenal me escribió para decirme que debía encontrar alguna manera de sacar a Agnes del convento sin que se enterara la superiora. No dudaba de que esta se indignaría mucho al perder a una persona de tan elevado rango social y de que consideraría la renuncia de Agnes como un insulto a su casa. La describió como una mujer de carácter violento y vengativo, capaz de llegar a los mayores extremos. Por lo tanto, era de temer que, si dejaba a Agnes encerrada en el convento, frustraría mis esperanzas e invalidaría la bula papal. Influenciado por esta recomendación, decidí llevarme a mi amante y ocultarla hasta la llegada de la esperada exoneración en las propiedades del cardenal y duque. Este aprobó mi plan y estuvo dispuesto a ofrecer refugio a la fugitiva. Luego hice que el nuevo jardinero de Santa Clara fuera secuestrado en privado y confinado en mi estancia. De esta manera, me convertí en el maestro de la llave de la puerta del jardín y entonces no tenía nada más que hacer que preparar a Agnes para la huida. Así lo hice a través de la carta que me viste entregar esta tarde. En ella le dije que estaría listo para recibirla a las doce de la noche del día siguiente, que estaba en posesión de la llave del jardín y que podía contar con una pronta bula papal.

»Ya has escuchado, Lorenzo, todo mi relato. No tengo nada que decir para excusarme, excepto que mis intenciones hacia tu hermana han sido siempre las más honorables. Que siempre ha sido y sigue siendo mi plan hacerla mi esposa. Y que confío en que cuando consideres estas circunstancias, nuestra juventud y nuestro apego, no solo perdonarás nuestra momentánea falta de virtud, sino que también me ayudarás a reparar mis faltas hacia Agnes y a asegurar un título legítimo sobre su persona y su corazón».

Capítulo II

O You! whom Vanity's light bark conveys
On Fame's mad voyage by the wind of praise,
With what a shifting gale your course you ply,
For ever sunk too low, or borne too high!
Who pants for glory finds but short repose,
A breath revives him, and a breath o'er-throws.[12]

Alexander Pope, *Imitations of Horace*

Así fue como el marqués terminó de contar sus aventuras. Antes de decidir su respuesta, Lorenzo dedicó algunos momentos a pensar. Al cabo de un rato rompió el silencio.

—Raimundo —dijo, tomándole la mano—, el cumplimiento estricto del honor me obligaría a lavar con tu sangre la mancha que has dejado sobre mi familia. Pero todas las circunstancias de tu caso me prohíben considerarte mi enemigo. La tentación fue muy grande como para resistirla. La superstición de mi familia ocasionó estas desdichas, y ellos son incluso más responsables que Agnes y tú. Lo que pasó entre ustedes no puede retirarse, pero sí repararse por medio de tu unión con mi hermana. Siempre has sido y continuarás siendo mi más querido y, en verdad, único amigo. Siento por Agnes el más sincero cariño y a nadie la confiaría con mejor disposición que a ti. Sigue entonces con tu plan. Te acompañaré mañana por la noche y yo mismo la llevaré hasta la casa del cardenal. Mi presencia será una sanción por su conducta, y evitará que se sienta culpable por su huida del Convento.

El marqués le agradeció en los más cálidos términos. Lo-

12 *¡Oh, usted! A quien la barca ligera de la Vanidad transporta, / en el viaje loco de la Fama, por el viento del elogio, / con qué temporal cambiante navega su rumbo, / ¡por siempre hundido muy bajo o llevado muy alto! / El que ansía gloria encuentra un descanso breve, / un soplo lo revive y un soplo lo derriba.*

renzo le dijo luego que no debía seguir teniendo miedo del antagonismo de doña Rodolfa. Cinco meses habían pasado desde que, en un exabrupto de pasión, le estalló una vena y expiró en unas pocas horas. Después mencionó el asunto de Antonia. El marqués se sorprendió mucho cuando se enteró de que tenía ese vínculo familiar. Su padre se había llevado a la tumba el odio que sentía hacia Elvira y nunca dejó entrever la menor insinuación de que conocía a quien llegaría a ser la viuda de su hijo mayor. Don Raimundo le confirmó a su amigo su disposición a reconocer a su cuñada y a su encantadora hija. Los preparativos para la huida no le permitirían visitarlas al día siguiente, pero mientras tanto quería que Lorenzo les diera testimonio de su amistad y que entregara a Elvira la suma que ella quisiera de su parte. Esto prometió hacer el joven, en cuanto supiera dónde vivía. Se despidió entonces de su futuro hermano y volvió al Palacio de Medina.

El día estaba por terminarse cuando el marqués se retiró a su habitación. Consciente de que su relato le tomaría algunas horas, y deseoso de protegerse de cualquier interrupción, al volver a la mansión había ordenado a sus servidores que no lo esperaran despiertos. Por consiguiente, al entrar en su antesala se sintió un tanto sorprendido de encontrar allí a Théodore. El paje se hallaba sentado frente una mesa con una pluma en la mano, tan completamente absorto en su ocupación que no se dio cuenta de que su amo había llegado. El marqués se detuvo a mirarlo. Théodore escribió algunos renglones, hizo una pequeña pausa, tachó una parte de lo que había escrito, volvió a escribir unas palabras, sonrió y pareció muy satisfecho con lo que había hecho. Al cabo de un rato dejó la pluma, saltó de su asiento y aplaudió de alegría.

—¡Ya están listos! —exclamó— ¡Han quedado encantadores!

Su ímpetu fue interrumpido por una carcajada del marqués, quien sospechaba cuál era la tarea a la que se refería.

—¿Qué es eso tan encantador, Théodore?

El joven se sobresaltó y miró a su alrededor. Se ruborizó, corrió hacia la mesa, tomó el papel en el que había estado escribiendo y, ya visiblemente confundido, lo escondió.

—¡Oh, señor! No sabía que estaba usted aquí. ¿Hay algo en lo que pueda serle útil? Lucas ya se acostó.

—Seguiré su ejemplo cuando haya dado mi opinión acerca de tus versos.

—¿Mis versos, señor?

—Sí, estoy seguro de que estabas escribiéndolos hace un momento, pues nada más podría haberte mantenido despierto hasta esta hora de la madrugada. ¿Dónde están, Théodore? Me gustaría verlos.

En las mejillas de Théodore se extendió un rojo más intenso aún. Él ansiaba mostrar su poesía, pero primero quiso que le insistieran.

—En verdad, señor, los versos no son dignos de su atención.

—¿Los versos que acabas de declarar que son tan encantadores? Vamos, déjame ver si es cierto eso. Te prometo que encontrarás en mí a un crítico benévolo.

El muchacho le entregó el papel con fingida resistencia. Pero la satisfacción que había en sus expresivos ojos negros traicionaba la vanidad de su juventud. El marqués sonrió al ver las emociones de un corazón todavía tan poco hábil en ocultar sus sentimientos. Se sentó en un sofá. Mientras la esperanza y el temor se disputaban en sus agitadas facciones, Théodore esperó con inquietud la opinión de su amo, mientras que el marqués leía los siguientes versos:

Amor y vejez

La noche era oscura y frío el viento.
Anacreonte, ya viejo y triste,
sentado junto al fuego avivaba las llamas.
¡De pronto se abre la puerta de la Cabaña
y ahí estaba! Ante él Cupido.
Lo mira amistoso y lo saluda por su nombre.

"¿Qué? ¿Tú?", el asustado Señor
con hosco tono exclama, mientras la ira
tiñe de carmesí su mejilla pálida y arrugada.
"¿Otra vez con amorosa ira
inflamas mi pecho? Fortalecido por la edad,
Muchacho Vanidoso, tus flechas débiles no me traspasan.

"¿Qué Buscas en este triste desierto?
Ni sonrisas ni diversión hallarás aquí.
Nunca estos valles fueron testigos de un dulce coqueteo,
el invierno eterno amarra las llanuras,
la edad en mi casa reina despótica,
mi Jardín no tiene flores ni mi pecho calor.

"Vete y busca la alcoba floreciendo,
donde alguna Virgen madura corteje tu poder,
o haz que sueños provocadores revoloteen por su cama.
En el amoroso pecho de Damon descansa,
lujuria en los labios rosados de Cloe,
o haz su mejilla ruborizada almohada para tu cabeza.

"Si tales son tus lugares predilectos,
¡evita estas regiones frías!
Ni pienses que por sabio y viejo
esta cabeza canosa de nuevo llevará tu yugo.

Recordando que mis años más hermosos
fueron marcados con suspiros y lágrimas por ti,
pienso tu amistad falsa y evito la trampa.
"Todavía no he olvidado los dolores que sentí
mientras estaba atado a las cadenas de Julia.
Las llamas ardientes que encendían mi pecho,
las noches que pasé sin descanso,
las punzadas de celos que atormentaban mi corazón,
mis esperanzas frustradas y mi pasión no correspondida.

"¡Entonces vuela y no maldigas más mis ojos!
¡Vuela desde la puerta de mi pacífica Cabaña!
Ningún día, hora o momento Te detendrás.
Conozco tu falsedad, desprecio tus artificios,
desconfío de tus sonrisas y temo tus dardos.
¡Traidor, vete y busca otro a quien traicionar!"

"¿Acaso la edad confunde tu ingenio, anciano?"
Respondió el Dios ofendido y frunció el ceño,
¡tan dulce como la Virgen sonriendo!
"¿Me diriges estas palabras a Mí?
A Mí que no te amo menos,
¡aunque Mi amistad desdeñes y placeres pasados injuries!

"Si casualmente una Belleza orgullosa encontraste,
fueron amables otras cien Ninfas,
cuyas sonrisas podrían expiar el gesto de Julia.
¡Pero así es el Hombre! Su mano parcial
escribe en la arena innumerables favores,
pero estampa la pequeña falla en la piedra.

"¡Ingrato! ¿Quién Te condujo a la ola
donde Lesbia gustaba lavarse al mediodía?
¿Quién nombró la casa donde Dafne se echaba sola?

¿Y quién, cuando Celia gritaba por ayuda,
te perjudicó con besos para callar a la Doncella?
¿Qué otra cosa era sino Amor?
¡Tú me dirás, oh, falso Anacreonte!

"Entonces Podrías llamarme: '¡Muchacho Gentil!
¡Mi única dicha! ¡Mi fuente de alegría!'.
¡Entonces Podrías apreciarme más que tu alma!
¡Podrías besarme, bailar conmigo sobre tus rodillas
y jurar que ni el vino mismo te satisfaría,
¡si el labio del Amor no hubiera tocado primero el cuenco que fluye!

"¿Acaso esos dulces días no volverán?
¿Debo deplorar tu pérdida?
¿Desterrado de tu corazón y expulsado de tu favor?
¡Ay! No, mis miedos esa sonrisa niegan,
ese pecho agitado, esos ojos brillantes.
Declárame siempre querido y de todas mis faltas perdonado.

"Otra vez amado, estimado, cuidado,
cupido estará en tus brazos presto,
jugando en tus rodillas o durmiendo en tu pecho.
Mi Antorcha calentará tu corazón golpeado por la edad,
mi Mano desarmará la rabia del pálido Invierno
y Juventud y Primavera mantendrán aquí una vez más su fiesta".

Ahora una pluma de tono dorado
él dibujó sonriendo desde su piñón.
Esto en manos del Poeta el Muchacho confía
y directo ante los ojos de Anacreonte
los sueños más hermosos de la fantasía se levantan
y alrededor de su cabeza favorecida

revolotea una inspiración salvaje.

Su pecho brilla con fuego amoroso.
Ansioso, Él empuña la lira mágica,
sus dedos se mueven veloces sobre los acordes melodiosos.
La Pluma arrancada del ala de Cupido
barre la cuerda demasiado tiempo descuidada,
mientras el dulce Anacreonte canta el poder y la alabanza del Amor.

Tan pronto como se escuchó ese nombre,
el Bosque sacudió sus nieves,
las inundaciones del deshielo
rompieron sus cadenas de frío y el Invierno huyó.
Una vez más la tierra se llenó de flores,
Vientos Suaves respiraron a través de casas floreciendo,
alto se elevó el glorioso Sol y derramó el resplandor del día.

Atraídos por el sonido armonioso,
Silvanos y Faunos rodean el Catre
y una multitud curiosa el Juglar para contemplar.
Las ninfas del Bosque apresuran el hechizo para demostrarlo,
ansiosas Ellas corren, enumeran, aman,
y mientras escuchan el compás, olvidan que el Hombre es viejo.

Cupido, en nada constante por mucho tiempo,
encaramado en el Arpa acompaña la canción
o sofoca con un beso las notas dulces.
Ahora en el pecho del Poeta reposa,
ahora entrelaza sus mechones canosos con rosas,
o flota en alas de oro en un círculo sin sentido.

Entonces Anacreonte dice: "Ya no
verteré mis votos en otro santuario.

Ya que Cupido se digna a inspirar mis números,
de Febo o la Doncella de ojos azules,
ahora mi verso no requerirá ayuda,
pues solo el Amor será el Patrón de mi Lira.

"En un noble esfuerzo de días anteriores,
difundo la alabanza del Rey o del Héroe
y golpeo los Acordes marciales con fuego épico.
¡Pero adiós, Héroe! ¡Adiós, Rey!
Tus hazañas mis labios nunca más cantarán
pues solo el Amor será el tema de mi Lira".

El marqués le devolvió el papel con una sonrisa de aprobación.

—Tu poemita me gusta mucho —le dijo—. Pero no debes tomar en cuenta mi opinión. No soy experto en poesía y por mi parte nunca escribí más de seis versos en mi vida, y esos seis produjeron un afecto tan desafortunado que estoy plenamente dispuesto a no hacerlo de nuevo. Pero me estoy desviando del tema. Iba a decir que no puedes ocupar tu tiempo en nada peor que escribir versos. Un autor, malo o bueno, o entre malo y bueno, es un animal a quien cualquiera se siente con el derecho de atacar. Pues si bien no todos son capaces de escribir libros, todos se consideran capaces de criticarlos. La mala escritura lleva consigo su propio castigo: el desprecio y el ridículo. En cambio, una buena genera la envidia y hace recaer en el autor infinitos problemas, pues es atacado por una crítica parcial y malhumorada. Uno encuentra defectos a la estructura, otro al estilo, un tercero al discurso. Y quienes no logran encontrar defectos en el libro se dedican a criticar al autor. Sacan con malicia, de la oscuridad, todas las pequeñas circunstancias que pueden poner en ridículo su carácter o conducta personales y apuntan a herir a la persona ya que no pueden herir al escritor. En pocas palabras, entrar en el oficio de la literatura es exponerse a propósito a los dardos del desprecio, el ridículo, la envidia y la decepción. Escribas bien o mal, ten por seguro que no escaparás de la censura. Por cierto, esta circunstancia es el principal consuelo de un autor joven: recordar que Lope de Vega y Calderón de la Barca tuvieron críticos injustos y malintencionados, y desde la modestia considerar que se encuentra en una situación parecida. Pero soy consciente de que todas estas sabias observaciones se te escapan. Escribir es la manía de conquistar en la que ninguna razón es suficientemente fuerte, y tan fácilmente podrías persuadirme de que no ame, como yo de que no escribas. Sin embargo, si no puedes evitar ser asaltado ocasionalmente por un espasmo poético, ten al menos la precaución de mostrar tus versos solo a aquellos cuya afinidad por ti asegure su aprobación.

—Entonces, señor, ¿no le parece que los versos son aceptables? —preguntó Théodore con aire humilde y desalentado.

—No estás entendiendo lo que quiero decirte. Como afirmé antes, me agradaron mucho. Pero mi afecto por ti me hace parcial y otros podrían juzgarlos menos positivamente. Debo decir, sin embargo, que ni siquiera mi simpatía por ti me impide observar varios defectos. Por ejemplo, confundes terriblemente las metáforas, eres demasiado propenso a buscar que la fuerza de tu escritura tenga más que ver con las palabras que con el sentido, algunos de los versos solamente parecen estar allí para rimar con otros y la mayoría de las mejores ideas las tomas prestadas de otros poetas, aunque posiblemente tú mismo no seas consciente del robo. Estas faltas podrían ser excusadas en un trabajo más largo, pero un poema breve como este debe ser correcto y perfecto.

—Todo eso es verdad, señor, pero considere que solamente escribo por placer.

—En ese caso tus defectos son menos excusables. Porque

pueden perdonarse las incorrecciones a quienes escriben por el dinero, quienes se ven obligados a completar una tarea impuesta en determinado plazo y se les paga por la cantidad y no por la calidad de sus palabras. Pero en el caso de aquellos a quienes ninguna necesidad obliga a convertirse en autores y que simplemente escriben para la fama y tienen el tiempo libre para pulir sus textos, las faltas son imperdonables y merecen los dardos más afilados de la crítica.

El marqués se levantó del sofá. El paje parecía desanimado y triste, y su amo no dejó de advertirlo.

—Sin embargo —añadió sonriente—, creo que los versos no te desacreditan. Tu escritura es bastante accesible y tu oído parece justo. En general, la lectura de tu pequeño poema me dio mucho placer y, si no es demasiado pedir, te estaré muy agradecido si me das una copia.

En el acto se iluminó el rostro del muchacho. No se dio cuenta de la sonrisa, entre aprobadora e irónica, que acompañaba el pedido, y con toda la disposición prometió la copia. El marqués se retiró a su habitación muy complacido por el efecto instantáneo que había producido el final de su crítica en la vanidad de Théodore. Se arrojó a su cama y pronto se quedó dormido. Sus sueños le presentaron las imágenes más prometedoras de felicidad en compañía de Agnes.

Al llegar al Palacio de Medina, lo primero que hizo Lorenzo fue averiguar si le habían llegado cartas. Encontró varias esperándolo, pero la que buscaba no estaba entre ellas. A Leonella le había resultado imposible escribirle aquella noche. Pero su impaciencia por conquistar el corazón de don Cristóbal, en el que alardeaba haber provocado una gran impresión, no le permitió dejar pasar otro día sin informarle el lugar en el que podía encontrarla. Al retornar de la Iglesia de los capuchinos, relató a su hermana con entusiasmo lo atento y amable que había sido el caballero con ella y que su compañero se había comprometido a interceder por la causa de Antonia ante el Marqués de las Cisternas. Elvira recibió esta noticia con un ánimo muy distinto del que tenía su interlocutora. Culpó a su hermana de imprudencia por haber confiado su historia a un completo desconocido y expresó sus temores de que este descuido predispusiera al marqués en su contra. El mayor de sus miedos lo guardó para sí misma. Había visto con inquietud que a la mención de Lorenzo, un potente sonrojo se apoderaba de las mejillas de su hija. Tímida como era, Antonia no se atrevió a pronunciar su nombre. Sin saber por qué, se sintió avergonzada cuando él fue el tema de conversación y trató de que pasaran a hablar de Ambrosio. Elvira percibió las emociones en su juventud y, en consecuencia, insistió en que Leonella rompiera su promesa a los caballeros. Un suspiro que se le escapó a Antonia al oír esta orden confirmó a su madre desconfiada la decisión que había tomado.

Pero Leonella esperaba incumplir esa decisión. La consideró inspirada por la envidia y pensó que su hermana tenía miedo de que ella la sobrepasara socialmente. Sin decir a nadie sus planes, aprovechó una oportunidad para enviar la siguiente nota a Lorenzo, quien la recibió en cuanto despertó:

"No me cabe duda, señor Lorenzo, de que me habrá acusado de ingratitud y olvido. Pero le doy mi palabra de doncella que no estaba en mi poder cumplir con mi promesa ayer. No sé con qué palabras decirle lo extraña que fue la recepción de mi hermana a su amable deseo de visitarla. Es una mujer anciana con muchas buenas cualidades a su favor, pero sus celos hacia mí a menudo hacen que tenga las ideas más inexplicables. Al enterarse de que el amigo suyo me había prestado cierta atención, se alarmó de inmediato. Reprochó mi conducta y me prohibió tajantemente darle a conocer el lugar de nuestra residencia. Pero mi intenso sentimiento de gratitud por sus amables ofrecimientos y (¿puedo confesarlo?) mi deseo de volver a ver una vez más al afectuoso don Cristóbal, no me permiten obedecer esa orden. Por lo tanto, me he escapado un momento para informarle que vivimos en la calle de Santiago, a cuatro puertas del Palacio de Albornoz, y casi enfrente del barbero Miguel Coello. Pregunte por doña Elvira Daifa, pues cumpliendo con la orden de su suegro, mi hermana se hace llamar por su apellido de soltera. Puede estar seguro de que nos encontrará a las ocho de esta noche, pero no diga ni una sola palabra que pueda generar la sospecha de que le escribí esta carta. Si ve al Conde de Osorio, dígale (me ruborizo mientras lo escribo) que su presencia resultará por lo demás agradable para quien tanto simpatiza con él. Leonella".

Las últimas frases de la carta estaban escritas con tinta roja para expresar el sonrojo de sus mejillas, al tiempo que cometía un ultraje a su virginal modestia.

En cuanto Lorenzo leyó aquella nota, salió en busca de don Cristóbal. Como no pudo encontrarlo durante el día, fue solo hasta casa de doña Elvira, para la gran decepción de Leonella. Como el criado con quien se hizo anunciar ya había dicho que su señora estaba en casa, esta no tuvo excusa para rehusar la visita, pero aceptó recibirlo con mucha renuencia. Este desagrado se fue acentuando con los cambios que su cercanía producía en el semblante de Antonia y no disminuyó cuando el joven se presentó en persona. La simetría de su figura, la viveza de sus facciones y la natural elegancia de sus modales y trato convencieron a Elvira de que tal huésped debía ser peligroso para su hija. Resolvió tratarlo con una distante cortesía, rechazar sus servicios con gratitud por su ternura y hacerle sentir, sin ofensa alguna, que sus futuras visitas estarían lejos de ser aceptables.

Al entrar encontró a Elvira, que no estaba bien de salud, reclinada en un sofá, mientras que Antonia estaba sentada ante su bastidor de bordado. Leonella, en un vestido pastoril, leía *Los siete libros de la Diana* de Jorge de Montemayor.

A pesar de que era la madre de Antonia, Lorenzo no podía dejar de pensar que encontraría en Elvira a la verdadera hermana de Leonella y a la hija de "un zapatero tan honrado y trabajador como cualquier otro de Córdoba". Una sola mirada fue suficiente para sacarlo de su engaño, pues vio a una mujer cuyos rasgos, pese a estar deteriorados por el tiempo y los males padecidos, todavía mostraban las marcas de una distinguida belleza. Una seria dignidad reinaba en su semblante, pero estaba atenuada por una gracia y dulzura que la hacían realmente encantadora. Lorenzo imaginó que en su juventud debió de parecerse a su hija y se apresuró a disculpar la imprudencia del difunto Conde de las Cisternas. Le pidió que se sentara e inmediatamente volvió a ocupar su lugar en el sofá.

Antonia lo recibió con una simple reverencia y continuó con su labor. Sus mejillas se habían teñido de rojo. Hizo todo lo posible por esconder su emoción y se inclinó sobre su bastidor. Su tía también optó por darse aires de modestia. Simuló ruborizarse y temblar, aguardando con los ojos bajos recibir los halagos de don Cristóbal. Como al cabo de un rato advirtió que no se acercaba, se aventuró a verlo y vio con enfado que Medina había llegado solo. La impaciencia le impidió esperar una explicación. Interrumpió a Lorenzo, quien en ese momento estaba transmitiendo el mensaje de Raimundo, y quiso saber qué había pasado con su amigo.

Él consideró necesario seguir contando con su simpatía, por lo que se esforzó por consolarla en su desilusión, aunque para ello debió decir la verdad a medias.

—¡Ay, señora! —respondió con voz melancólica—. ¡Qué desdichado se sentirá de perder esta oportunidad de presentarle sus respetos! La enfermedad de un familiar lo obligó a salir de Madrid con urgencia. Pero no me cabe duda de que a su retorno aprovechará la primera ocasión que tenga para arrojarse a sus pies.

Al decir eso, su mirada se encontró con la de Elvira, quien castigó lo suficiente su mentira lanzándole una mirada que denotaba desagrado y reproche. Tampoco el engaño logró su cometido. Enojada y decepcionada, Leonella se levantó de su asiento y se retiró, llena de ira, a su propia habitación.

Lorenzo se apuró a reparar la falta que lo había degradado ante Elvira. Contó su conversación con el marqués con respecto a ella, le aseguró que Raimundo estaba dispuesto a reconocerla como la viuda de su hermano y que, hasta que pudiera elogiarla en persona, Lorenzo era el encargado de reemplazarlo. Esta información alivió la inquietud de Elvira. Ahora había encontrado a un protector para su Antonia, huérfana de padre, por cuya futura suerte había sufrido el más grande de los miedos. No escatimó en agradecimientos a Lorenzo, quien con tanta generosidad había mediado la situación en su favor. Sin embargo, no lo invitó a repetir la visita.

Pero cuando el joven se puso de pie para marcharse, pidió autorización para preguntar de vez en cuando por su salud. Y la educada honestidad de sus modales, la gratitud que sentía por sus servicios y el respeto a su amigo el marqués no aceptaban una negativa. Elvira consintió recibirlo a regañadientes, mientras que él le prometió no abusar de su bondad y salió de la casa.

Antonia quedó entonces a solas con su madre y se produjo un momento de silencio. Las dos querían hablar sobre lo mismo, pero ninguna sabía cómo comenzar. Una sentía una timidez que le sellaba los labios y que no podía explicar, al tiempo que la otra temía que lo que pensaba fuera cierto o inspirar a su hija ideas que todavía desconocía. Al final, Elvira inició la conversación.

—Es un joven encantador, Antonia. Me agrada mucho. ¿Ayer estuvo mucho tiempo a tu lado en la catedral?

—No me dejó sola un instante en la iglesia. Me ofreció su asiento y se mostró muy amable y atento.

—¿De verdad? Y entonces, ¿por qué no me mencionaste su nombre? Tu tía elogió a su amigo y tú halagaste la elocuencia de Ambrosio, pero ninguna de las dos me dijo una sola palabra sobre la persona y los méritos de don Lorenzo. Si Leonella no hubiera hablado de su disposición a defender nuestra causa, yo no habría sabido de su existencia.

Hizo una breve pausa. Antonia se sonrojó, pero se quedó callada.

—Quizá lo juzgues menos favorablemente que yo. En mi opinión, tiene una figura agradable, conversación sensata y modales atractivos. Es posible que te haya parecido diferente, desagradable y…

—¿Desagradable? Por favor, querida madre, ¿cómo podría considerarlo de tal manera? Sería muy ingrato de mi parte si no fuera sensible a su bondad de ayer y muy ciega si se me hubieran escapado sus virtudes. ¡Su figura es tan grácil, tan noble! ¡Sus modales tan gentiles y, sin embargo, tan varoniles! Jamás vi tantos méritos en una sola persona, y dudo de que en Madrid pueda haber alguien igual.

—¿Por qué, entonces, te mostraste tan moderada en elogiar este fénix de Madrid? ¿Por qué me ocultaste que su compañía te había sido placentera?

—En verdad no lo sé. Me haces una pregunta a la que no puedo responder. Mil veces estuve a punto de mencionártelo. Su nombre me brotaba a cada rato de la boca, pero cuando iba a pronunciarlo, me faltaba valentía para poder hacerlo. Y si no hablé de él no fue porque lo tuviera en menos.

—Eso es lo que creo. Pero ¿quieres que te diga por qué necesitabas valentía? Porque estás acostumbrada a contarme tus pensamientos más secretos, y no sabías cómo ocultar o temías reconocer que en tu corazón había un sentimiento que sabías que yo desaprobaría. Ven aquí, hija mía.

Antonia dejó su bastidor, se puso de rodillas al lado del sofá y hundió el rostro en el regazo de su madre.

—¡No te inquietes, mi dulce niña! Considérame tu amiga y tu madre por igual, y no temas mi reprobación. He percibido las emociones que hay en tu corazón. Todavía no tienes la habilidad suficiente para ocultarlas y no escaparon de mi atenta mirada. Lorenzo ya provocó una impresión en tu corazón y es peligroso para tu tranquilidad. Es cierto que veo con facilidad que tu afecto es correspondido, pero ¿cuáles serían las consecuencias de perseguir esto? Eres pobre y no tienes amigas, Antonia. Lorenzo es el heredero del Duque de Medinaceli. Aunque él tuviese intenciones honradas, su tío nunca aceptaría la unión. Y yo tampoco, sin el consentimiento de su tío. Por mi propia experiencia, conozco las penas que debe soportar quien entra en una familia que no desea recibirla por matrimonio. Lucha contra tu afecto, entonces. Sean cuales sean los dolores que puedan costarte, trata de dominarlo. Tu corazón es tierno y susceptible. Ya recibió una fuerte impresión pero, una vez convencida de que no debes alentar tales sentimientos, confío en que tendrás la suficiente resistencia para expulsarlos de ti.

Antonia le besó la mano y le prometió obedecerla. Elvira siguió:

—Para impedir que tu pasión siga creciendo, será necesario desalentar las visitas de Lorenzo. La ayuda que nos prestó no me permite prohibirlas de manera tajante, pero a menos que juzgue demasiado favorablemente su carácter, las interrumpirá sin ofenderse si le confieso mis motivos y me entrego enteramente a su generosidad. La próxima vez que lo vea le diré con sinceridad la consternación que causa su presencia. ¿Qué te parece, hija mía? ¿No crees que es necesaria esa medida?

Antonia asintió a todo sin dudar, aunque no sin lamentarlo. Su madre la besó con afecto y se retiró a su habitación. Antonia siguió su ejemplo y juró tanto no volver a pensar en

Lorenzo, que hasta que el sueño le cerró los ojos no pensó en otra cosa.

Mientras esto ocurría en casa de Elvira, Lorenzo se apresuró a unirse al marqués. Todo estaba preparado para la segunda huida de Agnes. A medianoche, los dos amigos ya se encontraban frente al muro del jardín del convento con un carruaje y cuatro caballos. Don Raimundo sacó su llave y abrió la puerta. Entraron y esperaron un poco a que se les incorporara Agnes. El marqués terminó impacientándose. Como tenía miedo de que su segundo intento fuera igual de fracasado que el primero, se dedicó a explorar el convento. Los amigos se encaminaron hacia él. Todo estaba silencioso y oscuro. La superiora esperaba mantener en secreto aquella historia, por temor de que el pecado de una de las integrantes de la congregación atrajera la deshonra a toda la comunidad o de que la intervención de sus poderosos familiares la privara de la venganza contra la víctima. Por lo tanto, se cuidó de no dar al amante de Agnes causa alguna para suponer que su plan había sido descubierto y que su amante se hallaba a punto de sufrir el castigo por la falta cometida. La misma razón la hizo rechazar la idea de arrestar en el jardín al seductor, puesto que tal procedimiento habría generado gran alboroto y la deshonra de su convento circularía por todo Madrid. Se conformó con encerrar a Agnes. En cuanto al amante, lo dejó en la libertad de seguir con su plan. El resultado fue el esperado. El marqués y Lorenzo esperaron en vano hasta el alba y luego se retiraron silenciosamente, alarmados por el fracaso de su plan e ignorantes de su causa.

A la mañana siguiente, Lorenzo fue hasta el convento y pidió ver a su hermana. La superiora se presentó en la puerta con un semblante melancólico. Le informó que desde hacía varios días Agnes parecía muy agitada. Que las monjas le habían pedido en vano que revelara el motivo y que confiara en su ternura para recibir ayuda y consuelo. Que insistió con obstinación en esconder la razón de su angustia, pero que la noche del jueves esta angustia produjo un efecto tan fuerte en su persona que cayó enferma y que, de hecho, en ese momento guardaba cama. Lorenzo no le creyó ni una palabra e insistió en ver a su hermana. Si no podía presentarse ante la reja, quería que lo dejaran entrar a su habitación. ¡La superiora se persignó! Le escandalizó la idea de que la mirada profana de un hombre entrara en su santa mansión y se mostró asombrada de que Lorenzo pudiera considerar semejante cosa. Le dijo que no le podía conceder su solicitud, pero que si regresaba al día siguiente había esperanza de que Agnes estuviera lo bastante recuperada para recibirlo en la rejilla del salón.

Lorenzo se vio obligado a conformarse con esa respuesta, y se retiró insatisfecho y temeroso por la seguridad de su hermana.

Al otro día volvió temprano. "Agnes está peor. El médico dijo que está en peligro inminente y le ordenó que guardara reposo. Es absolutamente imposible que reciba la visita de su hermano". Lorenzo se enfureció ante aquella respuesta, pero no había remedio. Gritó, rogó y amenazó. Probó por todos los medios conseguir ver a Agnes. Sus esfuerzos fueron tan infructuosos como los del día anterior y, desesperado, volvió junto al marqués. Por su parte, este no había escatimado en esfuerzos para descubrir cuál era la causa del fracaso de su plan. Don Cristóbal, quien conocía el romance, hizo lo posible por sonsacarle información a la vieja portera de Santa Clara, con la que tenía una relación cordial. Pero ella estaba en guardia y no proporcionó información alguna. El marqués estaba prácticamente enloquecido y la inquietud de Lorenzo era apenas menor. Ambos estaban convencidos de que el intento de fuga había sido descubierto y no dudaban de que la enfermedad de Agnes era mentira, pero no sabían por cuáles medios rescatarla de manos de la superiora.

Todos los días Lorenzo visitaba el convento y con la misma regularidad era informado de que su hermana estaba empeorando, en lugar de mejorar. Seguro de que su indisposición era falsa, estas noticias no lo alarmaban. Pero su ignorancia sobre la suerte de Agnes y los motivos que habían llevado a la superiora a impedirle verla le provocaban la más grande inquietud. Todavía no sabía qué hacer cuando el marqués recibió una carta del Cardenal y Duque de Lerma. Incluía la esperada bula papal por medio de la cual se ordenaba que se liberara a Agnes de sus votos y se la devolviera a su familia. Ese esencial documento decidió en el acto lo que harían a continuación. Resolvieron que Lorenzo lo llevaría a la superiora sin demora y le exigiría que le entregara a su hermana enseguida. Contra ese mandato no se podía argumentar enfermedad alguna, puesto que concedía al hermano el poder de llevarla inmediatamente al Palacio de Medina. Lorenzo decidió usar ese poder al día siguiente.

Aliviada su mente de toda inquietud con respecto a su hermana, y alentado una vez más en su espíritu por la esperanza de devolverle muy pronto la libertad, tuvo tiempo entonces de dedicar unos momentos al amor y a Antonia. A la misma hora de su visita anterior, se encaminó a la casa de doña Elvira. Esta había ordenado que lo hicieran pasar y, tan pronto como lo anunciaron, Antonia se retiró con Leonella, por lo que cuando él entró en la habitación encontró sola a la señora de la casa. Lo recibió con menos frialdad que antes y le pidió que se sentara cerca de ella en el sofá. Sin demora, fue al grano como había quedado acordado con Antonia.

—No debe considerarme malagradecida, don Lorenzo. Ni tampoco olvidadiza de lo esencial que fue el favor que nos hizo ante el marqués. Siento el peso de la obligación y nada bajo el sol podría llevarme a dar el paso al que ahora me veo empujada, excepto el interés de mi amada hija Antonia. Mi salud empeora y solamente Dios sabe cuándo seré llamada ante él. Si perdiera la protección de la familia de las Cisternas, mi hija quedaría sin amigos, además de huérfana. Es joven e inocente, no conoce la maldad del mundo y tiene los encantos suficientes para convertirse en objeto de seducción. ¡Juzgue, entonces, cuánto tiemblo ante la perspectiva que la aguarda! ¡Juzgue lo ansiosa que me siento de apartarla de compañías que puedan provocar pasiones aún dormidas en su alma! Usted es bondadoso, don Lorenzo. Antonia posee un corazón susceptible y afectuoso, y agradece el favor que nos otorgó su intervención ante el marqués. Su presencia me hace temblar, pues temo que le inspire sentimientos que puedan amargarle el resto de la vida o llevarla a abrigar esperanzas injustificables e inútiles en su situación. Perdóneme cuando le confieso mis temores y deje que la franqueza sea mi excusa. No puedo impedirle el ingreso a mi casa, pues la gratitud me lo prohíbe. Tan solo puedo confiar en su generosidad e implorar que se apiade de los sentimientos de una madre ansiosa y excesivamente amorosa. Créame cuando le aseguro que lamento la necesidad de rechazar su amistad, pero no hay otra salida. El interés de Antonia me obliga a rogarle que deje de visitarnos. Si respeta mi solicitud, solo aumentará la estima que ya siento por usted y de la cual estoy convencida que es merecedor.

—Su franqueza me cautiva —respondió Lorenzo—. Descubrirá que no se equivocó en su opinión favorable de mí. Sin embargo, espero que las razones que ahora estoy en condiciones de alegar la convenzan de reconsiderar una solicitud que no puedo obedecer sin una infinita resistencia. Amo a su hija con gran sinceridad. No deseo mayor felicidad que inspirarle los mismos sentimientos y recibirla en el altar. Es cierto que yo mismo no soy rico, puesto que la muerte de mi padre dejó muy poco en mi posesión, pero mis posibilidades futuras justifican que pretenda a la hija del Conde de las Cisternas.

Iba a continuar con su discurso, pero doña Elvira lo interrumpió.

—¡Ay, don Lorenzo! Olvida usted que tras la pomposidad de mi título se oculta un origen oscuro. Olvida que he pasado catorce años en España, desconocida por la familia de mi marido y subsistiendo con una pensión apenas suficiente para mantener y educar a mi hija. Peor aún, fui rechazada por la mayoría de mis propios familiares, quienes por envidia fingen dudar de la verdad acerca de mi matrimonio. Como mi paga fue interrumpida tras la muerte de mi suegro, me vi casi arrastrada a la indigencia. En esa situación me encontró mi hermana, quien a pesar de sus debilidades posee un corazón cálido, generoso y afectuoso. Me ayudó con la escasa fortuna que le dejó mi padre, me convenció de que viniera a vivir a Madrid y nos ha mantenido, a mi hija y a mí, desde que salimos de Murcia. Entonces no considere a Antonia descendiente del Conde de las Cisternas, sino una huérfana pobre y desprotegida, nieta del artesano Toribio Daifa; como la necesitada pensionista de la hija de ese artesano. Piense en la diferencia que hay entre esa situación y la del sobrino y heredero del poderoso Duque de Medina. Creo que sus intenciones son honorables, pero como no hay esperanzas de que su tío apruebe la unión, creo que las consecuencias de su afecto serían fatales para la tranquilidad de mi hija.

—Perdóneme, señora. Está mal informada si cree que el Duque de Medina se parece a la mayoría de los hombres. Sus sentimientos son generosos y desinteresados. Me quiere mucho y no tengo motivos para temer que prohíba el matrimonio cuando advierta que mi felicidad depende de Antonia. Pero suponiendo que se niegue, ¿qué puedo temer? Mis padres ya no viven y yo soy el dueño de mi pequeña fortuna, que bastará para mantener a Antonia. Por su mano cambiaría el ducado de Medina sin arrepentirme ni un segundo.

—Usted es joven e impaciente. Es natural que tenga esas ideas. Pero, muy a mi pesar, la experiencia me enseñó que las alianzas en desigualdad de condiciones conllevan maldiciones. Me casé con el Conde de las Cisternas en contra de la voluntad de su familia y muchas penas castigaron ese imprudente paso. A dondequiera que nos dirigiéramos, la reprobación de un padre perseguía a Gonzalo. La pobreza nos alcanzó y no tuvimos un amigo cerca para aplacar nuestras necesidades. Nuestro afecto mutuo continuaba existiendo, pero ¡ay, no sin sobresaltos! Acostumbrado a la riqueza y la holgura, mi esposo no podía soportar la transición a la escasez y la indigencia. Recordaba con pesar las comodidades de las que en otro tiempo había gozado. Extrañaba la vida que había abandonado por mí y, en momentos en los que la desesperación se apoderaba de su espíritu, me reprochaba el haberlo convertido en esclavo de la necesidad y la miseria. ¡Me llamó su perdición, la raíz de sus dolores, la causa de su destrucción! ¡Ay, Dios! ¡Poco sabía que los reproches de mi propio corazón eran aún más agudos! ¡Ignoraba que yo sufría el triple, por mí, mis hijos y él! Es verdad que pocas veces le duraba la rabia y su sincero amor por mí revivía muy pronto en su corazón. Entonces su arrepentimiento por las lágrimas que me había hecho derramar me torturaba todavía más que sus reproches. Se echaba al suelo, rogaba por mi perdón en los términos más frenéticos y se maldecía a sí mismo por ser el asesino de mi paz. Como la experiencia me enseñó que un matrimonio contraído contra la voluntad de las familias de ambas partes solo puede ser desdichado, salvaré a mi hija de las miserias que yo misma sufrí. Sin el consentimiento de su tío, y mientras yo viva, Antonia nunca será su esposa. No me cabe duda de que él desaprobará la unión. Su poder es grande y Antonia no se verá expuesta a su cólera y persecución.

—¿Su persecución? ¡Con cuánta facilidad se puede evitar!

Si sucede lo peor, será cuestión de salir de España. Mi fortuna puede cobrarse con facilidad. Las Indias Occidentales nos ofrecerán un refugio seguro. Tengo una propiedad, aunque no de mucho valor, en La Española. Hasta allí huiremos, y consideraré que es mi país natal si me ofrece la compañía constante de Antonia.

—¡Ay, don Lorenzo, esa es una visión romántica y placentera! Gonzalo pensaba lo mismo e imaginaba que podía irse de España sin lamentarlo. Pero el momento de la partida lo desilusionó. ¡Usted no sabe aún lo que es abandonar su tierra natal para no volver a verla nunca más! ¡No sabe lo que es cambiar los lugares en los que transcurrió su infancia por territorios desconocidos y climas brutales! ¡Lo que es ser olvidado absolutamente y para siempre por los compañeros de su juventud! ¡Ver que sus más apreciados amigos, los más amados objetos de su afecto, mueren por enfermedades propias de un clima tropical y encontrarse incapacitado para brindarles la ayuda necesaria! ¡Yo sentí todo eso! Mi marido y dos tiernos recién nacidos encontraron la muerte en Cuba. Nada habría podido salvar a mi pequeña Antonia excepto mi pronto retorno a España. ¡Ay, don Lorenzo! ¿Puede entender cuánto sufrí durante mi ausencia? ¡Si supiera cuán intensamente lloré lo que había dejado atrás y lo añorado que me era el nombre mismo de España! Envidiaba hasta los vientos que soplaban hacia ella. Y cuando el marinero español cantaba alguna melodía conocida al pasar frente a mi ventana, las lágrimas me llenaban los ojos, mientras pensaba en mi tierra natal. También Gonzalo, mi marido...

Elvira se interrumpió. Le tembló la voz y se cubrió el rostro con un pañuelo. Luego de un corto silencio se levantó del sofá y continuó:

—Perdóneme que lo deje unos instantes. El recuerdo de todo lo que sufrí me afecta mucho y necesito estar sola. Hasta que regrese, lea estos versos. Después de la muerte de mi marido los encontré entre sus papeles. Si hubiera sabido antes que tenía esos sentimientos, la tristeza me habría matado. Escribió el poema en su viaje a Cuba, cuando la angustia le nublaba el espíritu y olvidó que tenía esposa e hijos. Lo que perdemos siempre nos parece lo más precioso. Gonzalvo estaba abandonando España para siempre y, por lo tanto, le era más querida a sus ojos que todo lo demás en el mundo. ¡Léalos, don Lorenzo, le darán una idea de los sentimientos de un hombre desterrado!

Elvira dejó un papel en las manos de Lorenzo y se retiró de la habitación. El joven examinó el contenido y leyó lo siguiente:

El exiliado

¡Adiós, oh, España natal! ¡Por siempre adiós!
Estos ojos desterrados no verán más tus costas.
Un lúgubre presagio dice a mi corazón
que nunca más los pies de Gonzalo pisarán tus orillas.

Callados son los vientos mientras el Velero navega
con suave movimiento arando la imperturbable Vela mayor.
Siento desfallecer mi presumido coraje en el pecho
y maldigo las olas que me llevan lejos de España.

¡Aún la veo! Debajo de ese Cielo azul claro
todavía aparecen Torres tan amadas.
Desde aquella punta escarpada el vendaval de Aún Así
me sopla mi acento nativo en el oído.

Sobre una Roca coronada de musgo y cantando alegre,
el Pescador seca sus redes allá al Sol.
A menudo he oído la Balada lastimera,
trayendo escenas de alegrías pasadas ante mis tristes ojos.

¡Ay, Joven feliz! Él espera la hora acostumbrada,
cuando la penumbra del crepúsculo oscurece el cielo que se cierra.
Entonces busca con gusto su amada habitación paterna
y comparte el festín que su campo nativo abastece.

Huéspedes de su Cabaña reciben Amistad y Amor,
con honesta bienvenida y sincera sonrisa.
Ninguna aflicción amenazante de alegrías presentes lo despoja,
ningún suspiro posee su pecho, ninguna lágrima su mejilla.

¡Ay, Joven feliz! Tal dicha para mí negando,
con envidia me ofreces ver tu afortunada suerte.
Yo, que desde casa y España vuelo un Exilio,
ofrezco todo lo que valoro, todo lo que amo, adieu.

Mis oídos no volverán a escuchar la conocida cancioncilla
cantada por alguna Montañesa que cuida sus Cabras;
un Joven Aldeano que implora piedad amorosa
o un Pastor que entona salvajes notas rústicas.

Más nunca un Padre me abrazará cariñoso,
más nunca mi corazón tendrá calma doméstica, debes saber.
Lejos de estas alegrías, con suspiros que la Memoria traza,
a cielos bochornosos y climas voy.

Donde Soles Indios engendran nuevas enfermedades,
donde se reproducen serpientes y tigres,
doblo mi camino y desafío la sed febril que el arte no aplaca,
la peste amarilla y el enloquecedor resplandor del día.

Pero no sentir dolores lentos consumir mi hígado,
morir poco a poco en la flor de la vida,

mi sangre hirviendo bebida por una fiebre insaciable
y el cerebro delirando con la ira del lucero.

Puedes hacerme conocer tal dolor como para separarme
de Ti con muchos suspiros amargos, Querida Tierra.
¡Sentir que este corazón debe amarte para siempre
y sentir que todas tus alegrías me son arrebatadas!

¡Ay, yo! ¡Con qué frecuencia los hechizos de Fantasía
traen mi país natal a mi mente durante el sueño!
¡Con qué frecuencia el arrepentimiento me ofrece triste
cada deleite perdido y Amigo querido dejado atrás!

Salvajes Valles Murcianos y amadas casas románticas,
el Río en cuyas orillas engañé a un Niño,
las Salas antiguas de mi Castillo y sus Torres ceñudas,
cada muy lamentado bosque y bien conocido Claro.

Sueños de la tierra donde se centran todos mis deseos,
tus escenarios que estoy condenado a no conocer más.
Muy a menudo rastro de Memoria, Atormentador de mi alma,
y convertir cada placer pasado en dolor presente.

¡Pero, Ay! El Sol bajo las olas se retira,
la noche acelera a toda velocidad para restaurar su imperio,
las nubes a mi vista oscurecen las torres de las aldeas,
ahora solo se ven débilmente y ahora no se ven más.

¡Oh! ¡No respiren, Vientos! ¡Quieto debe ser el movimiento del Agua!
¡Duerme, duerme, mi Barca, en silencio en la Vela mayor!
Que cuando la luz de mañana dore el Océano,
mis ojos verán la costa de España una vez más.

¡Vano es el deseo! Despreciada mi última petición,
fresco sopla el Vendaval y alto crece el Oleaje,
lejos estaremos antes del Amanecer.
¡Oh! ¡Pues adiós para siempre, España natal!

Apenas alcanzó Lorenzo a leer este poema, cuando regresó Elvira. Dar rienda suelta a las lágrimas la había hecho sentir mejor y su espíritu recuperó su habitual compostura.

—No tengo nada más que decir, señor —expresó—. Ya conoce mis temores y razones para pedirle que no repita sus visitas. Me he confiado por completo a su honor. Estoy segura de que no me demostrará que mi opinión sobre usted fue equivocada.

—Una sola pregunta más, señora, y la dejo. Si el Duque de Medina aprobara mi amor, ¿mi presencia resultaría inaceptable para usted y la bella Antonia?

—Le seré honesta, don Lorenzo. Como hay escasas probabilidades de que tal unión se concrete, me temo que mi hija la desea aún más. Usted produjo en su joven corazón una impresión que es motivo de alarma. Para impedir que esa impresión se fortalezca, me veo obligada a rechazar su propuesta. Por mi parte, puede estar seguro de que me haría feliz establecer a mi hija de esa forma tan ventajosa. Consciente de que mi salud, debilitada por la pena y la enfermedad, me impide esperar una larga permanencia en este mundo, tiemblo ante la idea de dejarla bajo la protección de un extraño. Desconozco al Marqués de las Cisternas por completo. Él se casará y su esposa podría mirar a Antonia con recelo y privarla de su único amigo. Si el duque, su tío, diera su consentimiento, no tenga dudas de que obtendría el mío y el de mi hija. Pero sin él, no debemos tener esperanzas. Sean cuales sean los pasos que des y la decisión del duque, hasta que usted la conozca le pido que se abstenga de fortalecer con su presencia la simpatía de Antonia. Si la aprobación de su familia lo autoriza a cortejarla, entonces mis puertas quedarán abiertas para usted. Si la autorización es negada, confórmese con mi gratitud y estima. Y recuerde que no debemos volver a encontrarnos.

Lorenzo prometió con desgana respetar esta decisión, pero agregó que esperaba obtener muy pronto el permiso que le daría el derecho a reanudar su relación. Luego le explicó por qué el marqués no la había visitado en persona y no tuvo miedo de hacerle conocer la historia de su hermana. Terminó diciéndole "que tenía la esperanza de ver a Agnes en libertad al día siguiente y que en cuanto el temor de don Raimundo al respecto hubiera terminado, no perdería tiempo en dar a doña Elvira la seguridad de su amistad y protección".

La dama movió la cabeza de un lado a otro.

—Tiemblo por su hermana —dijo—. He oído hablar de los rasgos del carácter de la superiora de Santa Clara de la boca de una amiga que se educó con ella en ese mismo convento. Me contó que es arrogante, intransigente, supersticiosa y vengativa. Desde entonces he escuchado decir que tiene la idea de hacer que su convento sea el más estricto de Madrid y que nunca perdona a aquellas que por imprudencia arrojan sobre él la más mínima mancha. Aunque es naturalmente violenta y severa, sabe adoptar muy bien la apariencia de benignidad cuando sus intereses así lo exigen. Trata por todos los medios de persuadir a las jóvenes de rango social para que se integren a su comunidad. Es implacable una vez que se enfurece y tiene demasiada temeridad como para retractarse al tomar las medidas más rigurosas para castigar al ofensor. Sin duda, considerará que la salida de su hermana del convento es una deshonra arrojada sobre ella y utilizará todos los artificios a su alcance para no obedecer el mandato del Papa. Me estremezco al pensar que doña Agnes está en manos de esta peligrosa mujer.

Lorenzo se puso en pie para despedirse. Elvira le dio la mano al momento de separarse, que él besó respetuosamente. Le dijo que esperaba tener muy pronto el permiso para poder besar la de Antonia y regresó a su residencia. La dama quedó muy satisfecha con la conversación que habían tenido. Consideraba agradable la perspectiva de que él llegara a ser su yerno, pero la prudencia le pedía que ocultara a su hija las halagadoras esperanzas que ella misma se aventuraba a tener.

Apenas era de día y ya Lorenzo se encontraba en el convento de Santa Clara, provisto del necesario mandato. Las monjas estaban en los maitines. Esperó impacientemente que terminara el servicio hasta que por fin la superiora se presentó en la reja del salón. Solicitó la presencia de Agnes. La anciana contestó con expresión melancólica que la situación de su hermana empeoraba cada hora. Que los médicos estaban tratando de mantenerla con vida desesperadamente, pero que habían declarado que su única posibilidad de recuperación consistía en que la dejaran tranquila y no permitieran que se acercaran a ella aquellos cuya presencia podría inquietarla. Lorenzo no creyó una sola palabra de todo aquello, como tampoco en las expresiones de pena y afecto por Agnes que salpicaron el relato de la superiora. Para terminar con el asunto, puso la bula papal en manos de ella e insistió en que, sana o enferma, su hermana le fuera entregada de inmediato.

La superiora recibió el documento con una apariencia de humildad. Pero en cuanto leyó el contenido, su resentimiento traicionó su esfuerzo hipócrita. Una oleada de intenso rubor le cubrió el rostro y lanzó a Lorenzo una mirada de cólera amenazante.

—Esta orden es auténtica —dijo con una voz de ira que en vano se esforzó en disimular—. De buena gana lo obedecería, pero desafortunadamente está fuera de mi poder.

Lorenzo la interrumpió con un grito de sorpresa.

—Le repito, señor. Obedecer esta orden está completamente fuera de mi alcance. Por delicadeza hacia los sentimientos de un hermano, le habría informado el triste suceso poco a poco con el fin de prepararlo para recibirlo con fortaleza. Pero mi propósito ya no puede llevarse a cabo. Esta orden me obliga a entregarle de inmediato a su hermana Agnes, por lo que me veo obligada a decirle sin rodeos que ella murió el viernes pasado.

Lorenzo retrocedió horrorizado y se puso pálido como la cera. Al detenerse a pensar un momento, se convenció de que aquella afirmación también debía ser falsa y volvió a sus cabales.

—¡Me engaña! —dijo apasionadamente—. Hace apenas cinco minutos me aseguró que, si bien estaba enferma, seguía viva. ¡Tráigala ahora mismo! Quiero y debo verla. Y todos sus intentos de impedírmelo serán inútiles.

—Pierde usted los estribos, señor. Debe tanto respeto a mi edad como a mi profesión. Su hermana ya no vive. Si al principio le oculté su fallecimiento fue por temor de que un suceso tan inesperado como este le produjera un efecto demasiado fuerte. Pero en realidad mal retribuye mi atención. Dígame, ¿qué interés podría tener en retenerla? Saber que su decisión era abandonar el convento era para mí motivo suficiente para querer que se alejara y para considerarla una deshonra para nosotras. Pero ella ha perdido mi afecto de una manera aún peor. Sus crímenes fueron grandes y, cuando sepa la causa de su muerte, sin duda se regocijará de que tal desgraciada ya no exista, don Lorenzo. Se enfermó el jueves al volver de la confesión en la capilla de los capuchinos. Su mal parecía estar acompañado por las más extrañas circunstancias, pero ella insistió en ocultarnos la causa. ¡Gracias a la Virgen fuimos demasiado ignorantes para sospechar cuál era! ¡Juzgue cuál habrá sido nuestra consternación y horror cuando al día siguiente dio a luz a un niño muerto, a quien inmediatamente siguió a la tumba! ¿Cómo es posible que su semblante no exprese sorpresa e indignación, señor? ¿Es posible que conociera la infamia de su hermana y que aun así siguiera sintiendo afecto por ella? En ese caso, no necesita mi compasión. Nada más puedo decirle excepto repetirle mi incapacidad para cumplir la orden del Papa. Agnes ya no vive y, para convencerlo de que esto es verdad, juro por Dios, nuestro Señor, que han pasado tres días desde que la enterramos.

Mientras decía esto besó un pequeño crucifijo que le colgaba del cinturón. Luego se levantó de la silla y salió del salón. Cuando se retiraba, lanzó a Lorenzo una mirada de odio.

—Adiós, señor —dijo—. No conozco remedio alguno para esto. Temo que ni siquiera una segunda bula papal procure la resurrección de su hermana.

Lorenzo también se retiró, profundamente afligido. Pero don Raimundo rayó en la locura ante la noticia. No quiso convencerse de que Agnes estuviera muerta de verdad y continuó insistiendo en que estaba encerrada tras los muros de Santa Clara. Ningún argumento pudo hacerle abandonar su esperanza de recuperarla. Todos los días se inventaba una nueva excusa para conseguir información acerca de ella y todas ellas tenían el mismo escaso éxito.

Por su parte, Medina abandonó su idea de ver a su hermana otra vez, aunque creía que había muerto en circunstancias ilícitas. Persuadido por aquello apoyó la búsqueda de don Raimundo, decidido a que si descubría la menor justificación de su sospecha se vengaría severamente contra la insensible superiora. La pérdida de su hermana lo afectó sinceramente y no fue menor causa de su dolor el hecho de que las reglas de comportamiento lo obligaran a postergar por algún tiempo la mención de Antonia al duque. Mientras tanto, sus emisarios no dejaban de rondar la puerta de Elvira y conocía cada uno de los movimientos de su amada. Como nunca dejaba de ir los jueves a escuchar el sermón en la catedral de los capuchinos, contaba con la seguridad de verla al menos una vez a la semana. Pero en cumplimiento de su promesa, se abstenía cuidadosamente de ser visto por ella. Así pasaron dos largos meses. Aún no había información sobre Agnes y todos, menos el marqués, creían en su muerte. Entonces Lorenzo decidió revelar sus sentimientos a su tío. Ya había hecho algunas insinuaciones en cuanto a su deseo de casarse. Fueron recibidas de manera tan favorable como era de esperar y no le cabía duda del éxito de su puesta en práctica.

CAPÍTULO III

While in each other's arms entranced They lay,
They blessed the night, and curst the coming day.[13]
NATHANIEL LEE

El arrebato de éxtasis ya había pasado y el deseo de Ambrosio estaba satisfecho. El placer se esfumó y la vergüenza ocupó un lugar en su corazón. Confuso y aterrado por su debilidad, se apartó del abrazo de Matilde. Su perjurio se manifestaba ante él. Reflexionó sobre lo que acababa de ocurrir y tembló por las consecuencias de lo que descubrió. Miró el futuro con horror. Su corazón estaba abatido y se convirtió en la morada del exceso y el asco. Frágil, evitó los ojos de su compañera. Reinaba un melancólico silencio durante el cual ambos parecían ocupados en desagradables reflexiones.

Matilde fue la primera en quebrantarlo. Lo tomó de la mano con dulzura y se la llevó a sus ardientes labios.

—¡Ambrosio! —murmuró con una voz suave y temblorosa.

El abad se sobresaltó ante aquel sonido. Volvió los ojos hacia los de Matilde y vio que los tenía llenos de lágrimas. Sus mejillas estaban rojas y su mirada parecía suplicarle compasión.

—¡Mujer peligrosa! —exclamó Ambrosio—. ¡Me has hundido en un abismo de desdicha! Si se descubriera tu verdadero sexo, mi honor, qué digo, mi vida, deberá pagar por el placer de unos pocos instantes. ¡Qué tonto fui en dejarme seducir por ti! ¿Qué hacer ahora? ¿Cómo expiar mi pecado? ¿Qué penitencia puede redimir la gravedad de mi crimen? ¡Desdichada Matilde, destruiste mi tranquilidad por siempre!

—¿Me reprochas eso a mí, Ambrosio? ¿A mí, que he sacrificado por ti los placeres del mundo, el lujo de la riqueza,

13 *Mientras en los brazos del otro Ellos yacían fascinados, / bendijeron la noche y maldijeron el día venidero.*

la delicadeza de mi sexo, los amigos, la fortuna y la fama? ¿Qué has perdido que yo conserve? ¿No he compartido tu culpa? ¿No has compartido mi placer? ¿Culpa, dije? ¿En qué consiste la nuestra sino en la opinión de un mundo que no sabe juzgar? ¡Que ese mundo nos ignore y nuestras alegrías se vuelvan divinas e intachables! Antinaturales fueron tus votos de celibato. El hombre no fue creado para tal estado. ¡Y si el amor fuera un crimen, Dios nunca lo hubiera hecho tan dulce e irresistible! ¡Despeja entonces esas nubes de tu frente, Ambrosio mío! Deléitate libremente con esos placeres, sin los cuales la vida sería un don sin valor. ¡Deja de reprocharme haberte enseñado lo que es la felicidad y siéntete igual de arrebatado junto a la mujer que te adora!

Mientras hablaba, los ojos se le llenaron de deliciosa languidez y el pecho se le agitó. Lo entrelazó sensualmente en sus brazos, lo atrajo hacia su cuerpo y pegó sus labios a los de él. Ambrosio volvió a sentir el deseo arder. La suerte estaba echada y sus votos habían sido rotos. Ya había cometido el pecado, así que ¿por qué abstenerse de disfrutar de su recompensa? La estrechó contra su pecho con mayor pasión. No reprimiéndose más por el sentimiento de vergüenza, dio rienda suelta a sus apetitos desmedidos mientras la bella y lujuriosa mujer ponía en práctica todas las artimañas de la seducción, todos los refinamientos del arte del deleite que pudiesen acentuar el goce de su posesión y hacer más exquisitos los arrebatos de su amante. Ambrosio se hundió en un placer hasta entonces desconocido para él. La noche pasó veloz y la mañana se ruborizó al verlo todavía ceñido entre los brazos de Matilde.

Ebrio de pasión, el monje salió del abrazo de su amada. Ya no pensaba con vergüenza en su exceso ni tenía miedo de la venganza del cielo injuriado. Su único temor era que la muerte le quitara su goce, cuyo largo ayuno no había hecho otra cosa que estimular el apetito. Matilde seguía bajo la influencia del veneno, y el excitado monje tembló menos por la vida de su Dios que por la de su amada. Sin ella, no le sería fácil encontrar otra compañera con quien pudiera liberar sus pasiones así de plenamente y con tanta seguridad. Por lo tanto, le pidió con apremio usar los medios de salvación que decía tener en su poder.

—Sí —respondió Matilde—. Como me hiciste sentir que mi vida es valiosa, al menos trataré de salvarla. Ningún peligro me ahuyentará. Miraré con audacia las consecuencias de mis acciones y no temblaré ante el horror que traigan. Pensaré que mis sacrificios son apenas dignos para poseerte y recordaré que un momento pasado entre tus brazos, en este mundo, retribuye con creces una eternidad de castigo en el que viene. Pero antes de dar ese paso, Ambrosio, júrame solemnemente que nunca tratarás de conocer los medios por los cuales me salvaré.

Él así lo hizo, con la máxima garantía de obediencia.

—Te lo agradezco, mi amado. Esta precaución es absolutamente necesaria, pues aunque no lo sabes, te encuentras bajo el yugo de prejuicios vulgares. La tarea a la que debo dedicarme esta noche podría sobresaltarte por su naturaleza insólita y rebajarme ante ti. Dime, ¿tienes la llave de la puerta baja que está del lado oeste del jardín?

—¿La que da al cementerio que compartimos con la comunidad de Santa Clara? No la tengo, pero puedo conseguirla fácilmente.

—Solamente debes dejarme entrar en el cementerio a medianoche y vigilar mientras desciendo a la cripta de Santa Clara, no vaya a ser que algún ojo indiscreto vea lo que haré. Déjame sola allí durante una hora y mi vida, consagrada a tu placer, estará a salvo. Para impedir alguna sospecha, no me visites durante el día. Acuérdate de la llave y de que te esperaré antes de las doce. ¡Espera! ¡Oigo pasos acercándose! Déjame sola, fingiré dormir.

El fraile la obedeció y salió de la celda. Cuando abrió la puerta se encontró al padre Pablo.

—Vengo a preguntar —declaró este— por la salud de mi joven paciente.

—¡Silencio! —respondió Ambrosio, llevándose un dedo a los labios—. Habla en voz baja. Acabo de verlo y ha caído víctima de un profundo sueño, que sin duda le resultará beneficioso. No lo molestes ahora, pues necesita descansar.

El padre Pablo obedeció la orden y al oír sonar la campana acompañó al abad a los maitines. Ambrosio se sintió preocupado cuando entró en la capilla. La culpa era un sentimiento nuevo para él, e imaginaba que todos los ojos podían leer en su rostro lo que había hecho la noche anterior. Se esforzó por rezar, pero su pecho ya no ardía de devoción y sus pensamientos se iban, sin así quererlo, hacia la encantadora Matilde. Pero lo que le faltaba en pureza de corazón, lo reemplazó con apariencia de santidad. Para esconder mejor su transgresión, creó una ficción de su virtud y jamás pareció más consagrado a Dios que cuando había roto sus votos. Entonces, de forma inconsciente, sumó la hipocresía al perjurio y el desenfreno. En estos últimos errores había caído por rendirse ante una seducción casi irresistible, pero ahora era culpable de una falta voluntaria, por tratar de disfrazar aquellos pecados a los que alguien lo había empujado.

Terminados los maitines, Ambrosio se fue a su celda. El regocijo que acababa de sentir por primera vez seguía presente en sus pensamientos. Su cerebro se encontraba trastornado y tenía un confuso revoltijo de culpa, pasión, inquietud y miedo. Recordaba con tristeza la paz del alma y la seguridad de la virtud que hasta entonces había tenido. Había caído en excesos cuya sola idea, veinticuatro horas antes, le habrían hecho retroceder de terror. Se estremeció al pensar que una pequeña indiscreción por su parte o por la de Matilde podría ensuciar la reputación que le había costado treinta años construir y provocaría el rechazo de la gente para la que hasta ahora era un ídolo. La conciencia lo llevó a lugares donde su perjurio y debilidad tenían deslumbrantes colores. El miedo le magnificó el terror del castigo y ya se imaginaba en la prisión de la Inquisición. A estas ideas torturadas siguieron la belleza de Matilde y aquellas deliciosas cosas que una vez aprendidas nunca pueden olvidarse. El solo recuerdo le bastó para reconciliarlo consigo mismo. Consideró que el placer de la noche anterior había sido obtenido a un precio fácil, por medio del sacrificio de la inocencia y el honor. El recuerdo mismo de ese goce le llenaba el alma de júbilo. Maldijo la tonta vanidad que le había hecho relegar en la oscuridad la flor de su vida, ignorando las bendiciones del amor y la mujer. Decidió que de todas formas proseguiría con su relación y enumeró, para darse ánimo, todos los argumentos que pudieran confirmar esa resolución. Se preguntó a sí mismo, siempre que se desconociera lo que había hecho, ¿en qué consistiría su falta? ¿Qué consecuencias tendría que temer? Al adherirse estrictamente a todas las reglas de la orden excepto por la castidad, no dudaba en que podría conservar la estima de los fieles y, todavía más, la protección del cielo. Confió plenamente en que se le perdonaría tan leve y natural desviación de sus votos. Pero olvidaba que, habiendo pronunciado esos votos, el desenfreno, el más venial de los errores en los laicos, se convertía para su persona en el más atroz de los crímenes.

Una vez decidido lo que haría, su espíritu se calmó. Se acostó en la cama y mediante el sueño trató de recuperar sus fuerzas, agotadas por los excesos de la noche anterior. Despertó llenó de energía y ansioso por repetir sus acciones. Obediente a la orden de Matilde, no la visitó en su celda durante ese día. El padre Pablo mencionó en el comedor que Rosario había accedido por fin a aceptar su medicina, pero que no había producido el menor efecto y que creía que ninguna habilidad médica podía evitar la tumba. El abad coincidió con aquella opinión y fingió lamentar la muerte tan temprana de un joven cuyo talento parecía tan promisorio.

Llegó la noche. Ambrosio ya se había ocupado de pedirle al portero la llave de la pequeña puerta que comunicaba al cementerio. Una vez que la tuvo, salió de su celda cuando reinaba el silencio absoluto en el monasterio y corrió hasta la de Matilde. Esta había abandonado su cama y estaba vestida.

—Te esperaba con tanta impaciencia. Mi vida depende de este momento —dijo—. ¿Tienes la llave?

—La tengo.

—Vamos entonces al jardín. No hay tiempo que perder. ¡Sígueme!

Tomó un cestito cubierto de la mesa. Con él en una mano y una lámpara en la otra, que había estaba ardiendo sobre la chimenea, se apresuró a salir de la celda. Ambrosio la siguió de cerca. Ambos guardaron completo silencio. Ella avanzaba con pasos veloces pero cautelosos, pasó por los claustros y llegó hasta el sector oeste del jardín. Sus ojos resplandecían con un fuego y un salvajismo que dieron al monje pavor y asombro a la vez. Una valentía desesperada y decidida se impuso en el semblante de ella. Le entregó la lámpara a Ambrosio, tomó la llave, abrió la puertecilla y entró al cementerio. Este tenía forma cuadrada y era extenso y espacioso, con árboles de pino. La mitad era de la abadía y la otra de la compañía de Santa Clara, la cual estaba protegida por un techo de piedra. La división estaba marcada por una verja de hierro cuya puerta solía no tener la llave pasada.

Hasta ese lugar se encaminó Matilde, abrió la reja y buscó la puerta que llevaba a las criptas en las que reposaban los restos de las monjas de Santa Clara. La noche era tan oscura que no se veían la luna ni las estrellas. Por suerte, no había brisa alguna y el fraile llevaba la lámpara sin tropiezos. Con la ayuda de su luz, descubrieron muy pronto la puerta que daba a las catacumbas. Estaba hundida en el hueco de una pared y casi completamente cubierta por una gruesa hiedra que colgaba sobre ella. Tres escalones de piedra tosca y desgastada bajaban hasta allí, y Matilde estaba a punto de bajarlos cuando de pronto retrocedió.

—¡Hay gente en las bóvedas! —susurró al monje—. Ocúltate bien hasta que se vayan.

Se refugió detrás de una tumba elevada y magnífica, erigida en honor a la fundadora del convento. Ambrosio la imitó y escondió con cuidado su lámpara para que la luz no los delatara. Apenas transcurrieron unos instantes cuando se abrió la puerta que comunicaba con las cavernas subterráneas. Rayos de luz subieron por la escalera, permitiendo que los espectadores ocultos vieran a dos mujeres vestidas con hábitos religiosos, muy entregadas a su conversación. El abad no tuvo problema en reconocer a la superiora de Santa Clara en una de ellas y a una de las monjas de más edad en su compañera.

—Todo está listo —dijo la superiora—. Su suerte se decidirá mañana. Serán inútiles todas sus lágrimas y suspiros. ¡No! ¡En los veinticinco años que llevo de superiora en este convento nunca había conocido un hecho tan infame!

—Debes esperar una gran resistencia a tu voluntad —respondió la otra con un tono más tranquilo—. Agnes tiene muchos amigos en el convento y la madre Úrsula la defenderá con ferocidad. La verdad es que merece tener amigos y me gustaría convencerte de que consideres su juventud y su particular situación. Parece tener conciencia de su falta. Su gran aflicción demuestra su arrepentimiento, y estoy segura de que sus lágrimas fluyeron más por un acto de contrición que por miedo al castigo impuesto. Reverenda madre, si quisieras convencerte de apaciguar la severidad de tu sentencia, si te dignaras a pasar por alto esta primera transgresión, yo me ofrecería como garantía de su futura conducta.

—¿Pasarla por alto, dices? ¡Madre Camila, me asombras!

¿Cómo podría hacerlo después de haberme deshonrado en presencia del ídolo de Madrid, del hombre a quien más quería mostrar una imagen del rigor de mi disciplina? ¡Cuán despreciable debo haberle parecido al reverendo abad! ¡No, madre, no! Nunca podré perdonar esta afrenta. La única manera de convencer a Ambrosio de que aborrezco un crimen como este es castigando el de Agnes con todo el peso de nuestra ley. Deja entonces de lado tus súplicas, todas serán inútiles. Mi decisión está tomada. Mañana Agnes será un terrible ejemplo de mi justicia y resentimiento.

La madre Camila no pareció querer dejar el tema de lado, pero para entonces las monjas se habían alejado y sus voces ya no eran audibles. La superiora abrió la puerta que comunicaba con la capilla de Santa Clara y, luego de entrar con su compañera, volvió a cerrarla con llave.

Matilde preguntó entonces quién era la Agnes con quien la superiora estaba tan furiosa y qué relación tenía con Ambrosio. Este le contó lo sucedido con la monja y añadió que, como desde entonces sus opiniones habían sufrido un cambio radical, sentía una gran compasión por ella.

—Tengo la intención —dijo— de mañana pedir una audiencia a la superiora y usar todos los medios posibles para lograr una rebaja de su sentencia.

—Cuidado con lo que haces —lo interrumpió Matilde—. Tu repentino cambio de opinión podría generar sorpresa y dar pie a sospechas que nos interesa evitar. Antes que eso, sugiero reforzar tu austeridad exterior y sancionar los errores ajenos para esconder mejor los tuyos. Deja a la monja a su suerte. Tu intromisión podría resultar peligrosa, y la imprudencia de la transgresora debería ser castigada. Es indigna de gozar de los placeres del amor, pues no tuvo el suficiente ingenio para esconderlos. Pero discutiendo este tema insignificante desperdicio momentos preciosos. La noche vuela y hay mucho que hacer antes de que sea de mañana. Las monjas se han retirado y el camino está libre. Dame la lámpara, Ambrosio, debo bajar sola a estas catacumbas. Espérame aquí y, si viene alguien, me lo adviertes. Si valoras tu vida, no te atrevas a seguirme, porque tu existencia sería el precio de una curiosidad imprudente.

Después de decir esto último, avanzó hacia el mausoleo con la lámpara todavía en una mano y el cestillo en la otra. Abrió la puerta, que giró con lentitud sobre sus goznes chirriando, y ante ella se presentó una estrecha escalera de caracol de mármol negro. Bajó y Ambrosio se quedó arriba, viendo los débiles rayos de la lámpara descender. Finalmente desaparecieron y él se encontró en una oscuridad total.

Una vez que estuvo solo no pudo dejar de pensar en el repentino cambio de carácter de Matilde. Pocos días habían pasado desde el momento en que le había parecido la más tierna y dulce de las mujeres, entregada a su amor. Ahora ella asumía en sus modales y en sus expresiones una especie de crueldad incompatible con él. Ambrosio se sintió incapaz de discutir con Matilde y, sin quererlo, se vio obligado a confesarse a sí mismo la superioridad en el juicio de ella. Cada momento que pasaban juntos lo convencía del asombroso poder de su mente, pero lo que había ganado en la opinión del hombre lo perdía en el afecto del amante. Lamentaba la pérdida del suave y dulce Rosario, y le dolía que Matilde se decantara por la insensibilidad. Y cuando pensaba en sus opiniones sobre la monja castigada, no podía dejar de tacharlas de desalmadas. La piedad es un sentimiento tan natural, tan adecuado a las personas, que casi no es mérito poseerlo. Pero carecer de él era un crimen atroz. Ambrosio no podía perdonar con facilidad a su amante por la carencia de esa importante cualidad. Pero si bien censuraba la indiferencia de ella, se daba cuenta de que sus observaciones eran acertadas. Y aunque se apiadaba sinceramente de la desdichada Agnes, decidió abandonar la idea de intervenir en su favor.

Casi una hora había pasado desde que Matilde había bajado a las catacumbas y todavía no regresaba. La curiosidad de Ambrosio se despertó y se acercó a la escalera, escuchando atentamente. Todo estaba en silencio, exceptuando por el sonido de la voz de Matilde que, de vez en cuando, percibía serpenteando por los pasajes subterráneos y repercutiendo en los techos abovedados del mausoleo. Se encontraba demasiado lejos para que él pudiera distinguir lo que decía, y antes de que le llegara se convertía en un murmullo apagado. Quiso desvelar ese misterio y decidió desobedecer sus órdenes, siguiéndola hasta la caverna. Avanzó hacia la escalera y ya había bajado algunos peldaños cuando se acobardó. Recordó la amenaza de Matilde si infringía sus instrucciones y el pecho se le llenó de un miedo secreto e inexplicable. Volvió a subir, regresó a su puesto inicial y esperó impacientemente el final de esa aventura.

De repente sintió una violenta sacudida y un estremecimiento hizo temblar el suelo. Las columnas que sostenían el techo bajo el cual se encontraba sufrieron tal convulsión que, por un momento, amenazaron con caerse. En el mismo instante escuchó un trueno espantoso y estridente. Cuando finalmente cesó, al tener la vista clavada en la escalera, Ambrosio vio que una resplandeciente columna de luz estallaba abajo. Fue tan solo un instante y, en cuanto desapareció, todo volvió al silencio y la oscuridad. Una densa tiniebla lo envolvió nuevamente y la mudez de la noche solo fue interrumpida por el vuelo de un murciélago que aleteaba con lentitud delante de él.

La estupefacción de Ambrosio aumentaba a cada momento. Pasó otra hora, después de la cual reapareció aquella luz, que de nuevo se apagó súbitamente. Estaba acompañada por una música dulce pero solemne que, mientras se deslizaba por las bóvedas subterráneas, inspiró en el monje una combinación de deleite y terror. No hacía mucho que la melodía había terminado cuando escuchó los pasos de Matilde acercarse por la escalera. Volvió de las profundidades y la alegría más vivaz inyectaba sus bellas facciones.

—¿Viste algo? —inquirió.

—Vi una columna de luz que ascendía por la escalera dos veces.

—¿Nada más?

—Nada.

—El sol está por salir. Vayámonos a la abadía, no vaya a ser que la luz del día nos traicione.

Con pasos ligeros se fue del cementerio y retornó a su celda, mientras el curioso abad continuaba acompañándola. Matilde cerró la puerta y dejó su lámpara y su cesta.

—¡Lo logré! —exclamó arrojándose sobre su pecho—. ¡Triunfé por encima de mis más compasivas esperanzas! ¡Viviré, Ambrosio, viviré para ti! ¡El paso que dudaba en dar será una fuente de júbilo indescriptible! ¡Oh, si me atreviera a contártelo! ¡Oh, si me estuviera permitido compartir contigo mis poderes y elevarte tan alto como un acto de audacia me elevó a mí!

—¿Y qué es lo que te lo impide, Matilde? —la interrumpió el fraile—. ¿Por qué lo que pasó en las catacumbas es un secreto? ¿Piensas que no soy merecedor de tu confianza? Matilde, debo dudar de la verdad de tu afecto si no puedes compartir tus alegrías conmigo.

—Me reprochas injustamente. Soy sincera cuando te digo que me apena verme obligada a ocultarte mi dicha, pero que no tengo la culpa. El error no es mío sino tuyo, Ambrosio. Sigues siendo un monje y tu mente está sometida a los prejuicios de tu educación. La superstición podría hacerte estremecer ante la idea de aquello que, en cambio, la experiencia me ha enseñado a apreciar y valorar. Por el momento no estás en condiciones de que te revele un secreto de esa importancia. Pero la firmeza de tu juicio y la curiosidad que me alegra ver brillar en tus ojos me hacen tener la esperanza de que algún día seas digno de mi confianza. Hasta que llegue ese momento, tendrás que poner un freno a tu impaciencia. Recuerda que me juraste solemnemente que no indagarás nunca sobre la aventura de esta noche. Insisto en que lo cumplas —agregó sonriendo, mientras lo besaba traviesamente—, pues aunque te perdono por romper tus votos a Dios, ¡espero que cumplas tu compromiso conmigo!

El fraile le devolvió el beso, que lo había estremecido hasta la sangre. Se renovaron los ardientes e incontenibles excesos de la noche anterior y no se separaron hasta que la campana indicó la hora de los maitines.

Esa escena se repitió con frecuencia. Los monjes se alegraron por la inesperada recuperación del fingido Rosario y ninguno de ellos sospechó de su verdadero sexo. El abad estaba con su amante tranquilamente y, como advertía que no había suspicacia con respecto a su debilidad, se abandonó a sus pasiones con plena seguridad. La vergüenza y la culpa ya no lo atormentaban. La frecuencia del acto lo familiarizó con el pecado y su pecho se volvió a prueba de los dardos de la consciencia. Estos sentimientos eran animados por Matilde. Pero pronto se dio cuenta de que la libertad ilimitada de sus caricias lo había saciado. Sus encantos se estaban acostumbrando a él y dejaron de excitar el mismo deseo que al principio habían inspirado. Agotada la locura inicial de la pasión, Ambrosio tuvo tiempo para fijarse en todos sus pequeños defectos y, donde nos los había, la saciedad lo hizo imaginarlos. El monje estaba saturado por la plenitud del goce. Apenas había transcurrido una semana cuando se cansó de Matilde. Su cálido temperamento aún le hacía buscar en sus brazos la satisfacción de su deseo. Pero cuando terminaba el momento de la pasión, la dejaba con desagrado. Y su humor, por naturaleza inconstante, le hacía suspirar con impaciencia por variar el motivo de su pasión.

Mientras el fraile experimentaba todo eso, Matilde se sentía más unida a él cada día que pasaba. Desde que este obtuvo su favor, se volvió más querido que nunca para ella, quien además le estaba muy agradecida por los encuentros que habían tenido. Por desgracia, a medida que su pasión iba en aumento, la de Ambrosio disminuía. La mismas muestras de ternura de ella provocaban ahora el disgusto del abad, y sus excesos estaban extinguiendo la llama que ya muy débilmente ardía en su pecho. Matilde no pudo dejar de notar que su compañía le era, día tras día, menos agradable al fraile. Se distraía mientras ella hablaba y ya no se entretenía con sus talentos musicales, que manejaba a la perfección. O, si se dignaba a alabarlos, se veía claramente que sus cumplidos eran forzados y fríos. Ya no la miraba con afecto ni aplaudía sus sentimientos con la parcialidad de un amante. Matilde se dio clara cuenta y reforzó sus esfuerzos por revivir los sentimientos que alguna vez él había tenido. Pero finalmente fracasó, pues su compañero consideraba inoportunos todos los intentos que ella hacía para agradarle y le molestaban los medios que utilizaba para atraer aquel del que se alejaba. Sin embargo, el trato ilícito de ambos continuaba. Aunque resultaba claro que él se veía empujado a sus brazos no por amor, sino por saciar su desatado apetito. Su constitución le hacía necesaria una mujer y Matilde era la única que podía complacerlo sin exponerlo al peligro. A pesar de su belleza, miró fijamente a cada otra mujer con más ganas. Pero temiendo que su hipocresía se hiciera pública, escondió sus pensamientos en su pecho.

La naturaleza de Ambrosio no era tímida en ninguna circunstancia, pero su educación había marcado tan profundamente el temor en su mente que el miedo se convirtió en parte de su temperamento. Si su juventud hubiera transcurrido en el mundo exterior, habría adquirido muchas cualidades brillantes y propias del hombre. Era espontáneamente emprendedor, firme y arriesgado, tenía corazón de guerrero y habría podido brillar a la cabeza de un ejército. Su naturaleza no carecía de generosidad y los desdichados siempre encontraban en él a un oyente compasivo. Sus facultades eran rápidas y lúcidas, así como su juicio vasto, sólido y decisivo. Con todas esas cualidades, habría podido ser motivo de orgullo para su país. Desde su más tierna infancia había dado pruebas de poseerlas y sus padres contemplaron esas nacientes virtudes con el placer y la admiración más cariñosos. Desgraciadamente, se vio privado de esos padres cuando aún era un niño pequeño y quedó bajo el cuidado de un familiar cuyo único deseo era no volver a saber de él. Con esa finalidad, lo puso en manos de un amigo, el difunto superior de los capuchinos. El abad, un verdadero monje, concentró todos sus esfuerzos en convencer al niño de que la felicidad no existía fuera del convento y tuvo un éxito absoluto. La mayor ambición de Ambrosio era ingresar en la orden franciscana. Sus educadores reprimieron cuidadosamente aquellas aptitudes cuya grandeza y desinterés no fueran compatibles con el claustro. En lugar de la benevolencia general, adoptó una parcialidad egoísta que buscaba su propia promoción. Se le enseñó a considerar la compasión por los errores ajenos como uno de los peores delitos. La noble franqueza de su carácter se convirtió en una servil humildad. Y con el fin de reprimir sus disposiciones naturales, los monjes aterrorizaron su tierna mente mostrándole todos los horrores por medio de los cuales la superstición podría proporcionarlos. Le pintaron los tormentos del infierno con los colores más lúgubres, terribles y fantásticos. Y a la menor falta, lo amenazaron con la condena eterna. No es de extrañar que su imaginación, que giraba frecuentemente en torno a asuntos temibles, volviese tímido y aprensivo su carácter. Hay que agregar que su larga ausencia del mundo y el total desconocimiento de los peligros comunes de la vida le hicieron formarse una idea mucho más tétrica que real sobre estos últimos. Mientras los monjes se ocupaban de arrebatarle sus virtudes, permitieron que todos los vicios que su suerte le había dispensado llegaran a su plena perfección: orgullo, vanidad, ambición y desdén. Era celoso de sus pares y despreciaba todo mérito excepto el suyo propio. Era implacable cuando era ofendido y cruel cuando se vengaba. Pero a pesar de todo el dolor al que fue sometido para pervertirlo, su natural tendencia a la bondad salía a flote de vez en cuando.

Era en esas ocasiones cuando la lucha por el predominio entre su carácter real y el adquirido resultaba desconcertante e inexplicable para aquellos que no lo conocían tan profundamente. Condenaba a los transgresores con las más severas amonestaciones y un momento después se veía inducido a mitigarlas por compasión. Emprendía los más arriesgados proyectos, que el temor a las consecuencias terminaba por obligarlo a abandonar. Su singular genio arrojaba una luz brillante sobre los más oscuros objetos y, casi en el mismo instante, su intransigencia volvía a hundirlos en tinieblas más profundas que aquellas de las que acababan de ser rescatados. Como los monjes, sus hermanos, lo consideraban un ser superior, no se daban cuenta de esa contradicción en la conducta de su ídolo. Estaban convencidos de que lo que hacía estaba bien y suponían que tenía muy buenos motivos para cambiar tanto de decisión. El caso es que en su pecho combatían los distintos sentimientos que le habían inspirado su propia naturaleza y la educación que había recibido. La victoria finalmente la tendrían sus pasiones, que hasta entonces no se habían puesto en juego. Por desgracia, tales pasiones eran los peores jueces a los que podía recurrir. Hasta el momento su reclusión monástica había actuado en su favor, pues no le daba oportunidad de mostrar sus cualidades negativas. Su gran talento lo ponía muy por encima de sus compañeros como para permitirles que le tuvieran celos. Su ejemplar devoción, su persuasiva elocuencia y sus agradables modales le habían hecho ganar la estima generalizada de la gente y, por consiguiente, no tenía ofensas que vengar. Su ambición estaba justificada por un mérito ya reconocido y su orgullo se consideraba nada más que una confianza justificada. Nunca veía a personas del otro sexo y menos aún conversaba con ellas. Desconocía las dichas que la mujer podía otorgar y, cuando estudiando leía que los hombres eran afectuosos, sonreía y se preguntaba cómo podía ser aquello.

Durante algún tiempo, las dietas austeras, vigilias frecuentes y penitencias severas enfriaron y reprimieron la pasión natural de su persona. Pero en cuanto se le presentó la ocasión, en cuanto pudo entrever las alegrías a las cuales aún era ajeno, las barreras de la religión fueron demasiado débiles para frenar el torrente abrumador de sus impulsos. Todo impedimento cedió ante la fuerza de su temperamento cálido, sanguíneo y obsceno en los excesos.

Sus otras pasiones aún dormían, pero solo necesitaban ser despertadas para exhibirse con una fuerza tan grande como irresistible.

Sin embargo, seguía siendo la admiración de Madrid. El entusiasmo suscitado por su elocuencia parecía aumentar en lugar de disminuir.

Todos los jueves, que era el único día en que aparecía en público, la catedral de los capuchinos se llenaba de oyentes y su sermón siempre recibía la misma aprobación. Fue nombrado confesor de todas las familias importantes de Madrid, y quien recibía penitencias de algún otro que no fuera Ambrosio no era considerada una persona a la moda. Insistía en su decisión de no salir del convento, circunstancia que creó una opinión aún más firme sobre su santidad y abnegación. Eran sobre todo las mujeres las que cantaban alabanzas en voz alta, menos influenciadas por la devoción que por su noble semblante y majestuoso aire, además de su grácil y bien esculpida figura. La puerta de la abadía solía atiborrarse de carruajes desde la mañana hasta la noche y las más nobles y bellas damas de Madrid confesaban sus secretos pecados al abad.

Los ojos del fraile devoraban con lujuria los encantos de estas. Si las penitentes se hubieran fijado en estos, no habría necesitado de ningún otro medio para expresar su deseo. Pero para su desgracia, estaban tan fuertemente convencidas de su abstinencia que nunca les cruzaba la cabeza la posibilidad de que él pudiera albergar pensamientos indecentes. El clima caluroso, es sabido, tiene no poca influencia en las mujeres españolas. Pero hasta los más abandonados habrían considerado una tarea mucho más fácil inspirarle pasión a la estatua de mármol de San Francisco que al frío y rígido corazón del inmaculado Ambrosio.

Por su parte, el fraile no estaba habituado a los vicios del mundo. No sospechaba que muy pocas de sus penitentes habrían rechazado su galantería. Pero si hubiera contado con mejores conocimientos en ese sentido, el peligro representado por esos intentos habría sellado sus labios. Sabía que a una mujer le sería difícil mantener un secreto tan increíble e importante como la debilidad del fraile y hasta temía que Matilde lo traicionara. Ansioso de conservar una reputación que para él era infinitamente preciosa, se daba cuenta del riesgo que significaba dejarla en manos de alguna mujer vanidosa y desenfrenada. Y como la belleza de aquellas de Madrid solo afectaba sus sentidos sin llegar a rozar su corazón, las olvidaba en cuanto se apartaban de su vista. El peligro de ser descubierto, el temor a ser rechazado, la pérdida de su reputación, todas estas consideraciones lo prevenían de dar rienda suelta a su deseo. Y se vio obligado a limitarse a Matilde, aunque ahora sintiera por ella la mayor indiferencia.

Una mañana, la cantidad de penitentes fue mayor que la acostumbrada y debió quedarse en el confesionario hasta muy tarde. Cuando finalmente el gentío se dispersó y él se dispuso a salir de la capilla, entraron dos mujeres y se le acercaron con humildad. Se levantaron los velos y la más joven le pidió que la escuchara unos minutos. La melodía de su voz, una que hombre alguno escucharía sin interés, atrajo de inmediato la atención de Ambrosio. Se detuvo. Quien lo había interpelado parecía rebasada por la consternación. Tenía las mejillas pálidas, los ojos empañados en lágrimas y el cabello desordenado, cayéndole sobre la cara y el pecho. Pero su semblante era tan dulce, inocente y celestial que podría haber encantado a un corazón menos susceptible que el del abad. Con modales más suaves que los habituales, él le pidió que procediera. La escuchó hablar de la siguiente manera con una emoción que aumentaba a cada instante:

—Reverendo padre, ¡tiene ante usted a una mujer desafortunada, amenazada por la pérdida de su amiga más querida, prácticamente la única! Mi madre, mi extraordinaria madre, se encuentra en cama por una enfermedad. Una dolencia repentina y terrible se apoderó de ella anoche y tan rápido fue su avance que los médicos temen por su vida. La ayuda humana ya no me sirve y no me queda más que implorar la merced de Dios. Padre, todo Madrid habla con fervor de su piedad y virtud. Por favor, recuerde a mi madre en sus oraciones. Tal vez puedan conseguir que el Todopoderoso la deje seguir viviendo. Y si así fuera, me comprometo a iluminar el altar de San Francisco en su honor todos los jueves durante tres meses.

"Vaya —pensó el monje—. Aquí tenemos otro Vincentio della Ronda. La aventura con el supuesto Rosario comenzó exactamente así".

Deseando en secreto que este nuevo encuentro tuviera la misma conclusión, accedió al pedido. Ella le agradeció con las mayores muestras de gratitud y agregó:

—Todavía debo pedirle otro favor. Somos extranjeras en Madrid. Mi madre necesita un confesor y no sabe a quién dirigirse. Entendemos que usted nunca sale de la abadía y ¡ay, mi pobre madre no puede venir hasta aquí! Pero si usted tuviera la bondad, reverendo padre, de designar a una persona adecuada, cuyos sabios y piadosos consuelos puedan aliviar los sufrimientos de mi madre en su lecho de muerte, nos haría un gran favor y le estaremos eternamente agradecidas.

El monje también accedió a ese pedido. En verdad, ¿cómo podría rechazarlo, si era formulaba con aquel cautivador tono? ¡La suplicante era tan agradable! ¡Su voz tan dulce, tan armoniosa! Hasta las lágrimas le sentaban bien, y su aflicción parecía dar renovado esplendor a sus encantos. Le prometió enviarle un confesor aquella misma noche y le pidió que le dejara su dirección. La compañera le entregó una tarjeta en la que estaban escritas tales indicaciones y luego se retiró junto a la hermosa mujer, quien antes de su partida llenó de bendiciones al abad por su bondad. Los ojos de Ambrosio la siguieron hasta que salió de la capilla y solamente cuando estuvo fuera del alcance de su vista examinó la tarjeta entregada, en la cual leyó las siguientes palabras:

Señora Elvira Daifa, calle de Santiago, a cuatro puertas del Palacio de Albornoz.

La suplicante era Antonia y su compañera Leonella. Esta última había aceptado, no sin resistencia, acompañar a su sobrina a la abadía. Pero Ambrosio le había inspirado tal sobrecogimiento que temblaba de solo haberlo visto. Su temor dominó inclusive su natural elocuencia y mientras estuvo en su presencia no pronunció palabra alguna.

El monje se retiró a su celda, hasta donde lo persiguió la imagen de Antonia. Sintió que mil emociones nuevas le brotaban del corazón y no se atrevió a pensar en su causa. Eran, en todo sentido, distintas de las que le había inspirado Matilde la primera vez que le confesó su verdadero sexo y su afecto. No sentía la provocación de la lujuria, ningún deseo apasionado se rebelaba en su pecho ni tampoco una imaginación ardiente le mostraba el atractivo que la modestia había ocultado a su vista. Por el contrario, lo que ahora experimentaba eran sentimientos de ternura, admiración y respeto entremezclados. Una suave y deliciosa melancolía se le extendió en el alma y no la habría cambiado por los más vivos arrebatos del goce. Ahora la compañía le molestaba y se complacía en la soledad, que le permitía cultivar la fantasía. Sus pensamientos eran suaves, tristes y apaciguadores. Y el ancho mundo no le ofrecía a nadie más que a Antonia.

—¡Hombre feliz! —exclamó en su romántico entusiasmo—. ¡Hombre feliz aquel destinado a ganar el corazón de esa encantadora joven! ¡Qué delicadeza en sus facciones, qué elegancia en su figura, qué encanto en su mirada tímida y qué distinta de la expresión engañosa, del salvaje fuego de lujuria encendido en la de Matilde! ¡Oh! Un beso a la primera tenía que ser mucho más dulce que a la segunda. Matilde me sacia de placer hasta el hartazgo y me obliga a estar entre sus brazos. Si conociera el indescriptible encanto de la modestia, la forma irresistible en que conquista el corazón del hombre y la firmeza con que lo ancla a la belleza, jamás se habría despojado de su pudor. ¿Qué precio sería demasiado alto para tener el afecto de esa joven tan exquisita? ¿Qué podría negarme a sacrificar si pudiera liberarme de mis votos y se me permitiera declararle mi amor ante el cielo y la tierra? ¡Mientras me esforzara por inspirarle ternura, amistad y estima, cuán tranquilas y apacibles pasarían las horas! ¡Dios misericordioso! ¡Poder ver esos cabizbajos ojos azules mirarse, resplandecientes, en los míos con dulzura! ¡Permanecer días, años enteros, escuchando su tierna voz! ¡Tener el derecho de complacerla y escucharla expresar con ingenuidad su gratitud! ¡Contemplar las emociones de su corazón intachable! ¡Estimular cada una de sus nacientes virtudes!

¡Compartir su alegría cuando sea feliz, enjuagar con besos sus lágrimas cuando se sienta triste y verla volar a mis brazos en busca de consuelo y apoyo! Sí, sí existe en esta tierra alguna felicidad perfecta, solamente le corresponderá a quien se convierta en el marido de esa mujer.

Mientras daba vueltas a esas ideas fantasiosas, recorría su celda con expresión de perturbación. Tenía la vista fija en el vacío e inclinaba la cabeza sobre su hombro. Una lágrima le rodó por la mejilla cuando pensó en que jamás se concretaría esa visión de la dicha.

—Está perdida para mí —se dijo a sí mismo—. No puedo casarme con ella. Seducir esa inocencia, abusar de la confianza depositada en mí para llevarla hasta su ruina... ¡Ay, sería el delito más atroz que hubiera visto el mundo! ¡No temas! Tu virtud no corre riesgo por mi parte. Ni por todas las Indias haría que conocieras las torturas del remordimiento.

Volvió a recorrer su celda dando zancadas. Luego se detuvo y su vista se posó en el cuadro de la Virgen que solía admirar. Lleno de desprecio e indignación, lo arrancó de la pared, lo arrojó al suelo y lo apartó con un puntapié.

—¡Infame!

¡Desafortunada Matilde! Su amante olvidaba que solo por él había perdido su derecho a la virtud y su única razón para despreciarla era que ella lo amaba demasiado.

Se dejó caer en una silla que se encontraba cerca de la mesa y vio la tarjeta con la dirección de Elvira. La tomó y recordó su promesa respecto al confesor. Pasó unos minutos dubitativo, pero el poder de Antonia sobre él ya era muy fuerte como para resistirse demasiado tiempo a la idea que se le ocurrió en ese momento. Decidió ser el confesor. No le era complicado salir de la abadía sin ser visto. Si se cubría la cabeza con la capucha, podía tener la esperanza de recorrer las calles sin que nadie lo reconociera. Con esas precauciones, y si pedía discreción a la familia de Elvira, no dudaba de que podría mantener a Madrid en la ignorancia de que había roto su promesa de no dejarse ver en el exterior. Matilde era la única persona cuya vigilancia le generaba temor. Pero si le informaba en el comedor que durante todo ese día sus ocupaciones lo mantendrían encerrado en su celda, se consideraba a salvo de sus constantes celos. Así, a la hora de la siesta, se aventuró a salir de la abadía por una puerta privada cuya llave tenía en su poder. La capucha del hábito le cubría la cara. A causa del calor que reinaba, las calles estaban casi desiertas. El monje tropezó con pocas personas, encontró la calle de Santiago y llegó sin problema a la puerta de doña Elvira. Llamó, lo hicieron pasar e inmediatamente lo condujeron a la habitación de la planta alta.

Allí era donde corría el mayor riesgo de ser descubierto. Si Leonella hubiera estado en su casa, lo habría reconocido inmediatamente. Su disposición al cotilleo no le habría dado descanso hasta que todo Madrid estuviera informado de que Ambrosio había salido de la abadía y ayudado a su hermana. Sin embargo, la buena suerte acompañó al monje. Al regresar a su casa, Leonella encontró una carta en la que le informaban que acababa de morir un primo y este dejaba lo poco que poseía para repartirlo entre Elvira y ella. Para reclamar esa herencia se vio obligada a dirigirse hasta Córdoba sin perder tiempo. A pesar de todas sus debilidades, su corazón era verdaderamente cálido y afectuoso, y no quería dejar a su hermana cuando su estado era tan delicado. Pero Elvira insistió en que hiciera el viaje, consciente de que en la situación de desamparo que se encontraba su hija ninguna fortuna era pequeña y debía ser desatendida. Por lo tanto, Leonella salió de Madrid, apenada de verdad por la enfermedad de su hermana, al tiempo que suspiraba por la memoria del amable pero inconstante don Cristóbal. Al principio estaba completamente convencida de que había abierto una importante herida en su corazón, pero como no tuvo más noticias de él supuso que había abandonado la persecución, desencantado con su origen y sabiendo que, de otra manera que no fuera el matrimonio, nada debía esperar del dragón de la virtud que ella misma afirmaba ser. O que por la naturaleza caprichosa y mutable del conde, el recuerdo de su encanto había sido borrado y reemplazado por el de alguna bella mujer. Fuera cual fuera la causa de que lo hubiese perdido, lo lamentaba mucho. Vanos fueron sus esfuerzos, como aseguraba a todos los que tenían la bondad suficiente para escucharla, por arrancarlo de su tan susceptible corazón. Había adoptado los aires de una virgen loca de amor y los llevaba a los extremos más ridículos. Exhalaba suspiros de lamento, caminaba cruzada de brazos, mascullaba largos monólogos y sus palabras se referían por lo general a alguna doncella abandonada, que moría con el corazón destrozado. Sus rizos fogosos iban siempre adornados por una guirnalda de sauce. Todas las noches se la veía vagar por las orillas de un riachuelo a la luz de la luna y declararse una gran admiradora de los arroyos susurrantes y los ruiseñores:

¡De lugares solitarios y arboledas crepusculares,
lugares que la pálida pasión ama!

Ese era el estado del espíritu de Leonella cuando se vio obligada a marcharse de Madrid. Elvira se impacientó con todas esas tonterías e hizo lo imposible por convencerla de que se comportara como una mujer razonable. Su consejo de nada sirvió. Leonella le aseguró al partir que nada podría hacerle olvidar al desleal de don Cristóbal. Pero en este punto, por fortuna, se equivocaba. Un honrado joven de Córdoba, dependiente de un boticario, descubrió que la fortuna de ella sería la justa para tener su propio negocio, por lo que comenzó a cortejarla. Leonella no era inflexible. El ardor de los suspiros de aquel hombre derritió su corazón y pronto consintió en hacer de él el hombre más feliz. Ella escribió para informar a su hermana de su matrimonio, pero por razones que se explicarán más adelante Elvira nunca respondió su carta.

Ambrosio fue llevado a la antesala de la habitación donde reposaba Elvira. La criada que lo hizo pasar lo dejó solo, mientras anunciaba la visita a su ama. Antonia, quien se encontraba junto a la cama de su madre, fue inmediatamente a su encuentro.

—Perdóneme, padre —dijo caminando hacia él, pero al reconocer sus facciones se detuvo repentinamente y lanzó una exclamación de felicidad—. ¿Es posible? ¿No me engañan mis ojos? ¿El digno Ambrosio quebró su decisión para atenuar el tormento de la mejor de las mujeres? ¡Cuánta alegría le dará esta visita a mi madre! No deje que retrase ni un momento más el consuelo que su piedad y sabiduría le darán.

Y habiendo dicho eso, abrió la puerta de la habitación, presentó a su madre al distinguido visitante y, luego de dejar un sillón al lado de la cama, se retiró a otra habitación.

Elvira se sintió muy contenta con la visita. Sus expectativas eran elevadas por lo que había escuchado decir a la gente de Ambrosio, pero fueron superadas con creces. Dotado con el poder de complacer a otros, el fraile lo ejerció al máximo mientras conversaba con la madre de Antonia. Con una persuasiva elocuencia calmó todos sus miedos y disipó todas sus dudas. Le pidió que pensara en la infinita misericordia de Dios, despojó a la muerte de sus terrores y le enseñó a mirar sin espanto el abismo de la eternidad, al que se aproximaba cada vez más. Elvira se sintió hipnotizada y deleitada. Mientras escuchaba sus ruegos, la confianza y el consuelo se instalaban en su espíritu. Le contó sin vacilaciones sus penas y aprensiones. Estas últimas, relacionadas con la vida futura, Ambrosio las apaciguó sin demora y luego eliminó las primeras, que ella sentía como consecuencia de su muerte inminente. Temblaba por Antonia, puesto que no tenía a nadie a cuyo cuidado pudiera dejarla, salvo el Marqués de las Cisternas y su hermana Leonella. La protección del marqués era muy incierta; en tanto que su hermana, a pesar de que quería mucho a su sobrina, era tan insensata y vanidosa que resultaba una persona inadecuada para encargarse sola de la crianza de una muchacha tan joven e ignorante del mundo. En cuanto el fraile se enteró de las razones de su alarma, le rogó que se tranquilizara al respecto. No dudaba de que podría conseguir para ella un refugio seguro en la casa de una de sus feligresas, la marquesa de Villafranca. Era una dama de reconocida virtud que destacaba por sus estrictos principios y su alma caritativa. Si un contratiempo la privara de ese recurso, se comprometía a proporcionar a Antonia la recepción en algún convento prestigioso como pupila, ya que Elvira había declarado que no sentía simpatía por la vida de convento y el monje era demasiado franco o lo bastante complaciente para admitir que su desaprobación no era infundada.

Todas estas promesas conquistaron por completo el corazón de Elvira. Al despedirse, agotó todas las expresiones que la gratitud podía ofrecer y dijo que ahora podía resignarse con tranquilidad a morir. Ambrosio se puso de pie y prometió regresar al siguiente día a la misma hora, pero pidió que sus visitas se mantuvieran en secreto.

—No quisiera que la ruptura de una regla, impuesta por la necesidad, se difunda —dijo—. Si no hubiera decidido no salir nunca de mi convento, salvo en circunstancias tan apremiantes como las que me trajeron hasta acá, me llamarían con frecuencia por motivos insignificantes. Los curiosos, los ociosos y los caprichosos me privarían del tiempo que ahora dedico al lecho de los enfermos, para consolar a los penitentes que agonizan y para despojar de obstáculos el paso a la eternidad.

Elvira elogió tanto su prudencia como su compasión y

prometió no revelar el honor de su visita. El monje le dio entonces su bendición y se retiró de la habitación.

En la antesala se encontró con Antonia. No pudo negarse el placer de pasar unos momentos con ella. Le pidió que se consolara con el hecho de que su madre estaba serena y tranquila y que él esperaba que se recuperara. Preguntó quién la atendía y se comprometió a enviarle al médico de su convento, uno de los mejores de Madrid. Luego se dedicó a halagar a Elvira. Elogió su pureza y su buen ánimo. Le señaló que le había inspirado la más elevada estima y reverencia. El inocente corazón de Antonia se llenó de gratitud y la alegría le brilló en los ojos, desde donde cayó una lágrima. Las esperanzas que le había dado de que su madre mejorara, él vivo interés que parecía tener por ella y la forma halagadora en la que se refería a ella, sumados a la reputación del juicio y la virtud del monje y a la impresión que le había causado su elocuencia, confirmaron la impresión favorable que su primer encuentro había dejado en Antonia. Ella le respondió con timidez, pero sin reserva. No temió contarle sus pequeñas penas, temores y ansiedades. Y le agradeció por su bondad con el auténtico calor que un importante favor concedido enciende en un corazón joven e inocente. Solo estos saben cómo estimar las gracias en su totalidad. Aquellos que son conscientes de la insidia y el egoísmo de la humanidad siempre reciben los favores con aprensión y desconfianza, sospechan que detrás de ellos debe encontrarse algún motivo secreto, expresan su agradecimiento con cautela y temen elogiar en toda su entereza una buena acción, conscientes de que en una fecha futura podría exigirse una recompensa por ella. Ese no era el caso de Antonia. Ella creía que el mundo solo estaba compuesto por quienes se le parecían y todavía era un secreto para ella la existencia de la maldad. El monje le había brindado su ayuda, le había dicho que le deseaba el bien y ella estaba agradecida por su bondad y pensaba que no había términos lo suficientemente enérgicos que fueran muestra de su agradecimiento. ¡Con qué felicidad escuchó Ambrosio la inocente declaración de su gratitud! La gracia natural de sus modales, la dulzura inigualable de su voz, su vivacidad modesta, su elegancia natural, su semblante expresivo y sus ojos inteligentes se unían en ella para inspirar placer y admiración, en tanto que la solidez y la corrección de sus comentarios tenían una belleza adicional por la sencillez imperturbable del lenguaje que usaba.

Al cabo de un rato, Ambrosio se vio obligado a terminar con esa conversación tan encantadora para él. Le repitió a Antonia su deseo de que no revelara sus visitas y ella prometió cumplirlo. Luego salió de la casa, mientras ella se apresuraba a reunirse con su madre, ignorante del impacto que su belleza había causado. Ansiaba conocer la opinión de Elvira sobre el hombre a quien había alabado en términos tan entusiastas y se alegró al enterarse de que era igual de favorable, si no más, que la suya propia.

—Incluso antes de que hablara —dijo Elvira— me sentí predispuesta en su favor. El fervor de sus ruegos, la dignidad de sus modales y la firmeza de sus reflexiones estuvieron muy lejos de cambiar mi opinión. Su voz delicada y rotunda me impresionó especialmente. Pero sin duda, Antonia, que ya la había escuchado antes. Me pareció muy familiar. O bien debo de haber conocido al abad en otra época o su voz tiene un parecido asombroso con la de alguna otra persona a la que escuché hace tiempo. Ciertas modulaciones me llegaron al corazón y me hicieron tener sensaciones tan singulares que en vano me esforzaría por explicarlas.

—Mi queridísima madre, es el mismo efecto que produjeron en mí. Pero es indudable que ninguna de las dos había escuchado su voz hasta que llegamos a Madrid. Sospecho que la razón por la que la sentimos tan familiar tiene que ver con que sus modales son agradables y nos prohíben considerarlo un extraño. No sé por qué, pero me siento más tranquila conversando con él de lo que me ocurre en general que con personas desconocidas. No tuve miedo de repetirle todos mis pensamientos infantiles y, de cierta manera, me sentí confiada de que escucharía mis tonterías con indulgencia. ¡Oh! Y no me equivoqué, pues me escuchó con tal expresión de bondad y atención, me respondió con tanta suavidad, tuvo tanta condescendencia... No me llamó niña ni me trató con desdén, como solía hacerlo el anciano y malhumorado confesor del castillo. ¡En verdad creo que aunque hubiera vivido mil años en Murcia nunca habría querido a ese gordo y viejo!

—Confieso que el padre Domingo no tenía los mejores modales del mundo, pero era una persona honrada, amigable y bienintencionada.

—¡Ay, madre querida, esas cualidades son tan comunes!

—Dios quiera, hija, que la experiencia no te enseñe que en realidad son raras y preciosas. Para mí ha sido así. Pero dime, Antonia, ¿por qué crees que es imposible que haya visto al abad antes?

—Porque desde que entró en la abadía no había salido de sus muros. Acaba de decirme que por su desconocimiento de las calles tuvo algunas dificultades para encontrar la de Santiago, aunque está muy cerca de la abadía.

—Todo eso es posible y todavía así podría haberlo visto antes de que llegara a la abadía. Para salir, primero era necesario que entrara.

—¡Virgen Santísima! Lo que dices es verdad, pero de todos modos, ¿no podría haber nacido en la abadía?

Elvira sonrió.

—Pues no es tan fácil.

—¡Espera, espera! Ahora recuerdo cómo fue. Llegó a la abadía muy pequeño. La gente dice que cayó del cielo y que la Virgen lo envió como un regalo a los capuchinos.

—Muy amable de parte de ella. ¿De modo que cayó del cielo, Antonia? Debe de haberse dado un golpe fuerte…

—Muchos no creen en eso y tal parece, madre querida, que debo contarte entre esas personas. Por cierto que, como le dijo nuestra arrendataria a mi tía, la idea generalizada es que como sus padres eran pobres e incapaces de cuidarlo, lo abandonaron en la puerta de la abadía cuando estaba recién nacido. El difunto superior, por pura caridad, lo educó en el convento. A la larga, resultó ser un modelo de virtud, piedad, sabiduría y no sé cuántas cosas más. Por lo tanto, primero fue recibido como un hermano de la orden y no hace mucho fue elegido abad. Pero si la verdadera versión es esta u otra... Al menos todos coinciden en que no sabía hablar cuando los monjes lo recibieron para cuidarlo, así que no puedes haber oído su voz antes de que ingresara al monasterio porque en esa época todavía no tenía voz.

—Doy fe, Antonia, de que argumentas muy bien. Tus conclusiones son irrebatibles. No sabía que tu lógica fuera tan buena.

—¡Ay! Te burlas de mí, pero me parece bien. Me encanta verte animada. Además pareces tranquila y cómoda. Espero que no tengas más convulsiones... ¡Oh, estaba tan segura de que la visita del abad te haría bien!

—Claro que me hizo bien, hija. Tranquilizó mi espíritu sobre ciertas inquietudes y ya siento los efectos de su consuelo. Me pesan los ojos y creo que dormiré un rato. Corre las cortinas, mi Antonia. Y si no despierto antes de la medianoche, no te quedes velándome. Te lo ruego.

Antonia le prometió obedecer esa orden y, después de recibir su bendición, corrió las cortinas de la cama. Luego se sentó silenciosamente ante su bastidor de bordado y pasó las horas sumida en la fantasía. Sentía el espíritu renovado por el evidente cambio favorable en Elvira y su imaginación le presentó visiones vívidas y agradables. En esos sueños, Ambrosio aparecía con una figura nada despreciable. Pensó en él con alegría y gratitud, pero por cada idea que le dedicaba, dos la llevaban inconscientemente a Lorenzo. Así pasó el tiempo hasta que la campana de la torre de la catedral de los capuchinos, que se encontraba cerca, anunció la medianoche. Antonia recordó las instrucciones de su madre y las obedeció, aunque con desgana. Descorrió las cortinas cautelosamente y vio que Elvira gozaba de un sueño profundo y tranquilo. Sus mejillas habían vuelto a adquirir los colores de la salud y una sonrisa dejaba entrever que sus sueños eran hermosos. Cuando Antonia se inclinó sobre ella, le pareció oírla pronunciar su nombre. La besó con suavidad en la frente y se retiró a su habitación. Allí se arrodilló ante una imagen de Santa Rosalía, su protectora, se encomendó a la protección de Dios y, como acostumbraba a hacer desde que era tan solo una niña, terminó sus oraciones entonando las siguientes estrofas:

Himno de medianoche

Ahora todo está en silencio y el timbre solemne
ya no acrecienta el vendaval nocturno.
Su terrible presencia, en la Hora sublime,
vuelvo a invocar con corazón inmaculado.

Es ahora el momento quieto y temible,
en que los Hechiceros usan su poder siniestro;
en que las Tumbas entregan muertos enterrados,
para beneficiarse de la hora castigada.

Libre de culpa y pensamientos culpables,
fiel al deber y la devoción,
con el pecho ligero y la conciencia pura,
deseo su gentil ayuda, reposo.

Buenos Ángeles, acepten mi gratitud,
que todavía veo con desprecio la trampa del vicio.
Agradezco que esta noche tan libre de mal duerma
como cuando en la mañana despierte.

¿Pero no alberga mi pecho inconsciente
alguna culpa desconocida para mí?
¿Algún deseo impuro que sin reprimir
se ruborizan de ver y yo de admitir?

Si en dulces sueños lo hubiera,
instruyan mis pies para que eviten la trampa.
Digan la verdad sobre mis errores
y dígnense a mantenerme bajo su cuidado.

Ahuyenten de mi apacible cama
el Hechizo de la brujería, enemigo del descanso;
el Duende nocturno, Hada sin sentido;
el Fantasma en pena y Demonio maldito.

No dejen que el Tentador en mis oídos
derrame lecciones de alegría profana;
que la Pesadilla nocturna por mi Lecho vagando
no destruya la calma del sueño.

No dejen que un sueño horrible asuste mis ojos
con extrañas formas fantásticas,
sino que una visión brillante
me muestre la dicha de los cielos lejanos.

Muéstrenme las Cúpulas de cristal del Cielo
y los mundos de luz donde yacen los Ángeles.
Muéstrenme la suerte dada a los Mortales,
que sin culpa viven y sin culpa mueren.

Entonces muéstrenme cómo ganar un lugar
en esos dichosos reinos de Aire;
muéstrenme cómo evitar toda mancha culpable
y guíenme hacia lo bueno y lo justo.

Así cada mañana y cada noche
mi Voz al cielo elevará el estribillo agradecido.
En Ustedes, como Poderes Guardianes,
ángeles Buenos, regocíjense y exalten su alabanza.

Así me esforzaré con fuego celoso
por evitar cada vicio y corregir cada falta.
Amaré las lecciones que inspiren
y Apreciaré las virtudes que protejan.

Y al final cuando por alto mandato
mi cuerpo busque el reposo de la Tumba,
cuando la Muerte se acerque con mano amistosa
y mis ojos Peregrinos debilitados se cierren,

complacido de que mi alma escapara del naufragio,
sin dolor renunciaré a mi vida
y devolveré a Dios mi Espíritu,
tan puro como cuando era mío.

Después de terminar sus oraciones habituales, Antonia se acostó a dormir. El sueño dominó muy pronto sus sentidos y durante varias horas gozó del agradable reposo que solo la inocencia puede conocer y por el cual muchos monarcas cambiarían de buena gana su corona.

Capítulo IV

Ah! how dark
These long-extended realms and rueful wastes;
Where nought but silence reigns, and night, dark night,
Dark as was Chaos ere the Infant Sun
Was rolled together, or had tried its beams
Athwart the gloom profound!
The sickly Taper
By glimmering through thy low-browed misty vaults,
Furred round with mouldy damps, and ropy slime,
Lets fall a supernumerary horror,
And only serves to make
Thy night more irksome![14]
Robert Blair, The Grave

Después de volver a la abadía sin percances, la mente de Ambrosio se llenó de las imágenes más gratas. Evitaba a propósito ver el peligro de exponerse a los encantos de Antonia. Solo recordaba el placer que su compañía le había proporcionado y se regocijaba con la perspectiva de repetir aquel placer. Aprovechó la enfermedad de Elvira para ver todos los días a su hija. Al comienzo limitaba su deseo a inspirar una amistad a Antonia. Pero en cuanto estuvo convencido de que esta ya experimentaba ese sentimiento en toda su plenitud, su objetivo se hizo más decidido y sus atenciones adquirieron un color más cálido. Esa inocente familiaridad con la que ella lo trataba estimulaba su ansia. Acostumbrado a su modestia, esta ya no le inspiraba el mismo respeto y

14 *¡Ah! Qué oscuros / estos reinos de larga extensión y lamentables páramos / donde solo reina el silencio y la noche, la oscura noche, / oscura como era el Caos antes del Sol Infante. / ¡Estaba enrollado o había probado sus rayos / a través de la oscuridad profunda! / La enfermiza Vela / brillando a través de tus bóvedas brumosas bajas, / cubiertas de humedad mohosa y baba viscosa, / deja caer un horror supernumerario / y solo sirve para hacer / tu noche más fastidiosa.*

admiración. Es decir, seguía admirando esa cualidad pero acrecentaba su ansiedad por deleitarse con aquello que consideraba el principal encanto de Antonia. La calidez de su pasión, que por desgracia para ambos poseía en exceso, lo proveía de un gran conocimiento de las artes de la seducción. Le resultaba fácil distinguir las emociones favorables a su plan y aprovechar con voracidad todos las oportunidades para entrar al corazón de Antonia. No fue una tarea simple. Su sencillez extrema impedía que se diera cuenta del objetivo de las insinuaciones de Ambrosio, pero la excelente moral que debía a Elvira, la solidez y corrección de su entendimiento y un fuerte sentido de lo que era justo, instalados naturalmente en su corazón, le hacían sentir que los preceptos del monje debían ser defectuosos. Era muy frecuente que con unas pocas simples palabras derribara toda la masa de argumentos perversos de Ambrosio y le hiciera ver qué débiles eran cuando se oponían a la virtud y la verdad. En esos momentos, el monje se refugiaba en su elocuencia. La abrumaba con un vendaval de paradojas filosóficas, que como no entendía le era imposible contestar. Es por eso por lo que, aunque no la convencía de que su manera de pensar fuera la correcta, al menos le impedía descubrir que era falsa. Se dio cuenta de que el respeto que ella tenía por su juicio aumentaba día tras día y no dudó de que con el tiempo podría llevarla a convencerse.

No dejaba de tener claro que sus intentos eran altamente criminales. Veía con claridad la bajeza que significaba seducir a una joven inocente, pero la pasión era demasiado fuerte como para permitirse abandonar su plan. Decidió seguir adelante con este y aceptar las consecuencias, fueran las que fueran. Necesitaba encontrar a Antonia en un momento de descuido. Como veía que ningún otro hombre tenía autorizado estar en su compañía ni oía que ella o Elvira mencionara a ninguno, imaginó que no estaba comprometida a nadie. Mientras esperaba la oportunidad de satisfacer su inexcusable propósito, su frialdad hacia Matilde crecía cada día. Una proporción importante de esa frialdad tenía que ver con la conciencia de sus faltas contra ella. No era lo suficientemente dueño de sí mismo como para ocultárselas, pero temía que en un arrebato de celos ella revelara el secreto del que dependía su reputación y su vida misma. Matilde no pudo dejar de darse cuenta de su indiferencia. Él tenía conciencia de que ella la advertía y, como temía sus reproches, la evitaba deliberadamente. Pero cuando no conseguía hacerlo, la bondad de ella habría podido convencerlo de que no debía temer su resentimiento. Había vuelto al personaje del dulce y atractivo Rosario y no le reprochaba su ingratitud, pero los ojos se le llenaban de lágrimas involuntariamente y la sutil melancolía de su semblante y de su voz se quejaban mucho más conmovedoramente de lo que hubieran podido las palabras. Ambrosio se sintió perturbado por la tristeza de su amante, pero se sentía incapaz de eliminar su causa y se prohibió a sí mismo demostrar que lo afectara. Como la conducta de Matilde lo convenció de que no necesitaba tener miedo de una venganza, continuó haciendo caso omiso de ella y evitó su compañía cuidadosamente. Matilde comprendió que sus esfuerzos por recuperar su afecto eran vanos, pero sofocó el impulso del resentimiento y continuó tratando a su inconstante amante con su cariño y atención de antes.

Elvira se fue recuperando poco a poco. Ya no sufría de convulsiones y Antonia dejó de temer por la vida de su madre. Ambrosio presenciaba esa recuperación con desagrado. Vio que el conocimiento del mundo que tenía Elvira no permitiría que la engañara con su conducta santificada y que percibiría fácilmente la manera en que veía su hija. Por lo tanto, decidió que antes de que Elvira abandonara su habitación, probaría el alcance de su influencia sobre Antonia.

Una noche en que encontró a Elvira casi recuperada del todo, se despidió de ella antes de lo que acostumbraba y, como no encontró a Antonia en la antesala, se aventuró a buscarla por la casa. La habitación de la joven estaba separada de la de su madre por un armario en el cual Flora, la doncella, dormía usualmente. Antonia estaba sentada en un sofá de espaldas a la puerta y leía con gran atención. No lo escuchó acercarse hasta que se sentó a su lado. Se sobresaltó y le dio la bienvenida con expresión placentera. Luego se puso de pie con la intención de conducirlo hasta la sala, pero Ambrosio le tomó la mano, instándole a ocupar de nuevo su asiento. Ella lo obedeció sin oponerse. No sabía que fuera más incorrecto conversar en una habitación que en otra. Se consideraba tan segura de los principios del fraile como de los suyos propios y, después de volver a sentarse en el sofá, le habló con su habitual desenvoltura y vivacidad.

El monje examinó el libro que había estado leyendo y que ahora se encontraba sobre la mesa. Era la Biblia.

—Pero ¿cómo? —se dijo a sí mismo el fraile—. ¿Antonia lee la Biblia y sigue siendo tan ignorante del mundo?

Pero al pensarlo más detenidamente, descubrió que Elvira había hecho la misma exacta observación. Si bien la prudente madre admiraba la perfección de las Sagradas Escrituras, estaba convencida de que no había lectura más inapropiada para una adolescente si no había limitación alguna. Muchas de sus narraciones solo podían sugerir malas ideas a una joven inexperta como Antonia. Todas las cosas se llamaban por su nombre, sin adornos, por lo que las crónicas de un burdel difícilmente proporcionarían una mayor selección de expresiones indecentes. Y, sin embargo, ese es el libro que se recomienda a las jóvenes estudiar, que se pone en las manos de niños apenas son capaces de entender algo más que los pasajes que sería mejor que ignoraran y que con mucha frecuencia les ofrece las primeras lecciones sobre el desorden y funciona como primer estímulo a la aún dormida pasión. De esto estaba tan convencida Elvira que habría preferido poner en manos de su hija *Amadís de Gaula* o *Tirante el Blanco* y autorizarla a enterarse de las terribles hazañas de don Galaor o de los chistes soeces de la damisela Placer de mi Vida. En consecuencia, llegó a tomar dos decisiones con respecto a la Biblia. La primera era que Antonia no la leyera hasta que estuviera en edad de apreciar su perfección y beneficiarse con su moral. La segunda, copiarla de su puño y letra, omitiendo o alterando todos aquellos pasajes que consideraba inadecuados. Cumplió con esa decisión y esa era la Biblia que Antonia leía. Se la habían entregado hacía bastante poco y la leía con avidez, con un deleite inexpresable. Ambrosio se dio cuenta de su error y dejó el libro otra vez en la mesa.

Antonia le habló de la salud de su madre con toda la alegría entusiasta de un corazón joven como el suyo.

—Admiro tu afecto por tu familia —le dijo el abad—. Demuestra un carácter de gran excelencia y sensibilidad. Promete un valioso tesoro a aquel afortunado a quien Dios haga destinatario y dueño de tu corazón. Un alma capaz de sentir tanto cariño por una madre, ¿qué no sentiría por un enamorado? Inclusive, tal vez tenga sentimientos por alguno ahora mismo. Dime, encantadora Antonia, ¿has llegado a saber lo que es amar? Respóndeme con sinceridad. Olvida mis hábitos y considérame solo tu amigo.

—¿Lo que es amar? —repitió ella—. ¡Oh, sí, por supuesto! He amado a tanta, tanta gente.

—No me refiero a ese tipo de amor. Hablo de ese que puede sentirse solo por una persona. ¿Alguna vez viste a un hombre a quien quisieras hacer tu esposo?

—¡Oh, claro que no!

Eso no era cierto, pero ella no sabía que estaba mintiendo. No conocía la naturaleza de los sentimientos que tenía por

Lorenzo. Y como no lo había vuelto a ver desde su primera visita a Elvira, cada día su imagen se debilitaba más en su pecho. Además, pensaba en un esposo con todo el terror de una virgen, así que contestó que no a la pregunta del fraile sin dejar lugar a dudas.

—¿Y no te gustaría ver a ese hombre, Antonia? ¿No sientes un vacío en tu corazón que quisieras llenar? ¿No suspiras por la ausencia de alguien querido por ti, aunque no sepas quién es esa persona? ¿No te das cuenta de que lo que antes podía complacerte ya no tiene el mismo efecto en ti? ¿Que mil nuevos deseos, ideas y sensaciones han florecido en tu pecho, solo para ser sentidos y nunca descritos? O bien, mientras provocas pasión en todos los demás corazones, ¿es posible que el tuyo permanezca insensible y frío? ¡No es posible! Esa mirada tierna, esa mejilla ruborizada, esa encantadora melancolía apasionada que a veces te inunda las facciones: todas esas señales desmienten tus palabras. Antonia, tú ya amas y en vano me lo ocultas.

—¡Padre, me asombra usted! ¿Qué es ese amor del que me habla? No conozco su naturaleza, y si lo sintiera, no sé por qué habría de esconder el sentimiento.

—Antonia, ¿nunca has estado en la compañía de un hombre a quien, aunque nunca hubieras visto antes, parecieras ansiar desde siempre? ¿Cuya figura, aunque fuera la de un extraño, te resultara familiar a los ojos? ¿Cuya voz te apaciguara, deleitara, penetrara hasta el alma? ¿En cuya presencia te regocijaras y cuya ausencia lamentaras? ¿Con quien tu corazón pareciera ensancharse y en cuya persona, con una confianza ilimitada, descargaras todas tus preocupaciones? ¿Nunca has sentido todo eso, Antonia?

—Sí, la primera vez que lo vi a usted lo sentí.

Ambrosio se sorprendió y apenas pudo dar crédito a sus oídos.

—¿Por mí, Antonia? —exclamó con los ojos encendidos

de alegría e impaciencia, mientras le tomaba la mano y se la llevaba con entusiasmo a los labios—. ¿Por mí? ¿Experimentaste todos esos sentimientos por mí?

—Y con mucha más fuerza de la que usted los describió. ¡En el momento mismo en que lo vi me sentí tan complacida e interesada! Esperé con tanta ansiedad escuchar el sonido de su voz y cuando finalmente lo escuché me pareció tan dulce... ¡Me habló en un lenguaje hasta entonces desconocido! ¡Pensé que me decía mil cosas que ansiaba oír! Me pareció que lo conocía desde hacía tanto tiempo, como si tuviera derecho a su amistad, consejo y protección. Lloraba cuando se iba y esperaba con ansiedad el momento de volver a verlo.

—¡Antonia, mi encantadora Antonia! —exclamó el monje y la atrajo hacia su pecho—. ¿Es posible lo que escucho? ¡Repítemelo, mi dulce niña! ¡Dime de nuevo que me amas, que me amas verdadera y tiernamente!

—Claro que sí. Con la excepción de mi madre, no hay nadie en el mundo más querido para mí.

Ante esta sincera confesión, Ambrosio ya no era dueño de sí mismo. Enloquecido por la pasión, estrechó entre sus brazos a una sonrojada y temblorosa Antonia. Presionó con avidez sus labios en los de ella, aspiró su aliento puro y delicioso, exploró con mano audaz los tesoros de su pecho y se envolvió con los suaves y dóciles miembros de la joven. Sobresaltada, alarmada y confusa ante su acción, la sorpresa evitó que al principio opusiera resistencia. Pero finalmente, recobrándose, trató de escapar de él.

—¡Padre...! ¡Ambrosio...! —chilló—. ¡Suélteme, por el amor de Dios!

Pero el monje, ávido por satisfacer su deseo, no escuchó sus súplicas. Insistió en su intento e incluso se tomó mayores libertades. Antonia rogó, lloró y forcejeó con él. Aterrorizada en extremo, aunque no sabía exactamente por qué, usó todas sus fuerzas para rechazar al fraile y estaba a punto de pedir ayuda a gritos cuando la puerta de la habitación se abrió repentinamente. Ambrosio tuvo suficiente conciencia como para darse cuenta del peligro. Soltó a su presa de mala gana y se apartó del sofá apresuradamente. Antonia lanzó una exclamación de felicidad, corrió hasta la puerta y se envolvió en los brazos de su madre.

Alarmada por algunas de las frases pronunciadas por el abad, que Antonia le había dicho con inocencia, Elvira había decidido confirmar si sus sospechas eran verdaderas. Conocía a los hombres lo bastante como para no dejarse engañar por la presunta virtud del monje. Pensó en varias circunstancias que, aunque parecían insignificantes, en suma podían validar sus temores. Las frecuentes visitas de Ambrosio, que hasta donde sabía se limitaban a su familia, su emoción evidente cada vez que ella le hablaba de Antonia, el hecho de que él se encontrara en la plenitud de la virilidad y, sobre todo, la maligna filosofía del monje que conocía a través de su hija y que contrastaba con lo que Ambrosio decía cuando ella estaba presente. Todas estas circunstancias le inspiraron dudas sobre la supuesta pureza de la amistad del abad. Por lo tanto, decidió que la siguiente vez que él estuviera a solas con Antonia, haría lo posible por sorprenderlo. Su plan fue exitoso. Es cierto que cuando entró en la habitación de Antonia él ya la había soltado a ella, su presa, pero la vestimenta desarreglada de su hija y la vergüenza y confusión que se reflejaban en el semblante del fraile bastaron para probarle que sus sospechas tenían mucho fundamento. Sin embargo, era excesivamente prudente como para revelar el motivo de su recelo. Consideró que desenmascarar al impostor no sería nada fácil, considerando que la gente estaba muy predispuesta a defenderlo. Y como tenía poquísimos amigos, le parecía peligroso tener de enemigo a alguien tan poderoso. Por lo que fingió no ver su agitación, se sentó en el sofá tranquilamente, justificó con una razón sin importancia el haber abandonado su habitación inesperadamente y conversó sobre varios temas, con una confianza y seguridad aparente.

Esta conducta tranquilizó al monje, quien empezó a recuperar su serenidad. Se esforzó por contestar a Elvira sin parecer aturdido, pero todavía era demasiado novato en el arte del disimulo y sintió que debía parecer confuso y torpe. Muy pronto interrumpió la conversación y se puso de pie para marcharse. Cuál no sería su tristeza cuando, al despedirse, Elvira le dijo muy cortésmente que como ya estaba recuperada del todo, le parecía una injusticia privar de su compañía a otros que pudieran necesitarla más. Le aseguró su eterna gratitud por lo bien que le había hecho su compañía y sus palabras de aliento durante su enfermedad y se lamentó de que sus asuntos personales, al igual que la gran cantidad de ocupaciones que sus funciones debían necesariamente imponerle, la privaran del placer de sus visitas en el futuro. Aunque el mensaje fue transmitido en el más suave de los lenguajes, lo que insinuaba fue demasiado claro como para no entenderlo. El monje todavía se disponía a convencerla cuando una expresiva mirada de Elvira lo interrumpió en seco. No se atrevió a insistir en que lo recibiera, pues sus maneras lo convencieron de que había sido descubierto. Aceptó su decisión sin responder, se despidió apresuradamente y se retiró a la abadía con el corazón lleno de rabia, vergüenza, amargura y decepción.

Antonia se sintió aliviada con la partida de Ambrosio, aunque no dejó de lamentar que no pudiera volver a verlo. Elvira también experimentó una pena secreta. Le había resultado muy placentero pensar en él como un amigo y lamentaba haber tenido la necesidad de cambiar de opinión. Pero ella estaba demasiado acostumbrada a la falsedad de las amistades mundanas para permitir que su desilusión le durara demasiado tiempo. Se esforzó por hacer que su hija adquiriera conciencia del riesgo que había corrido. Sin embargo, se vio obligada a tratar el tema con cautela, no fuera a ser que, al quitar la venda de la ignorancia, desgarrara también el velo de la inocencia. En consecuencia, se conformó con prevenir a Antonia de que debía estar en alerta y con ordenarle que, si el abad insistía en visitarla, solo lo recibiera acompañada. Antonia prometió cumplir lo ordenado por su madre.

Ambrosio se fue deprisa a su celda, cerró la puerta tras de sí y se dejó caer en la cama, desesperado. El impulso de su deseo, la punzante desilusión, la vergüenza del desenmascaramiento y el temor de verse descubierto en público transformaron su mente en el escenario de la más horrible confusión. No sabía qué rumbo tomar. Desterrado de la presencia de Antonia, no le quedaba esperanza alguna de satisfacer la pasión que ahora se había convertido en parte de su vida. Pensó que su secreto se encontraba en el poder de una mujer y tembló de miedo cuando vio el precipicio que se abría ante él. Luego tembló de ira cuando pensó que, si no hubiera sido por Elvira, ya habría alcanzado su objetivo. Con maldiciones juró vengarse de ella y que, costara lo que costara, poseería a Antonia. Levantándose de su cama, recorrió la habitación con paso caótico, aulló de furia impotente, se estrelló violentamente contra las paredes y se entregó a todos los delirios de la rabia y la locura.

Todavía estaba bajo la influencia de esa tormenta pasional cuando escuchó un suave golpe en la puerta de su celda. Consciente de que debían de haber escuchado su voz, no se atrevió a negar la entrada a aquella inoportuna persona. Hizo lo posible por calmarse y ocultar la agitación en la que se encontraba. Cuando lo logró en cierta medida, descorrió el pasador. La puerta se abrió y apareció Matilde ante él.

En ese preciso instante no había nadie cuya presencia le resultara más molesta. No se dominaba lo suficiente como para ocultar su irritación. Retrocedió y frunció el ceño.

—Estoy ocupado —dijo con tono severo y apresurado—. Déjame en paz.

Matilde no lo obedeció. Volvió a cerrar la puerta y avanzó hacia él, con una expresión que era a la vez tierna y suplicante.

—Perdóname, Ambrosio —dijo—. Pero por tu propio bien no haré lo que me pides. No temas lamentos de mi parte, pues no vengo a reprocharte tu ingratitud. Te perdono de todo corazón y, como tu amor ya no puede ser mío, te pido el don que le sigue en importancia: tu confianza y amistad. No se pueden forzar las inclinaciones. La escasa belleza que alguna vez viste en mí murió junto con su novedad y, si ya no puedo generarte agrado, la culpa es mía y no tuya. Pero ¿por qué insistes en evitarme? ¿Por qué tanta ansiedad por huir de mi presencia? Tienes penas, pero no me permites conocerlas; desilusiones, pero no aceptas que te consuele; deseos, pero me impides ayudarte a satisfacerlos. De eso me quejo, no de tu indiferencia hacia mí. He abandonado los derechos que tiene una amante, pero nada me obligará a abandonar los que tiene una amiga.

—¡Generosa Matilde! —contestó él, tomándole la mano—. ¡Hasta qué punto estás por encima de otras personas! Sí, acepto tu ofrecimiento. Necesito una consejera, una confidente, y en ti encuentro reunidas todas las cualidades que son requeridas. Pero ayudarme a satisfacer mis deseos... ¡Ay, Matilde, eso no está en tu poder!

—No está en el poder de nadie más que en el mío. Ambrosio, tu secreto no es tal para mí. Cada uno de tus pasos y acciones han sido observados por mi ojo atento. Amas a alguien más.

—¡Matilde!

—¿Por qué me lo escondes? No creas que la torpeza de los celos está reservada a todas las mujeres. Mi alma desprecia una pasión como esa. Amas a alguien más, Ambrosio.

Antonia Daifa es el objeto de tu deseo y conozco todas las circunstancias relativas. Me han repetido todas las conversaciones que has tenido y me han informado de tu intento de estar con Antonia, de su desilusión y de tu expulsión de la casa de Elvira. Ahora estás desesperado por tener a tu amada, pero yo vengo a revivir tus esperanzas y a indicarte el camino para lograr el éxito.

—¿El éxito? ¡Es imposible!

—Nada es imposible para aquellos que se atreven. Confía en mí y aún podrás llegar a ser feliz. Ha llegado ese momento, Ambrosio, en que la preocupación por tu consuelo y tranquilidad me deja en la obligación de contarte una parte de mi historia que todavía no conoces. Por favor, escucha y no me interrumpas. Si mi confesión te disgusta, recuerda que al hacerla mi único objetivo es satisfacer tu deseo y restablecer la paz en tu corazón, que en este momento tanto anhela. Ya te dije que mi tutor era un hombre de conocimientos inusuales y él se ocupó de traspasarlo a una mente infantil como la mía. Entre las distintas ciencias que la curiosidad lo llevó a explorar, no olvidó aquella que muchos estiman un sacrilegio y muchos otros una quimera. Hablo de las artes referidas al mundo de los espíritus. Sus profundas investigaciones sobre las causas y los efectos, su incansable dedicación al estudio de la filosofía natural, su profundo e ilimitado conocimiento de las propiedades y virtudes de cada gema que enriquece las profundidades, de cada hierba que produce la tierra, terminaron por darle la distinción que había buscado por tanto tiempo y con tanto ahínco. Su curiosidad estaba plenamente saciada, su ambición ampliamente gratificada. Proveía leyes a los elementos, podía invertir el orden de la naturaleza, su ojo leía los designios del futuro y los espíritus infernales se sometían a sus órdenes. ¿Por qué te alejas de mí? Entiendo tu mirada inquisitiva y tus sospechas son justas, pero tus temores infundados. Mi tutor no me ocultó su adquisición más importante. Pero si nunca te hubiera conocido a ti, jamás habría ejercido ese poder. Igual que tú, me estremecía al pensar en la magia. Como tú, me había hecho una idea espantosa de las consecuencias de convocar a un demonio. Para proteger esa vida que tu amor me había enseñado a valorar, recurrí a medios que me hicieron temblar. ¿Recuerdas esa noche que pasé en la cripta de Santa Clara? Fue entonces cuando, rodeada por cuerpos en descomposición, me atreví a realizar ritos místicos para llamar a un ángel caído a que me ayudara. Juzga cuál debió de ser mi alegría al descubrir que mis temores eran infundados. Vi al demonio obedecer mis órdenes y temblar ante mi ceño fruncido. Y descubrí que, en lugar de vender mi alma a un amo, mi coraje había adquirido un esclavo para mí.

—¡Imprudente Matilde! ¿Qué hiciste? ¡Te condenaste a la perdición eterna! Cambiaste la dicha imperecedera por un poder momentáneo! Si la satisfacción de mi deseo depende de la brujería, renuncio a tu ayuda en los términos más rotundos. Las consecuencias son demasiado terribles. Yo estoy loco por Antonia, pero la pasión no me ciega tanto como para sacrificar mi existencia en este mundo y en el próximo por el goce.

—¡Esos son prejuicios ridículos! ¡Avergüénzate, Ambrosio, avergüénzate de estar sometido a su dominio! ¿Cuál es el riesgo de aceptar mi ayuda? ¿Qué podría llevarme a convencerte de que des este paso si no el deseo de devolverte la felicidad y la tranquilidad? Si hay peligro, este caerá sobre mí. Yo invocaré la mediación de los espíritus, entonces mío será el pecado y tuyo el beneficio. Pero tal peligro no existe. El enemigo de la humanidad es mi esclavo y no mi soberano. ¿No existe una diferencia entre dar y recibir órdenes, entre servir y mandar? ¡Despierta de tus sueños ociosos, Ambrosio! ¡Aparta de ti esos miedos tan poco adecuados para un alma como la tuya! ¡Déjalos para los hombres comunes y atrévete a ser feliz! Acompáñame esta noche a las catacumbas de Santa Clara. Presencia mi hechizo y Antonia será para ti.

—No puedo ni quiero estar con ella de esa manera. Así que deja de intentar convencerme, porque no me atrevo a emplear los servicios del infierno.

—¿No te atreves? ¡Cuánto me decepcionas! Esa mente que yo creía tan grande y valiente resulta ser débil, pueril e indigna, esclava de supersticiones vulgares y más frágil que la de los hombres comunes.

—¿Qué? Aunque estés consciente del peligro, ¿tengo que exponerme voluntariamente al trabajo del demonio? ¿Estoy obligado a renunciar para siempre a mi derecho de salvarme? ¿Deben mis ojos buscar una visión que los quemará? No y no, Matilde. No me aliaré con el enemigo de Dios.

—Pero ¿acaso eres amigo de Dios ahora? ¿No quebraste tus votos con él, renunciaste a servirle y te abandonaste al impulso de tus pasiones? ¿No estás buscando la destrucción de la inocencia y la ruina de una criatura a quien él formó con el molde de un ángel? Si no buscas la ayuda de los demonios, ¿qué auxilio podrías invocar para ese digno plan? ¿Lo autorizarán los serafines? ¿Llevarán a Antonia hasta tus brazos y te ayudarán a saciar tus placeres ilícitos? ¡Absurdo! ¡Pero yo no me engaño como tú, Ambrosio! No es la virtud la que te hace rechazar mi ofrecimiento. La aceptarías, pero no te atreves. No es la culpa lo que te impide actuar, sino el castigo. ¡Lo que te frena no es el respeto a Dios, sino el miedo de su venganza! En realidad, querrías ofenderle en secreto, pero temes declararte su enemigo. ¡Qué vergüenza tener un alma cobarde que no tiene el valor de ser un amigo constante o un enemigo declarado!

—Ver la culpa con horror, Matilde, es un mérito en sí mismo. En ese sentido me enorgullezco de confesar que soy cobarde. Aunque mis pasiones me llevaron a desviarme de sus leyes, todavía siento en el corazón un amor natural a la virtud. Pero no te corresponde a ti acusarme de cometer pecados. Tú fuiste la primera en seducirme para que rompiera mis votos. Tú, la primera que despertó mis vicios dormidos, que me hizo sentir la represión de la vida religiosa y que me convenció de que había placeres culposos. ¡Pero aunque mis principios se han rendido ante la fuerza de la naturaleza, todavía tengo la gracia suficiente para estremecerme ante la brujería y evitar un crimen tan monstruoso e imperdonable!

—¿Imperdonable, dices? Entonces ¿dónde queda tu constante alarde con respecto a la infinita misericordia de Dios? ¿Le ha puesto límites últimamente? ¿Ya no recibe con alegría a un pecador? Lo injurias, Ambrosio. Siempre habrá tiempo de arrepentirse y Él tendrá la bondad de perdonar. Dale la gloriosa oportunidad de ejercer esa bondad. Cuanto mayor sea tu culpa, mayor será su mérito al momento de perdonar. Basta de reparos infantiles. Por tu propio bien, convéncete y sígueme a la cripta.

—¡Suficiente, Matilde! Ese tono burlón, ese lenguaje osado y profano, son horribles. Dejemos esta conversación, que no suscita otros sentimientos más que horror y disgusto. No te seguiré hasta la cripta ni aceptaré los servicios de tus agentes del infierno. Antonia será para mí, pero a través de medios humanos.

—¡Entonces jamás será tuya! Fuiste expulsado de su presencia. La madre le abrió los ojos a tus planes y ahora está en guardia contra ellos. Incluso ama a otro. Un joven de distinguidos méritos posee su corazón y, si no intervienes, la hará su prometida en pocos días. Esta información me la proporcionaron mis servidores invisibles, a quienes recurrí apenas me di cuenta de tu indiferencia. Vigilaron todos tus actos, me contaron todo lo que ocurrió en casa de Elvira y me sugirieron la idea de apoyar tus planes. Estas noticias fueron mi único consuelo. Aunque evitabas mi presencia, conocía todos tus pasos. ¡Incluso, hasta cierto punto, estaba contigo constantemente gracias a este preciosísimo recurso!

Al pronunciar estas palabras, extrajo de su hábito un espejo de acero pulido, cuyos bordes tenían varios caracteres extraños y desconocidos.

—En medio de todos mis pesares y lamentos por tu frialdad, las virtudes de este talismán me protegieron de la desesperación. Al pronunciar ciertas palabras, aparece la persona en quien se concentran los pensamientos del observador. Así, aunque tú no me veías, estabas siempre presente ante mí.

La curiosidad del fraile se despertó considerablemente.

—Lo que dices es increíble. Matilde, ¿te estás burlando de mi credulidad?

—Que tus propios ojos sean los jueces.

Le puso el espejo en una mano y Ambrosio lo tomó con curiosidad, deseando que apareciera Antonia. Matilde pronunció las palabras mágicas y, de inmediato, un humo espeso surgió de los caracteres trazados en los bordes y se extendió por la superficie. Volvió a esfumarse poco a poco y una confusa mezcla de colores e imágenes se presentó ante los ojos del fraile. Al cabo de un rato se ordenaron en sus lugares adecuados y apareció, en miniatura, la encantadora imagen de Antonia.

La escena la mostraba en un pequeño armario que formaba parte de su habitación, mientras se desnudaba para bañarse. Sus largas trenzas ya habían sido deshechas. El monje tuvo plena oportunidad de observar los gráciles contornos y la admirable simetría de su cuerpo. Tras quitarse la última prenda, Antonia avanzó hacia el baño que había sido preparado para ella e introdujo un pie en el agua. Sintió que estaba fría y retrocedió. Aunque no sabía que era observada, un innato sentido de la modestia la llevó a esconder su cuerpo y se quedó vacilante en el borde, en la actitud de la Venus de Médicis. Fue en ese momento que un petirrojo domesticado voló hacia ella, anidó la cabeza en su pecho y lo picoteó juguetonamente. En vano trató la sonriente Antonia de ahuyentar al ave y al cabo de un rato levantó los brazos para expulsarla de la habitación. Ambrosio no pudo soportarlo más. Su deseo había llegado al frenesí.

—¡Me entrego a ti, Matilde! —gritó arrojando el espejo al suelo—. ¡Te seguiré! ¡Haz conmigo lo que quieras!

Ella no esperó a que él lo repitiera. Ya era medianoche. Corrió hasta su celda y rápidamente regresó con su cestillo y la llave del cementerio, que había quedado en su poder tras la primera visita a las bóvedas. No le dio al monje tiempo para pensar.

—¡Ven! —le dijo tomándole la mano—. Sígueme y observa los efectos de tu decisión.

Tras decir eso, lo arrastró a toda prisa. Entraron en el cementerio sin ser descubiertos, abrieron la puerta de las catacumbas y se encontraron al inicio de la escalera subterránea. Hasta ese momento, los rayos de la luna habían guiado sus pasos, pero ahora ya no tenían ese recurso. Matilde no había buscado una lámpara. Todavía tomando la mano de Ambrosio, descendió los escalones de mármol. Pero la profunda oscuridad en la que se encontraban sumergidos los obligó a avanzar con lentitud y cautela.

—¡Estás temblando! —dijo Matilde—. No tengas miedo. El lugar al que vamos ya está cerca.

Llegaron hasta el pie de la escalera y siguieron su recorrido, tanteando las paredes a cada paso. Al doblar una esquina, de pronto vieron tenues resplandores de luz que parecían arder a lo lejos. Se encaminaron hacia allí. Los rayos resultaron proceder de una lámpara sepulcral que ardía constantemente ante la estatua de Santa Clara. Estos teñían con una vaga y demacrada luminosidad las macizas columnas que sostenían el techo, pero eran demasiado débiles como para disipar la densidad de las tinieblas en que se perdían las bóvedas en lo alto.

Matilde tomó la lámpara.

—¡Espérame! —le dijo al fraile—. Vuelvo de inmediato.

Con estas palabras se apresuró a entrar en uno de los pasadizos que se ramificaban en varias direcciones desde aquel lugar y formaban una especie de laberinto. Ambrosio se quedó solo, envuelto en la oscuridad más profunda, que estimulaba las dudas que comenzaban a revivir en su pecho. Se había dejado influenciar por el delirio del momento. La vergüenza de revelar sus miedos mientras se encontraba en presencia de Matilde lo indujo a reprimirlos, pero ahora que se encontraba abandonado a su suerte reanudó sus antiguos reparos. Le espantó la escena que muy pronto vería. No sabía hasta dónde podían funcionar las ilusiones de la magia en su espíritu. Si acaso era posible que lo empujaran a cometer algún acto que hiciera irreparable la brecha que ya lo separaba del cielo. En medio de ese terrible dilema, hubiera implorado la ayuda de Dios, pero tenía conciencia de haber perdido el derecho a esa protección. De buena gana hubiera regresado a la abadía, pero como había recorrido innumerables cavernas y tortuosos pasajes, el intento de volver a la escalera sería infructuoso. Su suerte estaba echada y no tenía posibilidad alguna de escapar. Por lo tanto, decidió luchar contra su miedo y pensó en todos los argumentos posibles para sobrellevar con fortaleza esa perturbadora experiencia. Pensó que Antonia sería la recompensa de aquel acto osado. Colmó su imaginación enumerando los encantos de su amada. Se convenció de que, como había dicho Matilde, siempre le quedaría tiempo de sobra para arrepentirse y de que, como había aceptado la ayuda de ella y no la de los demonios, no lo podrían acusar del delito de brujería. Estaba bien informado sobre la hechicería y entendía que, a menos de que firmara un acta formal de renuncia a su derecho a la salvación, el diablo no tenía poder alguno sobre él. Estaba plenamente decidido a no firmar nada por el estilo, fueran cuales fueran las amenazas que se usaran o las ventajas que se le ofrecieran.

En eso reflexionaba mientras esperaba a Matilde, cuando fue interrumpido por un sordo murmullo que parecía surgir a una corta distancia. Se sobresaltó y lo escuchó detenidamente. Transcurridos unos instantes en silencio, el murmullo se reanudó. Parecían ser los gemidos de alguien que estaba sufriendo. En cualquier otra situación, esa circunstancia le habría suscitado atención y curiosidad, pero en ese preciso momento su sentimiento predominante fue el de terror. Con la imaginación totalmente aturdida por ideas de brujería y espíritus, pensó que algún fantasma con desasosiego vagaba cerca de él o que Matilde había sido víctima de su arrogancia y se estaba muriendo bajo las crueles garras de los demonios. Aparentemente el ruido no se acercaba, puesto que continuó escuchándose a intervalos. A veces se hacía más audible, sin duda cuando los sufrimientos de la persona que gemía se volvían más fuertes e insoportables. De vez en cuando, Ambrosio creía entender algunas palabras y, en una oportunidad en particular, quedó casi convencido de haber escuchado una voz muy débil exclamando:

—¡Dios! ¡Oh, Dios mío! ¡No hay esperanza! ¡No hay salvación!

Unos gemidos aún más profundos siguieron a estas palabras, se desvanecieron poco a poco y volvió a reinar un silencio total.

"¿Qué significa todo esto?", pensó el monje con perplejidad.

En ese momento, una idea le cruzó por la mente y casi lo petrificó de espanto. Se sobresaltó y tembló.

—¿Será posible? —gimió involuntariamente—. ¿Será posible? ¡Oh, qué monstruo soy!

Sintió la apremiante necesidad de aclarar su duda y reparar su falta, si no era demasiado tarde ya. Pero estos generosos y compasivos sentimientos muy pronto fueron disipados por el retorno de Matilde. Se olvidó de los gemidos de la persona que sufría y solo recordó el peligro y la inquietud de su propia situación. La luz de la lámpara que volvía se proyectó en los muros y, pocos momentos más tarde, Matilde estuvo de nuevo a su lado. Se había despojado de su hábito religioso y llevaba un largo vestido oscuro en el cual se veían, bordados en oro, los trazos de varios caracteres que no conocía. Estaba ceñida por un cinturón de piedras preciosas debajo del que llevaba un puñal, tenía el cuello y los brazos desnudos, y en la mano sostenía una varita dorada. Su cabello estaba suelto y le caía desordenadamente sobre los hombros. Los ojos le centelleaban con expresión aterradora y todo su aspecto podía inspirar horror y admiración a cualquiera que la contemplara.

—¡Sígueme! —le dijo al monje en voz baja y solemne—. ¡Ya está todo dispuesto!

El cuerpo le temblaba a Ambrosio cuando se dispuso a seguir su orden. Ella lo guio a través de varios pasillos estrechos y, a cada lado que miraba mientras avanzaban, el resplandor de la lámpara revelaba los objetos más repugnantes, como cráneos, huesos, tumbas e imágenes cuyos ojos parecían mirarlos con espanto y sorpresa. Al cabo de un rato llegaron a una caverna grande, cuyo alto techo en vano trató de distinguir. Una profunda oscuridad se extendía en el vacío, mientras que húmedos vapores helaron el corazón del fraile, quien escuchó acongojado el viento que aullaba en las desoladas bóvedas. Fue allí donde se detuvo Matilde. Se volvió hacia Ambrosio, quien tenía las mejillas y los labios blancos de miedo. Con una mirada entre burlona y colérica le reprochó su cobardía, pero no habló. Dejó la lámpara en el suelo, cerca de la pequeña cesta. Le hizo señas de que debía hacer silencio e inició sus misteriosos ritos. Trazó un círculo alrededor de él y otro en torno a sí misma. Luego sacó del cesto un frasquito y esparció en el suelo, delante de ella, varias gotas del líquido que contenía. Se inclinó, masculló unas frases confusas e inmediatamente emergió del suelo una pálida llama sulfurosa. Fue creciendo de forma gradual hasta que sus ondas se extendieron sobre toda la superficie, con excepción de los círculos dentro de los que se encontraban Matilde y el monje. Después escaló por las gigantescas columnas de piedra sin labrar, se deslizó a lo largo del techo y convirtió la caverna en una inmensa cámara completamente cubierta con un tembloroso fuego azul que no emitía calor alguno. Por el contrario, el frío extremo del lugar parecía aumentar a cada minuto. Matilde continuó con sus encantamientos. Sacaba de la pequeña cesta artículos cuya naturaleza y nombre eran mayormente desconocidos para el fraile. Pero entre los pocos que reconoció, observó con especial interés tres dedos humanos y un agnusdéi que Matilde rompió en pedazos. Arrojó todo esto a las llamas que ardían frente ella y, en un abrir y cerrar de ojos, los objetos fueron consumidos por el implacable fuego.

El monje la observó con gran curiosidad. De pronto ella emitió un grito agudo y penetrante. Pareció víctima de un ataque de delirio. Se arrancó los cabellos, se golpeó el pecho, hizo los gestos más frenéticos y, sacando el puñal de su cinturón, se lo clavó en el brazo izquierdo. La sangre brotó a borbotones y, cuando se posicionó al borde del círculo, tuvo cuidado de que esta cayera por fuera. Las llamas se retiraron del sitio en que fluía la sangre. Una masa de nubes oscuras se elevó con lentitud desde la tierra ensangrentada y ascendió progresivamente hasta llegar a la bóveda de la caverna. En ese mismo momento, se escuchó un trueno cuyo eco repercutió pavorosamente en los pasajes subterráneos. El suelo se estremeció bajo los pies de la hechicera.

Ambrosio estaba arrepentido de su temeridad. Aquella solemne peculiaridad de los encantamientos lo había preparado para algo extraño y horrible. Esperó con temor la aparición del espíritu, cuya llegada anunciaban los truenos y los temblores de la tierra. Miró como un demente a su alrededor, buscando una atroz aparición que lo enloqueciera. Un escalofrío le recorrió todo el cuerpo y se arrodilló en la tierra, incapaz de sostenerse.

—¡Ya viene! —exclamó Matilde con tono de júbilo.

Ambrosio se sobresaltó y esperó al diablo con verdadero terror. ¡Cuál no sería su sorpresa cuando el trueno dejó de retumbar y comenzó a sonar una música melodiosa! Al mismo tiempo, la nube desapareció y vio la figura más bella jamás creada por el lápiz de la fantasía. Era un joven que parecía no haber llegado a los dieciocho años. La perfección de su cuerpo desnudo y facciones no tenían parangón. Una fulgurante estrella resplandecía en su frente, dos alas de color carmesí nacían de sus hombros y sus sedosos rizos se sostenían por una cinta de fuegos multicolores que le jugueteaban en torno la cabeza, formando diversas figuras y reluciendo con un brillo mucho más intenso que el de las piedras preciosas. En los brazos y tobillos lucía pulseras de diamantes y en la mano derecha sostenía una rama de plata que imitaba al mirto. Su cuerpo destellaba con deslumbrante gloria y se encontraba rodeado de nubes de luz rosadas. En el momento en que apareció, un aire refrescante exhaló perfumes por toda la caverna. Encantado ante una visión tan diferente a sus expectativas, Ambrosio contempló a aquel espíritu con deleite y asombro. Sin embargo, a pesar de la belleza de su figura, no pudo dejar de notar en el demonio un desenfreno en los ojos y una misteriosa melancolía impresa en sus facciones, que delataban al ángel caído e inspiraba a los espectadores un temor secreto.

La música paró y Matilde le dirigió la palabra al espíritu.

Habló en un lenguaje ininteligible para el monje y le respondieron de la misma manera. Parecía insistir en algo que el demonio no estaba dispuesto a conceder. De vez en cuando, lanzaba a Ambrosio miradas airadas y en esas ocasiones el corazón se le contraía en el pecho. Matilde se veía irritada y se expresó en un tono más elevado y autoritario, y por sus gestos se advertía que lo amenazaba con vengarse. Sus palabras surtieron el efecto que buscaba. El espíritu apoyó una rodilla en el suelo y con una expresión sumisa dibujada en el rostro le entregó la rama de mirto. En cuanto Matilde la recibió, se volvió a escuchar aquella música y una espesa nube cubrió a la aparición. Las llamas azules desaparecieron y en la caverna reinó una oscuridad absoluta. El abad no se movió de su sitio. Sus facultades estaban paralizadas por el placer, la ansiedad y la sorpresa. Finalmente, se esfumó la oscuridad y vio a Matilde cerca de él, vestida con su hábito religioso y con el mirto en la mano. No quedaba rastro alguno del encantamiento y las bóvedas se encontraban iluminadas solamente por los temblorosos rayos de la lámpara funeraria.

—Lo logré —declaró Matilde—. Aunque sorteando más obstáculos de los que esperaba. Lucifer, a quien pedí que me ayudara, al principio se negó a obedecerme. Para lograr que lo hiciera, me vi obligada a recurrir a mis hechizos más poderosos, los cuales produjeron el efecto deseado. Pero me comprometí a no invocarlo nunca más en tu favor, así que ten cuidado en cómo usas una oportunidad que jamás se repetirá. Mis artes mágicas ya no podrán intervenir por ti y en el futuro solamente podrá recibir la ayuda sobrenatural si tú mismo invocas a los demonios y aceptas las condiciones de esa ayuda. Eso no lo harás nunca. Hace falta una energía mental para obligarlos a obedecer y, si no pagas el precio solicitado, no te servirán voluntariamente. Solo aceptaron obedecerte en este único caso. Así que te ofrezco el medio para gozar de tu amada. Ten cuidado de no desaprovechar la oportunidad. Recibe este mirto cubierto de estrellas. Mientras lo tengas en la mano, todas las puertas se abrirán para ti. Mañana por la noche te procurará acceso a la habitación de Antonia. Después debes soplarlo tres veces, pronunciar el nombre de ella y dejarlo sobre su almohada. Un hechizo se apoderará inmediatamente de Antonia y le quitará el poder de resistirse ante ti. Así podrán estar juntos hasta la mañana. Ella advertirá lo sucedido, pero no sabrá quién habrá sido el protagonista. Sé feliz entonces, mi Ambrosio, y que este servicio te convenza de que mi amistad es desinteresada y pura. La noche debe estar terminando. Volvamos a la abadía para que nadie se sorprenda por nuestra ausencia.

El abad recibió aquel talismán con silenciosa gratitud. Sus ideas eran muy confusas a causa de las aventuras de esa noche como para permitirle expresar su agradecimiento en una forma audible o incluso para advertir el verdadero valor del regalo. Matilde tomó la lámpara y el pequeño cesto y guio a su compañero fuera de la oscura caverna. Dejó la lámpara en su sitio anterior y siguió su camino hasta llegar al pie de la escalera. Los primeros rayos del sol que nacía la iluminaban y le facilitaban el ascenso. Matilde y el abad se apuraron en salir de las catacumbas, cerraron la puerta detrás de ellos y pronto regresaron al claustro oeste de la abadía. Nadie se cruzó en su camino y se retiraron a sus respectivas habitaciones sin ser descubiertos.

La confusión que reinaba en la mente de Ambrosio comenzó a serenarse. Se regocijó con el afortunado final de su aventura y, al reflexionar sobre los beneficios del mirto, pensó que ya estaría con Antonia. La imaginación volvió a llevarlo hasta los secretos encantos revelados por el espejo hechizado, y con impaciencia esperó la llegada de la medianoche.

VOLUMEN III

CAPÍTULO I

The crickets sing, and Man's o'er-laboured sense
Repairs itself by rest: Our Tarquin thus
Did softly press the rushes, ere He wakened
The chastity He wounded—Cytherea,
How bravely thou becom'st thy bed! Fresh Lily!
And whiter than the sheets![15]
WILLIAM SHAKESPEARE, *Cymbeline*

Todas los esfuerzos del Marqués de las Cisternas fueron inútiles. Había perdido a Agnes para siempre. La desesperación le produjo un efecto tan fuerte en su cuerpo que la consecuencia fue una grave y larga enfermedad. Esta le impidió visitar a Elvira, como era su intención original. Y como ella ignoraba la causa de esta desatención, el hecho le provocó una inquietud muy seria. La muerte de su hermana le había impedido a Lorenzo anunciar a su tío sus intenciones en relación con Antonia. Las advertencias de la madre de su amada le prohibían presentarse ante ella sin la aprobación del duque y, como Elvira no volvió a tener noticias ni de Lorenzo ni de su propuesta, pensó que había encontrado un partido mejor o que se le había ordenado que abandonara cualquier idea de casarse su hija. Cada día que pasaba le generaba mayores inquietudes con respecto al destino de Antonia. Pero mientras siguió teniendo la protección del abad, soportó con entereza el fracaso de sus esperanzas referentes a Lorenzo y al marqués. Pero ahora tampoco le quedaba ese recurso. Estaba convencida de que Ambrosio había planeado

15 *Los grillos cantan y los sentidos cansados del Hombre / se recuperan en el reposo. Nuestro Tarquino así / presionó suavemente los juncos, antes de despertar / la castidad que hirió... ¡Citerea, / con qué valentía te conviertes en tu lecho! ¡Lirio fresco! / ¡Y más blanca que las sábanas!*

corromper a su hija y, cuando pensaba que si él muriera dejaría a Antonia sin amigos ni protección, en un mundo tan bajo, perverso y depravado, el corazón se le llenaba con la amargura del miedo. En esas ocasiones se quedaba sentada durante horas, contemplando a la encantadora joven y en apariencia escuchaba su inocente manera de hablar, aunque en realidad sus pensamientos se estuvieran concentrando penas que bastarían para hundirla. Entonces, de repente abrazaba a su hija, apoyaba la cabeza en su pecho y dejaba caer sus lágrimas en él.

En ese mismo momento se estaba preparando una acción que, si ella hubiera conocido antes, la habría aliviado de su angustia. Lorenzo solamente esperaba una oportunidad favorable para informar al duque de sus intenciones de casarse. Sin embargo, las circunstancias lo obligaron a retrasar su conversación unos días más.

La enfermedad de don Raimundo parecía ganar terreno cada día. Lorenzo estaba constantemente a su lado y lo trataba con una ternura de verdad fraternal. Tanto la causa como las consecuencias de la enfermedad resultaban muy tristes para el hermano de Agnes, pero el desconsuelo de Théodore no era menor. El bondadoso muchacho no se apartaba de su amo ni por un instante y usaba todos los recursos a su alcance para consolar y aliviar sus sufrimientos. El marqués había desarrollado un afecto tan profundo por su amante que a todos les resultaba evidente que jamás podría sobrevivir a su desaparición física. Nada habría podido impedirle dejarse morir de aquel dolor excepto el convencimiento de que ella aún estaba viva y necesitaba su ayuda. Aunque estaban convencidos de que eso era imposible, quienes se hallaban a su lado lo alentaban en esa creencia, que constituía su único consuelo. Todos los días le decían que se hacían nuevas búsquedas para descubrir la suerte que había corrido Agnes, le inventaban historias sobre los diversos intentos en marcha para penetrar el convento y le contaban circunstancias que, si bien no prometían recuperar de forma absoluta a Agnes, por lo menos eran suficientes para mantener vivas las esperanzas de su enamorado. El marqués constantemente caía en los más terribles ataques de desesperación cuando se le informaba sobre el fracaso de esos supuestos intentos. Pero no quería creer que las siguientes tendrían el mismo resultado y se persuadía a sí mismo de que tendrían más éxito.

Théodore era el único que se esforzaba en complacer los delirios de su amo. Siempre estaba ocupado planeando artimañas para entrar al convento o, por lo menos, para sacarle alguna información sobre Agnes a las monjas. La ejecución de esos planes era lo único que podía llevarlo a apartarse de don Raimundo. Se convirtió en un verdadero Proteo, cambiando de forma todos los días. Pero todas sus metamorfosis servían de bastante poco. Habitualmente regresaba al Palacio de las Cisternas sin novedades que confirmaran las esperanzas de su amo. Un día, se le metió en la cabeza la idea de disfrazarse de mendigo. Se cubrió el ojo izquierdo con un parche, tomó la guitarra en su mano y se ubicó frente a la puerta del convento.

"Si Agnes está verdaderamente encerrada en el convento y oye mi voz", pensó, "la recordará. Y es posible que encuentre la manera de hacerme saber que sigue allí".

Con esta idea en la cabeza, se mezcló con una multitud de mendigos que se reunía todos los días ante la entrada de Santa Clara para recibir la comida que las monjas solían a distribuir al mediodía. Todos llevaban cuencos o jarros para llevársela pero, como Théodore no tenía ninguno, pidió permiso para comer su ración a las puertas del convento. Se lo concedieron sin ningún problema. Su dulce voz y, a pesar del parche en el ojo, su atrayente semblante, conquistaron el corazón de la anciana y bondadosa portera quien, con la ayuda de una hermana laica, se ocupaba de servir las raciones de comida a los mendigos. Le pidieron a Théodore que se quedara hasta que se fueran los demás y le prometieron que entonces se le concedería su pedido. El muchacho no deseaba otra cosa, puesto que no había acudido al convento para alimentarse. Agradeció a la portera ese permiso, se retiró de la puerta y, sentado sobre una gran piedra, se entretuvo afinando su guitarra mientras iban sirviendo a los mendigos.

En cuanto el gentío se fue, llamaron a Théodore al portal y lo invitaron a que entrara. Obedeció con gran rapidez, pero adoptó una actitud muy respetuosa al atravesar el santo umbral y simuló sentirse intimidado por la presencia de las monjas. Esa fingida vergüenza halagó la vanidad de las monjas, que se esforzaron por tranquilizarlo. La portera lo llevó hasta su pequeño salón. Mientras tanto, la hermana laica fue a la cocina y pronto regresó con una porción doble de una sopa de mejor calidad que la que había sido distribuida a los mendigos. La anfitriona le añadió algunas frutas y confituras de su propia despensa y ambas instaron al joven a comer con tranquilidad. A todas estas atenciones, Théodore respondió con perfecta apariencia de gratitud y con abundancia de bendiciones para sus benefactoras. Mientras comía, las anfitrionas admiraban sus delicadas facciones, la belleza de su cabello y la dulzura y gracia con que acompañaba todos sus movimientos. Se lamentaron entre ellas, entre susurros, de que un joven tan encantador se viera expuesto a los pecados del mundo y concordaron en que sería un digno pilar de la Iglesia católica. Pusieron fin a su conversación con la decisión de que harían un verdadero servicio a Dios si consiguieran que la superiora intercediera ante Ambrosio para permitir la entrada del mendigo a la orden de los capuchinos.

Una vez resuelto aquello, la portera, que era una persona de mucha influencia en el convento, se encaminó rápidamente a la celda de la superior. Allí hizo una entusiasta descripción de los méritos de Théodore y la anciana sintió curiosidad por conocerlo. En consecuencia, dispuso que la portera lo condujera hasta la reja del salón. Mientras tanto, el supuesto mendigo preguntó a la hermana laica sobre la suerte de Agnes. Sus respuestas no hicieron más que confirmar la afirmación de la superiora. Dijo que ese día Agnes se había enfermado al regresar de la confesión, que no abandonó su cama desde ese momento y que ella misma estuvo presente en el funeral. Incluso atestiguó haber visto su cadáver y que ayudó con sus propias manos a prepararla para el ataúd. Este relato desalentó a Théodore. Pero como había llegado tan lejos en su aventura, decidió llevarla hasta el final.

La portera volvió y le pidió que la siguiera. Él obedeció y fue llevado al salón, ante cuya reja ya estaba la superiora. La rodeaban todas las monjas, que se habían acercado apresuradamente para presenciar una escena que prometía entretenerlas. Théodore las saludó con mucho respeto y su presencia tuvo el efecto de calmar por un momento los severos rasgos de la superiora. Ella le hizo varias preguntas sobre sus padres, su religión y las circunstancias que lo habían llevado a su situación actual. Sus respuestas fueron perfectamente satisfactorias y, al mismo tiempo, perfectamente falsas. Después le preguntó su opinión acerca de la vida monástica. Respondió que le tenía una alta estima y respeto. Entonces la monja le informó que lograr su ingreso en una orden religiosa no era imposible, que su recomendación no permitiría que su pobreza constituyera un obstáculo para ello y que, si consideraban que sus méritos eran los adecuados, en el futuro podría contar con su protección. Théodore le aseguró que ser digno de su favor sería su más grande alegría y la superiora, después de pedirle que regresara al día siguiente para volver a hablar con él, salió del salón.

Las monjas, quienes por respeto a la superiora se habían mantenido en silencio hasta ese momento, se congregaron ante la reja y acosaron al joven con muchas preguntas.

Théodore ya había estudiado a cada una con atención. Por desgracia, Agnes no se encontraba entre ellas. Las monjas le hacían pregunta tras pregunta con tanta insistencia que apenas le era posible responderles. Una le preguntó su lugar de nacimiento, puesto que su acento revelaba que era extranjero y otra quiso saber por qué llevaba un parche en el ojo izquierdo. La hermana Elena le preguntó si no tenía una hermana idéntica a él, pues le agradaría tenerla como compañera; y la hermana Raquel estaba completamente convencida de que el hermano sería el compañero más agradable entre los dos. Théodore se divirtió relatándoles a las monjas, como si fueran ciertas, todas las extrañas historias que su imaginación pudo inventar en ese momento. Les contó sus supuestas aventuras y llenó de asombro a cada una de sus oyentes hablando de gigantes, salvajes, naufragios e islas habitadas por "por antropófagos y hombres con cabezas que crecen bajo los hombros", con muchos otros detalles igualmente sorprendentes. Dijo que había nacido en Terra Incognita, que había estudiado en una universidad hotentote y que había convivido dos años con los americanos de Silesia.

—En lo que se refiere a la pérdida de mi ojo —señaló—, fue un castigo justo por mi falta de respeto a la Virgen, al hacer mi segunda peregrinación a Loreto. Estaba cerca del altar, en la capilla milagrosa, donde los monjes se dedicaban a adornar la imagen con las mejores vestimentas. A los peregrinos se les había pedido cerrar los ojos durante esa ceremonia, pero aunque por naturaleza soy muy religioso, la curiosidad fue muy grande. En el momento en que… ¡Cuando les revele mi pecado, reverendas señoras, las llenaré de horror! En el momento en que los monjes cambiaban la ropa me aventuré a abrir el ojo izquierdo y lancé una mirada hacia aquella imagen. ¡Y esa mirada fue la última! La gloria que rodeaba a la Virgen era demasiado grande para ser soportada. ¡Cerré de inmediato mi ojo sacrílego y desde entonces nunca más pude abrirlo!

Al escuchar el milagro, todas las monjas se persignaron y juraron interceder ante la santísima Virgen para que él recuperara la vista. Expresaron su asombro ante la cantidad de viajes que había realizado y las extrañas aventuras que había tenido a tan temprana edad. Luego vieron su guitarra y le preguntaron si tenía talento para la música. Él les respondió, con modestia, que no era él quien debía decidir acerca de su capacidad y les pidió que ellas mismas fueran las juezas. Se lo concedieron sin dificultad.

—Pero, por lo menos —le dijo la anciana portera—, ten cuidado de no cantar nada que sea profano.

—Pueden confiar en mi discreción —le respondió Théodore—. Escucharán lo peligroso que es para las jóvenes abandonarse a su pasión, como una damisela que se enamoró súbitamente de un extraño.

—Pero ¿sucedió en verdad? —quiso saber la portera.

—Hasta la última palabra. Ocurrió en Dinamarca y se consideraba tan bella a su heroína que no era conocida por otro nombre que el de "la doncella encantadora".

—¿En Dinamarca, dices? —dijo una monja anciana—. ¿Acaso en Dinamarca no toda la gente es fea?

—De ninguna forma, reverenda madre. Son de un delicado tono verde arveja y su cabello y bigotes del color del fuego.

—¡Madre de Dios! ¿Verde arveja? —gritó la hermana Elena—. ¡Oh, es imposible!

—¿Imposible? —repitió la portera con expresión de desprecio y exultación— Nada de eso. Recuerdo que cuando yo era joven vi a varios habitantes de Dinamarca.

Théodore afinó entonces su guitarra. Había leído la historia de un rey de Inglaterra cuyo aprisionamiento fue descubierto por un trovador y esperaba que ese mismo método le permitiera descubrir a Agnes, si es que estaba en el convento. Eligió una balada que ella misma le había enseñado en el castillo de Lindenberg, así podría captar el sonido y responder a algunas de las estrofas. Su instrumento ahora estaba afinado y se preparó para tocarlo.

—Pero antes de empezar —les advirtió— es necesario que les diga, señoras, que Dinamarca está terriblemente infestada por hechiceras, brujas y espíritus malignos; y cada elemento posee su propio demonio. Por ejemplo, los bosques son frecuentados por un poder maligno llamado el Rey del Roble o el Rey de los Elfos, quien se encarga de marchitar los árboles, arruinar las cosechas y tiene el poder sobre los diablillos y duendes. Se manifiesta en la forma de un anciano de figura majestuosa, corona dorada y barba blanca larga. Su principal entretenimiento consiste en arrebatar niños a sus padres y, en cuanto los tiene en su caverna, desgarrarlos en mil pedazos. Los ríos son dominados por otro demonio llamado el Rey del Agua, quien se ocupa de agitar los océanos, ocasionar naufragios y arrastrar bajo las olas a los marinos ahogados. Tiene la apariencia de un guerrero y se dedica a atraer a vírgenes jóvenes hacia su trampa. Lo que hace con ellas, una vez que las atrapa en el agua, lo dejo a su imaginación, reverendas señoras. El Rey del Fuego, por su parte, parece ser un hombre constituido por llamas. Él hace que los meteoritos surjan, que las luces errantes engañen a los viajeros para que vayan hacia estanques y pantanos, y que el relámpago se dirija hacia donde pueda hacer más daño. El último de los demonios de los elementos es el Rey de las Nubes, cuya figura es la de un apuesto joven que se caracteriza por tener dos grandes alas negras. Aunque su aspecto es realmente encantador, no tiene mejores intenciones que los demás. Se ocupa constantemente de provocar tormentas, arrancar bosques de raíz y derribar castillos y conventos sobre las cabezas de sus habitantes. El primero de estos reyes tiene una hija, que es la reina de los elfos y las hadas; y el segundo, una madre que es una poderosa hechicera. Ninguna de estas mujeres es más buena que los caballeros. No recuerdo haber oído asignar ninguna familia a los otros dos demonios y no tengo relación con ninguno de ellos, excepto con el demonio de las aguas. Él es el héroe de la balada que cantaré, pero creí necesario contarles sus acciones antes de comenzar.

Théodore tocó una introducción corta después de la cual, elevando su voz al máximo para que pudiera llegar a los oídos de Agnes, cantó las siguientes estrofas:

EL REY DE LAS AGUAS
UNA BALADA DANESA

Con un suave murmullo fluía la Marea,
mientras por la fragante orilla florida
la encantadora Doncella seguía su camino
a la Iglesia de María con alegres villancicos.

El ojo maligno del demonio del agua
la vio llegar a lo largo de las riberas
y se dirigió directamente a su madre bruja,
diciéndole con tono suplicante:

"¡Oh, madre! ¡Madre! Dame ahora tu consejo
y dime cómo puedo sorprender a esa Doncella".
"¡Oh, madre! ¡Madre! Ahora explícame
cómo puedo tener a esa Doncella".

La Bruja le dio una armadura blanca
y lo formó como un Caballero galante.
Del agua clara su mano luego hizo
un Corcel con carcasas de arena.

El Rey del Agua entonces Se dirigió veloz,
Llevando sus pasos a la Iglesia de María.
Ató su Corcel a la Puerta
y recorrió el Patio tres y cuatro veces.

Su Corcel a la puerta Ató,
y recorrió el Patio cuatro y tres veces.
Luego se apresuró por el Pasillo al que Todos,
grandes y pequeños, acudían.

Mientras el Caballero se acercaba, el Sacerdote dijo:
"¿Y a qué viene el Jefe blanco?".
La encantadora Doncella sonrió a su lado:
"¡Oh, si yo fuera la novia del Jefe blanco!".

Él pasó por encima de los Bancos uno y dos:
"¡Oh, Doncella, muero por Ti!".
Pasó por encima de los Bancos dos y tres:
"¡Oh, encantadora Doncella, ven conmigo!".

La encantadora Doncella Sonrió dulcemente
y mientras Le daba la mano Dijo:
"No me importa la alegría ni la desdicha,
por la Colina o el valle, contigo voy".

El Sacerdote juntó sus manos
y bailaron mientras el claro rayo de luna brillaba.
La radiante Doncella no creía
que su Pareja fuera la Fuente de agua.

¡Oh! Si algún espíritu se hubiera dignado a cantar:
"¡Tu Compañero es el Rey del Agua!".
La Doncella hubiera confesado miedo y odio,
y maldecido la mano que entonces Prestó.

Pero sin nada que diera para pensar
lo cerca que Estaba del borde del peligro,
siguió adelante y tomados de la mano
los Amantes llegaron a la arena amarilla.

"Sube a este Corcel conmigo, Querida mía,
tenemos que cruzar el arroyo aquí.
Cabalga con valentía que no es profundo;
los vientos callan y las olas duermen".

Así habló el Rey del Agua y la Doncella
obedeció el deseo de su novio traidor.
Pronto vio al Corcel lavarse
encantado en su ola paterna.

"¡Para! ¡Para! ¡Mi Amor!
Las aguas son azules y ahora mi pie se encoge".
"¡Oh! Deja a un lado tus temores, dulce Corazón,
hemos llegado a lo más profundo".

"¡Para! ¡Para! ¡Mi Amor!
Ahora veo las aguas subir por mi rodilla".
"¡Oh! Deja a un lado tus temores, dulce Corazón,
hemos llegado a lo más profundo".

"¡Para! ¡Para! ¡Por el amor de Dios, para! ¡Por… Oh!
Las aguas fluyen sobre mi pecho".
Apenas pronunciadas estas palabras,
Caballero y Corcel desaparecieron de su vista.

Ella gritó, pero en vano, porque los altos
vientos salvajes se levantaron y apagaron el grito.
El Demonio se regocijó y las Nubes se precipitaron,
bañando a su desventurada Víctima.

Tres veces mientras luchaba contra la corriente,
se oyó gritar a la encantadora Doncella.
Pero cuando la furia de la Tempestad terminó,
la encantadora Doncella ya no fue más vista.

Advertidas por este Cuento, bellas Damiselas,
¡tengan cuidado con aquel al que dan su amor!
No crean a todo apuesto Caballero
y no bailen con la fuente de agua.

Para cuando el joven dejó de cantar, las monjas ya se habían deleitado con la dulzura de su voz y la maestría con la que tocaba la guitarra. Pero por aceptable que hubiera sido esa aprobación en otro momento, en esa ocasión a Théodore le parecía sin importancia. Su plan no había tenido éxito. En vano esperó entre una y otra estrofa, pues ninguna voz contestó a la suya y abandonó toda esperanza de repetir la hazaña de Blondel.

La campana del convento sonó, anunciando a las monjas que ya era la hora de reunirse en el comedor. Se vieron obligadas a alejarse de la reja. Le dieron las gracias al muchacho por el entretenimiento que su música les había proporcionado y le pidieron con insistencia que volviera al día siguiente. Así lo prometió. Para asegurarse de que cumpliría su palabra, las monjas le dijeron que siempre podría contar con el convento para comer y cada una le hizo un pequeño regalo. Una le dio una caja de dulces; otra, un agnusdéi. Algunas le entregaron reliquias de santos, imágenes de cera y cruces consagradas; mientras que otras le ofrecieron trabajos en los que se suelen destacar las religiosas, como por ejemplo el bordado, la elaboración de flores artificiales, la confección de encajes y las labores de aguja. Le aconsejaron que vendiera todo esto para mejorar su situación y le aseguraron que le resultaría sencillo hacerlo, ya que los españoles sienten una gran estima por las creaciones de las monjas. Después de recibir esos regalos con aparentes muestras de respeto y gratitud, les dijo que, como no tenía un cesto, no sabía cómo llevárselos. Así que varias monjas corrían en busca de uno cuando las detuvo el retorno de una anciana a quien Théodore no había visto hasta ahora. Su semblante amable y su expresión respetable lo predispusieron inmediatamente en su favor.

—¡Bien! —dijo la portera—. Ahí viene la madre Úrsula con un cesto.

La monja se acercó hasta la reja y le entregó el cesto a Théodore. Era de mimbre, forrado de raso azul y en los cuatro costados había escenas de la leyenda de Santa Genoveva pintadas.

—Este es mi regalo —le dijo mientras se lo ponía en la mano—, muchacho querido, no lo desprecies. Aunque sea de insignificante valor, tiene muchas virtudes ocultas.

La mirada expresiva que acompañó estas palabras no pasó inadvertida para Théodore. Al recibir el regalo, se acercó a la reja cuanto pudo.

—¡Agnes! —susurró ella con voz casi inaudible.

Pero Théodore alcanzó a percibir el sonido y llegó a la conclusión de que algún misterio se escondía en el cesto. El corazón le palpitó de impaciencia y alegría. En ese momento volvió la superiora. Tenía una expresión sombría y ceñuda. Parecía, si era posible, más severa que nunca.

—Madre Úrsula, quiero hablar con usted en privado.

El semblante de la monja cambió color, dejando ver que estaba desconcertada.

—¿Conmigo? —repitió con voz temblorosa.

La superiora le hizo señas para que la siguiera y se retiró. La madre Úrsula la obedeció. Poco tiempo después, cuando la campana del comedor sonó por segunda vez, las monjas se alejaron de la reja y Théodore quedó libre para llevarse su trofeo. Feliz por haber conseguido finalmente alguna información para el marqués voló, en lugar de correr, hasta llegar al Palacio de las Cisternas. En unos pocos minutos estuvo junto a la cama de su amo con el cesto obsequiado en la mano. Lorenzo se encontraba en la habitación, tratando de que su amigo se reconciliara con la desgracia que él mismo sentía con tanta intensidad. Théodore les contó su aventura y las esperanzas que le había dado el regalo de la madre Úrsula. El marqués levantó su cabeza de la almohada. El fuego extinguido desde la muerte de Agnes volvió a crecer en su pecho y los ojos le resplandecieron con la ansiedad de la expectativa. Las emociones que mostraba el semblante de Lorenzo eran apenas más débiles y esperó con indescriptible impaciencia el esclarecimiento de aquel misterio. Raimundo tomó la cesta que su paje tenía entre las manos y vació el contenido en la cama, examinándolo con minuciosidad. Esperaba encontrar una carta en el fondo, pero no había tal cosa. Reanudó la búsqueda sin mayor éxito. Al cabo de un rato, don Raimundo observó que un extremo del forro de raso azul estaba descosido. Lo desgarró rápidamente y sacó un trocito de papel que no estaba plegado ni sellado. Estaba dirigido al Marqués de las Cisternas y su contenido era el siguiente:

Porque reconocí a su paje es que me atrevo a enviarle estas pocas líneas. Busque una orden del cardenal y duque para arrestarme a mí y a la superiora, pero que no se ejecute hasta el viernes a medianoche. Es la festividad de Santa Clara y habrá una procesión de monjas con antorchas, en la que yo estaré. Cuídese de que no se conozca su intención. Si tan solo deslizara alguna señal que pudiera despertar las sospechas de la superiora, no volvería a saber de mí. Tenga cuidado, si aprecia la memoria de Ag-

nes y si desea castigar a sus asesinos. Tengo que contarle algo que le helará la sangre de horror. Madre Úrsula.

En cuanto el marqués terminó de leer la nota, volvió a caer sobre la almohada, sin posibilidad alguna de sentir o moverse. Le había fallado la esperanza que hasta entonces había sostenido su existencia y esas líneas lo terminaron de convencer de que Agnes ya no era parte del mundo. Lorenzo, en cambio, lo sintió con menos fuerza, ya que siempre había tenido la idea de que su hermana había muerto en circunstancias injustas. Cuando descubrió, gracias a la carta de la madre Úrsula, lo ciertas que eran sus sospechas, la confirmación no despertó en su pecho otro sentimiento más que el de castigar a sus asesinos como se lo merecían. No fue nada fácil lograr que el marqués volviera en sí, pero en cuanto recobró el habla estalló en maldiciones contra los asesinos de su amante y juró que se vengaría de ellos de una forma ejemplar. Siguió delirando y atormentándose con impotente pasión hasta que su cuerpo, debilitado por la pena y la enfermedad, no pudo soportarlo más y cayó de nuevo en un letargo. Su melancolía afectó sinceramente a Lorenzo, quien de buena gana se habría quedado en la casa de su amigo. Pero era necesario conseguir la orden para apresar a la superiora de Santa Clara. Con este fin, habiendo confiado a los mejores médicos de Madrid el cuidado de Raimundo, abandonó el Palacio de las Cisternas y se dirigió hacia el palacio del cardenal y duque.

Su desilusión fue grande cuando descubrió que unos asuntos de Estado lo habían obligado a trasladarse a una provincia lejana.

Apenas faltaban cinco días para el viernes, pero si viajaba día y noche creía posible regresar a tiempo para la festividad de Santa Clara. Y lo logró. Encontró al cardenal y duque y le expuso la supuesta culpabilidad de la superiora, así como también los fuertes efectos que había producido en don Raimundo. No habría podido usar un argumento de mayor contundencia, puesto que de todos sus sobrinos, el marqués era el único por quien el cardenal y duque sentía un afecto real. Lo adoraba. Y en su opinión, la superiora no habría podido cometer mayor crimen que poner en peligro la vida del marqués. Por lo tanto, le entregó sin dificultad la orden de arresto. También le dio a Lorenzo una carta dirigida a un funcionario importante de la Inquisición, en la que le pedía que velara por el cumplimiento del mandato. Cargando con estos documentos, Medina se apresuró a volver a Madrid, a donde llegó el viernes unas pocas horas antes del anochecer. Encontró al marqués un poco mejor de salud, pero tan débil y cansado que no podía hablar ni moverse sin grandes esfuerzos. Después de pasar una hora junto a su cama, Lorenzo se fue para comunicar sus planes a su tío. Además, se proponía entregar a don Ramiro de Mello la carta del cardenal. El primero se paralizó de horror cuando se enteró de la suerte de su desdichada sobrina. Le pidió a Lorenzo que castigara a sus asesinos y se comprometió a acompañarlo esa noche al convento de Santa Clara. Don Ramiro, en tanto, le dio su más firme apoyo y eligió a un grupo de soldados de confianza para impedir cualquier oposición por parte de la gente.

Pero si bien Lorenzo esperaba desenmascarar a una religiosa hipócrita, no tenía consciencia de las amarguras que sufriría a causa de otro miembro de la Iglesia. Con la ayuda de los agentes infernales de Matilde, Ambrosio había puesto en marcha su plan para estar con Antonia. Finalmente había llegado el momento.

En la noche, ella se despidió de su madre y, mientras la besaba, sintió que un insólito desaliento la embargaba en el pecho. Se marchó pero volvió de inmediato, se arrojó en los brazos de su madre y bañó sus mejillas con lágrimas. Sentía inquietud por separarse de ella y un secreto presentimiento le decía que no volvería a verla. Elvira se dio cuenta de esto y, por medio de la risa, trató de que dejara a un lado esta infantil idea. La reprochó con suavidad por alimentar una tristeza tan injustificada y la previno de lo peligroso que era tener ideas como esas.

A todas sus palabras no recibió más respuestas que:

—¡Madre! ¡Querida madre! ¡Oh, si Dios quisiera que fuera ya de mañana!

Para Elvira, la preocupación que sentía por su hija constituía un gran obstáculo para su recuperación total, puesto que aún estaba bajo los efectos de su reciente y grave enfermedad. Esa noche se sentía peor que lo usual y se fue antes a dormir antes de la hora que acostumbraba. Antonia salió de la habitación de su madre con tristeza y, hasta que la puerta cerró, mantuvo su vista clavada en ella con una expresión de melancolía. Se fue a su propia habitación con el corazón lleno de amargura. Le parecía que todas sus esperanzas se habían esfumado y que en el mundo no había nada por lo cual valiera la pena vivir. Se dejó caer en una silla, apoyó la cabeza en el brazo y mantuvo su vista fija en el suelo con mirada ausente, mientras que las más terribles imágenes flotaban en su mente. Aún se encontraba en ese estado de insensibilidad cuando se asustó al oír una suave melodía que provenía desde abajo de su ventana. Se levantó, se acercó a la ventana y la abrió para oír con mayor claridad. Después de cubrir su rostro con el velo, se aventuró a mirar hacia afuera. Bajo la luz de la luna, vio a varios hombres con guitarras y laúdes en las manos. Un poco más lejos había otro envuelto en una capa, cuya estatura y porte tenían un increíble parecido con los de Lorenzo. No se engañaba con esta conjetura. En efecto, fue el propio Lorenzo quien, obligado por su promesa de no volver a presentarse ante Antonia sin el consentimiento de su tío, se esforzó por convencer a su amante, por medio de diversas canciones, de que su apego seguía vivo. Su plan no surtió el efecto deseado. Antonia estaba lejos de creer que esta música nocturna pudiera ser un cumplido para ella. Era demasiado modesta como para creerse merecedora de tales atenciones y, pensando que iban dirigidas a una vecina, se entristeció al descubrir que efectivamente se trataba de Lorenzo.

La música que sonaba era lastimera y melodiosa. Reflejaba el estado de ánimo que en ese momento tenía Antonia, quien escuchaba con verdadero placer. Después de una serenata de cierta duración, escuchó el sonido de varios voces y distinguió las siguientes palabras:

Serenata

Coro
¡Oh, respira con suave esfuerzo, mi Lira!
Es aquí donde la Belleza ama descansar;
describir los dolores del deseo
que desgarran el pecho de un Amante fiel.

Canción
En cada corazón encontrar un Esclavo,
en cada Alma resolver su reinado,
en lazos guiar al sabio y valiente
y hacer que los Cautivos besen su cadena.
Tal es el poder del Amor y ¡oh!
me duele tanto el poder del Amor para saber.

En suspiros pasar el largo día,
saborear un sueño corto y roto,
un Cuerpo querido y lejano,
todos los demás despreciados, mirarlo y llorar.

Tal es la pena del Amor y ¡oh!
¡Me duele tanto la pena del Amor para saber!

Leer el consentimiento en los ojos vírgenes,
besar los labios hasta entonces no besados,
escuchar el suspiro del trance
y besar y besar y besar de nuevo.
Tales son tus placeres, Amor, ¡pero, oh!
¿cuándo conocerá mi corazón tus placeres?

Coro
¡Ahora calla, mi Lira! ¡Calla mi voz!
¡Duerme, dulce Doncella! Que el cariños deseo
llene tus visiones con pensamientos amorosos,
aunque mi voz esté quieta y mi Lira callada.

La música paró. Los músicos se dispersaron y se hizo un silencio absoluto en la calle. Antonia se apartó de la ventana con pena. Como era usual en ella, se encomendó a la protección de Santa Rosalía, dijo sus oraciones habituales y se fue a dormir. El sueño no tardó mucho tiempo en llegar y su presencia la alivió de temores e inquietudes.

Eran casi las dos de la madrugada cuando el monje se aventuró a dirigir sus pasos hacia la casa de Antonia. La abadía no se encontraba a una gran distancia de la calle de Santiago y llegó rápido sin ser descubierto. Allí se detuvo un momento, dudoso. Reflexionó sobre la enormidad del delito que iba a cometer, las consecuencias de que fuera descubierto y la probabilidad de que, después de todo lo que había ocurrido, Elvira sospechara que él era el agresor de su hija. Por otro lado, se convenció de que ella no podría hacer otra cosa que sospechar de él, puesto que no sería posible obtener pruebas de su culpabilidad. Que parecería imposible que el acto se hubiera cometido sin que Antonia supiera cuándo, dónde o por quién. Y por último, que su fama estaba lo suficientemente consolidada como para que lo afectaran las acusaciones sin fundamento de dos mujeres desconocidas. Este último argumento era absolutamente falso. Él no sabía lo incierto del aplauso popular y lo poco que hacía falta para convertir a alguien que ayer era su ídolo en alguien que hoy es detestado por el mundo. El resultado de las reflexiones del monje fue que debía seguir adelante con su plan. Subió los escalones que conducían a la casa y apenas tocó la puerta con el mirto de plata, se abrió de golpe y le dejó el paso libre. Entró y la puerta se cerró sola detrás de él.

Alumbrado por los rayos de la luna, subió por la escalera con pasos lentos y cautelosos. A cada rato miraba a su alrededor con miedo y ansiedad. Veía un espía en cada sombra y escuchaba una voz en cada susurro de la brisa nocturna. La conciencia del asunto en el que estaba envuelto horrorizó su corazón y lo volvió más cobarde. Llegó a la puerta de la habitación de Antonia. Se detuvo y escuchó detenidamente. Dentro reinaba un silencio absoluto. Aquella quietud lo convenció de que su pretendida víctima se había ido a dormir y se aventuró a girar el pomo de la puerta. Su pestillo resistió todos sus esfuerzos, pero en cuanto la tocó con el talismán, la cerradura se abrió. El agresor avanzó y caminó hacia la habitación en la que dormía la inocente niña, quien desconocía el peligro que corría, cada vez más, mientras el monje se acercaba a su cama. La puerta se cerró detrás de él y el cerrojo volvió a correrse solo.

Ambrosio se acercó con cautela. Cuidó que ni una tabla crujiera bajo sus pies y contuvo la respiración al caminar hacia la cama. Su primera preocupación fue llevar a cabo la ceremonia mágica, tal como se lo había indicado Matilde. Sopló tres veces sobre el mirto plateado, pronunció el nombre de Antonia sobre él y lo depositó en su almohada. Los efectos que ya había tenido no le hicieron dudar de un nuevo éxito que provocara el sueño en Antonia. En cuanto terminó con el encantamiento, consideró que ya estaba funcionando y los ojos se le encendieron de pasión e impaciencia. Se atrevió a echar una mirada a la dormida. Una sola lámpara que ardía frente a la imagen de Santa Rosalía alumbraba el cuarto con una luz débil y le permitió observar todos los encantos de la persona que tenía delante de sí. El calor de la estación la había obligado a apartar algunas de las sábanas de su cama. La osada mano de Ambrosio se apresuró a quitarle las que aún la cubrían. Ella tenía la mejilla recostada sobre un brazo de color marfil, mientras que el otro descansaba a un lado de la cama con una grácil dejadez. Algunos mechones se le habían escapado por debajo del velo que cubría el resto de su cabello y le caían descuidadamente sobre el pecho, que se agitaba con una lenta y regular respiración. El aire tibio le había dado a sus mejillas un color más intenso que el usual. Una sonrisa inexpresablemente dulce se dibujaba alrededor de sus labios maduros y corales, de los que de vez en cuando se escapaba un suspiro suave o una frase a medio terminar. Un aire de encantadora inocencia y candor la impregnaba toda. Y había una suerte de modestia en su misma desnudez que aumentaba el deseo del lujurioso monje.

Durante algunos momentos, devoró los encantos de Antonia con los ojos, pero estos pronto se verían sometidos a pasiones mal gobernadas. Para él, aquella boca entreabierta parecía solicitarle un beso, así que se inclinó, unió sus labios a los de ella y aspiró con arrebato la fragancia de su aliento. Este momentáneo placer incrementó su ansia de ir más lejos. Su deseo se elevó a esa frenética altura que agita a los salvajes. Decidió no esperar ni un instante para satisfacer su deseo y se apresuró a arrancarse la vestimenta que se lo impedía.

—¡Por Dios! —gritó una voz detrás de él—. ¿Acaso me engaño? ¿Es esta una ilusión?

Terror, confusión y decepción acompañaron estas palabras, mientras llegaban a los oídos de Ambrosio. Se sobresaltó y se volvió hacia su origen. Elvira estaba en la puerta de la habitación y miraba al monje con cara de asombro y desprecio.

Una pesadilla le había mostrado a Antonia al borde de un precipicio. La vio temblar junto a este y vio que en cualquier momento podía caerse. La oyó exclamar con alaridos: "¡Sálvame, madre, sálvame! Un momento más y será muy tarde". Elvira despertó espantada. La visión le había dejado una impresión tan fuerte en el espíritu que no le dio seguridad de que su hija se encontrara a salvo. Saltó de la cama, se vistió con una bata, pasó por la habitación en la que dormía la criada y llegó hasta la de Antonia, justo a tiempo para salvarla de las garras de su agresor.

La vergüenza del uno y el asombro de la otra parecieron haber petrificado tanto a Elvira como al monje hasta convertirlos en estatuas. Se quedaron mirándose sin decir palabra alguna. Ella fue la primera en recuperarse.

—No es un sueño —exclamó—. En verdad es Ambrosio el que tengo frente a mí. Es el hombre al que Madrid considera un santo y al que encuentro a estas altas horas de la noche junto a la cama de mi desafortunada hija. ¡Monstruo hipócrita! Ya sospechaba de tu plan, pero evité acusarte por piedad hacia la fragilidad humana. Ahora el silencio sería un crimen. Toda la ciudad se enterará de tu conducta desaforada Te desenmascararé, canalla, y convenceré a la Iglesia de que en su casa vive una serpiente.

Pálido y confuso, un desconcertado Ambrosio temblaba frente a ella.

Habría querido atenuar su ofensa, pero no encontraba disculpas por su comportamiento. Solamente era capaz de decir frases inconexas y excusas contradictorias. La ira de Elvira era demasiado justa para darle el perdón que pedía. Ella dijo que despertaría a todo el vecindario y que haría de él un ejemplo para todos los futuros hipócritas. Luego corrió hasta la cama y llamó a su hija para despertarla. Como comprobó que su voz no producía efecto alguno, la tomó del brazo y la levantó de la almohada forzadamente El hechizo era muy poderoso. Antonia continuó aletargada y, cuando su madre la soltó, volvió a caer sobre la almohada.

—Esta somnolencia no puede ser natural —exclamó la atónita Elvira con la indignación creciendo a cada momento—. Algún misterio oculto debe tener. ¡Pero tiembla, hipócrita! Toda tu maldad quedará muy pronto al descubierto... ¡Socorro, socorro! —gritó fuerte—. ¡Aquí! ¡Flora! ¡Flora!

—¡Escúcheme un momento, señora! —exclamó el monje, volviendo en sí ante el inminente peligro que corría—. Por todo lo que es sagrado y santo, le juro que el honor de su hija sigue íntegro. ¡Perdone mi transgresión! Ahórreme la vergüenza de ser descubierto y permítame volver a la abadía sin obstáculos. ¡Concédame este pedido, por misericordia! Le prometo que no solo Antonia estará a salvo de mí en el futuro, sino también que el resto de mi vida le demostraré...

Elvira lo interrumpió bruscamente.

—¿Antonia a salvo de ti? Yo soy quien la pondré a salvo. Ya no volverás a traicionar la confianza de madres y padres. Tu perversidad quedará al descubierto ante los ojos del público. Todo Madrid se estremecerá ante tu maldad, hipocresía y desenfreno… ¡Vaya! ¡Aquí! ¡Flora! ¡Flora, te estoy llamando!

Mientras ella hablaba, el recuerdo de Agnes cruzó la mente del monje. Así le había implorado ella misericordia y así la había rechazado él. Ahora le tocaba sufrir y tuvo que reconocer que su castigo era justo. Mientras tanto, Elvira seguía llamando a Flora en su ayuda, pero su voz estaba tan ahogada por la pasión que la criada, sumida en un sueño profundo, no escuchaba sus gritos. Elvira no se atrevía a acercarse al armario en el que dormía Flora, no fuera a ser que el monje aprovechara la oportunidad para escapar. Esa era, en efecto, su intención. Confiaba en que si llegaba a la abadía sin ser visto por nadie más que por Elvira, su solo testimonio no sería suficiente para arruinar una reputación tan bien establecida en Madrid como la suya. Con esta idea recogió la ropa que se había quitado y se apresuró hacia la puerta. Elvira se dio cuenta de su intención, lo siguió y, antes de que pudiera descorrer la cerradura, lo agarró por el brazo y lo detuvo.

—¡No trates de huir! —le dijo—. No saldrás de aquí sin testigos de lo que hiciste.

En vano forcejeó Ambrosio por liberarse de ella. Elvira no solo no calló sino que redobló sus gritos pidiendo auxilio. El peligro que corría el fraile se hacía cada vez mayor. A cada instante esperaba que llegara gente llamada por sus gritos y, en un brote de locura por la inminencia de su desgracia, tomó una decisión desesperada y brutal. Se volvió de repente, se aferró con una mano a la garganta de Elvira para impedirle continuar gritando y, con la otra, luego de arrojarla con violencia al suelo, la arrastró hasta la cama. Desorientada por el inesperado ataque, la mujer apenas pudo hacer un esfuerzo por liberarse de él. Mientras tanto, el monje le arrebató a Antonia la almohada en la que reposaba su cabeza, cubrió con ella la cara de Elvira y, presionándole el estómago con la rodilla, intentó poner fin a su vida con todas sus fuerzas. Tuvo un éxito rotundo. La fuerza natural de ella, acentuada por la gran angustia que experimentaba, hizo que luchara por soltarse, aunque en vano. El monje siguió arrodillado sobre su pecho, presenció sin piedad alguna el cuerpo que tenía debajo temblando convulsivamente y soportó con inhumana tenacidad el espectáculo de esa agonía, en que cuerpo y alma se encontraban a punto de separarse. Finalmente cesó el sufrimiento y Elvira dejó de luchar por su vida. El monje le retiró la almohada de encima y la miró. Tenía la cara cubierta por una negrura atroz y ya no se movía más. La sangre se le había enfriado en las venas y el corazón ya no le latía. Tenía las manos rígidas y heladas.

Ambrosio vio enfrente de él un cuerpo en otro tiempo noble y majestuoso, ahora convertido en un cadáver. Yerto, insensible, desagradable.

Una vez cometido aquel acto, el monje advirtió la enormidad de su delito. Un sudor frío le recorrió el cuerpo. Cerró los ojos, trastabilló hasta una silla y se hundió en ella, casi tan inerte como la desafortunada mujer que estaba tendida ante sus pies. Fue arrancado de ese estado por la necesidad de escapar y el peligro de que lo encontraran en la habitación de Antonia. No tenía deseo de beneficiarse con la ejecución de su crimen. Antonia ahora se le presentaba como un motivo de molestia. Un frío mortal había reemplazado el calor que antes ardía en su pecho. Por su mente no había otras ideas que las de la muerte y la culpa, la vergüenza actual y el castigo futuro. Agitado por el remordimiento y el temor, se dispuso a escapar de allí. Pero el terror que sentía le impidió recordar las precauciones que eran necesarias para salir de allí de forma segura. Volvió a dejar la almohada en la cama, recogió su ropa y, con el fatal talismán en la mano, dirigió sus vacilantes pasos hacia la puerta. Atontado por el miedo, se imaginó que legiones de fantasmas se oponían a su huida. Por todas partes, el desfigurado cadáver parecía interponerse en su paso y tardó mucho más de lo normal en llegar a la puerta de la casa. El mirto encantado produjo el mismo efecto anterior y las hojas se abrieron. Bajó por la escalera a toda velocidad. Entró en la abadía sin ser visto por nadie y, luego de encerrarse en su celda, abandonó su alma a las torturas de un remordimiento inútil y a los terrores de su detección inminente.

Capítulo II

Tell us, ye Dead, will none of you in pity
To those you left behind disclose the secret?
O! That some courteous Ghost would blab it out,
What 'tis you are, and we must shortly be.
I've heard that Souls departed have sometimes
Fore-warned Men of their deaths:
'Twas kindly done
To knock, and give the alarm.[16]
Robert Blair, *The Grave*

Ambrosio se estremeció por lo que había hecho cuando reflexionó sobre su rápida evolución en la inmoralidad. El enorme crimen que acababa de cometer le daba verdadero horror. La Elvira asesinada se aparecía continuamente ante sus ojos y su culpa era castigada por la agonía de su conciencia. Sin embargo, el tiempo fue debilitando en considerable medida esas impresiones. Pasó un día, luego otro y aún no había la menor sospecha de su autoría. La impunidad lo reconcilió con la culpa que sentía. Empezó a recobrar el ánimo y, cuando su temor de ser descubierto se disipó, prestó menos atención a los reproches del remordimiento. Matilde se esforzó por calmar cada una de sus alarmas. Al enterarse de la muerte de Elvira, pareció muy afectada y se unió al monje en su lamento por la desdichada catástrofe de su aventura. Pero cuando comprobó que la agitación de él se calmaba un poco y parecía más dispuesto a escuchar sus reflexiones, se dedicó a hablar de su transgresión en los términos más suaves y a convencerlo de que no era tan culpable como creía. Le

16 *Díganos, Muertos, ¿ninguno de ustedes, por piedad, / revelará el secreto a los que dejaron atrás? / ¡Oh! Que algún Fantasma cortés lo revele, / lo que son y nosotros pronto seremos. / He oído que a veces las Almas que han partido / han advertido a los Hombres de su muerte. / Fue muy amable de su parte haberlo hecho, / llamar a la puerta y dar la alarma.*

dijo que solamente había usado las herramientas que la naturaleza concede a todos para la preservación de sí mismos; que o Elvira o él iban a morir y la severidad de la decisión tomada por ella de llevarlo a la ruina la habían convertido en una merecida víctima. Después afirmó que como ya era sospechoso a los ojos de Elvira, era afortunado de que los labios de la mujer hubieran sido sellados por la muerte. Si esto no hubiera ocurrido, sus sospechas podrían haberse hecho públicas, generando consecuencias muy desagradables. Por lo tanto, él se había liberado de una enemiga que conocía lo suficiente los errores de su conducta como para resultar muy peligrosa y que representaba el mayor obstáculo para su plan con respecto a Antonia. Le pidió que no se rindiera en su cometido y le aseguró que, al no estar protegida ya por la alerta mirada de su madre, Antonia sería una conquista sencilla. Mediante el elogio y la enumeración de todos sus encantos quiso renovar el deseo del monje, y en ese intento tuvo mucho éxito.

Como si los delitos a los que su pasión lo había empujado no hubieran hecho más que aumentar su exabrupto, Ambrosio ansiaba tener a Antonia con más voracidad que nunca. Confiaba en que el mismo éxito que había tenido en ocultar su culpa actual le estaba garantizado también en el futuro. Se mostraba sordo a lo que le murmuraba su conciencia y decidió satisfacer su deseo a como diera lugar. Solo esperaba una oportunidad ideal para repetir su plan anterior, pero en esos momentos era imposible procurársela por los mismos medios, ya que en los primeros arrebatos de desesperación había roto en mil pedazos el mirto hechizado. Matilde le dijo con claridad que no debía esperar más ayuda de los poderes del infierno a menos de que estuviera dispuesto a aceptar sus condiciones preestablecidas. Ambrosio estaba decidido a no hacer tal cosa. Se convenció de que, por grande que pudiera ser su infamia, mientras conservara su derecho a la salvación no debía temer que se le negara el perdón. Por consiguiente, se negó decididamente a establecer pacto alguno con el demonio. A Matilde le pareció obstinado en ese sentido y se abstuvo de continuar presionándolo. Ella puso toda su inventiva en descubrir alguna manera de unir a Antonia con el abad. No pasó mucho tiempo antes de que se presentara ese medio.

Mientras planeaban su ruina, Antonia ya sufría intensamente por la pérdida de su madre. Todas las mañanas, al despertarse, lo primero que hacía era correr a la habitación de Elvira. Al día siguiente de la fatal visita de Ambrosio despertó más tarde que de costumbre. Estaba convencida de ello por las campanadas de la abadía. Saltó de su cama, se puso la ropa y se apresuró a averiguar cómo había pasado la noche su madre, cuando su pie tropezó con algo que estaba en su camino. Miró hacia abajo. ¡Cuál no sería su horror al reconocer el cadáver de su madre! Lanzó un grito agudo y se cayó al suelo. Apretó contra su pecho el cuerpo sin vida de Elvira, sintió el frío de la muerte en él y, con un movimiento de amargura que no pudo dominar, dejó que se le resbalara de los brazos. El grito alarmó a Flora, quien corrió en su ayuda. La visión con la que se encontró la llenó de espanto, pero su alarma fue más audible que la de Antonia. Logró que la casa entera resonara con sus lamentos; mientras que su ama, casi sofocada por la pena, solamente podía manifestar su desconsuelo con sollozos y gemidos. Los gritos de Flora llegaron muy pronto a los oídos de la arrendataria, cuyo terror y sorpresa fueron grandes al descubrir la causa de aquel alboroto. De inmediato mandaron a buscar un médico, pero en cuanto este vio el cadáver declaró que la recuperación de Elvira estaba más allá del poder de la ciencia. Por lo tanto, se dedicó a ayudar a Antonia, quien ciertamente lo necesitaba. La llevó hasta su cama, mientras la arrendataria se encargaba de organizar los detalles del entierro de Elvira. La señora Jacinta era una mujer buena, caritativa, generosa y devota. Pero su inteligencia era débil y era una gran esclava del miedo y la superstición. Temblaba ante la idea de pasar la noche en la misma casa con una muerta, pues estaba convencida de que el fantasma de Elvira se le aparecería y no menos segura de que esa visita la mataría de miedo. Por esta creencia, decidió pasar la noche en la casa de una vecina e insistió en que el funeral se realizara al día siguiente. Como el cementerio de Santa Clara era el más cercano, se decidió enterrar allí a Elvira. La señora Jacinta se comprometió a correr con todos los gastos del entierro. No sabía en qué circunstancias había quedado Antonia, pero por la moderación con la que había vivido su familia, llegó a la conclusión de que no hacía falta saberlas.

En consecuencia, tenía muy pocas esperanzas de que alguna vez le fuera devuelto lo invertido. Pero eso no le impidió ocuparse de que el entierro se llevara a cabo con la mayor decencia y de mostrar todo el respeto posible a la desafortunada Antonia.

Nadie muere de pena y Antonia fue un ejemplo de eso. Gracias a su juventud y su buena salud, se curó de la enfermedad que le había ocasionado la muerte de su madre, pero no le resultó tan fácil sacársela de la mente. Constantemente tenía los ojos inundados de lágrimas. Cualquier cosa la afectaba y era evidente que tenía una melancolía honda y arraigada en su pecho. La menor mención de Elvira, la más insignificante circunstancia que le recordara a su amada madre, era suficiente para causarle una gran agitación. ¡Cuánto más dolor habría sentido si hubiera conocido los tormentos que terminaron con la vida de su madre! Pero nadie tenía la menor sospecha al respecto. Elvira había sido víctima de unas fuertes convulsiones. Se suponía que, consciente de lo mal que se encontraba, se había arrastrado hasta la habitación de su hija con la esperanza de lograr que la ayudara, que fue víctima de un ataque repentino demasiado violento para ser resistido por su ya debilitado cuerpo y que murió antes de llegar a tomarse la medicina que por lo general la aliviaba y que se encontraba en un estante de la habitación de Antonia. Esta idea era firmemente creída por las pocas personas que se habían interesado en Elvira. Su muerte se consideró un hecho natural y pronto la olvidaron todos menos Antonia, que tenía muchos motivos para llorar su pérdida.

La verdad era que la situación de Antonia era bastante vergonzosa y desagradable. Estaba sola en medio de una ciudad libertina y lujosa, en posesión de muy poco dinero y menos amigos. Su tía Leonella seguía en Córdoba y no conocía la dirección donde podía encontrarla. No tenía noticias del Marqués de las Cisternas. Y en cuanto a Lorenzo, hacía mucho que había abandonado la idea de despertarle algún interés en su corazón. No sabía a quién acudir en sus circunstancias. Quería consultar con Ambrosio, pero recordó las instrucciones que su madre le había dado de evitarlo a toda costa. La última conversación que Elvira mantuvo con ella le dio suficiente información sobre el plan del monje como para ponerla en guardia en el futuro. Pero a pesar de todas las advertencias de su madre, le fue imposible cambiar su buena opinión sobre él. Antonia seguía sintiendo que la amistad y la compañía de Ambrosio eran esenciales para su dicha. Veía sus defectos con mirada parcial y no se convencía de que en verdad hubiera querido arruinarla. Pero Elvira le había pedido, en los términos más categóricos, que dejara de verlo y Antonia sentía mucho respeto por sus órdenes como para desobedecerlas.

Al cabo de un tiempo decidió escribirle al Marqués de las Cisternas, ya que este era su pariente más cercano, para pedirle consejo y protección. Le expuso en pocas palabras su desoladora situación. Le pidió que tuviera compasión de la hija de su hermano, que no suspendiera la pensión de Elvira y que la autorizara a retirarse a su viejo castillo en Murcia, que hasta ese momento había sido su refugio. Después de sellar la carta, se la entregó a la fiel Flora, quien inmediatamente salió de la casa para cumplir con el recado. Pero Antonia había nacido bajo una estrella desafortunada. Si hubiera enviado al marqués su solicitud un día antes, él la habría recibido en su palacio como su sobrina y la habría puesto a la cabeza de la familia, con lo cual hubiera podido escapar a todas las desdichas que ahora la amenazaban. Raimundo siempre había tenido la intención de llevar a cabo ese plan. Pero su esperanza de hacerle la propuesta Elvira a través de Agnes y su desilusión al perder a quien quería que fuera su esposa, así como también la grave enfermedad que durante una temporada lo mantuvo postrado, lo hicieron postergar día tras día la idea de ofrecer un hogar a la viuda de su hermano. Le encargó a Lorenzo que le proveyera de dinero libremente. Pero Elvira, poco dispuesta a recibir favores de esa índole, le aseguró que no necesitaba una ayuda monetaria inmediata. En consecuencia, el marqués no imaginaba que una pequeña demora de su parte pudiera crear problemas. Y la angustia y agitación de su mente bien podrían excusar su negligencia.

Si le hubieran informado que la muerte de Elvira había dejado a su hija sola y desamparada, no cabe duda de que hubiera tomado medidas para protegerla del peligro. Pero Antonia no estaba destinada a tener tanta suerte. El día en que envió la carta al Palacio de las Cisternas fue el que siguió a la partida de Lorenzo desde Madrid. El marqués estaba en los primeros arrebatos de desesperación ante la convicción de que Agnes ya no vivía. Estaba delirando y, como su vida estaba en peligro, nadie podía acercarse a él. Flora fue informada de que era incapaz de atender cartas y que probablemente unas pocas horas decidirían su destino. Con esta insatisfactoria respuesta se vio obligada a regresar junto a su señora, que ahora se encontraba sumida en más dificultades que nunca.

Flora y la señora Jacinta se esforzaron por darle consuelo. Esta última le pidió que se tranquilizara, puesto que mientras quisiera permanecer en su casa, la trataría como a su propia hija. Al descubrir que la buena mujer le tenía un afecto real, Antonia sintió un poco de consuelo, porque comprobó que al menos tenía una amiga en el mundo. En ese momento le llevaron una carta que estaba dirigida a Elvira. En ella reconoció la letra de Leonella. Al abrirla con alegría, encontró un detallado recuento de las aventuras de su tía en Córdoba. Le relataba a su hermana que había recuperado la herencia, perdido su corazón y recibido en cambio el del más agradable de los boticarios pasados, presentes o futuros. Añadió que llegaría a Madrid el martes en la noche, día en el que tendría el placer de presentarle a su *caro sposo*[17], tal como ameritaba la situación. Aunque su boda estaba lejos de emocionar a Antonia, el pronto regreso de Leonella le resultaba muy grato. Se animó al pensar que volvería a estar bajo el cuidado de su familia. No podía dejar de pensar lo inadecuado de que una joven viviera sola rodeada por desconocidos, sin nadie que guiara su conducta o la protegiera del mal al que se veía expuesta por falta de protección. Así que esperó con impaciencia que fuera la noche del martes.

Y llegó. Antonia escuchaba con ansiedad el sonido de los carruajes que pasaban por la calle. Ninguno se detenía, y se hacía tarde sin que Leonella apareciera. Antonia decidió esperar despierta la llegada de su tía, y la señora Jacinta y Flora insistieron en hacer lo mismo, a pesar de todos los regaños que le habían hecho. El tiempo pasó lento y tedioso. La ausencia de Lorenzo en Madrid había puesto fin a sus serenatas nocturnas, así que en vano esperaba escuchar la habitual melodía de las guitarras bajo su ventana. Tomó la

17 "Querido esposo" en italiano.

suya y tocó algunos acordes, pero esa noche la música había perdido su encanto para ella y pronto volvió a guardar el instrumento en su estuche. Se sentó ante su bastidor de bordado, pero nada le salía bien. Las sedas faltaban, el hilo se rompía a cada momento y las agujas eran tan expertas en caerse que parecían animadas. Al final, una gota de cera cayó de la vela que estaba cerca sobre una corona de violetas. Esto la trastornó completamente. Tiró la aguja y abandonó la tarea. Estaba decretado que por aquella noche nada podría divertirla. Fue presa del aburrimiento y se dedicó a desear infructuosamente que llegara su tía.

Mientras se paseaba por la habitación con expresión vacante, le llamó la atención la puerta que comunicaba con la habitación que había sido de su madre. Recordó que la pequeña biblioteca de Elvira estaba allí y pensó que quizás encontraría algún libro para pasar el tiempo hasta que llegara Leonella. Por lo tanto, tomó su lámpara de la mesa, pasó por la pequeña habitación y entró en el cuarto contiguo. Cuando miró a su alrededor, la vista de la habitación le trajo mil pensamientos tristes a la memoria. El silencio total que reinaba en la habitación, la cama despojada de su ropa, la luz apagada donde antes había una alegre chimenea y unas pocas plantas moribundas en la ventana que, desde la muerte de Elvira, habían caído en descuido, inspiraron a Antonia una gran melancolía. La oscuridad de la noche reforzaba aún más esta sensación. Puso la luz sobre la mesa y se hundió en el gran sillón donde tantas veces había visto sentada a su madre. Nunca más volvería a verla allí. Comenzaron a correr lágrimas por sus mejillas y se fue abandonando a una tristeza que se hacía más profunda a cada momento.

Avergonzada por su debilidad, se levantó por fin de su asiento y se dedicó a buscar lo que la había llevado hasta allí. La pequeña colección de libros se encontraba ordenada en varios estantes. Antonia los examinó sin encontrar ninguno que pudiera interesarle, hasta que su mano se topó con un volumen de baladas españolas antiguas. Leyó algunas estrofas de una de ellas que despertaron su curiosidad. Bajó el libro y se sentó para leerlo con más tranquilidad. Recortó la vela, que ya se estaba terminando, y leyó la siguiente balada:

Alonso el valiente y la bella Imógena

Un Guerrero tan audaz y una Virgen tan brillante
conversaban sentados en el pasto
y se miraban con tierno deleite.
Alonso el Valiente era el nombre del Caballero,
y Bella Imógena el de la Doncella.

"Y ¡Oh!", dijo el Joven, "ya que mañana voy
a luchar en una tierra lejana,
tus lágrimas por mi ausencia pronto dejarán de fluir.
Algún Otro te cortejará y tú concederás
tu mano a un Pretendiente más rico".

"¡Oh! Calla esas sospechas", dijo la Bella Imógena,
"Que ofenden al Amor y a mí,
Porque si vives o si mueres,
juro por la Virgen que ninguno
será Esposo de Imógena en tu lugar.

Si el oro o la lujuria me hacen perderme
y olvido a mi Alonso el Valiente,
Dios castigue mi orgullo y falsedad.
Que tu Fantasma se siente conmigo en mi Boda,
que me acuse de perjurio y reclame como Novia,
¡y me lleve consigo hasta la Tumba!".

A Palestina se apresuró el audaz Héroe
y ella lamentó dolorosamente su Amor,
pero apenas habían pasado doce meses cuando
un Barón todo cubierto de joyas y oro
llegó a la puerta de la Bella Imógena.

Sus tesoros, regalos y espacioso terreno
pronto la hicieron infiel a sus votos.
Él deslumbró sus ojos y Desconcertó su cerebro;
atrapó sus afectos tan ligeros y vanos
y la llevó a casa como su Esposa.

Y ahora que el Cura había bendecido la Unión,
la juerga había comenzado.
Las Mesas gemían con el peso del Banquete
y aún no habían cesado las risas y la alegría,
cuando la Campana del Castillo dijo: "¡Una!".

Entonces la Bella Imógena descubrió asombrada
un Extraño a su lado con aire terrible.
No emitía sonido alguno; no hablaba ni se movía.
No miraba a su alrededor,
pero miró seriamente a la Novia.

Su visera estaba cerrada, su estatura era gigantesca
y la piel de su armadora estaba a la vista.
Todos los placeres y risas se silenciaron con su mirada
y los Perros retrocedieron espantados al Verlo.
¡Las Luces de la habitación ardían azuladas!

Su presencia a todos parecía consternar;
los Invitados se sentaron en silencio y temor.
Al fin habló la Novia, mientras temblaba:
"Le ruego, Señor Caballero, que deje su Yelmo

y se digne a participar de nuestra alegría".

La Dama hizo silencio y el Extraño obedeció,
mientras abría lentamente su visera.
¡Oh, Dios! ¡Qué visión tuvo la Bella Imógena!
¿Qué palabras pueden expresar su consternación y sorpresa
cuando la cabeza de un Esqueleto apareció?

Todos profirieron entonces un grito de terror
y se apartaron con repugnancia de la escena.
Los gusanos Se arrastraron dentro y fuera;
se divirtieron con sus ojos y sienes,
mientras el Espectro se dirigía a Imógena.

"¡Mírame, falsa! Mírame", gritó.
"¡Recuerda a Alonso el Valiente!
Dios quiera que para castigar tu orgullo y falsedad,
mi Fantasma se siente contigo en tu boda;
te acuse de perjurio y reclame como Novia.
¡y te lleve consigo hasta la Tumba!".

Diciendo esto, rodeó a la Dama con sus brazos,
mientras Ella gritaba desconsolada.
Luego se hundió con su presa en la tierra
y nunca más se encontró a la Bella Imógena
ni al Espectro que se la llevó.

El Barón no vivió mucho más y desde entonces
nadie se atreve a habitar el Castillo,
porque las Crónicas dicen que por orden sublime
Imógena allí sufre el dolor de su crimen
y llora su deplorable destino.

Cuatro veces al año a medianoche Aparece,

cuando los Mortales duermen,
vestida con su traje nupcial blanco.
Aparece en la Sala con el Caballero Esqueleto
y chilla mientras Él la hace girar.

Mientras Beben de cráneos arrancados de tumbas,
se ven los Espectros bailando a su alrededor.
Su licor es sangre y esta horrible Estrofa aúllan:
"A la salud de Alonso el Valiente
y su Consorte, la Falsa Imógena".

La lectura de esta historia no fue muy oportuna para disipar la melancolía de Antonia. Tenía una fuerte inclinación hacia lo maravilloso y su nodriza, quien creía firmemente en las apariciones, le había relatado tantas aventuras horribles de esa índole cuando era niña que Elvira fracasó en todos sus intentos de borrar esas huellas de la mente de su hija. Antonia seguía teniendo ideas supersticiosas y a menudo se aterrorizaba de cosas que, cuando descubría su natural e insignificante causa, la hacían sentirse avergonzada de sí misma. Con semejante actitud, la aventura que acababa de leer le bastó para encender sus temores. La hora y la escena se entremezclaban para validarlos. Era medianoche y se encontraba sola en la habitación que hasta hacía muy poco había sido ocupada por su fallecida madre. El tiempo era inestable y tormentoso. El viento ululaba alrededor de la casa, las puertas rechinaban en sus marcos y la intensa lluvia repicaba contra las ventanas. No se escuchaba ningún otro ruido. La vela, ya casi consumida por completo, de pronto llameaba hacia arriba lanzando un resplandor de luz por la habitación. Luego volvía a hundirse, a punto de apagarse. El corazón le palpitaba a Antonia agitadamente y su mirada vagaba temerosamente por los objetos que la rodeaban, mientras la temblorosa llama los iluminaba de forma intermitente. Trató de levantarse del asiento, pero los miembros le temblaban con tanta fuerza que no pudo hacerlo. Entonces llamó a Flora, quien se encontraba en otra habitación no muy lejos de allí. Pero el desasosiego le ahogó la voz y sus gritos se volvieron murmullos huecos.

Pasó algunos minutos en ese estado hasta que sus terrores comenzaron a disminuir. Se esforzó en recobrarse y reunir las fuerzas suficientes para dejar la habitación. De pronto creyó escuchar un suspiro apagado cerca de ella. Esta idea le hizo volver a su debilidad anterior. Ya se había levantado del asiento y se encontraba a punto de tomar la lámpara de la mesa, pero el ruido imaginario la detuvo. Retiró la mano y se apoyó en el respaldo de una silla. Escuchó con angustia, pero no oyó más nada.

—¡Dios mío! —se dijo—. ¿Qué habrá sido ese ruido? ¿Me estaré engañando o realmente lo escuché?

Sus reflexiones fueron interrumpidas por una voz que, de forma apenas audible, se escuchaba frente a la puerta. Le pareció que alguien estaba susurrando algo. La alarma de Antonia se acrecentó. Pero sabía que el cerrojo estaba cerrado y esa idea la tranquilizó de cierta manera. De pronto, el picaporte se levantó suavemente y la puerta se movió con cautela, de adelante a atrás. En ese instante, un enorme terror le dio a Antonia las fuerzas de las que hasta ese momento había carecido. Abandonó el lugar donde estaba y se dirigió hacia la puerta del gabinete, por la que pronto habría de llegar a la habitación en la cual esperaba encontrar a Flora y la señora Jacinta. Tan solo había llegado al centro de la habitación cuando el picaporte giró una segunda vez. Un movimiento involuntario la obligó a voltear su cabeza. Lenta y progresivamente, la puerta giró sobre sus goznes. Entonces, en el umbral, vio una figura alta y delgada, envuelta en una mortaja blanca que la cubría desde la cabeza hasta los pies.

Esa aparición se paralizó y permaneció como si estuviera petrificada en el centro de la habitación. La figura se acercó hasta la mesa con pasos suaves y solemnes. La moribunda lámpara lanzó una llama azul y melancólica cuando la aparición avanzó hacia ella. Sobre la mesa había un pequeño reloj cuyas agujas marcaban las tres. La figura se detuvo ante aquel reloj, levantó el brazo derecho y señaló la hora, al tiempo que miraba con intensidad a Antonia, quien esperaba el desenlace de la escena sin moverse ni hablar.

La figura siguió en esa pose durante unos instantes. El reloj dio la hora. Cuando el sonido paró, la desconocida se acercó unos pasos más a Antonia.

—¡Tres días, nada más —dijo una voz débil, hueca y sepulcral—, apenas tres días y nos volveremos a encontrar!

Antonia se estremeció al escuchar aquellas palabras.

—¿Nos volveremos a encontrar? —dijo al cabo de un rato con dificultad—. ¿Dónde nos encontraremos? ¿Con quién me encontraré?

El espectro señaló el suelo con una mano y con la otra se levantó la tela que le cubría la cara.

—¡Dios Todopoderoso! ¡Mi madre!

Antonia lanzó un grito y cayó inconsciente en el piso.

La señora Jacinta, que estaba trabajando en la habitación de al lado, se alarmó por el grito. Por su parte, Flora acababa de bajar las escaleras a buscar aceite fresco para la lámpara junto a la que se habían sentado. Jacinta se apresuró a socorrer a Antonia y se llevó una gran sorpresa al encontrarla tendida en el suelo. La cargó entre sus brazos, la llevó hasta su habitación y la acostó en la cama, sin aún haber recobrado la conciencia. Después procedió a mojarle la frente, frotarle las manos y emplear toda clase de medios para que volviera en sí. Con cierta dificultad lo logró. Antonia abrió los ojos y miró a su alrededor como desquiciada.

—¿Dónde está ella? —preguntó con voz temblorosa—.

¿Se fue ella? ¿Estoy a salvo? ¡Háblame! ¡Consuélame! ¡Oh, por amor de Dios, háblame!

—¿A salvo de quién, hija mía? —respondió una perpleja Jacinta—. ¿Qué es lo que tanto te alarma? ¿De quién tienes miedo?

—¡En tres días! ¡Me dijo que nos encontraríamos en tres días! ¡La oí decirlo! ¡La vi, Jacinta, la vi hace tan solo un instante!

Se dejó caer sobre el pecho de Jacinta.

—¿La viste? ¿A quién?

—¡Al fantasma de mi madre!

—¡Jesucristo! —exclamó Jacinta. Se apartó rápidamente de la cama, dejó caer a Antonia sobre la almohada y huyó atribulada de la habitación.

Mientras bajaba velozmente por las escaleras, se encontró con Flora, quien en ese momento se encontraba subiendo.

—¡Ve con tu ama, Flora! —le dijo—. ¡Aquí están pasando cosas raras! ¡Dios mío, soy la mujer más desgraciada del mundo! Mi casa está llena de fantasmas, cadáveres y Dios sabe qué más. Y estoy segura de que a nadie le gusta esa compañía menos que a mí. Pero sigue tu camino, Flora, para reunirte con doña Antonia. Deja que yo siga el mío.

Habiendo dicho eso, continuó hasta la puerta de calle y la abrió. Y sin perder tiempo en cubrirse el rostro con el velo, se dirigió lo mejor que pudo a la abadía de los capuchinos. Mientras tanto, Flora se apresuró en ir a la habitación de su ama, sorprendida y alarmada en partes iguales por la consternación de Jacinta. Encontró a Antonia tendida en la cama, inconsciente. Utilizó los mismos medios que Jacinta ya había empleado para que se recuperara, pero al ver que su ama solamente se recuperaba de un ataque para sufrir otro, mandó a buscar a un médico a toda velocidad. Mientras esperaba su llegada, desvistió a Antonia y la llevó de nuevo a la cama.

Haciendo caso omiso de la tormenta, aterrorizada casi al punto de perder la razón, Jacinta corrió por las calles y no paró hasta llegar a las puertas de la abadía. Tocó con fuerza la campana y, en cuanto apareció el portero, pidió permiso para dirigirse al abad, quien justamente en ese instante conversaba con Matilde sobre la mejor forma de tener acceso a Antonia. Como la causa de la muerte de Elvira seguía siendo desconocida, estaba convencido de que su crimen no sería seguido tan rápido por un castigo, como le habían enseñado los monjes y como hasta entonces él mismo había creído. Esta idea le hizo decidirse por arruinar a Antonia, puesto que tantos peligros y dificultades solo parecían haber aumentado su pasión por ella. El monje ya había hecho un intento de estar con ella, pero Flora lo había rechazado de tal manera que lo convenció de que todos sus esfuerzos futuros serían en vano. Elvira había confiado sus sospechas a aquella fiel criada y le había pedido que nunca dejara a Ambrosio a solas con su hija y que, si era posible, impidiera que se encontraran. Flora prometió obedecerla y cumplió sus órdenes al pie de la letra. La visita de Ambrosio había sido rechazada aquella misma mañana, aunque Antonia no lo sabía. Vio que lograr estar con ella por medios honestos era imposible y tanto él como Matilde habían pasado gran parte de la noche tratando de inventar algún plan que pudiera tener mayor éxito. En eso estaban cuando un hermano laico entró en la celda del abad y le informó que una mujer que se hacía llamar Jacinta Zúñiga solicitaba hablar con él por unos minutos.

Ambrosio no se sintió en lo absoluto dispuesto a hacer lo que pedía su visitante. Se negó tajantemente y le pidió al hermano laico que le dijera a la desconocida que volviera al día siguiente. Matilde lo cortó en seco.

—Recibe a esa mujer —le dijo en voz baja—. Yo tengo mis razones.

El abad la obedeció y dijo que de inmediato iría al salón. Al escuchar esta respuesta, el hermano laico se retiró. En cuanto estuvieron solos, Ambrosio le preguntó a Matilde por qué quería que viera a esa tal Jacinta.

—Es la arrendataria de Antonia —respondió Matilde—. Quizá te sea útil, pero primero indaguemos y veamos qué la trae por aquí.

Fueron juntos al salón, donde Jacinta ya esperaba al abad. Tenía una alta estima de la piedad y virtud del fraile y, como suponía que poseía una gran influencia sobre el diablo, pensaba que para él sería una tarea fácil expulsar al fantasma de Elvira. En cuanto vio entrar al monje en el salón, cayó de rodillas y comenzó a contar su historia.

—¡Oh, reverendo Padre! ¡Qué infortunio! ¡Qué aventura! No sé ya qué rumbo tomar y si usted no puede ayudarme estoy segura de que perderé la razón. ¡Jamás ha habido una mujer tan desgraciada como yo! Hice todo lo posible por mantenerme alejada de semejante abominación y, sin embargo, ese todo fue muy poco. ¿De qué sirve que rece el rosario cuatro veces al día y siga todos los ayunos que dicta el calendario? ¿Qué importa que haya hecho tres peregrinaciones a Santiago de Compostela y obtenido tantas indulgencias del Papa como para que Caín escape de su castigo? ¡Nada me sale bien! ¡Todo me sale mal y solo Dios sabe si algo me volverá a salir bien algún día! Pero ahora, juzgue usted... Mi inquilina muere víctima de convulsiones y por pura bondad me hago cargo de su entierro. No porque sea familia mía ni porque me beneficie en nada con su muerte. Pero nada bueno conseguí con eso y, por lo tanto, sepa usted que para mí era lo mismo que viviera o muriera. Pero eso no viene al caso. Volvamos a lo que le estaba relatando. Me ocupo de su funeral, me preocupo de que todo se haga con la mayor decencia e incurro en muchos gastos. ¡Dios lo sabe! ¿Y cómo cree usted que ella me recompensa por mi acto de bondad? Nada menos que negándose a reposar en paz en su cómodo ataúd de pino, como debería hacerlo cualquier espíritu apacible y de buenas modales. Incluso me acosa a mí, que no deseo volver a verla nunca más. ¡Encima se atreve a armar un caos en mi casa a medianoche, entrar en la habitación de su hija por el ojo de la cerradura y aterrorizar a la pobre niña hasta hacerle perder la conciencia! Aunque sea un fantasma, podría tener la delicadeza de no meterse en la casa de una persona a quien tan poco le gusta su compañía. En cuanto a mí, reverendo padre, el caso es el siguiente: si ella entra en mi casa, yo debo salir de ella, puesto que no puedo soportar visitantes como ella. ¡Yo no! Así que ya ve, reverendo, que sin su ayuda estoy perdida y arruinada por siempre. Me veré obligada a abandonar mi casa y nadie querrá vivir en ella una vez que se sepa que Elvira la frecuenta. Entonces me encontraré en una lamentable situación. ¡Qué mujer tan miserable soy! ¿Qué haré? ¿Qué será de mí?

En este punto lloró amargamente y quiso saber la opinión del abad sobre el caso.

—En verdad, buena mujer —respondió Ambrosio—, me será complicado ayudarte sin saber lo que te pasa. Olvidaste decirme qué ocurrió y qué buscas.

—Que me muera —gritó Jacinta— si usted no tiene razón, padre. Bueno, estos son los hechos, lo más brevemente relatados posible. Hace poco murió una inquilina mía. Era una mujer muy buena, eso debo decirlo en su favor. Al menos hasta donde la conocía, que no era mucho. Ella me mantenía siempre a distancia, porque en efecto solía tener un actitud altiva y cada vez que me atrevía a hablarle tenía una mirada que me hacía sentir un poco rara, Dios me perdone por decirlo. Pero aunque era más ceremoniosa de lo necesario y me miraba en menos, si estoy bien informada, yo provengo de una familia tan buena como la de ella, pues su padre era zapatero en Córdoba y el mío sombrerero en

Madrid. Además un muy buen sombrerero, permítame que le diga. Sin embargo, a pesar de todo su orgullo, era una persona tranquila y bien educada. No hubiera deseado tener una mejor inquilina. Esto me sorprendió aún más por el hecho de que no durmiera tranquilamente en su tumba. ¡Pero en este mundo no se puede confiar en las personas! Por mi parte, nunca la vi hacer nada malo, excepto el viernes antes de que muriera. Entonces me escandalicé mucho al verla comer el ala de un pollo. "¿Cómo, doña Flora?", dije... Flora, reverendo padre, es el nombre de la doncella de Elvira. "¿Cómo, doña Flora?", dije, "¿cómo que su señora come carne los viernes? ¡Vaya, vaya! Vea usted misma lo que está haciendo y luego recuerde que la señora Jacinta se lo advirtió". Estas fueron mis palabras, pero ¡ay! Bien podría haberme quedado callada. Nadie me hizo caso y Flora, que es un poco atrevida y mordaz... Aunque más es la pena que da, digo yo. Ella me dijo que no había más daño en comer un pollo que en comer el huevo del que salió. No, incluso declaró que si su señora añadía un trozo de tocino no estaría ni una pulgada más cerca de la condena. ¡Dios nos proteja! ¡Una pobre alma ignorante y pecadora! Le digo, reverendo padre, que temblé al oírla pronunciar tales blasfemias y esperaba a cada momento ver el suelo abrirse y tragársela, ¡con pollo y todo! Pues ha de saber usted que mientras hablaba así, sostenía el plato en la mano, en el que estaba el mismo pollo asado. Y era un buen pollo, ¡debo decirlo! Hecho a mi gusto, pues yo mismo supervisé su cocción. Era una pequeña gallina de mi propia crianza y la carne estaba tan blanca como la cáscara de un huevo, como en efecto me dijo la propia doña Elvira. "Señora Jacinta", dijo ella de muy buen humor, aunque a decir verdad, siempre fue muy cortés conmigo....

En este punto, Ambrosio ya había agotado su paciencia. Ansioso por saber qué hacía Jacinta en la abadía y como estaba vinculado con Antonia, llegó casi al aturdimiento escuchando los desvaríos de aquella anciana. La interrumpió y le dijo que si no contaba en el acto su historia y terminaba con ella de una vez por todas, se iría del salón y la dejaría para que solucionara sus dificultades por su cuenta. Esta amenaza produjo el efecto deseado, puesto que Jacinta le relató la historia en tan pocas palabras como pudo, aunque su narración fue tan minuciosa que Ambrosio debió tener paciencia para soportarla hasta que llegara al final.

—Y entonces, reverendo padre —dijo ella después de contar la muerte y el entierro de Elvira con lujo de detalles—, al escuchar el grito dejé lo que estaba haciendo y corrí a la habitación de doña Antonia. Como no encontré a nadie allí, pasé a la siguiente. Y debo confesar que sentía un poco de miedo, pues era donde solía dormir doña Elvira. Sin embargo, entré y allí estaba la joven tendida en el suelo, fría como la piedra y blanca como una sábana. Eso me sorprendió, como podrá imaginarlo usted. ¡Pero, ay! Cómo me estremecí cuando vi una figura grande y alta, junto a mi codo, ¡cuya cabeza tocaba el techo! El rostro era el de doña Elvira, debo decirlo. Pero de la boca le salían nubes de fuego. Tenía los brazos cargados por pesadas cadenas que tintineaban de una forma espantosa y cada cabello de su cabeza era una serpiente gruesa como mi brazo. Me asusté mucho y comencé a rezar el Ave María. Pero el fantasma me interrumpió, dio tres fuertes gemidos y rugió con una terrible voz: "¡Oh, esa ala de pollo! ¡Mi pobre alma sufre por ella!". En cuanto lo dijo, el suelo se abrió y el fantasma se hundió en él. Escuché un trueno y la habitación se llenó de olor a azufre. Cuando me recobré del susto y logré que Antonia volviera en sí, me dijo que había gritado al ver el fantasma de su madre… ¡Y qué bien lloraba, pobre alma! Si yo hubiera estado en su lugar, habría gritado diez veces más fuerte. Entonces me vino directamente a la cabeza que si alguien tenía poder para calmar a este espectro, debía ser usted. Así que vine con toda la rapidez que pude a rogarle que rociara mi casa con agua bendita y desterrara la aparición al Mar Rojo.

Ambrosio quedó desconcertado con el extraño relato y no podía creerlo posible.

—¿Doña Antonia también vio al fantasma? —inquirió.

—Con la misma claridad que yo lo veo a usted, reverendo padre.

Ambrosio se quedó en silencio un instante. Ahora tenía una oportunidad para acceder a Antonia, pero estaba dudoso de aprovecharla. La reputación de la que gozaba en Madrid le seguía siendo muy querida. Y puesto que había perdido la realidad de la virtud, parecía como si su apariencia se hubiera vuelto aún más valiosa. Era consciente de que quebrar públicamente la regla de no salir nunca del recinto de la abadía desvirtuaría mucho su supuesta austeridad. En sus visitas a Elvira siempre se había cuidado de ocultar sus rasgos a los criados. Excepto por la señora, su hija y la fiel Flora, no era conocido en la familia por otro nombre que el de padre Jerónimo. Si accedía a la petición de Jacinta y la acompañaba hasta su casa, sabía que la ruptura de su propia regla no podría mantenerse en secreto. Sin embargo, su afán por ver a Antonia ganó. Incluso esperaba que la singularidad de esta aventura lo justificara ante los ojos de Madrid. Aprovechar la oportunidad que el azar le presentaba. Pero cualesquiera que fueran las consecuencias, decidió aprovechar la oportunidad que el azar le estaba presentando. Una mirada expresiva de Matilde le confirmó que era la decisión correcta.

—Buena mujer —le dijo a Jacinta—, lo que me dices es tan impresionante que apenas puedo dar crédito. Sin embargo, aceptaré tu pedido. Puedes esperarme mañana en tu casa, después de los maitines. Entonces veré qué puedo hacer por ti. Si está en mi poder, te liberaré de ese desagradable fantasma. ¡Y ahora regresa a tu casa y que la paz esté contigo!

—¡A casa! —exclamó Jacinta—. ¿Yo, ir a casa? ¡Ni por mi fe! Excepto bajo su protección, no pondré un pie dentro del umbral. ¡Dios me ayude! ¡El fantasma puede encontrarse conmigo en las escaleras y llevarme junto al diablo! ¡Oh, si hubiera aceptado el ofrecimiento del joven Melchor Basco! Entonces habría tenido a alguien que me protegiera. Pero ahora soy una mujer que está sola y no me encuentro con nada más que cruces y desgracias. Gracias a Dios, aún no es muy tarde para arrepentirme. Hay un Simón González que quisiera tenerme cualquier día de la semana, y si vivo hasta el amanecer me casaré con él enseguida. Tendré un marido, eso está decidido, porque ahora que ese fantasma estuvo una vez en mi casa, me asustaré hasta durmiendo sola. Pero por el amor de Dios, reverendo padre, venga conmigo ahora. No descansaré hasta que la casa esté purificada. Ni tampoco la pobre joven. ¡La querida muchacha! Está en un estado lamentable. Cuando la dejé estaba sufriendo fuertes convulsiones y me preocupa que no se recupere fácilmente de su susto.

El fraile se sobresaltó y la interrumpió de súbito.

—¿Tiene convulsiones, dices? ¿Antonia tiene convulsiones? ¡Guíame, buena mujer! ¡Te sigo de inmediato!

Jacinta insistió en que parara antes para proveerse del vaso de agua bendita. Él accedió a esta petición. Creyéndose a salvo bajo su protección, por si es que una legión de fantasmas la atacaba, la anciana se deshizo en agradecimientos. Entonces partieron juntos hacia la calle de Santiago.

Tan fuerte era la impresión que había producido el espectro en Antonia que durante las dos o tres primeras horas el médico declaró que su vida estaba en peligro. Como al cabo de un rato los ataques se hicieron menos frecuentes, cambió de opinión y dijo que lo único necesitaba era mantenerse tranquila. Mandó a preparar una medicina para calmar sus nervios y procurar el reposo que tanto necesitaba en ese momento. La presencia de Ambrosio, quien apareció entonces con Jacinta junto a su cama, contribuyó de manera importante a sosegar su agitado espíritu. Elvira no le había explicado lo suficiente el plan del religioso como para lograr que una joven tan ignorante del mundo como su hija tuviera conciencia de lo peligroso que era relacionarse con el fraile. En ese momento, angustiada y horrorizada por la escena que acababa de desarrollarse y temiendo que se cumpliera la predicción del espectro, su mente necesitaba los auxilios que solo podían brindarle la amistad y la religión. Antonia miró al abad con una mirada doblemente parcial. Seguía teniendo aquella fuerte predisposición en su favor que había tenido en su primer encuentro y creía, aunque no sabía bien por qué, que su presencia la protegía de cualquier peligro, insulto o desgracia.

El abad se esforzó por tranquilizarla y convencerla de que todo había sido un engaño producto de su fantasía. La soledad en que había pasado la tarde, la oscuridad de la noche, el libro que había leído y la habitación en la que se había sentado, todo estaba calculado para poner ante ella una visión como esa. Ridiculizó la creencia en los fantasmas y le dio sólidos argumentos que demostraban la falsedad de semejante historia. Su conversación la tranquilizó y consoló, aunque no la convenció. No podía creer que el espectro hubiera sido una simple creación suya. Todos los detalles estaban impresos con demasiada claridad en su mente como para permitirle tener esa idea. Insistió en que realmente había visto al fantasma de su madre, que la había oído decir el momento de su fin y que había declarado que jamás saldría viva de su cama. Ambrosio le aconsejó que no alentara esas ideas y luego abandonó la habitación, después de prometerle que la visitaría la mañana siguiente. Antonia recibió esa promesa con una gran muestra de alegría, pero el monje se dio cuenta con facilidad de que su persona no resultaba igual de aceptable para su acompañante. Flora obedecía las instrucciones de Elvira con la mayor rigurosidad; examinaba con expresión de angustia todas las circunstancias que de alguna manera pudieran perjudicar a su joven ama, por pequeñas que fueran, pues estaba con ella desde hacía muchos años. Era originaria de Cuba, había acompañado a Elvira hasta España y amaba a la joven Antonia con afecto maternal. Flora no salió de la habitación ni por un momento mientras el abad estuvo allí. Vigilaba cada una de sus palabras, miradas y movimientos. El fraile advirtió que sus suspicaces ojos estaban siempre clavados en él y, consciente de que su plan no soportaría ser vigilado de esa forma tan celosa, se sentía a menudo confundido y desconcertado. Se dio cuenta de que ella dudaba de la pureza de sus intenciones y de que nunca lo dejaría solo con Antonia. Al estar defendida por la presencia de tan diestra observadora, Ambrosio trató de encontrar los medios para satisfacer su propósito.

Cuando se iba de la casa, Jacinta salió a su encuentro y le rogó que dijera algunas misas por el descanso del alma de Elvira, quien no dudaba que debía estar sufriendo en el purgatorio.

Prometió no olvidar el pedido. De hecho, conquistó a la perfección el corazón de la anciana al comprometerse a vigilar, durante toda la noche siguiente, la habitación embrujada. Jacinta no encontró términos lo suficientemente expresivos para dar cuenta de su gratitud y el monje salió agobiado por todas sus bendiciones.

Era pleno día cuando volvió a la abadía. Su primera preocupación fue contar lo sucedido a su confidente. Sentía una pasión demasiado sincera por Antonia como para haber escuchado con indiferencia su diagnóstico de muerte y se estremecía ante la idea de perder a alguien que quería tanto. Con respecto a esto, Matilde lo tranquilizó y confirmó los argumentos que él mismo ya había usado antes. Que Antonia había sido engañada por las divagaciones de su cerebro, por el bazo que la oprimía en ese momento y por la inclinación natural de su mente hacia la superstición y lo maravilloso. En cuanto al relato de Jacinta, lo absurdo que era lo refutaba a sí mismo. El abad no dudó en creer que ella había inventado toda la historia, confundida por el terror o con la esperanza de hacerle aceptar más fácilmente su solicitud. Habiendo anulado los reparos del monje, Matilde continuó.

—Tanto el diagnóstico de muerte como el fantasma son falsos, pero debes ocuparte, Ambrosio, de hacer creíble lo primero. Dentro de tres días, Antonia debe estar muerta para el mundo, pero vivir para ti. Su enfermedad actual y ese fantasma que se le metió en la cabeza darán veracidad a una idea que vengo pensando desde hace un tiempo, pero que era impracticable si no lograbas llegar a Antonia. Esta permitirá que no solo sea tuya por una noche, sino para toda la vida. De nada le servirá entonces la vigilancia de su nodriza. Podrás actuar con desenfreno ante los encantos de tu amada. Hoy mismo debe ponerse en marcha el plan, pues no tienes tiempo que perder. El sobrino del Duque de Medinaceli se prepara para pedir la mano de Antonia y en pocos días será trasladada al palacio de un familiar, el marqués de las Cisternas, donde estará a salvo de tus intentos. Así me lo han informado durante tu ausencia mis espías, quienes siempre trabajan por obtener información para ti. Ahora escúchame. Hay un jugo que se extrae de ciertas hierbas, conocido solamente por unos pocos, que da la imagen exacta de la muerte a la persona que lo bebe. Que este sea administrado a Antonia. Tú puedes encontrar fácilmente los medios para verter unas gotas en su medicina. Los efectos serán fuertes convulsiones durante una hora, después de las cuales su sangre dejará gradualmente de fluir y su corazón de latir. Una palidez mortal se extenderá sobre su rostro y parecerá un cadáver ante los ojos de todos. Y como no tiene amigos, sin generar sospechas podrás encargarte de la supervisión de su funeral y de hacer que sea enterrada en las bóvedas de Santa Clara. Su soledad y fácil acceso hacen que estas cavernas sean favorables a tu plan. Dale a Antonia la bebida soporífera esta misma noche. Unas horas después de que lo haya bebido, volverá a la vida. Entonces estará absolutamente en tu poder y encontrará toda resistencia inútil. La necesidad la obligará a recibirte en sus brazos.

—¡Tendré a Antonia conmigo! —exclamó el monje—. ¡Matilde, me dejas extasiado! Finalmente la felicidad será mía y esa felicidad será tu regalo. ¡El regalo de la amistad! Estrecharé a Antonia entre mis brazos, lejos de toda mirada indiscreta y de todo intruso que quiera atormentarnos. Enseñaré a su joven corazón las primeras lecciones del placer y me deleitaré en la infinita variedad de sus encantos. ¿Y este goce será mío? ¿Deberé dar rienda suelta a mi pasión y gratificar cada salvaje y tumultuoso deseo? ¡Oh, Matilde! ¿Cómo puedo expresarte mi gratitud?

—Sacando el máximo provecho de mis consejos. Ambrosio, no vivo más que para servirte. Tu interés y felicidad son igualmente míos. Aunque Antonia sea tu persona, tu amistad y tu corazón todavía reclamo. Contribuir al tuyo es ahora mi único placer. Si mis esfuerzos logran la satisfacción de tu deseo, consideraré mis molestias ampliamente recompensadas. Pero no perdamos el tiempo. El licor del que te hablé solamente se encuentra en el laboratorio de Santa Clara. Apresúrate entonces en ir a ver a la superiora y pídele que te admita en el laboratorio. No te será negada la entrada. Adentro, hay un armario en el extremo inferior de la gran sala lleno de líquidos de diferentes colores y tipos. La botella en cuestión se encuentra en el tercer estante de la izquierda y contiene un licor verdoso. Llena una pequeña ampolla cuando nadie te esté viendo y Antonia será tuya.

El monje no dudó en aprobar ese terrible plan. Su deseo,

tan violento antes, había adquirido renovado vigor al ver a Antonia. Mientras se encontraba sentado junto a su cama, descubrió por accidente algunos encantos que hasta entonces habían permanecido ocultos para él. Le parecieron aún más perfectos que como se los había imaginado. A veces su brazo blanco y pulido quedaba al descubierto al acomodar la almohada. A veces un movimiento repentino descubría parte de su pecho. Pero dondequiera que el nuevo encanto se mostrara, allí descansaban los ojos del fraile. Apenas pudo contenerse lo suficiente para ocultar su deseo a Antonia y a su vigilante nodriza. Enardecido por el recuerdo de su belleza, accedió a la nueva conspiración de Matilde.

En cuanto terminaron los maitines, se encaminó hacia el convento de Santa Clara. Su llegada provocó la mayor sorpresa en la comunidad de monjas. La superiora tenía conciencia del honor que esa primera visita significaba para su convento y se esforzó en expresar su gratitud de todas las maneras posibles. Lo pasearon por el jardín, le mostraron todas las reliquias de santos y mártires, y fue tratado con tanto respeto y distinción como si fuera el mismo papa. Por su parte, Ambrosio recibió muy amablemente la cordialidad de la superiora y se esforzó por disipar su sorpresa por que hubiera roto su resolución. Afirmó que, entre sus penitentes, había muchos que no podían abandonar sus casas debido a la enfermedad. Estas eran exactamente las personas que más necesitaban su consejo y el consuelo de la fe. Muchas veces había recibido solicitudes de esta índole y, aunque eran contrarias a su propia decisión, había encontrado absolutamente necesario cambiar su determinación y abandonar su amado retiro para servir a Dios. La superiora aplaudió la dedicación de su profesión y su caridad para con los demás. Declaró que Madrid era afortunada por tener un hombre tan perfecto e irreprochable. Tras ese discurso, el fraile llegó al laboratorio. Encontró el armario y la botella, que estaba en el lugar que Matilde había descrito. El monje aprovechó la oportunidad para llenar su frasco sin ser visto con el soporífero licor. Después de comer en el refectorio, se retiró del convento complacido por el éxito de su visita y dejó a las monjas encantadas por el honor que les había dado.

Esperó hasta que fuera de noche antes de iniciar el camino a la casa de Antonia. Jacinta lo recibió con arrobo y le pidió que no olvidara su promesa de pasar la noche en la habitación embrujada, promesa que él repitió. Encontró a Antonia bastante bien de salud, aunque todavía insistía en atormentarse por lo que había dicho el fantasma. Flora no se apartaba de la cama de su ama y daba muestras aún más evidentes que las de la noche anterior de su desagrado por la presencia del fraile. Sin embargo, Ambrosio fingió no darse cuenta. El médico llegó mientras conversaba con Antonia. Ya había oscurecido, por lo que se pidieron lámparas que Flora tuvo que bajar a buscar. Sin embargo, como dejaba a una tercera persona en la habitación y no esperaba estar ausente por más de unos pocos minutos, pensó que no se arriesgaba al dejar su vigilancia. En cuanto salió de la habitación, Ambrosio se dirigió hasta la mesa donde se encontraba la medicina de Antonia. Estaba en un hueco de la ventana. El médico estaba sentado en un sillón interrogando a su paciente y no prestó atención a lo que hacía el monje. Ambrosio aprovechó la oportunidad y extrajo el líquido fatal, dejando caer unas pocas gotas en la medicina. Luego se alejó rápidamente de la mesa y volvió al asiento que había dejado. Cuando Flora regresó con las lámparas, todo parecía igual que antes.

El médico dijo que al día siguiente Antonia podría salir de su habitación sin riesgo alguno. Le recomendó volver a tomarse el mismo medicamento que la noche anterior le había proporcionado un sueño tan reparador. Flora respondió que estaba en la mesa y él aconsejó a la paciente que lo tomara de inmediato, tras lo cual se retiró. Flora vertió la medicina en una copa y se la dio a su ama. En ese momento a Ambrosio le faltó valor. ¿No sería posible que Matilde lo hubiera engañado? ¿No la habrían incitado los celos a destruir a su contrincante y a recomendarle un veneno en lugar de un narcótico? Esta idea le pareció tan posible que estuvo a punto de impedir que Antonia bebiera la medicina. Tomó la decisión muy tarde. El recipiente ya se encontraba vacío y Antonia se lo devolvió a Flora. Ya no había vuelta atrás. Ambrosio ahora solamente podía esperar con impaciencia el momento en el que se decidiera la vida o la muerte de Antonia, la felicidad de él o su desgracia.

Como temía suscitar sospechas quedándose allí, o que la agitación de su espíritu lo traicionara, se despidió de su víctima y salió de la habitación. Antonia se despidió de él con menos cordialidad que el día anterior. Flora le había explicado a su ama que recibir las visitas del fraile era desobedecer a su madre. Le describió la emoción de él cuando entró en la habitación y el fuego que llameaba en sus ojos cuando la miraba. Ese detalle había escapado a la vista de Antonia, pero no a la de su acompañante, quien al exponer el plan del monje y sus probables consecuencias en términos mucho más claros y mucho menos delicados que los de Elvira, consiguió alarmar a su joven ama y convencerla de que lo tratara con más frialdad que antes. La idea de obedecer la voluntad de su difunta madre se apoderó en el acto de Antonia. Aunque lamentaba perder su acompañante, se contuvo lo suficiente como para recibir al monje con cierta reserva y frialdad. Le agradeció respetuosamente sus visitas anteriores, pero no lo invitó a repetirlas en el futuro. El fraile ya no parecía tener interés en pedirle que lo recibiera de nuevo y se despidió de ella como si no tuviera la intención de volver. Plenamente convencida de que la relación que tanto temía había terminado, Flora se sintió tan perpleja ante la fácil adhesión del monje que comenzó a dudar de que sus sospechas fueran justas. Cuando le iluminó el camino mientras bajaba las escaleras, le agradeció el haber logrado despejar los pensamientos supersticiosos de Antonia con respecto a la predicción del espectro. Añadió que, como él parecía estar interesado en el bienestar de Antonia, le haría saber si se producía algún cambio en su estado. Al responderle, el monje se esforzó en levantar la voz con la esperanza de que Jacinta lo oyera. Y lo consiguió, puesto que al llegar al pie de las escaleras con Flora, la arrendataria hizo inmediatamente acto de aparición.

—¿Acaso ya se va el reverendo padre? —exclamó—. ¿No prometió usted pasar la noche en la habitación embrujada? ¡Jesucristo! ¡Me quedaré con el fantasma y por la mañana estaré en muy buen estado! A pesar de todo lo que hice y dije, ese viejo obstinado de Simón González se negó a casarse conmigo hoy. ¡Antes de que llegue el día de mañana, supongo que me harán pedazos los fantasmas, duendes, demonios y todas las demás criaturas! Por el amor de Dios, padre, no me abandone en tan lamentable situación. De rodillas le suplico que cumpla su promesa y pase esta noche en vela en la habitación embrujada. Mande la aparición al Mar Rojo y Jacinta lo recordará en sus oraciones hasta el último día de su vida.

Ambrosio esperaba y deseaba aquella solicitud, pero puso objeciones y pareció poco dispuesto a cumplir con su palabra. Le dijo a Jacinta que el fantasma no existía en ninguna parte excepto en su propia cabeza y que su insistencia en que se quedara toda la noche en la casa era ridícula e inútil. Pero Jacinta era obstinada y no se dejaba convencer. Le insistió tanto en que no la dejara presa del diablo que al final terminó accediendo a su petición. Toda su resistencia no convenció a Flora, quien era de temperamento desconfiado por naturaleza. Sospechaba que el monje actuaba de modo contrario a sus propias inclinaciones y que no deseaba otra cosa más que permanecer donde estaba. Incluso llegó a pensar que Jacinta era de su interés y la pobre anciana fue inmediatamente acusada de no ser más que una simple facilitadora. Mientras se aplaudía a sí misma por haber descubierto este complot contra el honor de su señora, decidió hacerlo fracasar en secreto.

—Entonces —le dijo al fraile con una mirada entre satírica e indignada—, entonces ¿usted piensa quedarse aquí durante toda la noche? ¡En el nombre de Dios, hágalo! Nada ni nadie se lo impedirá. Quédese a esperar la llegada del espectro que yo también lo haré. ¡Y Dios permita que no vea nada peor que un fantasma! No me apartaré de la cama de doña Antonia durante toda esta bendita noche. ¡Quiero ver que alguien se atreva a entrar a su habitación! ¡Sea mortal o inmortal, fantasma, demonio o persona, le aseguro que se arrepentirá de haber traspasado alguna vez el umbral!

Esta insinuación era lo bastante directa como para que Ambrosio no entendiera su significado. Pero en vez de demostrar que se había dado cuenta de sus sospechas, respondió amablemente que le parecían bien las precauciones de la nodriza y que le aconsejaba que perseverara en sus intenciones. Flora le dijo que podía tener la certeza de que así lo haría. Jacinta lo llevó hasta la habitación en la que había aparecido el fantasma y Flora regresó a la habitación de su ama.

Jacinta abrió con mano temblorosa la puerta de la habitación embrujada y se aventuró a mirar hacia el interior, pero ni los tesoros de la India la habrían tentado a traspasar el umbral. Le entregó la lámpara al monje, le deseó que saliera ileso de su aventura y se apresuró en marcharse. Ambrosio entró, corrió el cerrojo, dejó la lámpara sobre la mesa y se sentó en la silla que Antonia había ocupado la noche anterior. A pesar de que Matilde le había asegurado que el espectro era solamente un invento de la fantasía, su espíritu se encontraba embargado por cierto grado de horror. En vano intentó zafarse de él. El silencio de la noche, el episodio del fantasma, la habitación cubierta por paneles de roble oscuro, el recuerdo inevitable de la asesinada Elvira y su incertidumbre con respecto a las gotas que había suministrado a Antonia lo hacían sentirse desasosegado en su situación actual. Pero pensaba mucho menos en el fantasma que en el veneno. Si destruyera al único ser que hacía que su vida le resultara valiosa, si la predicción del fantasma era cierta, si en esos tres días Antonia dejaba de vivir y él era el desdichado responsable de su muerte... La sospecha era demasiado espantosa como para detenerse demasiado tiempo en ella. Ahuyentó esas terribles imágenes, pero volvían a presentarse. Matilde le había dicho que los efectos del narcótico serían inmediatos. Prestó atención con miedo y ansiedad, esperando oír algún alboroto proveniente de la habitación vecina. Todo seguía en silencio y llegó a la conclusión de que las gotas no habían comenzado a actuar. Grande era el premio por el que lo apostaba todo en ese momento. Tan solo un instante bastaría para decidir su desgracia o su felicidad. Matilde le había enseñado cómo asegurarse de que la vida no se apagara para siempre y de esa verificación dependían todas sus esperanzas. Su impaciencia aumentaba por instantes. Su miedo se volvía cada vez más vívido y su ansiedad cada vez más aguda. Era incapaz de soportar aquel estado de incertidumbre y trató de disiparlo reemplazando sus propios pensamientos por los de otros. Había libros en unos estantes cerca de la mesa. Esta estaba exactamente enfrente de la cama, que a su vez estaba cerca de la puerta del armario. Ambrosio tomó uno de ellos y se sentó junto a la mesa. Pero su atención se distrajo de las páginas que tenía delante. La imagen de Antonia y la de su asesinada madre rondaban con insistencia su imaginación. Aun así continuó leyendo, aunque sus ojos recorrían los caracteres sin que su mente fuera consciente de su significado.

En eso estaba cuando creyó oír unos pasos. Volvió la cabeza, pero no vio a nadie.

Reanudó su lectura, pero unos pocos minutos después escuchó el mismo sonido, seguido de un crujido cerca de donde él estaba. Se levantó de su asiento y, mirando a su alrededor, vio la puerta del armario a medio cerrar. La primera vez que entró en la habitación había intentado abrirla, pero la encontró cerrada por dentro.

—¿Qué significa esto? —se dijo—. ¿Cómo es posible que esta puerta esté abierta?

Caminó hacia ella, la abrió por completo y miró en el gabinete, pero no había nadie. En medio de su indecisión, le pareció distinguir un gemido en la habitación contigua. Era de Antonia. Supuso que las gotas comenzaban a surtir efecto. Pero al escuchar con mayor atención, descubrió que el ruido lo hacía Jacinta, quien se había quedado dormida junto a la cama de la joven y roncaba fuertemente. Ambrosio retrocedió pensando en la repentina apertura de la puerta del gabinete, a la que no encontró explicación alguna.

Se paseó en silencio por la habitación. Por último se detuvo y le llamó la atención la cama. La cortina de la alcoba estaba corrida a medias. Sin querer, lanzó un suspiro.

—¡Esta cama! —dijo en voz baja—. ¡Esta cama era la de Elvira! Aquí pasó muchas noches tranquilas, porque ella era buena e inocente. ¡Qué profundo debe de haber sido su sueño! ¡Pero ahora lo es más! Pero ¿en realidad descansa? ¡Oh, Dios quiera que así sea! ¿Y si se levantara de su tumba a esta triste y silenciosa hora? ¿Y si se soltara de las ataduras del sepulcro y dejara ver su cólera ante mis ojos malditos? ¡Oh, jamás podría soportar tal visión! ¡Volver a ver su cuerpo deformado por el tormento de la muerte, las venas hinchadas de sangre, el semblante lívido, los ojos saliéndose de sus órbitas por el dolor! ¡Oírla hablar del castigo futuro, amenazarme con la venganza de Dios, acusarme de los delitos que he cometido, de los que cometeré...! ¡Dios mío! ¿Qué es eso?

Mientras pronunciaba estas palabras, sus ojos se encontraban fijos en la cama y vieron que la cortina se movía suavemente hacia adelante y hacia atrás. La aparición le vino a la memoria y casi creyó ver la forma de Elvira acostándose en la cama. Unos instantes de reflexión bastaron para tranquilizarlo.

—Solo fue el viento —se dijo tratando de recuperarse.

Nuevamente se paseó por la habitación, pero un movimiento involuntario de temor e inquietud dirigía su mirada hacia la cama constantemente. Se acercó a ella con indecisión. Se detuvo antes de subir los pocos escalones que conducían a ella. Extendió la mano tres veces para descorrer la cortina y tres veces para retirarla.

—¡Miedo absurdo! —exclamó al cabo de un rato, avergonzado de su propia debilidad.

Estaba subiendo velozmente los escalones cuando una figura vestida de blanco salió del lecho y, deslizándose a su lado, se encaminó con precipitación hacia el gabinete. Entonces la locura y la desesperación dieron al monje esa valentía de la que hasta el momento había carecido. Bajó rápidamente los escalones, persiguió al fantasma e intentó atraparlo.

—¡Fantasma o demonio, ya te tengo! —exclamó, tomando al espectro por el brazo.

—¡Jesucristo! —gritó una voz aguda—. ¡Reverendo padre, cómo me aprieta usted! Le aseguro que no quiero hacerle ningún daño.

Estas palabras, así como el brazo que sostenía, convencieron al abad de que el supuesto espectro era de carne y hueso. Atrajo al intruso hacia la mesa y, al encender la lámpara, descubrió los rasgos de Flora.

Indignado por haber caído en temores tan ridículos por

una razón tan insignificante, Ambrosio le preguntó severamente qué la había traído a esa habitación. Flora, avergonzada por haber sido descubierta y aterrorizada por la mirada de Ambrosio, cayó de rodillas y prometió hacerle una confesión completa.

—Le aseguro, reverendo padre —dijo—, que me arrepiento de haberlo perturbado. Nada estaba más lejos de mi intención original. Tenía pensado salir de la habitación tan silenciosamente como había entrado y, si usted no hubiera sabido que lo vigilaba, habría sido lo mismo que si no lo hubiera vigilado. Es cierto que hice mal en espiarlo, eso no puedo negarlo. ¡Pero su reverencia! ¿Cómo puede resistirse una mujer tan pobre y débil como yo a su curiosidad? La mía era tan grande que tuve que echar una mirada sin que nadie se diera cuenta. Así que dejé a la señora Jacinta sentada al lado de la cama de mi ama y me aventuré a esconderme en el gabinete. Como no quería interrumpir lo que hacía, al principio me conformé con mirarlo por el ojo de la cerradura, pero no veía bien de esa forma, por lo que descorrí el cerrojo y, mientras usted se volteaba, entré en el lecho silenciosa y sigilosamente. Me acurruqué detrás de la cortina hasta que su reverencia me encontró y me atrapó antes de que tuviera tiempo de regresar al gabinete. Esa es toda la verdad, se lo aseguro, reverendo padre. Le pido perdón mil veces por mi impertinencia.

Durante aquel discurso, el abad tuvo tiempo de reponerse. Se contentó con dar a la espía un sermón sobre los peligros de la curiosidad y la mezquindad de la acción en la que acababa de atraparla. Flora se declaró plenamente convencida de que había obrado mal, prometió no volver a hacerlo de nuevo y ya se retiraba muy humilde y arrepentida a la habitación de Antonia, cuando la puerta se abrió de golpe y Jacinta entró corriendo, pálida y sin aliento.

—¡Oh, padre! ¡Padre! —gritó con voz casi ahogada por el

miedo—. ¿Y ahora qué haré? ¿Qué haré? ¡Qué problema tan grande! ¡Solo desgracias! ¡Solo gente muerta y moribunda! ¡Dios mío, me volveré loca! ¡Me volveré loca!

—¡Hable, hable! —le gritaron Flora y el monje a la vez—. ¿Qué pasa? ¿Qué ocurre?

—Dios mío, ¿acaso tendré otra muerta en mi casa? No cabe duda de que alguna bruja me ha embrujado a mí, mi casa y todo lo que existe en ella. ¡Pobre doña Antonia! ¡Allí está sufriendo las mismas convulsiones que mataron a su madre! ¡El fantasma le dijo la verdad! ¡Estoy segura de ello!

Flora corrió, o más bien, voló hasta la habitación de su ama. Ambrosio la siguió de cerca, con el pecho temblando de esperanza y miedo. Encontraron a Antonia como Jacinta había dicho, retorciéndose por desgarradoras convulsiones que en vano se esforzaron por aliviar. El monje mandó a Jacinta a la abadía de inmediato y le encargó que trajera al padre Pablos con ella de vuelta, sin perder ni un minuto.

—Iré a buscarlo y le diré que venga —le contestó Jacinta—. Pero en cuanto a traerlo yo misma, nada de eso. Estoy segura de que la casa está embrujada y que me quemen si vuelvo a poner mis pies en ella.

Habiendo tomado esta decisión, partió en dirección al monasterio y transmitió al padre Pablo las órdenes del abad. Luego se fue a la casa del viejo Simón González, de quien decidió no apartarse hasta convertirlo en su esposo y lograr que su casa fuera también la de ella.

En cuanto el padre Pablo examinó a Antonia, sentenció que su mal era incurable. Las convulsiones continuaron durante una hora más, un lapso en el que sus tormentos parecían menores que los que sus gemidos provocaban en el corazón del abad. Cada uno de sus dolores eran como dagas en el pecho de Ambrosio, y este se maldijo mil veces por haber aceptado seguir un plan tan bárbaro y cruel. Pasada la hora, los ataques se hicieron cada vez menos frecuentes y

Antonia se mostró menos agitada. Sentía que se acercaba su muerte y que nada podría salvarla.

—Reverendo Ambrosio —dijo con una voz débil mientras se llevaba las manos del fraile a los labios—, ahora estoy en libertad de decirle lo agradecido que está mi corazón por su atención y amabilidad. Estoy en el lecho de muerte, una hora más y ya no estaré. Por lo tanto, puedo reconocer sin restricción alguna que renunciar a su compañía fue muy doloroso para mí, pero tal era la voluntad de mi madre y no me atreví a desobedecerla. Muero sin rencor, pues son pocos los que lamentarán que los deje y son pocos los que lamento dejar. Entre esos pocos, no me lamento por nadie más que por usted. ¡Pero nos encontraremos de nuevo! Un día nos encontraremos en el cielo, allí donde nuestra amistad será renovada y mi madre la observará con placer.

Hizo una pausa y el abad se estremeció cuando mencionó a Elvira. Antonia atribuyó su emoción a la piedad y la preocupación que sentía por ella.

—Está afligido por mí, padre —continuó diciendo—. Pero no suspire por mi pérdida. No tengo pecados de los que arrepentirme, al menos ninguno del que sea consciente, y devuelvo mi alma a aquel de quien la recibí sin ningún miedo. Tengo pocas peticiones que hacer, pero espero que las pocas que tengo me sean concedidas. Que se diga una misa solemne por el descanso de mi alma y otra por la de mi amada madre. No es que dude de que ella descanse en su tumba, pero ahora estoy convencida de que perdí mi razón y la falsedad de la predicción del espíritu es suficiente para probar mi error. Sin embargo, todos tenemos algún defecto. Mi madre puede haber tenido los suyos, aunque yo los desconocía. Deseo entonces que se celebre una misa por su descanso y que los gastos sean costeados con los pocos bienes que poseo. Lo que pueda quedar, lo dejo a mi tía Leonella. Cuando yo muera, que sepa el Marqués de las Cisternas que la infeliz familia de su hermano ya no podrá molestarle. Aunque mi decepción quizás sea injusta, pues me dicen que está enfermo y tal vez, si hubiera estado en su poder, hubiera querido protegerme. Dígale entonces, padre, solo que estoy muerta y que si él tuvo alguna falta conmigo, yo se la perdoné de todo corazón. Dicho esto, no tengo más que pedirle excepto sus oraciones. Prométame que se acordará de mis ruegos y renunciaré a mi vida sin pena ni dolor.

Ambrosio prometió cumplir todos sus deseos y le dio la absolución. Por cada minuto que pasaba, más cerca estaba el fin de Antonia. Le fallaba la vista, el corazón le palpitaba con torpeza y los dedos se le ponían rígidos y fríos. A las dos de la mañana, finalmente expiró sin emitir un solo gemido. Cuando el aliento abandonó su cuerpo, el padre Pablo se marchó profundamente afectado por aquella triste escena. Por su parte, Flora se abandonó al dolor más desenfrenado.

Ambrosio tenía preocupaciones muy distintas. Buscó el pulso cuyas palpitaciones, tal como se lo había asegurado Matilde, demostrarían que la muerte de Antonia era tan solo momentánea. Y lo encontró y presionó. Latió bajo su mano, llenándole el corazón de éxtasis. Pero escondió con cuidado su satisfacción ante el éxito que había tenido su plan y puso su mejor cara de melancolía. Luego se dirigió hacia Flora para decirle que no debía abandonarse a una pena inútil, pero las lágrimas de la mujer eran demasiado sinceras como para permitirle escuchar sus consejos. Siguió llorando largamente.

El fraile se fue, pero no sin antes prometer que él mismo daría la orden para que, por supuesta consideración a Jacinta, el funeral se hiciera a toda prisa. Sumida en la pena por la pérdida de su querida ama, Flora apenas le prestó atención. Ambrosio se dio prisa en preparar el entierro. Obtuvo permiso de la superiora para que el cadáver fuera sepultado en la cripta de Santa Clara y el viernes por la mañana, después de que se cumpliera con todas las ceremonias dictabas la religión, el cuerpo de Antonia fue depositado en la tumba.

Ese mismo día llegó Leonella a Madrid, con la intención de presentarle su joven esposo a Elvira. Varias circunstancias la habían obligado a retrasar el viaje, del martes al viernes, y no tuvo oportunidad de avisarle a su hermana ese cambio de planes. Como su corazón era cálido y siempre había sentido un verdadero cariño por Elvira y su hija, al enterarse de sus repentinas muertes sufrió de una gran sorpresa, congoja y desilusión. Ambrosio pidió que fuera informada sobre la herencia de Antonia y prometió que tan pronto como se saldaran las insignificantes deudas que Elvira había dejado, le entregaría el resto. Una vez acordado esto, ningún otro asunto requería a Leonella en Madrid y volvió a Córdoba con toda rapidez.

Capítulo III

Oh! could I worship aught beneath the skies
That earth hath seen or fancy could devise,
Thine altar, sacred Liberty, should stand,
Built by no mercenary vulgar hand,
With fragrant turf, and flowers as wild and fair,
As ever dressed a bank, or scented summer air.[18]
William Cowper, *Poems*

Como toda su atención se concentraba en llevar ante la justicia a los asesinos de su hermana, Lorenzo dedicó muy poco tiempo a pensar en el grave daño que sufría otro de sus intereses. Él no regresó a Madrid hasta la tarde del día en que enterraron a Antonia. Comunicar al gran inquisidor la orden del cardenal y duque, protocolo que no se debía descuidar cuando se trataba del arresto público de un miembro de la Iglesia; contarle su plan a su tío y a don Ramiro; y reunir una tropa lo suficientemente grande como para impedir cualquier oposición, lo mantuvo plenamente ocupado durante las pocas horas que antecedieron a la medianoche. Por ese motivo, no tuvo oportunidad de preguntar por su amada e ignoró tanto su muerte como la de su madre.

El marqués no se encontraba de ningún modo fuera de peligro. Su delirio había desaparecido, pero lo había dejado tan agotado que los médicos no pudieron decir con seguridad las consecuencias que esto podría acarrearle. Raimundo deseaba con el mayor de los fervores unirse a Agnes en la muerte. La existencia le resultaba despreciable y nada veía en el mundo que mereciera la pena. Ansiaba saber que Ag-

18 *¡Oh! Si pudiera adorar algo bajo los cielos / que la tierra haya visto o la fantasía pueda concebir. / Tu altar, sagrada Libertad, debería erigirse, / construido no por manos vulgares y mercenarias, / con pasto fragante y flores tan silvestres y hermosas / como jamás vistieron una ribera o perfumaron el aire estival.*

nes había sido vengada y morir él mismo en ese preciso instante.

Habiendo escuchado a Raimundo hacer las más apasionadas plegarias por el éxito de su misión, Lorenzo estaba a las puertas de Santa Clara una hora antes de la señalada por la Madre Úrsula. Lo acompañaban su tío, don Ramiro de Mello, y un grupo de selectos arqueros. Aunque eran tropa de número considerable, su aparición no causó sorpresa. Frente a las puertas del convento se había congregado una enorme multitud para presenciar la procesión. Naturalmente, supusieron que Lorenzo y sus asistentes habían sido conducidos hasta allí con el mismo fin. Al reconocer al Duque de Medina, la gente se retiró y dejó paso al grupo. Lorenzo se dispuso frente a la gran puerta por la que debían pasar los peregrinos. Convencido de que la superior no podía huir de él, esperó pacientemente a que apareciera, lo que esperaba que hiciera exactamente a la medianoche.

Las monjas se encontraban ocupadas en las ceremonias religiosas de rigor para honrar a Santa Clara, en las cuales nunca se aceptaba a los profanos. Las ventanas de la capilla estaban iluminadas y los curiosos escucharon el órgano en toda su potencia, acompañado por un coro de voces femeninas que se elevaba en la silenciosa noche. Luego este se extinguió y fue reemplazado por una única armonía, que era la voz de quien encarnaría el papel de Santa Clara en la procesión. Para ese papel se escogía siempre a la doncella más hermosa de todo Madrid. Para aquella en quien recaía la elección, era considerado el más alto de los honores. Mientras escuchaba aquella música, cuya melodía solo parecía endulzarse más con la distancia, el público estaba sumido en la más profunda atención. Un silencio general reinaba entre las personas y todos los corazones estaban llenos de devoción. Todos menos el de Lorenzo, quien era consciente de que entre los que entonaban con tanta dulzura las alabanzas a

Dios había quienes escondían los más sucios pecados. Los himnos le repugnaban por la hipocresía de las personas que los cantaban. Hacía tiempo que observaba con desaprobación y desprecio el fanatismo que había entre las personas de Madrid. Su intuición le había señalado los artificios de los monjes y lo absurdo de sus milagros, maravillas y supuestas reliquias. Se avergonzaba al comprobar que sus compatriotas eran objeto de engaños tan ridículos y solamente ansiaba una oportunidad para liberarlos de sus cadenas religiosas. Una oportunidad que, después de tanto tiempo deseándola en vano, por fin se le presentaba. Decidió no dejar que se le escapara y exponer ante el pueblo, con los más vivos colores, la enormidad de los abusos que con frecuencia eran practicados en los monasterios y cuán injustamente se estimaba públicamente, sin discriminación, a todos los que llevaban un hábito religioso. Esperaba el momento en que pudiera desenmascarar a los hipócritas y convencer a sus compatriotas de que alguien que pareciera santo por fuera no siempre tenía un corazón virtuoso.

El servicio duró hasta la medianoche, cuando sonó la campana del convento. Una vez que se escuchó aquel sonido, la música paró, las voces se apagaron suavemente y poco después desaparecieron las luces de las ventanas de la capilla. El corazón de Lorenzo latió con fuerza cuando vio que se acercaba el momento de ejecutar su plan. Por la natural tendencia a la superstición del pueblo, se había preparado para encontrarse con cierta resistencia. Pero confiaba en que la madre Úrsula daría a todos buenas razones para justificar la acción de Lorenzo. Él tenía fuerzas suficientes para repeler una primera reacción del pueblo hasta que sus argumentos fueran escuchados. Su único temor era que la superiora, sospechando de su plan, hubiera ahuyentado a la monja de cuyo testimonio dependía el desenlace. Si la madre Úrsula no estaba presente, solamente podría acusar a la superiora desde la sospecha. Esta reflexión le dio un poco de miedo con respecto al éxito de su plan. La tranquilidad que parecía reinar en el convento le dio seguridad de cierta manera. Sin embargo, esperaba con impaciencia el momento en que la presencia de su aliada disipara todas sus dudas.

La abadía de los capuchinos tan solo estaba separada del convento por el jardín y el cementerio. Los monjes habían sido invitados a la procesión y llegaron en ese momento, avanzando de dos en dos, con antorchas encendidas en las manos y entonando himnos en honor a Santa Clara. El padre Pablo iba a la cabeza, pues el abad se había excusado de asistir. La gente dejó pasar al sagrado cortejo y los frailes se ubicaron en fila a ambos lados de los grandes portones. Pocos minutos hicieron falta para poner en orden la procesión. Una vez finalizado aquel momento de preparación, se abrieron las puertas del convento y volvió a escucharse el coro femenino en todo su esplendor. Primero apareció un grupo de cantantes. En cuanto pasaron, los monjes se alinearon de dos en dos y empezaron a marchar con pasos lentos y mesurados. Después pasaron las novicias, quienes no llevaban cirios como las monjas, sino que caminaban con la vista hacia el suelo y parecían ocupadas en repasar las cuentas de sus rosarios. Las siguió una muchacha joven y encantadora, quien personificaba a Santa Lucía. Llevaba un cuenco de oro en el que había dos ojos, mientras que los de ella se encontraban cubiertos por una venda de terciopelo. La guiaba otra monja vestida como un ángel. A continuación iba Santa Catalina, con una palma en una mano y una espada llameante en la otra. Estaba vestida de blanco y tenía la frente adornada con una diadema reluciente. Después apareció Santa Genoveva, rodeada de un número de diablillos que, en actitudes grotescas, la tomaban por la túnica y la rodeaban con gestos extravagantes, tratando de distraer su atención del libro en el que sus ojos estaban constantemente fijos. Estos alegres diablillos divirtieron mucho a los espectadores, quienes manifestaron su placer riéndose a carcajadas. La superiora había tenido cuidado de seleccionar una monja cuya disposición fuera naturalmente solemne y taciturna. Y tenía todas las razones para estar satisfecha con su elección. Las payasadas de los diablillos se habían esfumado por completo y Santa Genoveva avanzaba sin descomponer un solo músculo.

Cada una de las santas personificadas estaba separada de la otra por una banda de coristas, quienes elevaban sus alabanzas a ellas en himnos, pero a la vez declarándolas inferiores a Santa Clara, la patrona del convento. Habiendo pasado estas, apareció una larga fila de monjas que, al igual que las coristas, llevaban una vela encendida. Luego vinieron las reliquias de Santa Clara, guardadas en jarrones igualmente preciosos por sus materiales y elaboración, aunque no llamaron la atención de Lorenzo. La monja que llevaba el corazón se apoderó por completo de su vista. Por la descripción de Théodore, no dudaba de que se trataba de la madre Úrsula. Parecía mirar a su alrededor con angustia. Cuando se puso de primera en la fila por la que pasaba la procesión, su mirada captó la de Lorenzo. Un rubor de alegría cubrió sus pálidas mejillas. Se volvió hacia su acompañante con impaciencia.

—Estamos a salvo —le oyó susurrar—. Es su hermano.

Con el corazón ya más calmado, Lorenzo vio con tranquilidad el resto de aquel espectáculo. Ahora aparecía su principal atracción. Era una máquina parecida a un trono, bañada en joyas y deslumbrante luz que avanzaba sobre ruedas ocultas, guiada por varios niños hermosos, vestidos de serafines. La parte superior estaba cubierta por nubes plateadas sobre las que se reclinaba la forma más bella jamás vista. Era la doncella que representaba a Santa Clara. Su vestido era de inestimable valor y alrededor de su cabeza llevaba una corona de diamantes que formaban un halo. Pero todos estos ornamentos cedían ante el brillo de sus encantos. A medida que avanzaba, un murmullo de deleite recorría al público. Incluso Lorenzo confesó en secreto que nunca había contemplado una belleza así de perfecta y que, si su corazón no hubiera sido de Antonia, se habría sacrificado ante esa encantadora muchacha. Sin embargo, la consideraba solamente como una bella estatua. No obtuvo de él mayor gesto que una fría admiración y, cuando pasó a su lado, no pensó más en ella.

—¿Quién es? —preguntó uno de los espectadores, al alcance del oído de Lorenzo.

—Una cuya belleza debes de haber oído celebrar numerosas veces. Se llama Virginia de Villafranca. Es pensionista del convento de Santa Clara, familiar de la superiora y con justicia fue elegida el ornamento de la procesión.

El trono siguió con su marcha. Detrás iba la superiora en persona, quien caminaba a la cabeza de las monjas restantes con expresión devota y piadosa, cerrando la procesión. Avanzaba con lentitud, llevaba la vista levantada hacia el cielo, tenía un semblante sereno y tranquilo que parecía alejado de todas las cosas terrenales, y ningún rasgo revelaba su secreto orgullo ante aquel despliegue de opulencia en su convento. Pasó acompañada por las oraciones y bendiciones del pueblo. ¡Pero qué grande fue la confusión y sorpresa general cuando don Ramiro se adelantó y declaró que la tomaba prisionera!

Por un momento, el asombro mantuvo a la superiora en silencio e inmóvil. Pero apenas se recuperó, exclamó que se trataba de un acto de sacrilegio e impiedad y llamó al pueblo a rescatar a una hija de la Iglesia. La gente se disponía ansiosamente a obedecerla cuando don Ramiro, protegido por los arqueros de su tropa, les ordenó que se abstuvieran y los amenazó con la más severa venganza de la Inquisición. A estas temidas palabras, todos los brazos cayeron y las espadas volvieron a su vaina. La misma superiora palideció y tembló.

El silencio general la convenció de que nada podía esperar sino la inocencia y le suplicó a don Ramiro que la informara de cuál crimen se la acusaba.

—Eso lo sabrá a su debido momento —le respondió—, pero primero debo detener a la madre Úrsula.

—¿A la madre Úrsula? —repitió la superiora con voz débil.

En ese momento miró a su alrededor y vio a Lorenzo y al duque, quienes habían seguido a don Ramiro.

—¡Oh, santo Dios! —exclamó apretándose las manos con expresión frenética—. He sido traicionada.

—¿Traicionada? —respondió la madre Úrsula, quien llegaba en ese momento acompañada por algunos soldados y seguida por la monja que iba a su lado en la procesión—. Traicionada no, solo desenmascarada. Reconozca en mí a su acusadora. No sabe lo bien que conozco su culpa... Señor —continuó dirigiéndose a don Ramiro—, me pongo bajo su custodia. Acuso de asesinato a la superiora de Santa Clara y ofrezco mi vida por la justicia de mi acusación.

El público lanzó un grito general de sorpresa y exigió en voz alta una explicación. Las temblorosas monjas, aterrorizadas por el alboroto y la confusión general, se dispersaron y huyeron por diferentes caminos. Algunas volvieron al convento, otras buscaron refugio en las casas de sus familiares y muchas, conscientes del peligro que corrían y ansiosas por escapar del tumulto, corrieron por las calles y vagaron sin saber a dónde ir. La encantadora Virginia fue una de las primeras en huir. Entonces el pueblo pidió que la madre Úrsula hablara desde el trono que había quedado vacante para que pudiera ser mejor vista y oída. La monja accedió, subió a la reluciente máquina y se dirigió a la multitud de la siguiente forma:

—Por extraña e insólita que pueda parecerles mi conducta, si se considera que soy una mujer que además es monja, la necesidad la justificará con plenitud. Un secreto, un horrible secreto, me pesa en el alma y no podré descansar hasta haberlo revelado al mundo y hasta ajusticiar la sangre inocente que pide venganza desde su tumba. Mucho atrevimiento tuve para conseguir esta oportunidad de aligerar mi conciencia. Si hubiera fracasado en mi intento de revelar el crimen, si la superiora hubiera sospechado que yo sabía lo que había hecho, mi perdición hubiera sido inevitable. Los ángeles, que siempre protegen a quienes son buenos, permitieron que no fuera descubierta. Ahora estoy en libertad de contarles un episodio cuyos detalles helarán de horror a todas las almas honestas. Tengo la responsabilidad de rasgar el velo de la hipocresía y mostrar a los padres desorientados a qué peligros se ve expuesta la mujer que cae víctima del fanatismo.

»Entre las devotas consagradas a Santa Clara, ninguna era más hermosa ni más tierna que Agnes de Medina. Yo la conocía bien. Me contaba todos los secretos de su corazón. Era su amiga y confidente. La quería con real afecto. Y no estaba sola en ese cariño. Su auténtica piedad, su disposición para los favores y su temperamento angelical la convirtieron en la favorita de todo lo que era rescatable del convento. Incluso la superiora, orgullosa, escrupulosa y prohibitiva, no podía negar a Agnes esa aprobación que no concedía a nadie más. Todos tenemos algún defecto. ¡Ay! Agnes tenía el suyo. Violó las leyes de nuestra orden y provocó el odio de la implacable superiora. Las reglas de Santa Clara son severas, pero anticuadas y descuidadas. Muchas de ellas han sido olvidadas o cambiadas por consentimiento general en castigos más suaves. ¡La penitencia por el crimen de Agnes fue muy cruel, muy inhumana! La ley había sido implementada hacía mucho tiempo. ¡Ay! Todavía existía y la vengativa superiora estaba decidida a revivirla».

La indignación generada por este relato fue tan grande que, por algunos momentos, interrumpió a la madre Úrsula.

Cuando terminó el desorden y volvió a reinar el silencio en la audiencia siguió hablando. Por cada una de sus palabras, el semblante de la superiora revelaba que su miedo iba en aumento.

—Un consejo conformado por las monjas de más edad, entre ellas yo misma, fue convocado. La superiora describió con exageración la infracción cometida por Agnes y no tuvo escrúpulos en proponer la restauración de aquella ley casi olvidada. O bien tan terminante era la voluntad de la superiora en el convento o bien la desilusión, soledad y abnegación endurecieron de tal manera nuestro corazón y agriaron nuestro temperamento que, para vergüenza de nuestro sexo, nueve votos de doce aceptaron esa bárbara propuesta. Yo me negué. En varias ocasiones había comprobado la virtud de Agnes y la quería con tanta sinceridad como lástima que sentía por ella. Las madres Berta y Cornelia se unieron a mí, ofreciendo juntas la más enérgica oposición posible. La superiora se vio obligada entonces a modificar su plan. A pesar de que tenía a la mayoría a su favor, temía una ruptura con nosotras tan abiertamente. Sabía que, con el apoyo de la familia Medina, nuestras fuerzas serían demasiado grandes como para que ella pudiera hacerles frente. Y también sabía que, después de que fuera encarcelada y dada por muerta, si alguien descubría a Agnes, su propia ruina sería ineludible. Por lo tanto, abandonó sus proyectos, aunque con mucha reticencia, y pidió unos días para pensar un castigo que pudiera ser aceptado por toda la comunidad, prometiendo que en cuanto tomara una decisión se volvería a convocar el mismo consejo. Transcurrieron dos días y en la noche del tercero se anunció que al día siguiente Agnes sería interrogada y que, según su conducta en esa ocasión, su castigo sería acentuado o mitigado.

»La noche anterior a esta prueba, me dirigí hacia la celda de Agnes a una hora en la que suponía que el resto de las monjas dormía. La consolé lo mejor que pude. La animé, le dije que confiara en el apoyo de sus amigas y le enseñé ciertas señales con las que yo le indicaría cómo responder a las preguntas de la superiora por medio de una afirmación o negación. Consciente de que su enemiga se esforzaría por confundirla, avergonzarla y amedrentarla, tuve miedo de que se viera atrapada en alguna confesión negativa para sus intereses. Como deseaba mantener mi visita en secreto, me quedé poco tiempo con Agnes. Le dije que no dejara que su ánimo se derrumbara y mezclé mis lágrimas... Mezclé mis lágrimas con las que corrían por sus mejillas. La abracé con cariño y estaba a punto de irme cuando oí el ruido de unos pasos que se acercaban a la celda. Retrocedí. Una cortina que cubría un enorme crucifijo me ofrecía un refugio y me apuré a esconderme detrás de ella. La puerta se abrió y entró la superiora, seguida de otras cuatro monjas. Avanzaron hacia la cama de Agnes. La superiora le reprochó sus errores en los términos más amargos, le dijo que era una desgracia para el convento, que estaba decidida a librar al mundo y a sí misma de un monstruo como ella y le ordenó que bebiera el contenido del cáliz que le ofrecía una de las monjas. Consciente de las fatales propiedades del licor y temblando por encontrarse al borde de la eternidad, la desgraciada muchacha se esforzó en incitar la piedad de la superiora con las más conmovedoras oraciones.

»Abogó por su vida en términos que podrían haber derretido el corazón de un demonio. Prometió someterse pacientemente a cualquier castigo, a la vergüenza, al encarcelamiento y a la tortura, si se le permitía seguir con vida. ¡Oh, que viviera un mes, una semana o un día más! Pero su despiadada enemiga escuchó sus ruegos sin inmutarse. Le dijo que al comienzo había tenido la intención de perdonarle la vida y que, si había cambiado de opinión, debía agradecérselo a las protestas de sus amigos. Siguió insistiéndole que se tragara el veneno. La hizo encomendarse a la misericordia de Dios y no a la suya. Le aseguró que en una hora más estaría muerta. Al darse cuenta de que imploraba en vano a esa mujer insensible, intentó saltar de su cama y pedir ayuda. Esperaba que, si no podía escapar del destino que se le había anunciado, al menos podría tener testigos del suceso. La superiora adivinó su plan. La agarró por la fuerza del brazo y la empujó hacia la almohada. Al mismo tiempo, sacando una daga y poniéndola en el pecho de la desgraciada de Agnes, le dijo que si lanzaba un solo grito o dudaba un solo instante en beber el veneno, le atravesaría el corazón en ese mismo momento. Medio muerta de miedo, ya no pudo ofrecer más resistencia. La monja se acercó con la copa mortífera y la superiora la obligó a tomarla y tragar su contenido. Agnes bebió y el horrible acto fue llevado a cabo. Las monjas entonces se sentaron alrededor de su cama y respondieron a sus gemidos con reproches, interrumpieron con sarcasmo las oraciones en las que encomendaba su alma a Dios, la amenazaron con la venganza del cielo y la eterna perdición, maldijeron su desesperación por ser perdonada y sembraron de espinas aún más afiladas su dolorosa almohada de muerte. Tales fueron los sufrimientos de esta desdichada joven hasta que el destino la liberó de la maldad de sus torturadoras. Murió horrorizada por el pasado y temerosa por el futuro, y sus agonías fueron tan fuertes que debieron gratificar ampliamente el odio y la venganza de sus enemigas. Tan pronto como su víctima dejó de respirar, la superiora se retiró seguida por sus cómplices.

»Entonces me atreví a salir de mi escondite. Pero no pude ayudar a mi desafortunada amiga, consciente de que podía acarrear la misma destrucción sobre mí, sin beneficiarla a ella. Conmovida y atemorizada a más no poder por la horrenda escena que había vivido, apenas tenía fuerzas suficientes para volver a mi habitación. Cuando llegué a la puerta de la que ocupaba Agnes, me arriesgué a mirar hacia su cama. Su cuerpo, otrora tan encantador y grácil, yacía inerte. Hice una oración por su alma y juré vengar su muerte con la vergüenza y el castigo de sus asesinas. Y no sin afrontar peligros y dificultades he mantenido mi juramento. Por descuido, con la guardia baja por la pena, pronuncié unas palabras en el funeral de Agnes que alarmaron la conciencia culpable de la superiora. Cada una de mis acciones era vigilada y cada uno de mis pasos seguido. Estaba constantemente rodeada por los espías de la superiora. Pasó mucho tiempo antes de que pudiera encontrar la manera de transmitir a los familiares de Agnes alguna insinuación del secreto que tenía en mi poder. Se dijo que Agnes había muerto repentinamente, una versión que fue confirmada no solamente por sus amigos de Madrid, sino incluso por los del convento. El veneno no había dejado marcas en su cuerpo y nadie sospechó la verdadera causa de su muerte, permaneciendo desconocida para todos excepto para los asesinos y para mí.

»No tengo nada más que añadir. Por lo que ya he dicho responderé con mi vida. Repito que la superiora es una asesina que apartó de la tierra y tal vez del cielo a una desafortunada mujer cuya transgresión fue leve y venial. Que abusó del poder que le fue confiado en sus manos. Que ha sido una tirana, bárbara e hipócrita. También acuso a las cuatro monjas que actuaron como sus cómplices y que son igualmente criminales: Violante, Camila, Alicia y Mariana».

En este punto, Úrsula puso fin a su historia. Había provocado el horror y la sorpresa por doquier. Pero cuando describió el inhumano asesinato de Agnes, la indignación del pueblo se manifestó de manera tan audible que casi resultó imposible escuchar el final de su relato. La confusión crecía a cada momento y, al cabo de un rato, la multitud de voces exigió que la superiora les fuera entregada. Don Ramiro se negó de forma categórica a consentir aquello. Incluso Lorenzo pidió a la gente que recordara que la monja aún no había sido sometida a juicio y recomendó que se dejara su castigo a cargo de la Inquisición. Pero sus objeciones fueron inútiles. La exaltación era cada vez mayor y el gentío se exasperaba más a cada minuto. En vano trató Ramiro de separar a su prisionera de la horda de gente. Dondequiera que viera, una banda de amotinados le cortaba el paso y, con gritos cada vez más violentos, le exigían que les entregara su prisionera. Ramiro pidió a sus acompañantes que se abrieran paso a través de la muchedumbre. Abrumados por la cantidad de personas, les resultó imposible desenvainar las espadas. Entonces Ramiro amenazó a la plebe con la venganza de la Inquisición, pero hasta ese temido nombre había perdido efecto en medio del frenesí popular. Aunque el dolor por el asesinato de su hermana le hacía ver con repugnancia a la superiora, Lorenzo no podía dejar de apiadarse por una mujer en una situación tan horrible. Pero a pesar de todos sus esfuerzos y los del duque, don Ramiro y los soldados, la gente seguía insistiendo. La multitud se fue abriendo paso entre los guardias que protegían a su pretendida víctima y preparándose para la más sumaria y cruel venganza en contra de ella. Enloquecida de miedo y casi sin saber muy bien qué decía, la desdichada mujer pidió ser escuchada un momento. Afirmó ser inocente del asesinato de Agnes y que podía liberarse de la sospecha sin dejar lugar a ninguna duda. Los amotinados no querían otra cosa más que satisfacer su sed de venganza bárbara. Se negaron a oírla, le dijeron toda clase de insultos, la llenaron de barro y suciedad y la llamaron con los nombres más denigrantes. Se la arrancaban los unos a los otros y cada nuevo torturador era más salvaje que el anterior. Sofocaron con aullidos y maldiciones los gritos estridentes con los que pedía clemencia y la arrastraron por las calles despreciándola, pisoteándola y tratándola con todas las crueldades que el odio o la furia vengativa pudieran idear. Finalmente, alguien con buena puntería la golpeó con una piedra y le dio de lleno en la sien. Ella se hundió en el suelo bañada en sangre y en pocos minutos su miserable vida llegó a su fin. Sin embargo, aunque ya no sentía los insultos, su cuerpo sin vida seguía recibiendo la rabia importante de los alborotadores. La golpearon, pisotearon y maltrataron hasta que no fue más que una masa de carne fea, sin forma y repugnante.

Incapaces de impedir el espantoso suceso, Lorenzo y sus amigos lo habían contemplado con el mayor de los horrores. Pero fueron despertados de su forzada pasividad al oír que la turba estaba atacando el convento de Santa Clara. La indignada población, dominada por la ira y confundiendo inocentes con culpables, había decidido sacrificar a todas las monjas de esa orden y no dejar ni una sola piedra intacta del edificio. Alarmados por esto, se apresuraron hacia el convento. Estaban resueltos a defenderlo si era posible o, al menos, a rescatar a sus habitantes de la furia de los alborotadores. La mayoría de las monjas había huido, pero unas pocas aún permanecían allí. Su situación era realmente peligrosa. Sin embargo, como estas habían tomado la precaución de cerrar las puertas internas, Lorenzo esperaba repeler la turba hasta que don Ramiro volviera con una tropa más grande.

Habiendo sido conducido por el alboroto algunas calles más allá del convento, Lorenzo no alcanzó el edificio inmediatamente. Cuando finalmente llegó, la multitud que lo rodeaba era tan grande que le impedía acercarse a sus puertas. Mientras tanto, la población asediaba el convento con perseverante furia. Golpearon los muros, arrojaron antorchas a las ventanas y juraron que al amanecer no quedaría viva ni una sola monja de la orden de Santa Clara. Lorenzo acababa de abrirse paso entre el gentío cuando vio que forzaban una de las puertas. Los alborotadores entraron al edificio, donde destruyeron todo lo que encontraron a su paso. Rompieron los muebles en pedazos, arrancaron los cuadros, rompieron las reliquias y, en medio de su odio a la superiora, dejaron de lado todo respeto hacia la santa. Algunos se dedicaron a buscar a las monjas, otros a derribar partes del convento y otros a prender fuego a los cuadros y muebles de valor que contenía. Estos últimos son los que produjeron la desolación más decisiva. De hecho, las consecuencias de su acción fueron más inmediatas de lo que ellos mismos habían esperado o querido. Las llamas que salían de los cúmulos ardiendo alcanzaron parte del edificio. Al ser este viejo y seco, las llamas se extendieron por él con rapidez, de una habitación a otra. Las paredes pronto fueron sacudidas por el fuego devorador y las columnas cedieron. Los techos cayeron sobre los alborotadores y aplastaron a muchos de ellos bajo su peso. No se oían más que gritos y gemidos. El convento estaba envuelto en llamas y presentaba la mayor escena de devastación y horror.

Lorenzo se sentía sumamente consternado al haber sido la causa, aunque inconsciente, de aquel espantoso disturbio. Intentó reparar el daño protegiendo a las indefensas habitantes del convento. Entró en él junto a la muchedumbre y se esforzó por reprimir la furia que reinaba, hasta que el repentino y alarmante avance de las llamas lo obligó a buscar su propia seguridad. La gente se apresuró en salir con la misma impaciencia que habían tenido al entrar, pero eran tantas personas que obstruían la puerta y el fuego las alcanzaba rápidamente. Muchos de ellos murieron antes de tener tiempo de escapar. La buena suerte llevó a Lorenzo hasta una pequeña puerta en un pasillo más alejado de la capilla. El cerrojo ya había sido descorrido. Abrió la puerta y se encontró al pie del sepulcro de Santa Clara.

Se detuvo para respirar. El duque y algunos de sus ayudantes lo habían seguido, así que estaban seguros por el momento. Analizaron las acciones que debían seguir para escapar de los disturbios, pero sus deliberaciones fueron interrumpidas por la visión de los volúmenes de fuego que se elevaban de entre las macizas paredes del convento, el ruido de algún pesado arco cayendo en ruinas o los gritos de las monjas y los alborotadores que se mezclaban, sofocados por la turba, quemados entre las llamas o aplastados bajo el peso del edificio que caía.

Lorenzo preguntó a dónde llevaba la pequeña puerta y le respondieron que al jardín de los capuchinos. Entonces decidió investigar si había alguna salida por ese lado. El duque levantó el pestillo y entró en el cementerio que seguía. La tropa lo siguió sin ceremonias. Lorenzo, quien iba de último, estaba a punto de abandonar la columnata también cuando vio que la puerta de la cripta se abría suavemente. Alguien miró hacia afuera, pero al ver a desconocidos lanzó un grito agudo, retrocedió y bajó corriendo las escaleras de mármol.

—¿Qué significa esto? —exclamó Lorenzo—. Aquí hay un misterio. ¡Síganme ahora!

Habiendo dicho eso, se introdujo rápidamente en la cripta e inició una persecución a la persona desconocida, que continuaba huyendo ante él. El duque ignoraba la causa del grito de Lorenzo, pero suponía que tenía sus razones y lo siguió sin dudar. Los otros hicieron lo mismo y muy pronto el grupo entero llegó al pie de las escaleras.

Como la puerta superior había quedado abierta, las llamas arrojaban desde arriba luz suficiente como para permitir que Lorenzo viera al fugitivo correr por los largos pasadizos y las distantes bóvedas. Pero cuando un repentino giro le arrebató esta posibilidad, la oscuridad fue absoluta y solamente pudo rastrear el objeto de su investigación por el débil eco de sus pies alejándose. Los perseguidores se vieron obligados a proceder cautelosamente. Por lo que podían juzgar, el fugitivo también parecía retrasar sus pasos, porque oían que se movía a intervalos más largos. Al final, desconcertados por aquel laberinto de pasadizos, se dispersaron en distintas direcciones. Impulsado por un movimiento secreto e inexplicable, en su afán por esclarecer aquel misterio y penetrar en él, Lorenzo no reparó en esta circunstancia hasta que se encontró en total soledad. El ruido de los pasos había parado. Todo estaba en silencio a su alrededor y no había ninguna pista que pudiera guiarlo hasta la persona que huía. Se detuvo a pensar en los medios más factibles para continuar la persecución. Estaba seguro de que ninguna causa normal habría inducido al fugitivo a ir a aquel lugar tan lúgubre y a esa hora. El grito que había oído le parecía que era el de una voz aterrorizada y estaba convencido de que algún misterio estaba vinculado a ese acontecimiento. Después de algunos minutos de vacilación, siguió avanzando mientras tanteaba las paredes del pasadizo. Ya había transcurrido algún tiempo desde que había comenzado su lento avance cuando vio una chispa de luz que brillaba a lo lejos. Guiado por esta, y habiendo desenvainado su espada, encaminó sus pasos hacia el lugar de donde parecía provenir aquel resplandor.

La fuente de luz resultó ser una lámpara encendida ante la estatua de Santa Clara. Delante de ella había varias mujeres cuyas blancas vestiduras se movían con el viento que recorría las mazmorras abovedadas. Ansioso de saber qué las había reunido en ese melancólico sitio, Lorenzo se acercó con cautela. Las desconocidas parecían concentradas en lo que hablaban. No escucharon los pasos de Lorenzo y, por lo tanto, este pudo aproximarse hasta oír sus voces con completa claridad, sin ser visto.

—Lo juro —continuó la que hablaba cuando él llegó y a quien las demás escuchaban con mucha atención—, juro que los vi con mis propios ojos. Bajé corriendo los escalones, me persiguieron y por poco me salvé de caer en sus manos. De no ser por la lámpara, nunca las habría encontrado.

—¿Y qué puede haberlos traído hasta aquí? —preguntó otra con voz temblorosa—. ¿Crees que nos estaban buscando?

—¡Dios quiera que mis temores sean equivocados —respondió la primera—, pero creo que son asesinos! ¡Si nos descubren, estaremos perdidas! En cuanto a mí, mi destino está asegurado. Mi parentesco con la superiora será un crimen suficiente para condenarme y aunque hasta ahora estas bóvedas me hayan ofrecido un refugio...

En ese punto levantó la vista y vio a Lorenzo, quien se había acercado poco a poco.

—¡Los asesinos! —gritó ella.

Se levantó del pedestal de la estatua en el que se había sentado y trató de huir corriendo. En ese mismo instante, sus compañeras lanzaron gritos de pavor, mientras que Lorenzo detenía a la fugitiva tomándola del brazo. Asustada y desesperada, ella cayó de rodillas frente a él.

—¡No me mate! —exclamó—. ¡Por amor de Dios, no me mate! ¡Soy inocente, se lo juro!

Mientras hablaba, su voz se ahogaba con el miedo. Los rayos de la lámpara iluminaron su rostro descubierto y Lorenzo reconoció a la hermosa Virginia de Villafranca. Se apuró en levantarla del suelo y le pidió que se armara de valor. Prometió protegerla de los alborotadores. Le aseguró que su escape era todavía un secreto y que podía contar con su ayuda para defenderla hasta derramar la última gota de su sangre. Durante esta conversación, las monjas habían adoptado diversas actitudes. Una se arrodilló y se dirigió al cielo. Otra escondió su rostro en el regazo de una compañera. Algunas escucharon inmóviles de miedo el discurso del supuesto asesino, mientras que otras abrazaron la estatua de Santa Clara e imploraron su protección con gritos frenéticos. Al darse cuenta de su error, se reunieron en torno a Lorenzo y profirieron montones de bendiciones. Este descubrió que, al darse cuenta de la amenaza de la turba y aterrorizadas por las crueldades que habían visto infligir a la superiora desde las torres del convento, muchas de las pensionados y monjas se habían refugiado en aquel sepulcro. Entre las primeras se encontraba la encantadora Virginia, quien estaba casi emparentada con la superiora y, por lo tanto, tenía muchos más motivos que las demás para temer a los amotinados. Ella le suplicó encarecidamente que no la abandonara a su furia. Sus compañeras, la mayoría de las cuales eran mujeres provenientes de familias nobles, le hicieron la misma petición, a la que él accedió. Prometió no abandonarlas hasta ver que cada una de ellas estuviera a salvo en los brazos de sus familiares, pero les aconsejó retrasar la salida del sepulcro por algún rato más, cuando la furia popular se hubiera calmado un poco y la fuerza militar hubiera dispersado a la multitud.

—¡Dios quisiera —exclamó Virginia— que ya estuviera a salvo en los brazos de mi madre! ¿Qué opina usted? ¿Pasará mucho tiempo antes de que podamos salir de aquí? ¡Cada momento que pasa es para mí una tortura!

—Espero que no sea demasiado —le respondió él—. Pero hasta que puedan salir con seguridad, este cementerio será un refugio infranqueable. Aquí no corren el riesgo de ser descubiertas. Les aconsejo quedarse tranquilas dos o tres horas más.

—¿Dos o tres horas más? —exclamó la hermana Elena—. ¡Si me quedo una hora más en este lugar me moriré de miedo! Ni todo el oro del mundo podría convencerme de volver a pasar por lo que sufrí cuando bajé a este sitio. ¡Virgen bendita! Estar en esta horrible cripta en medio de la noche, rodeada por los cuerpos descompuestos de mis difuntas compañeras, esperando a cada momento ser despedazada por sus fantasmas, que vagan a nuestro alrededor y se quejan, gimen y lamentan con voces que me hielan la sangre... ¡Jesucristo! ¡Es suficiente para volverme loca!

—Perdóneme —le respondió Lorenzo— si me sorprende que, amenazada por males reales, sea capaz de ceder ante peligros imaginarios. Estos terrores son infantiles e infundados. Le sugiero combatirlos, hermana. Yo he prometido... He prometido protegerlas de los alborotadores, pero contra los ataques de la superstición debe depender de usted misma. La idea de los fantasmas es en extremo ridícula y si continúa usted dejándose llevar por terrores hipotéticos...

—¿Hipotéticos? —exclamaron las monjas al mismo tiempo—. ¡Pero si los escuchamos, señor! ¡Todas nosotras los escuchamos! Se repetían con frecuencia y cada vez sonaban más melancólicos y profundos. Nunca nos convencerá de que nos engañamos todas. Por cierto que no. No, de ninguna manera. Si el ruido hubiera sido creado por nuestra fantasía...

—¡Escuche, escuche! —interrumpió Virginia con voz de terror—. ¡Dios nos ampare! ¡Se escuchan otra vez!

Lorenzo miró a su alrededor impacientemente y estuvo a punto de rendirse ante los temores que ya se habían apoderado de las mujeres. Reinaba un silencio general. Examinó la bóveda, pero no vio nada. Se disponía a dirigirse a las monjas y a ridiculizar sus temores infantiles, cuando fue interrumpido por un profundo y prolongado gemido.

—¿Qué fue eso? —gritó y se sobresaltó.

—¡Ahí lo tiene, señor! —dijo Elena—. ¡Ahora se convencerá! ¡Usted mismo oyó el gemido! Ahora juzgue usted si nuestro miedo es imaginario. Desde que estamos aquí, ese gemido se ha repetido casi cada cinco minutos. No nos cabe duda de que viene de algún alma en pena que desea que recen por ella para sacarla del purgatorio. Pero ninguna de nosotras se atreve a hacerle la pregunta. En cuanto a mí, si veo una aparición, estoy segura de que el miedo me matará en el acto.

Mientras decía esto, se oyó un segundo gemido más claramente todavía. Las monjas se persignaron y se apresuraron a decir sus oraciones contra los malos espíritus. Lorenzo escuchaba con atención. Hasta le pareció distinguir el sonido de alguien quejándose, pero la distancia lo hacía ininteligible. El ruido parecía provenir del centro de la pequeña bóveda en la que él y las monjas se encontraban en ese momento y del que salía una multitud de pasadizos que se ramificaban en diversas direcciones, formando una suerte de estrella. La siempre despierta curiosidad de Lorenzo le hizo querer resolver aquel misterio. Pidió que se hiciera silencio y las monjas le obedecieron. Todo quedó en silencio hasta que la quietud general fue de nuevo interrumpida por el gemido, que se repitió varias veces más. Lorenzo percibió que era más audible cerca del santuario de Santa Clara.

—El ruido proviene de aquí —señaló—. ¿De quién es esta estatua?

Elena, a quien dirigió la pregunta, lo pensó un instante y de pronto dio unas palmadas.

—¡Sí! —exclamó ella—. Tiene que ser así. Descubrí el significado de los gemidos.

Las monjas se congregaron a su alrededor y le pidieron que se explicara. Ella respondió con gravedad que desde tiempos inmemoriales esa estatua había sido famosa por hacer milagros. De esto dedujo que la santa estaba preocupada por el incendio del convento que protegía y expresaba su dolor por medio de esos lamentos. Como Lorenzo no tenía la misma fe en la milagrosa santa, la explicación no le pareció tan satisfactoria como a las monjas, que creyeron en ella sin dudar. Pero en un punto, es cierto, sí estaba de acuerdo con Elena.

Sospechaba que los gemidos venían de la estatua. Cuanto más los escuchaba, más confirmaba esta idea. Se acercó a la imagen con la intención de inspeccionarla más de cerca. Pero percibiendo su intención, las monjas le rogaron que por el amor de Dios desistiera, ya que si tocaba la estatua su muerte sería inevitable.

—¿Y qué peligro hay? —preguntó él.

—¡Madre de Dios! ¿Qué peligro? —respondió Elena, quien siempre estaba deseosa de contar una aventura milagrosa—. ¡Si tan solo conociera la centésima parte de las maravillosas historias que solía narrar la superiora sobre esta estatua! Una y otra vez nos aseguró que si nos atrevíamos a tocarla con un dedo podíamos esperar las consecuencias más terribles. Entre otras cosas, nos dijo que un ladrón que penetró en estas bóvedas de noche descubrió ese rubí, cuyo valor es inestimable. ¿Lo ve, señor? El tercer dedo de su mano brilla, ese en el que ella sostiene una corona de espinas. Naturalmente, esta joya llamó la atención del ladrón, quien decidió robarla. Para ello subió al pedestal, se apoyó en el brazo derecho de la Santa y extendió el suyo hacia el anillo. ¡Cuál sería su sorpresa cuando vio la mano de la estatua levantada en una postura de amenaza y la oyó hablar de la perdición eterna como castigo! Lleno de temor y consternación, desistió de su intento y se dispuso a abandonar el sepulcro. En esto también fracasó, puesto que huida le fue negada. No pudo soltar la mano que se apoyaba en el brazo derecho de la estatua. En vano luchó y permaneció pegado a la imagen hasta que la insoportable y fogosa angustia que corría por sus venas lo obligó a gritar pidiendo ayuda. El sepulcro se llenó de espectadores y el villano confesó su sacrilegio. Solo pudo ser liberado separando su mano de su cuerpo. Desde entonces esta ha permanecido sujeta a la imagen. El ladrón se convirtió en ermitaño y llevó una vida ejemplar. Sin embargo, el decreto de la Santa se cumplió y la tradición dice que continúa rondando este sepulcro e implorando el perdón de Santa Clara, con gemidos y lamentos. Ahora que lo pienso, es muy probable que los que acabamos de oír hayan sido pronunciados por el fantasma de este pecado. Pero de esto no estoy segura. Todo lo que puedo decir es que desde entonces nadie se ha atrevido a tocar la estatua. ¡Entonces no sea temerario, buen señor! Por el amor de Dios, desista de su plan y no se exponga innecesariamente a una muerte segura.

Ya que no estaba convencido de que su muerte fuera tan segura como parecía pensar Elena, Lorenzo insistió en su decisión. Las monjas le pidieron que desistiera en los términos más lastimeros e incluso le mostraron la mano del ladrón que, en efecto, aún se podía ver en el brazo de la estatua. Una prueba que, según pensaron, tenía que convencerlo. Pero estaba muy lejos de hacerlo y ellas se escandalizaron mucho cuando él les dio a conocer su sospecha de que los dedos secos y arrugados habían sido puestos allí por orden de la superiora. Ignorando las súplicas y amenazas, Lorenzo se acercó a la estatua, saltó sobre la baranda de hierro que la cercaba y sometió a la santa a un minucioso examen. A primera vista, la imagen parecía de piedra, pero al observarla con mayor detenimiento comprobó que el material no era más que madera pintada. Lorenzo la sacudió y trató de moverla, pero parecía que formaba una sola pieza junto a la base sobre la cual se erguía. La examinó una y otra vez y no encontró ninguna clave que lo condujera a la solución del misterio; uno que las monjas también ansiaron develar una vez que comprobaron que se podía tocar la estatua con impunidad. Él se interrumpió y escuchó que los gemidos se repetían a intervalos. Se convenció de que estaba más cerca de ellos. Pensó en ese hecho insólito y escudriñó la estatua con la vista. De pronto sus ojos se posaron en la mano encogida. Se le ocurrió que un decreto tan peculiar, es decir, no tocar el brazo de la imagen no podía carecer de razón. Volvió a subir al pedestal, examinó el objeto con atención y descubrió un pequeño pomo de hierro oculto entre el hombro de la santa y la supuesta mano del ladrón. Este descubrimiento le encantó. Rodeó el pomo con sus dedos y lo presionó con fuerza. Inmediatamente se oyó un ruido sordo al interior de la estatua, como si una cadena fuertemente tensada saliera despedida hacia atrás. Asustadas por aquel sonido, las tímidas monjas se pusieron en marcha, preparadas para salir corriendo de la bóveda a la primera señal de peligro. Pero quietas y en silencio, se reunieron de nuevo alrededor de Lorenzo y contemplaron lo que hacía con una curiosidad que rayaba en la ansiedad.

Al darse cuenta de que nada resultaba de su descubrimiento, bajó del pedestal. Pero cuando retiró la mano de la estatua, la santa se estremeció. Eso originó un nuevo miedo entre las espectadoras, quienes creyeron que la estatua tenía vida. Las deducciones de Lorenzo al respecto eran muy diferentes. Se dio cuenta de que el ruido que habían escuchado se debía a que había soltado una cadena que unía la imagen a su pedestal. Volvió a intentar moverla y lo logró sin mayor esfuerzo. La dejó en el suelo y entonces vio que el pedestal era hueco y que su entrada estaba cubierta con una pesada reja de hierro.

Esto despertó tanta curiosidad entre las monjas que se olvidaron de los peligros reales e imaginarios. Lorenzo procedió a levantar la reja con ayuda de las monjas y tuvo éxito. Un profundo abismo se abría ahora ante ellos, cuya espesa oscuridad no podía atravesarse con la vida. Los rayos de la lámpara eran demasiado débiles para iluminar algo. No se distinguía nada, salvo unos escalones toscos y deformes que se hundían en el abismo y que rápidamente se perdían en la oscuridad. Los gemidos dejaron de escucharse, pero todos pensaban que habían ascendido desde aquella caverna. Al inclinarse sobre ella, Lorenzo creyó ver algo brillante que resplandecía en la penumbra. Contempló atentamente el lugar de donde provenía y se convenció de que había una pequeña chispa de luz que aparecía y desaparecía. Les describió lo que veía a las monjas, quienes también percibían la chispa.

Cuando él les declaró su intención de descender hasta la cueva, ellas se opusieron enérgicamente, pero sus protestas no pudieron convencerlo de que desistiera de su idea. Ninguna de ellas tuvo el valor suficiente para acompañarlo ni él pudo pensar en privarlas de la lámpara. Así que solo y a oscuras se dispuso a bajar, mientras las monjas se dedicaban a rezar por su éxito y seguridad.

Los peldaños eran tan angostos y desiguales que bajar por ellos era como caminar al borde de un precipicio. La negrura que lo rodeaba lo obligaba a dar pasos inseguros. Se vio en la obligación de descender con gran precaución para no resbalar y caer en el abismo que se abría a sus pies. De hecho, esto estuvo a punto de suceder varias veces, pero llegó a tierra firme mucho antes de lo que anticipaba. Ahora se daba cuenta de que la espesa oscuridad y las tinieblas impenetrables que reinaban en aquella caverna lo habían engañado, haciéndole creer que era mucho más profunda de lo que parecía cuando la inspeccionó por primera vez. Llegó al pie de la escalera completamente ileso, se detuvo y miró a su alrededor en busca de la chispa que antes había llamado su atención. Pero la buscó en vano, puesto que todo era oscuro y sombrío. Buscó el origen de los gemidos, pero su oído no captó ningún sonido, excepto el lejano murmullo de las monjas repitiendo en voz baja el Ave María. Se mantuvo indeciso con respecto a qué lado debía dirigir sus pasos. De cualquier forma, decidió seguir adelante. Y lo hizo muy lentamente, pues temía que, en vez de acercarse, se alejara del objeto de su búsqueda. Los gemidos parecían ser de dolor o, al menos, de pena. Él esperaba tener el poder de aliviar a esa persona. Finalmente, un tono quejumbroso llegó a sus oídos desde una distancia no tan lejana. Se hizo más sonoro a medida que avanzaba y pronto volvió a ver la chispa de luz que hasta ese momento le había ocultado una pared.

Esta procedía de una pequeña lámpara que estaba sobre un montón de piedras y cuyos débiles y melancólicos rayos servían más para insinuar que para disipar los horrores de la estrecha y sombría mazmorra que había a un lado de la caverna. También mostraba otras cavidades de construcción parecida, pero cuya profundidad estaba completamente sumida en la oscuridad. La luz irradiaba fría sobre las húmedas paredes, cuya superficie manchada de rocío devolvía un pobre reflejo. Una niebla espesa y fétida nublaba la parte alta de la mazmorra abovedada. A medida que Lorenzo caminaba, sentía un frío punzante recorriéndole las venas, pero la frecuencia de los gemidos lo impulsaban a seguir avanzando. Se dirigió hacia ellos y, por los rayos brillantes de la lámpara, vio en un rincón de aquel repugnante lugar una criatura tendida sobre una cama de paja, tan miserable, demacrada y pálida, que dudó de que fuera una mujer. Estaba semidesnuda y sus largos cabellos revueltos caían desordenadamente sobre su rostro, ocultándolo casi completamente. Un brazo inutilizado colgaba desganado sobre una alfombra hecha jirones, que a su vez cubría sus miembros convulsos y temblorosos; mientras que el otro envolvía un pequeño fajo que sujetaba estrechamente contra su pecho. Cerca de ella había un rosario y enfrente un crucifijo, en el que posaba fijamente sus hundidos ojos. A su lado había una cesta y una pequeña jarra de barro.

Lorenzo se detuvo: se había quedado petrificado de horror. Contempló aquella miserable figura con repulsión y lástima. Tembló ante el espectáculo. Se enfermó del corazón. Le fallaron las fuerzas y sus extremidades fueron incapaces de soportar su peso. Se vio obligado a apoyarse en el muro bajo que tenía cerca, incapaz de moverse o dirigirse a la persona que sufría, quien en ese momento dirigía sus ojos hacia la escalera. El muro ocultaba a Lorenzo y ella no podía verlo.

—¡Nadie viene! —murmuró al cabo de un rato.

Cuando habló, su voz era hueca y le rechinaba en la garganta. Suspiró amargamente.

—¡Nadie viene! —repitió—. ¡No! ¡Me han olvidado! ¡Ya no vendrán más nunca!

Calló y luego continuó diciendo con dolor:

—¡Dos días! ¡Dos largos, largos días, y nada de comida! ¡Sin esperanza, sin consuelo! ¡Mujer tonta! ¡Cómo puedo desear alargar una vida así de miserable! ¡Y una muerte así! ¡Oh, Dios, tener una muerte así! ¡Pasar tantos años de tortura! ¡Hasta ahora no sabía lo que era pasar hambre! ¡Escucha! ¡No, no viene nadie! ¡No vendrán más!

Hizo silencio, tembló y se cubrió con la alfombra sus desnudos hombros.

—Tengo mucho frío. Todavía no me acostumbro a la humedad de esta mazmorra. Es extraño, pero ya no importa. Pronto estaré más fría y no sentiré nada. ¡Estaré fría, fría como tú!

Miró el fajo que apretaba contra su pecho. Se inclinó sobre él y lo besó. Después saltó hacia atrás y se estremeció de disgusto:

—¡Fue tan dulce alguna vez! ¡Hubiera sido tan encantador y tan parecido a él! ¡Lo he perdido para siempre! ¡Cómo ha cambiado en unos pocos días! Ni yo misma lo reconocería. Sin embargo, es tan querido para mí. ¡Dios! ¡tan querido! Olvidaré lo que es ahora y solamente recordaré lo que fue. Y lo amaré tanto como cuando era tan dulce, encantador y parecido a él. Creí que había llorado todas mis lágrimas, pero todavía hay una más aquí.

Se secó los ojos con un mechón de su pelo, extendió la mano hacia el jarro y lo tomó con dificultad. Miró dentro de este desalentada. Suspiró y volvió a dejarlo en el suelo.

—¡Está vacío! ¡No hay agua! ¡No queda ni una gota para refrescar mi paladar chamuscado y ardiente! ¡Qué no daría por un trago! ¡Y pensar que son siervos de Dios los que me hacen sufrir así! ¡Se creen santos mientras me torturan como demonios! ¡Son crueles e insensibles! ¡Me piden que me arrepienta y me amenazan con la condena eterna! ¡Oh, Dios, mi salvador! No pienses así.

Volvió a fijar la mirada en el crucifijo, tomó el rosario y, mientras repasaba sus cuentas, comenzó a orar con un rápido movimiento de los labios que daba cuenta de su fervor.

Mientras tanto, Lorenzo escuchaba estas melancólicas palabras, que afectaban su sensibilidad con aún más intensidad. La visión de inmensa desdicha provocó un fuerte impacto en él, pero logró recobrarse y avanzar hacia la cautiva. Ella escuchó sus pasos, lanzó un grito de alegría y dejó caer el rosario.

—¡Atención! ¡Atención! ¡Atención! —exclamó—. ¡Viene alguien!

Se esforzó por levantarse, pero no tenía fuerzas suficientes para el intento. Cayó de espaldas y, mientras se hundía nuevamente en la cama de paja, Lorenzo oyó el tintineo de unas cadenas pesadas. Continuó acercándose mientras la prisionera seguía hablando.

—¿Eres tú, Camila? ¿Entonces finalmente viniste? ¡Oh, ya era hora! Pensé que me habías olvidado y que estaba condenada a morir de hambre. Dame algo de beber, Camila, te lo ruego. Me desmayo con tanto ayuno y estoy tan débil que no puedo levantarme de aquí. Bondadosa Camila, dame algo de beber, si no quieres que me muera frente a ti.

Como tenía miedo de que la sorpresa fuera fatal para ella, en su estado, Lorenzo no sabía cómo hablarle.

—No soy Camila —dijo finalmente con voz lenta y suave.

—¿Quién eres, entonces? —preguntó la mujer— ¿Alicia, tal vez? ¿Violante? Mi vista se ha vuelto tan borrosa y débil que no puedo distinguir tu rostro. Pero seas quien seas, si tu corazón es capaz de sentir la menor compasión, si no eres más cruel que los lobos y los tigres, apiádate de mi sufrimiento. Me estoy muriendo por falta de sustento. Este es el tercer día desde que esta boca recibió alimento por última vez. ¿Me traes comida? ¿O solamente vienes a anunciarme mi muerte y ver cuánto tiempo me queda de agonía?

—Te equivocas —le respondió Lorenzo—. No soy un enviado de la superiora. Me conmueven tus penas y quiero aliviarlas.

—¿Aliviarlas? —repitió ella—. ¿Aliviarlas, dices?

Mientras decía esto se incorporó del suelo y, apoyándose en sus manos, miró con ansiedad al desconocido.

—¡Por Dios! ¡No es una ilusión! ¡Un hombre! ¡Háblame! ¿Quién eres tú? ¿Qué te trae por aquí? ¿Vienes a salvarme? ¿A devolverme la libertad, la vida y la luz? Habla, habla pronto, no vaya a ser que yo aliente una esperanza cuyo desengaño me destruya.

—Tranquilízate —le respondió Lorenzo con voz calmada y compasiva—. La superiora cruel de la que te quejas ya ha pagado el precio de sus pecados. No tienes nada más que temer de ella. Unos pocos minutos te devolverán la libertad y el abrazo de tus amigos, de quienes te has alejado. Puedes contar con mi protección. Dame tu mano y no temas. Permíteme conducirte adonde puedas recibir las atenciones necesarias en tu débil.

—¡Oh! ¡Sí! ¡Sí! ¡Sí! —exclamó la prisionera con un grito de júbilo—. Entonces Dios existe y es justo. ¡Qué alegría! ¡Qué alegría! Volveré a respirar el aire puro y a ver la luz del glorioso sol. ¡Iré contigo! ¡Desconocido, iré contigo! ¡Oh, el cielo te bendecirá por apiadarte de una desdichada como yo! Pero esto también debe venirse conmigo —añadió, señalando el pequeño fajo que aún estrechaba contra su pecho—. No puedo separarme de él. Lo llevaré lejos, porque convencerá al mundo de lo espantosos que son los lugares tan falsamente llamados religiosos. Buen desconocido, échame una mano para levantarme, que estoy desfallecida por la necesidad, la pena y la enfermedad. Mis fuerzas me han abandonado totalmente. ¡Así está bien!

Cuando Lorenzo se inclinó para levantarla, los rayos de la lámpara le dieron de lleno en el rostro.

—¡Dios Todopoderoso! —exclamó ella—. ¿Será posible? ¡Esa mirada y esas facciones! ¡Oh, sí, lo es, lo es...!

Extendió sus brazos para abrazarlo, pero su extenuado cuerpo no pudo soportar las emociones que le agitaban el pecho. Se desvaneció y volvió a caer sobre la cama.

Lorenzo se sorprendió esta su última exclamación. Creyó haber oído antes una voz semejante a la versión hueca que acababa de escuchar, pero no se acordaba dónde. Vio que en esa situación de peligro era absolutamente necesaria una ayuda médica inmediata y se apresuró en sacarla de la mazmorra. Al principio, se lo impidió una pesada cadena que rodeaba su cuerpo y la sujetaba al muro contiguo. Sin embargo, por la fuerza que poseía naturalmente y la ansiedad que sentía por aliviar a la desdichada mujer, pronto forzó la presa a la que estaba sujeto un extremo de la cadena. Luego, tomándola entre sus brazos, se dirigió a la escalera. Los rayos de la lámpara de arriba, así como el murmullo de voces femeninas, fueron guiando sus pasos. Subió las escaleras y en pocos minutos llegó nuevamente hasta la reja.

Durante su ausencia, las monjas se habían atormentado terriblemente, tanto por la curiosidad como por el miedo. Así que estaban igualmente sorprendidas y encantadas al verlo salir repentinamente de la cueva. Sus corazones se llenaron de compasión por la miserable criatura que llevaba en brazos. Mientras las monjas, en particular Virginia, se esforzaban por hacerla volver en sí, Lorenzo les contó brevemente cómo la había encontrado. Luego vio que el tumulto ya se había calmado y les dijo que ya podía conducirlas hacia sus amigos sin correr peligro alguno. Todas estaban impacientes por abandonar el sepulcro, sin embargo, para evitar toda posibilidad de ser maltratadas, pidieron a Lorenzo que fuera él solo primero y examinara si el camino estaba despejado. Él accedió a esta petición y Elena se ofreció a conducirlo a la escalera. Ya estaban a punto de partir cuando una fuerte luz comenzó a destellar a través de los pasadizos de las paredes adyacentes. Al mismo tiempo, se escucharon pasos de un número considerable de gente acercándose apresuradamente. Las monjas se alarmaron mucho ante esta circunstancia, puesto que supusieron que su escape había sido descubierto y que los alborotadores las perseguirían. Abandonando rápidamente a la prisionera, que permanecía inconsciente, se congregaron alrededor de Lorenzo y le recordaron su promesa de protegerlas. Solamente Virginia olvidó el peligro que corría al esforzarse por aliviar las penas de la desdichada mujer. Apoyó la cabeza de ella sobre sus rodillas, bañó su frente con agua de rosas y le frotó las manos frías, salpicándole el rostro con las lágrimas que su compasión le hacía soltar. Cuando los desconocidos se acercaron, se disipó el temor de las monjas. El nombre de Lorenzo, pronunciado por varias voces, entre las que distinguió la del duque, resonó en las bóvedas y lo convenció de que era él a quien buscaban. Les comunicó esta información a las monjas, quienes la recibieron con mucho entusiasmo. Pocos instantes después confirmó esta idea. Aparecieron don Ramiro y el duque, seguidos por su tropa cargando con antorchas. Lo habían estado buscando por las bóvedas para hacerle saber que el pueblo se había dispersado y que el motín había terminado. Lorenzo relató brevemente su aventura en la caverna y explicó cuánto necesitaba asistencia médica la desconocida mujer. Rogó al duque que se hiciera cargo de ella, así como de las monjas y pensionistas.

—En cuanto a mí —dijo—, otras ocupaciones me llaman. Mientras usted, con la mitad de los soldados, acompaña a estas señoras a sus respectivos hogares, quisiera que la otra mitad viniera conmigo. Revisaré hasta los rincones más secretos de la caverna de abajo y no descansaré hasta que me convenza de que esta desafortunada víctima es la única que el fanatismo encerró en estas bóvedas.

El duque aprobó su idea y don Ramiro se ofreció a acompañarlo en su inspección, propuesta que aceptó con gratitud.

Después de haber dado las gracias a Lorenzo, las monjas se encomendaron al cuidado de su tío y fueron conducidas al exterior del sepulcro. Virginia pidió que la dejaran a cargo de la desconocida y prometió avisar a Lorenzo en cuanto estuviera lo bastante recuperada como para aceptar visitas. En realidad, hizo esta promesa más por consideración a sí misma que a Lorenzo o a la mujer. Había presenciado con emoción la cortesía, gentileza e intrepidez de él y deseaba fervientemente conservar su amistad. Además de los sentimientos de piedad que le inspiraba la mujer cautiva, esperaba que su atención hacia ella la elevara en la estima de Lorenzo. No tuvo ocasión de preocuparse por esto, puesto que la bondad y la tierna preocupación que ya había demostrado le habían hecho ganar un lugar importante en su corazón. Mientras se ocupaba en aliviar las penas de la mujer, la naturaleza de lo que hacía la adornaba con nuevos encantos y la hacía mil veces más interesante. Lorenzo la miraba con admiración y deleite. La consideraba un ángel ministerial que descendía en ayuda de la afligida inocencia. Ni su corazón hubiera podido resistirse a su atractivo si no hubiera estado marcado por el recuerdo de Antonia.

El duque puso a salvo a las monjas en las casas de sus respectivos familiares. La prisionera rescatada continuaba inconsciente y no daba señales de vida, excepto por uno que otro gemido. La ubicaron en una especie de litera. Virginia, quien no se apartaba de su lado, temía que, agotada por su prolongado ayuno y sacudida por el repentino paso de la oscuridad a la luz, su cuerpo no pudiera soportar el impacto. Lorenzo y don Ramiro se quedaron en el mausoleo. Después de analizar el procedimiento que seguirían, decidieron que, para no perder el tiempo, los soldados se dividirían en dos grupos: el de don Ramiro examinaría la cueva y el de Lorenzo entraría en las bóvedas posteriores. Una vez decidido esto y provistos de antorchas todos, don Ramiro se internó en la cripta. Ya había descendido algunos escalones, cuando oyó gente que se acercaba a toda prisa desde la parte interior del mausoleo. Esto lo sorprendió y salió de la cueva a toda prisa.

—¿Oyen pasos? —preguntó Lorenzo—. Vayamos hacia ellos. Parecen venir desde este lado.

En ese momento, un grito agudo y penetrante lo hizo apurar el paso.

—¡Socorro! ¡Socorro, por el amor de Dios! —gritó una voz cuyo tono melodioso llenó de horror el corazón de Lorenzo.

Voló hacia el grito con la velocidad de un rayo y fue seguido de cerca por don Ramiro con igual rapidez.

Capítulo IV

Great Heaven! How frail thy creature Man is made!
How by himself insensibly betrayed!
In our own strength unhappily secure,
Too little cautious of the adverse power,
On pleasure's flowery brink we idly stray,
Masters as yet of our returning way:
Till the strong gusts of raging passion rise,
Till the dire Tempest mingles earth and skies,
And swift into the boundless Ocean borne,
Our foolish confidence too late we mourn:
Round our devoted heads the billows beat,
And from our troubled view the lessening lands retreat.[19]
Matthew Prior, Solomon on the Vanity of the World.
A Poem in Three Books.

Durante ese, Ambrosio no tuvo noción de las horribles escenas que se desarrollaban tan cerca de él. La ejecución de su plan respecto de Antonia ocupaba todos sus pensamientos. Hasta ese momento se sentía satisfecho con el éxito alcanzado. Antonia había bebido el narcótico, se encontraba sepultada en la cripta de Santa Clara y a su entera disposición. Matilde, quien conocía perfectamente los efectos del soporífero, calculó que no dejaría de actuar sino hasta la una de la mañana. El abad aguardaba esa hora con mucha impaciencia. La festividad de Santa Clara le ofrecía la oportunidad perfecta para consumar su acto. Estaba seguro de que los

19 *¡Gran Cielo! ¡Qué frágil es tu criatura, el Hombre! / ¡Cuán insensiblemente traicionado por sí mismo! / En nuestras propias fuerzas infelizmente seguros, / muy poco precavidos ante el poder adverso, / al borde florido del placer nos perdemos ociosamente. / Aún dueños de nuestro camino de regreso, / hasta que fuertes ráfagas de furiosa pasión se eleven, / hasta que la terrible Tempestad mezcle tierra y cielo / y llevados velozmente hacia el Océano sin límites, / nuestra tonta confianza muy tarde lamentemos. / Alrededor de nuestras cabezas devotas las olas baten / y de nuestra atribulada vista se retiran tierras menguantes.*

frailes y las monjas participarían en la procesión y de que no habría motivos para temer ser interrumpido. Dio los pasos necesarios para ser excusado de presentarse a la cabeza de los monjes. No dudaba de que, sin ayuda a su alcance, completamente alejada del mundo y bajo el poder de Ambrosio, Antonia se sometería a su deseo. El afecto que siempre había expresado por él garantizaba esa convicción. Pero de cualquier modo decidió que, si se mostraba reacia, ninguna consideración le impediría adueñarse de ella. Seguro de que no sería descubierto, no retrocedía ante la idea de usar la fuerza. Si sentía alguna repugnancia, no provenía de un principio de vergüenza o compasión, sino de que sentía por Antonia el afecto más sincero y ardiente. Y de que no quería deber favores a nadie más que a sí mismo.

Los monjes salieron de la abadía cuando se hizo la medianoche. Matilde se encontraba entre los cantantes y encabezaba los coros. Ambrosio permaneció solo y libre de hacer lo que quisiera. Convencido de que nadie presenciaría sus actos o interrumpiría su plan, fue a toda prisa a las naves del oeste. El corazón le palpitaba por una mezcla de esperanza y ansiedad. Cruzó el jardín, abrió la puerta que permitía entrar en el cementerio y en unos pocos minutos estuvo frente a la cripta. Allí se detuvo.

Miró a su alrededor con cautela, consciente de que lo que hacía no debía ser presenciado por ojos ajenos, y, mientras dudaba, oyó el melancólico chillido de una lechuza. El viento repiqueteaba con fuerza en las ventanas del convento de al lado y, cuando la corriente de aire pasaba junto a él, traía consigo las débiles notas del canto que entonaba el coro. Abrió la puerta con precaución, como si temiera que lo fueran a escuchar. Entró y volvió a cerrarla detrás de sí. Guiado por su lámpara, recorrió los largos pasajes, cuyos serpenteos Matilde le había descrito, y llegó hasta la bóveda privada en la cual se encontraba su amada dormida.

La entrada no era en absoluto fácil de encontrar, pero eso no fue obstáculo para Ambrosio, quien al momento de enterrar a Antonia se había fijado demasiado bien como para dejarse engañar. Halló la puerta, que estaba descorrida, la empujó y descendió hasta el calabozo. Se acercó a la humilde tumba en la que descansaba Antonia. Se había provisto de un cuervo de hierro y un pico, aunque esta precaución era innecesaria. La reja estaba ligeramente cerrada por fuera. La levantó y, dejando la lámpara sobre su filo, se inclinó silenciosamente sobre la tumba. Junto a tres cuerpos putrefactos y medio descompuestos yacía la bella durmiente. Un rojo vivo, que anunciaba su retorno a la consciencia, se había extendido ya por sus mejillas. Y envuelta en su mortaja, reclinada sobre su urna, parecía sonreír a las imágenes de la muerte que tenía a su alrededor. Mientras contemplaba esos podridos huesos y repugnantes figuras, que tal vez fueron en otro tiempo dulces y encantadoras, Ambrosio pensó en Elvira, convertida por él en lo mismo. Cuando el recuerdo de aquel horrible suceso se asomó a su mente, se nubló con un sombrío terror. Sin embargo, esto solamente sirvió para fortalecer su decisión de destruir el honor de Antonia.

—¡Por ti, fatal belleza! —murmuró el monje mientras contemplaba a su presa—. ¡Por ti cometí ese asesinato y me vendí a la eterna tortura! Ahora estás en mi poder y al menos el producto de mi culpa será de mi sola posesión. No esperes que tus plegarias dichas en tonos melodiosos, que tus ojos brillantes llenos de lágrimas y que tus manos alzadas en súplica, como cuando se busca el perdón de la Virgen en la penitencia, no esperes que tu conmovedora inocencia, tu bello dolor o todas tus artes suplicantes, te rescaten de mí. ¡Antes de que amanezca, mía debes ser y mía serás!

La levantó, todavía inmóvil, de la tumba. Se sentó en un banco de piedra y, sosteniéndola entre sus brazos, esperó impacientemente que aparecieran los síntomas de que regresaba a la vida. Apenas podía controlarse lo suficiente como para abstenerse de hacer algo cuando se encontraba en ese estado. Su pasión había aumentado por las dificultades que había tenido para su satisfacción, además de su prolongada abstinencia, ya que Matilde lo había exiliado de sus brazos desde el momento en que había renunciado al amor de él.

—Yo no soy una cualquiera, Ambrosio —le dijo cuando él se lo pidió como favor con una avidez mayor de la habitual, en la plenitud de sus impulsos—. No soy más que tu amiga y no seré tu amante. Deja entonces de solicitarme que satisfaga un deseo que me insulta. Mientras tu corazón era mío, gocé contigo. Pero esos tiempos felices han pasado. Me he vuelto indiferente para ti y la necesidad, no el amor, es lo que te hace buscarme. No puedo aceptar un pedido tan humillante para mi orgullo.

Repentinamente privado de placeres que se habían convertido en una absoluta necesidad, el monje sintió severamente esta restricción. Naturalmente adicto a la gratificación de los sentidos y en pleno vigor de la virilidad y calor de la sangre, había dejado que su temperamento adquiriera tal influencia que su lujuria se había convertido en locura. De su afecto por Antonia no quedaban más que las partículas más repudiables. Ansiaba poseer su cuerpo y hasta la penumbra de la bóveda, el silencio que lo rodeaba y la resistencia que esperaba de ella parecían dar un nuevo impulso a sus deseos más feroces y desenfrenados.

Poco a poco sintió cómo el calor volvía al pecho que descansaba contra el suyo. Su corazón volvió a latir, su sangre fluyó con mayor rapidez y sus labios se comenzaron a mover. Por fin abrió los ojos. Pero, todavía desconcertada por los efectos del fuerte somnífero que le había sido suministrado, los volvió a cerrar de inmediato. Ambrosio la observaba atentamente, sin dejar que se le escapara ni uno solo de sus movimientos. Percibiendo que ella estaba completamente recuperada, la aprisionó en su pecho y apretó sus labios contra los de ella a la fuerza. Lo repentino de su acción bastó para disipar la niebla en la mente de Antonia. Ella se levantó apresuradamente y lanzó una mirada rabiosa a su alrededor. Las extrañas imágenes que le llegaban por todas partes la confundían. Se llevó la mano a la cabeza, como para calmar su imaginación desbocada. Al final la retiró, miró por segunda vez a través de aquella mazmorra y se fijó en el rostro del abad.

—¿Dónde estoy? —dijo bruscamente—. ¿Cómo llegué aquí? ¿Dónde está mi madre? ¡Me parece haberla visto! ¡Oh, un sueño, un horrible, horrible sueño me dijo...! Pero ¿dónde estoy? ¡Déjeme ir! ¡No puedo quedarme aquí!

Intentó levantarse, pero el monje se lo impidió.

—¡Tranquilízate, querida Antonia! —respondió—. Aquí no corres peligro alguno. Confía en que te protegeré. ¿Por qué me miras con esa seriedad? ¿No me reconoces? ¿No conoces a tu amigo Ambrosio?

—¿Ambrosio? ¿Mi amigo? ¡Oh, sí, sí! Lo recuerdo... Pero ¿qué hago aquí? ¿Quién me ha traído? ¿Por qué estás conmigo? ¡Oh, Flora me lo advirtió! ¡Aquí no hay más que tumbas y esqueletos! ¡Este lugar me da miedo! ¡Buen Ambrosio, llévame lejos de aquí, me recuerda a mi pesadilla! ¡Pensaba que estaba muerta y yacía en mi tumba! Buen Ambrosio, sácame de aquí. ¿No lo harás? ¡Oh! ¿No lo harás? No me mires así. ¡Esos ojos en llamas me aterrorizan! ¡Perdóname, padre! ¡Oh, por el amor de Dios, perdóname!

—¿A qué viene ese miedo, Antonia? —le respondió el abad, tomándola entre sus brazos y cubriéndola de besos que en vano ella forcejeó por evitar—. ¿Qué es lo que temes de mí, que te adoro? ¿Qué importa dónde estés? Este sepulcro me parece la casa del amor. Esta penumbra es la noche amistosa del misterio que Él extiende sobre nosotros. Así lo veo yo y así debes verlo también, mi Antonia. ¡Sí, mi dulce niña!

Tus venas arderán con las llamas que circulan por las mías y mis arrebatos se duplicarán porque tú los compartirás.

Mientras hablaba, repitió su abrazo y se permitió las libertades más ilícitas. Incluso, a pesar de su ignorancia, Antonia no pudo dejar de entender hasta qué punto la conducta del religioso era culposa. Se dio cuenta del peligro que la acechaba y se arrancó de sus brazos. Como la mortaja era su única vestimenta, se envolvió todavía más en ella.

—¡No te me acerques! —gritó con una sincera indignación, solamente atenuada por la alarma ante su desamparo—. ¿Por qué me trajiste hasta este lugar? ¡Tu aspecto me hiela la sangre! Sácame de aquí, si tienes el menor sentimiento de compasión y humanidad por mí. Deja que vuelva a mi casa, que no sé cómo dejé en primer lugar. No quiero ni debo quedarme un momento más.

Aunque el monje se sobresaltó un poco por el tono decidido con el que pronunció esto, su discurso no produjo en él otro efecto que el de la sorpresa. La tomó de la mano, la obligó a sentarse en sus rodillas y mirándola con ojos voraces le dijo:

—Tranquilízate, Antonia. Resistirse es inútil y ya no necesito renegar más de mi pasión por ti. Todos piensan que estás muerta, así que la sociedad está perdida para ti por siempre. Te poseo aquí, sola; estás absolutamente en mi poder. Ardo en un deseo que debo gratificar o, de lo contrario, me matará. Pero igualmente te debería mi felicidad a ti. ¡Mi adorada niña! ¡Mi adorada Antonia! Déjame enseñarte una alegría para las que todavía eres una extraña y a sentir en mis brazos los placeres que pronto disfrutaré en los tuyos. No, tu lucha es infantil —continuó, viéndola rechazar sus caricias y esforzarse por escapar de sus garras—. Ni el cielo ni la tierra te salvarán de mí. Pero ¿por qué rechazar placeres tan dulces y exultantes? Nadie nos está observando. Nuestro amor será un secreto para todo el mundo. El amor y la oportunidad te invitan a dar rienda suelta a tu deseo. ¡Ríndete ante él, Antonia mía! ¡Ríndete ante él, mi hermosa niña! Rodéame con tus brazos y une tus labios a los míos. Entre todos sus dones, ¿te ha negado la naturaleza el más precioso, sentir placer? ¡Oh, es imposible! Cada rasgo, mirada y movimiento declaran que estás hecha para bendecir y ser bendecida tú misma. No vuelvas hacia mí esos ojos suplicantes. Date cuenta de tus propios encantos y te dirán que soy a prueba de súplicas. ¿Puedo renunciar a estas extremidades tan blancas, suaves y delicadas? ¿A estos pechos prominentes, redondos, llenos y elásticos? ¿A estos labios cargados de inagotable dulzura? ¿A estos tesoros, dejando que otros los disfruten? No, Antonia. ¡Nunca, nunca! Te lo juro por este beso. Y este y este.

A cada instante que pasaba, la pasión del fraile se hacía aún más fuerte, al igual que el terror que sentía Antonia por él. Ella luchó por soltarse de sus brazos, pero sus esfuerzos fueron en vano y, viendo que la conducta de Ambrosio se volvía todavía más desaforada, gritó pidiendo auxilio con todas sus fuerzas. El aspecto de la bóveda, la pálida iluminación de la lámpara, la oscuridad que la rodeaba, la vista de la tumba y los objetos mortales que se encontraron con sus ojos a ambos lados; todo parecía cruelmente calculado para inspirarle lo contrario de aquellas emociones que agitaban tanto al fraile. Incluso sus caricias la aterrorizaban por su brusquedad y no le daban otro sentimiento que el miedo. Por el contrario, su miedo, su evidente repugnancia y su incesante forcejeo solo parecían incitar el arrebato del monje y dar más potencia a su brutalidad. Los gritos de Antonia no fueron oídos. Sin embargo, ella continuó con ellos y no abandonó sus esfuerzos por escapar hasta que, ya agotada y sin aliento, se desplomó de sus brazos al suelo, cayendo de rodillas. Una vez más recurrió a las oraciones y súplicas, pero este intento no tuvo más éxito que el anterior. Por el contrario, aprovechándose de esa situación, el monje se arrojó a su lado y la estrechó contra su pecho, casi sin vida de tanto miedo y desfallecida por la lucha. Ahogó sus gritos con besos, la trató con la rudeza de un bárbaro sin principios, no escatimó en hacer lo que quería con ella y, en medio de la violencia de su delirio lujurioso, hirió y magulló su cuerpo. Sin hacer caso de sus lágrimas, gritos y súplicas, poco a poco se hizo dueño de su persona y no desistió de ella hasta que hubo consumado su crimen y la deshonra de Antonia.

Apenas hubo logrado su propósito, se estremeció por lo que había hecho y los medios que había utilizado para conseguirlo. El mismo afán excesivo por poseer a Antonia ahora contribuía a inspirarle repugnancia y un impulso secreto le hizo sentir lo perverso y poco viril del crimen que acababa de cometer. Se apartó precipitadamente de sus brazos. Ella, que hasta hace tan poco era su objeto de adoración, ahora no despertaba en su corazón más sentimientos que aversión y rabia. Se apartó y, si sus ojos se posaron involuntariamente en ella, fue solamente para clavarle miradas de odio. La desdichada se había desmayado antes de que se consumara la desgracia y solamente recobró la conciencia para darse cuenta de lo ocurrido. Permaneció tendida sobre la tierra, silenciosa y desesperada. Las lágrimas brotaban lentamente por sus mejillas y su pecho se agitaba con sus frecuentes sollozos. Devastada por el dolor, continuó durante algún tiempo en este estado de letargo. Finalmente, se levantó con dificultad y, arrastrando sus débiles pasos hacia la salida, se dispuso a dejar la mazmorra.

El sonido de aquellos pasos despertó al monje de su apatía. Saliendo de la tumba en la que se había acostado mientras sus ojos vagaban por las imágenes de corrupción que esta contenía, persiguió a la víctima de su brutalidad y pronto la atrapó. La agarró por el brazo y la obligó violentamente a volver al calabozo.

—¿A dónde vas? —preguntó con voz severa—. ¡Vuelve en este instante!

Antonia tembló ante la furia de su semblante.

—¿Qué más quieres? —preguntó con encogimiento—. ¿No me arruinaste por completo? ¿No estoy perdida, perdida para siempre? ¿No está satisfecha tu crueldad o aún debo sufrir más? Deja que me vaya. ¡Déjame volver a mi casa a llorar sin freno por mi vergüenza y aflicción!

—¿Volver a tu casa? —repitió el monje en un amargo y despectivo tono burlón y con una mirada que repentinamente ardió de pasión—. ¿Para qué? ¿Para que me denuncies ante el mundo entero? ¿Para que me proclames hipócrita, violador, traidor o monstruo de la crueldad, lujuria e ingratitud? ¡No, no, no! Conozco bien el peso de mis delitos. ¡Tus quejas serían demasiado justas y mis crímenes demasiado evidentes! Me rehúso a que digas de aquí a Madrid que soy un villano y que mi conciencia está cargada de pecados! ¡Que me desespero por el perdón de Dios! ¡Muchacha desgraciada, debes quedarte aquí conmigo! Aquí, entre estas tumbas solitarias, estas imágenes de la muerte, estos putrefactos y repugnantes cuerpos corruptos. Aquí te quedarás y serás testigo de mi sufrimiento. ¡Testigo de lo que es morir en el horror del abatimiento y exhalar el último gemido entre blasfemias y maldiciones! ¿Y a quién debo agradecer todo esto? ¿Qué fue lo que me llevó a cometer crímenes cuyo solo recuerdo me estremece? ¡Bruja fatal! ¿Acaso no fue tu belleza? ¿No llevaste mi alma a la infamia? ¿No me convertiste en un hipócrita perjuro, violador y asesino? ¿Acaso en este momento esa mirada angelical no me hace desesperarme por el perdón de Dios? Oh, cuando esté ante su trono en el juicio final, esa mirada bastará para condenarme. Le dirás a mi juez que eras feliz hasta que yo te encontré, que eras inocente hasta que yo te corrompí. Vendrás con esos ojos llorosos, esas mejillas pálidas y cadavéricas, esas manos suplicantes, como cuando me pediste una misericordia que no te concedí. Entonces mi perdición será segura, vendrá el espíritu de tu madre y me arrojará a las fauces del demonio, las llamas, las furias y los tormentos eternos. ¡Y serás tú quien me acuse! ¡Tú quien causará mi angustia eterna! ¡Tú, desdichada muchacha! ¡Tú! ¡Tú!

Mientras estallaba en estas palabras, tomó violentamente el brazo de Antonia y escupió la tierra con furia delirante.

Suponiendo que estaba desquiciado, Antonia cayó aterrorizada de rodillas, levantó las manos y su voz casi se apagó antes de que pudiera dejarla salir.

—¡Déjame vivir, déjame vivir! —murmuró con dificultad.

—¡Silencio! —gritó el monje con una voz demente y la arrojó al suelo.

La dejó y se paseó por la mazmorra con aire salvaje y trastornado. Sus ojos se movían temerosos, y Antonia temblaba cada vez que se encontraba con su mirada. Él parecía pensar en algo horrible, por lo que ella ya había renunciado a toda esperanza de escapar viva del sepulcro. Sin embargo, esta idea no era del todo certera, porque en medio del horror y la repugnancia de la que era presa su alma, el monje todavía sentía algo de lástima por su víctima. Una vez pasado el arrebato de pasión, hubiera dado lo que fuera por devolverle la inocencia de la que su lujuria desenfrenada la había privado. Del deseo que lo había impulsado al crimen no quedaba rastro en su corazón. Toda la riqueza de la India no lo habría tentado a cometer el mismo acto. Su naturaleza parecía rebelarse ante esta sola idea y hubiera querido borrar de su memoria la escena que acababa de provocar. A medida que su sombría rabia disminuía, aumentaba su compasión por Antonia. Se detuvo. Hubiera querido decirle algunas palabras de aliento, pero no sabía de dónde sacarlas y se quedó mirándola con una tristeza salvaje. La situación de Antonia parecía tan desesperada y desconsolada que el poder mortal no podía aliviarla. ¿Qué podía hacer por ella? Había perdido su paz mental y su honor había caído en una irreparable ruina. Estaba aislada para siempre de la sociedad y Ambrosio no se atrevía a reintegrarla, pues era consciente de que si ella volvía al mundo exterior su culpa sería revelada y su castigo no tardaría en llegar. Para alguien culpable de tantos crímenes, la muerte venía armada con un miedo tremendo. Sin embargo, si él devolvía a Antonia a su vida de antes y le daba la oportunidad de que lo traicionara, qué miserable perspectiva se abriría ante ella. Nunca sería reconocida. Quedaría marcada por la infamia y condenada al dolor y la soledad por el resto de su vida. ¿Cuál era la alternativa, entonces? Una solución mucho más terrible para Antonia, pero que al menos garantizaría la seguridad del abad. Decidió dejar que el mundo se siguiera convenciendo de su muerte, manteniéndola cautiva en aquella sombría prisión. Le propuso visitarla todas las noches, llevarle comida, profesar su penitencia y mezclar sus lágrimas con las de ella. El monje sintió que esta solución era injusta y cruel, pero era su única manera de evitar que Antonia revelara su culpa y su propia infamia. Si la liberaba, no podría contar con su silencio. Su ofensa era demasiado flagrante para esperar el perdón. Además, su reaparición alborotaría la curiosidad de todos y su fuerte aflicción le impediría ocultar su origen. Decidió entonces que Antonia permaneciera prisionera en el calabozo.

Se acercó a ella confundido y la levantó del suelo. La mano de ella tembló cuando la tomó y volvió a soltarla como si hubiera tocado una serpiente. Su naturaleza parecía hacerlo retroceder ante el contacto. Se sintió a la vez repelido y atraído hacia ella, pero no podía explicar ninguno de los dos sentimientos. Había algo en su mirada que lo llenó de horror y, aunque aún no lo entendía bien, la conciencia le señaló la magnitud de su crimen. Con un hablar apresurado, pero lo más suave posible, mientras su mirada se desviaba y su voz era apenas audible, se esforzó por consolarla ante una desgracia que a este punto ya no podía evitarse. Se declaró sinceramente arrepentido de lo que había hecho y le señaló que con gusto derramaría una gota de sangre por cada lágrima que su barbarie había hecho brotar. Desdichada y desesperada, Antonia lo escuchó silenciosamente en medio del dolor. Pero cuando él le anunció que la dejaría confinada en el sepulcro, ese terrible destino al que inclusive la muerte parecía preferible, despertó de su aturdimiento al instante. Pasar una vida miserable en una celda estrecha y repugnante, de cuya existencia no tenía conocimiento ningún otro ser humano aparte de su violador, rodeada de cadáveres enmohecidos, respirando el aire pestilente de la descomposición, sin volver a ver la luz ni a sentir el viento puro del cielo, era una idea más horrible de lo que podía soportar. Incluso tanto que sobrepasó su aversión al fraile y la hizo caer de rodillas nuevamente. Le suplicó que tuviera compasión de ella en los términos más enérgicos y urgentes. Prometió que, si él le devolvía la libertad, ocultaría sus heridas al mundo, alegaría cualquier razón para su reaparición que él juzgara conveniente y, para evitar que la menor sospecha recayera en él, se ofreció a abandonar Madrid de inmediato. Sus ruegos fueron tan apremiantes que causaron una gran impresión en el monje. Él pensó que, como ya no sentía deseo por ella, no tenía ningún interés en mantenerla escondida como había pretendido al principio. Que solo estaría añadiendo un nuevo daño a los que ya había sufrido. Y que si ella cumplía sus promesas, tanto si ella estaba confinada como en libertad, su vida y su reputación estaban igual de seguras. Por otra parte, temía que, en su aflicción, Antonia rompiera involuntariamente su compromiso o que su excesiva simpleza e ignorancia del engaño permitieran a alguien más astuto descubrir su secreto. Por muy fundadas que fueran estos miedos, la compasión y el sincero deseo de reparar su falta en la medida de lo posible lo hicieron acceder a sus plegarias. La dificultad de explicar el inesperado regreso de

Antonia a la vida, después de su supuesta muerte y entierro público, era el único punto que no lo dejaba decidirse. Todavía estaba reflexionando sobre cómo superar este obstáculo cuando escuchó el ruido de unos pies que se acercaban precipitadamente. La puerta de la bóveda se abrió de golpe y Matilde entró corriendo, evidentemente muy confundida y aterrorizada.

Al ver entrar a una desconocida, Antonia prorrumpió en un grito de alegría, pero su esperanza de recibir ayuda se disipó muy pronto. El supuesto novicio, que no expresó la menor sorpresa al encontrar a una mujer a solas con el monje, en un lugar tan raro y a una hora tan tardía, le habló sin perder un instante:

—¿Qué haremos, Ambrosio? Estaremos completamente perdidos, a menos de que se encuentre alguna manera rápida de dispersar a los amotinados. El convento de Santa Clara está en llamas. La superiora ha muerto, víctima de la violencia de la muchedumbre. La abadía ya corre peligro de sufrir igual suerte. Alarmados ante las amenazas de la gente, los monjes te han buscado por todos lados. Se imaginan que tu autoridad, por sí sola, bastará para calmar los disturbios. Nadie sabe qué te ha pasado y tu ausencia ha generado asombro y desesperación. Yo aproveché la confusión y corrí hasta aquí para avisarte del peligro.

—Eso se resolverá muy pronto —contestó el abad—. Enseguida regresaré a mi celda. Una excusa cualquiera explicará mi ausencia.

—¡Imposible! —le respondió Matilde—. La cripta está llena de soldados. Lorenzo de Medina y varios funcionarios de la Inquisición están registrando las bóvedas y recorriendo los pasadizos. Te atraparán en la huida, indagarán las razones por las que estuviste hasta tan tarde en el mausoleo y encontrarán a Antonia. ¡Entonces estarás perdido para siempre!

—¿Lorenzo de Medina? ¿Funcionarios de la Inquisición?

¿Qué los trae por aquí? ¿Qué es lo que buscan? ¿Sospechan de mí? ¡Oh, habla, Matilde! ¡Respóndeme, ten piedad!

—Hasta ahora no sospechan de ti, pero temo que pronto lo harán. Tu única posibilidad de evitar que te descubran está en esta bóveda tan difícil de explorar. La puerta se encuentra muy bien oculta. Tal vez no la vean y quizá así podamos permanecer ocultos hasta que termine el registro.

—Pero Antonia... Si los inquisidores se acercan y oyen su llanto...

—¡Yo eliminaré ese riesgo! —lo interrumpió Matilde.

Y en ese instante extrajo un puñal y se precipitó sobre Antonia.

—¡Espera, espera! —le gritó Ambrosio, agarrándole la mano y arrancándole el arma que empuñaba—. ¿Qué quieres hacer, mujer cruel? ¡La desgraciada ya sufrió demasiado gracias a tus consejos perversos! ¡Ojalá nunca los hubiera seguido! ¡Ojalá Dios nunca hubiera permitido que te conociera!

Matilde le lanzó una mirada de odio.

—¡Absurdo! —exclamó con una pasión y majestuosidad que asombraron al monje—. Después de arrebatarle todo cuanto la hacía digna, ¿tienes miedo de privarla de una vida tan miserable? ¡Pero está bien! Que viva para que te convenzas de tu propia locura. ¡Te dejo con tu malvado destino! ¡Rechazo esta alianza! Quien teme cometer un crimen tan insignificante, no merece mi protección. ¡Escucha, escucha! Ambrosio, ¿no oyes a los arqueros? ¡Ya vienen y tu destrucción será inevitable!

En ese momento, el fraile oyó el sonido de voces lejanas. Corrió hacia la puerta, que Matilde había olvidado cerrar y de cuya imperceptibilidad dependía su seguridad, pero antes de que pudiera llegar vio que Antonia se deslizaba repentinamente junto a él, corría hacia la puerta, la atravesaba y se dirigía hacia el grupo de personas con la velocidad de una flecha. Había oído con atención a Matilde, escuchó que mencionaban el nombre de Lorenzo y decidió arriesgarse para lograr su protección. La puerta se encontraba abierta. El origen de los ruidos la convencieron de que los soldados no podían encontrarse muy lejos. Reunió las pocas fuerzas que le quedaban, pasó junto al monje antes de que este se diera cuenta de lo que pretendía y se encaminó a toda velocidad hacia las voces. En cuanto se recobró de su sorpresa inicial, el abad salió persiguiéndola. En vano redobló Antonia sus pasos y forzó cada parte de su cuerpo al máximo. Su enemigo ganaba terreno a cada instante. Oyó sus pasos demasiado cerca y sintió el calor de su aliento en la nuca. Finalmente la alcanzó, hundió su mano en sus rizos y trató de arrastrarla de regreso a la mazmorra. Antonia se resistió con todas las fuerzas que tenía. En vano se esforzó el monje en amenazarla para que guardara silencio.

—¡Socorro! —siguió gritando ella—. ¡Socorro! ¡Socorro! ¡Por el amor de Dios!

Acelerados por sus gritos, oyeron pasos que se acercaban. El abad esperaba ver llegar a los inquisidores en cualquier momento. Antonia seguía resistiéndose y ahora él le imponía silencio por los medios más horribles e inhumanos. Seguía sujetando el puñal de Matilde y, sin permitirse un momento para pensar, lo levantó y lo clavó dos veces en el pecho de Antonia. Ella gritó y cayó al suelo. El monje intentó llevársela con él, pero ella seguía abrazada al pilar con firmeza. En aquel instante, la luz de las antorchas que se acercaban alumbró los muros. Temiendo ser descubierto, Ambrosio se vio obligado a dejar a su víctima y huyó apresuradamente a la bóveda, donde se había quedado Matilde.

Pero no huyó sin ser visto. Don Ramiro, que llegó primero, vio a una mujer sangrando en el suelo y a un hombre que salía corriendo del sitio, cuya confusión lo delató como asesino. Inmediatamente siguió al fugitivo con algunos de los arqueros, mientras los demás se quedaban con Lorenzo para proteger a la herida. La levantaron y la sostuvieron en brazos. Se había desmayado por el intenso dolor, pero pronto dio señales de recobrar la conciencia. Abrió los ojos y, al levantar la cabeza, cayó hacia atrás el cabello rubio que hasta entonces había ocultado sus rasgos.

—¡Dios Todopoderoso! ¡Es Antonia!

Lorenzo gritó esto a todo pulmón, mientras se la arrebataba de los brazos a sus acompañantes y la estrechaba en los suyos.

Aunque había sido apuntada por una mano insegura, el puñal había respondido demasiado bien al propósito del abad. Las heridas eran mortales y Antonia era consciente de que ya no viviría. Sin embargo, los pocos momentos que le quedaban fueron felices. La preocupación en el semblante de Lorenzo, la frenética afición de sus quejas y sus serias preguntas acerca de sus heridas, todo esto la convenció más allá de cualquier duda de que su afecto era mutuo. No quiso que la sacaran de las bóvedas, temiendo que el movimiento acelerara su muerte. No quiso perder ni uno de los momentos que pasó recibiendo el amor de Lorenzo y asegurándole el suyo. Le dijo que, de haber sido virgen todavía, habría lamentado perder la vida, pero que al estar privada del honor y marcada por la vergüenza, la muerte era para ella una bendición. No hubiera podido ser su esposa, y habiéndole sido negada esa esperanza, se resignó a la tumba sin un momento de pesar. Le dio valor, le pidió que no se abandonara a una pena inútil y le declaró que lo único que le dolía dejar en el mundo era a él. Aunque cada dulce palabra aumentaba, en vez de aligerar, la pena de Lorenzo, ella continuó conversando con él hasta el momento de morir. Su voz se hizo débil y apenas audible, una espesa nube se extendió en sus ojos, su corazón comenzó a latir lenta e irregularmente y cada instante parecía anunciar que su destino estaba por llegar.

Tenía la cabeza recostada en el pecho de Lorenzo y sus labios seguían murmurándole palabras de consuelo. La interrumpió la campana del convento, que tocaba la hora a lo lejos. De pronto, los ojos de Antonia resplandecieron con un fulgor celestial. Su cuerpo parecía haber recibido una nueva fuerza y vivacidad. Se levantó de los brazos de su amante.

—¡Son las tres! —exclamó—. ¡Ya voy, madre!

Se estrujó las manos y cayó inerte al suelo. Lorenzo, atormentado, se arrojó detrás de ella. Se arrancó los cabellos, se golpeó el pecho y se negó a separarse de su cuerpo. Cuando finalmente agotó todas sus fuerzas, permitió que lo sacaran de la cripta y lo llevaron hasta el Palacio de Medina, apenas más vivo que la desgraciada Antonia.

Mientras tanto, aunque lo habían perseguido muy de cerca, Ambrosio logró entrar a la bóveda. La puerta ya estaba cerrada cuando llegó don Ramiro y transcurrió mucho tiempo antes de que descubrieran que el fugitivo había huido. Pero nada podía resistir a la perseverancia. Aunque estaba tan ingeniosamente oculta, la puerta no escapó al ojo vigilante de los arqueros, quienes la forzaron y entraron en la bóveda, ante la infinita consternación de Ambrosio y sus compañeros. La confusión del monje, su intento de esconderse, su rápida huida y la sangre que salpicaba su túnica no dejaban lugar a dudas de que era el asesino de Antonia. Pero cuando fue reconocido como Ambrosio, el inmaculado, el hombre de santidad, el ídolo de Madrid, la gente no podía salir de su asombro y apenas pudieron convencerse de que no se trataba de una visión. El abad no se esforzó en reivindicarse y guardó un serio silencio. Fue asegurado y atado como precaución, al igual que Matilde. Al quitarle la capucha a esta, la delicadeza de sus rasgos y la profusión de sus cabellos dorados delataron su sexo, provocando un nuevo asombro. La daga también fue hallada en la tumba, donde el monje la había arrojado. Después de un minucioso registro de la cripta, los dos culpables fueron llevados a las prisiones de la Inquisición.

Don Ramiro cuidó que el pueblo no se enterara ni de los crímenes ni de la profesión de los cautivos. Tenía miedo de que se repitieran los disturbios ocurridos tras el apresamiento de la superiora de Santa Clara. Se contentó con revelar la culpabilidad del monje a los capuchinos. Para evitar la vergüenza de una acusación pública, y temiendo la furia popular de la que ya se había salvado su abadía a duras penas, los monjes aceptaron que los inquisidores registraran su dominio sin decir nada. No hubo nuevos descubrimientos. Las pertenencias encontradas en las celdas del abad y de Matilde fueron confiscadas y llevadas a la Inquisición para ser presentadas como pruebas. Todo lo demás permaneció en su lugar y el orden y la tranquilidad volvieron a reinar en Madrid.

El convento de Santa Clara quedó completamente devastado por los estragos de la turba y el prolongado enfrentamiento. No quedó nada de él salvo los muros principales, cuyo grosor y solidez los habían salvado de las llamas. Las monjas se vieron en la obligación de dispersarse en otros conventos, pero los prejuicios contra ellas eran muy fuertes y las superioras se mostraban muy reacias a aceptarlas. Sin embargo, como la mayoría de ellas venían de familias muy distinguidas por su riqueza, apellido y poder, los conventos finalmente se vieron obligados a recibirlas, aunque lo hicieran con muy mala gana. Este prejuicio era extre*madame*nte falso e injustificable, puesto que después de una minuciosa investigación se probó que todas en el convento habían creído en la muerte de Agnes, excepto las cuatro monjas que la madre Úrsula había señalado. Estas últimas habían sido víctimas fatales de la furia popular, así como varias otras que eran perfectamente inocentes e ignoraban todo el asunto. Cegada por el resentimiento, la turba había sacrificado cada monja que caía en sus manos. Las que pudieron escapar fue gracias a la prudencia y moderación del duque de Medina. De esto eran conscientes y por ello tenían un gran sentimiento de gratitud por el noble.

Virginia no fue la más moderada en los agradecimientos. Deseaba tanto corresponder a las atenciones recibidas como ganarse la simpatía del tío de Lorenzo. Y lo consiguió con facilidad.

El duque descubrió su belleza con sorpresa y admiración. Mientras sus ojos se habían encantado con su figura, la dulzura de sus modales y su tierna preocupación por la monja que sufría predispusieron su corazón. Virginia tuvo el discernimiento suficiente como para darse cuenta de esto y aumentó su atención hacia la herida. Cuando se despidió de ella en la puerta del palacio de su padre, el duque le pidió permiso para preguntarle de vez en cuando por la salud de la monja. Su solicitud fue rápidamente aceptada. Virginia le aseguró que el Marqués de Villafranca estaría orgulloso de tener la oportunidad de agradecerle en persona la protección que le había brindado. Cuando se separaron, él había quedó encantado por su belleza y gentileza, mientras que ella muy complacida con él y, más aún, con su sobrino.

Al entrar al palacio, lo primero que hizo Virginia fue llamar al médico de la familia y ocuparse de la desconocida. Su madre se apuró en ayudarla. Alarmado por los disturbios y temblando por la seguridad de su única hija, el marqués había volado al convento de Santa Clara y todavía estaba buscándola. Enviaron mensajeros a todas partes para informarle que la encontraría a salvo en su casa y para pedirle que se apresurara en ir hacia allí. Su ausencia dio a Virginia la libertad de dedicar toda su atención a la paciente. A pesar de que estaba muy alterada por las aventuras de la noche, nada pudo persuadirla de dejar sola a la monja. Como su cuerpo estaba muy debilitado por la necesidad y la pena, pasó algún tiempo antes de que recobrara el sentido. Tuvo grandes dificultades para tragar las medicinas que le habían recetado, pero una vez eliminado este obstáculo, se recuperó fácilmente de su enfermedad, que no era otra cosa más que debilidad. La atención que le prestaron, la comida sana que le dieron y la alegría de haber sido devuelta a la libertad, a la sociedad y, como se atrevía a esperar, el amor; todo esto se combinó para su rápida recuperación.

Desde el primer momento en que la conoció, su triste situación y su sufrimiento casi sin igual habían despertado en Virginia el más verdadero afecto e interés. ¡Pero cuánto se alegró cuando, estando lo bastante recuperada para contar su historia, reconoció a la cautiva como la hermana de Lorenzo!

Esa víctima de la crueldad religiosa no era otra que Agnes. Durante su estancia en el convento, Virginia la había conocido muy bien. Pero su cuerpo raquítico, sus facciones desencajadas por el sufrimiento, sus cabellos crecidos y enmarañados colgándole en el rostro y el pecho, además de la creencia popular de su muerte, le impidieron reconocerla al principio. La superiora había puesto en práctica todos los medios a su alcance para empujar a Virginia a hacer los votos, pues la heredera de Villafranca no habría sido una adquisición despreciable para el convento. Su supuesta amabilidad y constante atención tuvieron tanto éxito que Virginia comenzó a considerarlo seriamente. Mejor instruida en lo desagradable y aburrido de una vida monástica y viendo que había accedido al plan de la superiora, Agnes tuvo miedo por la inocente muchacha y se esforzó por que se diera cuenta de su error. Le describió crudamente los numerosos inconvenientes de la vida en un convento; la restricción continua, los celos indignos, las intrigas mezquinas, la justicia servil y la adulación burda esperada por la superiora. Entonces hizo reflexionar a Virginia sobre la brillante perspectiva que se le presentaba a ella, quien era el ídolo de sus padres, era admirada por todo Madrid, estaba dotada por la naturaleza y la educación con todas las perfecciones que puede tener una persona y podía esperar tener una vida afortunada. Su riqueza le proporcionaría medios más que suficientes para practicar, en toda su extensión, la caridad y la benevolencia, ambas virtudes muy queridas por ella. Y salir al mundo le permitiría descubrir objetos dignos de su protección, lo que no podría hacer recluida en un convento.

Así, logró persuadir a Virginia de dejar a un lado la idea de hacer los votos, pero otro argumento que Agnes no había contemplado tuvo mucho más peso todavía que todos los demás juntos. Había visto a Lorenzo cuando visitó a su hermana en la reja del salón y le había agradado. Sus conversaciones con Agnes solían terminar en alguna pregunta acerca de su hermano. Esta adoraba a Lorenzo y no deseaba nada más que una oportunidad para elogiarlo. Se refería a él en los términos de mayor adoración y, para convencer a su auditora de lo justos que eran sus sentimientos sobre su mente culta y expresión elegante, le mostraba las cartas que recibía de él. A través de estas cartas, pronto se dio cuenta que el corazón de su joven amiga se había empapado de un mundo que ella, lejos de pretender dar, se sentía verdaderamente feliz de descubrir. No podía desearle a su hermano una unión mejor que con la heredera de Villafranca. Alguien virtuosa, afectuosa, hermosa y culta como Virginia parecía estar hecha para hacerlo feliz. Preguntó a su hermano sobre este asunto, aunque sin mencionar nombres ni circunstancias. Él le aseguró en sus respuestas que su corazón era totalmente libre y ella pensó que, sobre esta base, podría actuar sin peligro. En consecuencia, se esforzó por fortalecer la pasión que nacía en su amiga. Lorenzo se convirtió en su tema recurrente de conversación y la avidez con la que Virginia la escuchaba, los suspiros que con frecuencia se le escapaban y la impaciencia con la que ante cualquier interrupción devolvía la conversación a él bastaron para convencer a Agnes de que su hermano estaba lejos de ser indeseable para ella. Finalmente, decidió contar este interés al duque. Aunque era un extraño para Agnes, este conocía lo bastante su situación como para considerarla digna de la mano de su sobrino y acordar con su sobrina que ella le insinuara la idea a Lorenzo. Agnes esperó su regreso a Madrid para proponerle a su amiga como su novia, pero las desgraciadas sucedidas le impidieron ejecutar su plan. Virginia lloró muy sinceramente su muerte, tanto como su compañera como la única persona a la que podía hablar de Lorenzo. La pasión seguía secretamente viva en su corazón y estaba casi decidida a confesar sus sentimientos a su madre, cuando una nueva desgracia se interpuso en su camino. El verlo tan cerca de ella, su cortesía, compasión e intrepidez, todo se había combinado para despertar su afecto. Cuando se encontró de nuevo con su amigo y defensor, lo consideró como un regalo de Dios. Tuvo la esperanza de finalmente unirse a él y decidió usar la influencia de su hermana para lograrlo.

Suponiendo que, antes de morir, Agnes posiblemente había hecho la propuesta, el duque hizo todas las insinuaciones posibles para influenciar a su sobrino respecto del matrimonio con Virginia. Es decir, les dio su completa aprobación. Pero tras regresar a su casa y reflexionar sobre la muerte de Antonia y el comportamiento de Lorenzo en esa circunstancia, se dio cuenta de su error. Y lamentó las circunstancias, pero ya que la infeliz muchacha efectivamente no estaba en el panorama, confió en que sus plan aún podría ser ejecutado. Es verdad que la situación de Lorenzo no era la ideal. Sus esperanzas se vieron fatalmente frustradas en el momento en que esperaba hacerlas realidad y la espantosa y repentina muerte de Antonia lo afectó gravemente. El duque lo encontró enfermo en cama, y sus asistentes expresaron temer seriamente por su vida. Pero el tío lo veía de otra forma y opinaba que "los hombres han muerto y han sido comidos por gusanos, pero no por amor". Por lo tanto, se convenció de que por profundo que fuera el dolor en el corazón de su sobrino, el tiempo y Virginia serían capaces de borrarlo. Se apresuró en ir al encuentro del afligido joven y trató de consolarlo. Se compadeció de su angustia, pero lo animó a resistir ante la desesperación y le rogó que no se atormentara con lamentaciones vanas, sino que más bien luchara contra la tristeza y conservara su vida, si no por sí mismo, al menos por aquellos que tanto lo querían. Mientras se esforzaba en hacer superar a Lorenzo la muerte de Antonia, el duque visitaba asiduamente a Virginia y aprovechaba cualquier oportunidad para generar interés por su sobrino en su corazón.

Agnes no tardó en preguntar por don Raimundo. Se sintió conmocionada al enterarse de la miserable situación a la que lo había llevado la pena. Sin embargo, no pudo evitar regocijarse en secreto al pensar que su enfermedad demostraba la honestidad de su amor. El mismo duque se encargó de anunciarle la felicidad que lo esperaba. Aunque no dejó de lado ninguna precaución que lo preparara para tal noticia, el repentino cambio de la desesperación a la felicidad provocó en Raimundo una fiebre tan violenta que estuvo a punto de matarlo. Pero una vez superada, la tranquilidad de su mente, la seguridad de la felicidad y, sobre todo, la presencia de Agnes, quien apenas había mejorado, gracias a los cuidados de Virginia y la marquesa, se apresuró a ir con su amante, le permitieron curarse de su terrible enfermedad. La calma de su alma se comunicó con su cuerpo y se recuperó con tal velocidad que causó sorpresa general.

No fue el caso de Lorenzo. La muerte de Antonia, en tan terribles circunstancias, pesaba demasiado en su mente. Se había convertido en una sombra. Nada podía proporcionarle placer. Con dificultad lo convencían de comer lo suficiente para vivir y temían que sufriera una tisis. La compañía de Agnes era lo único que podía consolarlo. Aunque no había podido estar mucho tiempo con ella antes, sentía una sincera amistad y afecto. A su vez, percibiendo lo necesaria que era para él, ella rara vez abandonaba su habitación. Escuchaba todas sus quejas con incansable atención y lo calmaba con la dulzura de sus modos y compadeciéndose de su pena. Ella seguía viviendo en el palacio de Villafranca, cuyos propietarios la trataban con gran afecto. El duque había manifestado al marqués su voluntad con respecto a Virginia. Era un emparejamiento intachable. Lorenzo era heredero de los numerosos bienes de su tío y era distinguido en Madrid por su persona agradable, conocimiento amplio y conducta correcta. A esto se añadía que la marquesa había descubierto lo fuerte que era la predisposición de su hija hacia este.

Por lo tanto, la propuesta del duque fue aceptada sin titubeos y adoptaron todas las precauciones para persuadir a Lorenzo de ver a la dama con los sentimientos que tanto ella merecía suscitar. Cuando visitaba a su hermano, Agnes iba acompañada con frecuencia por la marquesa y, tan pronto como le fue posible a Lorenzo entrar en su antecámara, Virginia, junto con su madre, tuvo acceso a ella para desearle una buena recuperación. Así lo hizo con delicadeza extrema. La forma en que habló de Antonia fue muy tierna y dulce. Y cuando lamentó su triste muerte, sus ojos vivaces le brillaron tan bellamente a través de las lágrimas que Lorenzo no pudo mirarla o escucharla sin emoción alguna. Sus familiares, así como también Virginia, se dieron cuenta de que, cada día que pasaba, la compañía de ella parecía brindarle un nuevo placer y que hablaba de la muchacha con más admiración. Pero, por prudencia, guardaron sus observaciones para sí. No se dijo ni una sola palabra que pudiera llevarlo a sospechar de sus intenciones. Continuaron así por un tiempo y dejaron que el tiempo pasara hasta que la amistad que él ya sentía por Virginia se convirtiera en un sentimiento más cálido.

Mientras tanto, las visitas de ella eran cada vez más frecuentes y no pasaba un día sin que dedicara parte de su tiempo a acompañarlo en su lugar de reposo. Este iba recuperando sus fuerzas poco a poco, pero su salud mejoraba de manera lenta y dudosa. Una noche pareció estar de mejor espíritu que lo habitual. Agnes y su enamorado, el duque, así como Virginia y sus padres, se encontraban sentados a su alrededor. Y por primera vez le suplicó a su hermana que le contara cómo había logrado escapar a los efectos del veneno que la madre Úrsula le había visto tomar. Con miedo de recordarle las circunstancias en que había muerto Antonia, Agnes le había ocultado hasta entonces su historia. Pero como él mismo había iniciado el tema de conversación y, pensando que tal vez su penoso relato podía distraerlo de la tristeza en la que tan constantemente se sumía, decidió satisfacer enseguida su pedido. El resto de los presentes ya conocía lo sucedido, pero el interés que todos sentían por su protagonista les hizo esperar con ansia aquella repetición. Como todos apoyaron la solicitud de Lorenzo, Agnes obedeció. Primero relató el momento en que habían descubierto sus intenciones en la capilla de la abadía, el arranque de cólera que había tenido la superiora y la escena que había tenido lugar a medianoche, de la cual la madre Úrsula había sido testigo oculto. Aunque la monja ya había descrito este último episodio, Agnes lo narró con mayor detalle y extensión como sigue:

Conclusión de la historia de Agnes de Medina

«Mi supuesta muerte estuvo acompañada por la mayor agonía. Esos momentos, que creí mis últimos, fueron además amargados por la superiora, quien me aseguraba que no podría escapar a la perdición. Y, mientras mis ojos se cerraban, la oía maldecir rabiosamente por mi ofensa. El terror que me causaba aquella situación, de estar en mi lecho de muerte sin esperanza, en un sueño del que solamente podía despertar para encontrarme presa de las llamas y la furia del infierno, era más espantoso de lo que ahora puedo describir. Cuando volví a estar consciente de nuevo, mi alma seguía impresionada por estas terribles ideas. Miré a mi alrededor con miedo, esperando ver a los ministros de la venganza divina. Durante la primera hora, mis sentidos estuvieron tan desorientados y mi cerebro tan mareado, que en vano me esforcé por ordenar las extrañas imágenes que flotaban salvajemente ante mí, confundiéndome. Si me esforzaba por levantarme del suelo, mi cabeza desorientada me engañaba. Todo a mi alrededor parecía tambalearse y me hundí de nuevo en el fondo. Mis ojos, débiles y enceguecidos, fueron incapaces de soportar un mayor acercamiento a la luz que vi temblar sobre mí. Me vi obligada a cerrarlos nuevamente y permanecer inmóvil en la misma posición.

»Pasó una hora entera antes de que pudiera volver lo suficientemente en mis cabales y ver con detenimiento los objetos que me rodeaban. Cuando los hube examinado, ¡qué terror sentí! Me encontré tendida en una especie de cama de mimbre con seis agarraderas, que sin duda habían servido a las monjas para trasladarme hasta mi tumba, cubierta por una tela de lino.

»Tenía varias flores marchitas sobre mí, además de un pequeño crucifijo de madera a un lado y un rosario de cuentas grandes al otro. Cuatro paredes bajas y estrechas me mantenían encerrada. La parte superior también estaba cubierta y tenía una pequeña puerta enrejada por la que entraba el poco aire que circulaba en ese miserable lugar. Un pobre resplandor de luz que se filtraba a través de los barrotes me permitía ver todo el horror que me rodeaba. Me sentí oprimida por un olor sofocante y, al darme cuenta de que la puerta enrejada no tenía el cerrojo, pensé que posiblemente podría escaparme. Al levantarme con esta misión, mi mano tocó algo blando, que agarré y acerqué a la luz. ¡Y Dios todopoderoso! ¡Qué asco! ¡Qué consternación! A pesar de su putrefacción y de los gusanos que la devoraban, vi una cabeza humana descompuesta y reconocí los rasgos de una monja que había muerto meses atrás.

»La arrojé y me hundí en el féretro, prácticamente inmovilizada.

»Cuando recuperé las fuerzas, la circunstancia en la que me encontraba y la consciencia de estar rodeada por los repugnantes y podridos cuerpos de mis compañeras aumentaron mi deseo de escapar de aquella pavorosa prisión. Otra vez me acerqué a la luz. La puerta enrejada estaba a mi alcance y la levanté sin dificultades. Tal vez la habían dejado así para facilitar mi salida de la mazmorra. Usando las paredes irregulares, de las cuales algunas piedras se proyectaban hacia afuera, logré ascender y arrastrarme fuera de mi prisión. Me encontré entonces en una bóveda bastante espaciosa. Varias tumbas, en apariencia similares a aquella de la cual yo acababa de escapar, se alineaban a los lados de forma ordenada y parecían estar considerablemente hundidas bajo tierra. Del techo, al extremo de una cadena de hierro, colgaba una lámpara sepulcral que arrojaba una lúgubre luz por la mazmorra. Por todas partes se veían símbolos de muerte: calaveras, omóplatos, tibias y otros restos de muertos se encontraban dispersos en el suelo húmedo. Cada tumba estaba adornada con un gran crucifijo y en un rincón había una estatua de madera de Santa Clara. Al principio no le presté atención a los objetos. Una puerta, la única salida de la bóveda, había llamado mi atención. Corrí hacia ella envuelta en mi mortaja. Empujé la puerta y, para mi inexpresable horror, descubrí que estaba cerrada desde el exterior.

»De inmediato adiviné que la superiora, confundiéndose de líquido, me había obligado a tomar un fuerte narcótico en lugar de un veneno. Es así como llegué a la conclusión de que, en apariencia muerta para todos, había recibido los rituales del entierro, y además, privada de la posibilidad de revelar que seguía viva, mi destino sería morir de hambre. Esta idea me llenó de espanto. Y no solamente por mí, sino también por la inocente criatura que llevaba en mi vientre. Una vez más intenté abrir aquella puerta, pero resistió a todos mis esfuerzos. Alcé la voz todo lo que me fue posible y pedí ayuda a gritos. Estaba muy lejos de cualquier oído humano. Ninguna voz amistosa me respondió. Un profundo y melancólico silencio reinaba en la bóveda y me desesperé por no poder recuperar la libertad. Mi prolongada abstinencia de comer comenzó a atormentarme. La tortura que el hambre me infligía en mí era la más dolorosa e insoportable que jamás haya sufrido. Sin embargo, parecía aumentar con cada hora que pasaba. A veces me arrojaba al suelo y me revolcaba en él con salvajismo y desesperación. Otras veces me levantaba, volvía a la puerta, intentaba abrirla a la fuerza y repetía mis inútiles gritos de auxilio. No pocas veces estuve a punto de golpearme la frente contra la esquina afilada de alguna estatua; de estallarme los sesos y finalmente acabar con mi sufrimiento. Pero temblaba ante la idea de un acto que pondría en peligro tanto la vida de mi hijo como la mía, así que desahogaba mi angustia con fuertes gritos y apasionadas quejas. Entonces, una vez más, me faltaban las fuerzas y me sentaba silenciosa y desesperada en la base de la estatua de Santa Clara, cruzada de brazos y sintiéndome perdida en la sombría desesperación. Así pasaron varias desdichadas horas. La muerte avanzaba hacia mí rápidamente y yo sentía que cada sucesivo momento me llevaba a mi desaparición. De pronto, me llamó la atención una tumba vecina en la que había un cesto que hasta ese momento no había visto. Me levanté de mi sitio y me dirigí hacia ella tan rápido como mi agotado cuerpo me lo permitió. Con qué impaciencia cogí aquel cesto, al ver que tenía un pedazo de pan y una pequeña botella de agua.

»Me arrojé desesperada sobre estos humildes alimentos. El pan estaba duro y el agua contaminada, pero nunca había probado un alimento mejor. Una vez satisfecho mi apetito, me dediqué a reflexionar sobre esta nueva circunstancia y me debatí sobre si la cesta había sido puesta allí específicamente para saciar mi necesidad. La esperanza respondió afirmativamente a esta duda. Pero ¿quién podía suponer que yo necesitara ayuda? Y si alguien conocía mi existencia, ¿por qué continuaba encerrada en aquella lúgubre bóveda? Y si quería mantenerme prisionera, ¿qué significado tenía depositarme en la tumba? O si estaba condenada a morir de hambre, ¿a qué alma piadosa debía las provisiones dejadas a mi alcance? Un amigo no habría mantenido oculto aquel espantoso castigo. Tampoco parecía probable que un enemigo se hubiera esmerado en darme los medios para vivir. En suma, me inclinaba a pensar que el plan para matarme de la superiora había sido descubierto por alguna de mis compañeras del convento, quien había encontrado la manera de sustituir el veneno por un somnífero. Que ella me había proporcionado comida suficiente como para mantenerme viva hasta que fuera la hora de mi parto y que se había ocupado en avisar a mi familia del peligro que corría y el modo de liberarme de mi cautiverio. Pero ¿por qué entonces la calidad de mis provisiones era tan pobre? ¿Cómo pudo mi amiga entrar en la bóveda sin el conocimiento de la superiora? Y si había entrado, ¿por qué estaba la puerta completamente cerrada? Estas reflexiones me desconcertaban. Sin embargo, eran más favorables a mis esperanzas y me detuve en ellas.

»Mis meditaciones se vieron interrumpidas por el sonido de unos pasos lejanos que se acercaban lentamente. Unos pocos rayos de luz se colaban por las rendijas de la puerta. No sabía si las personas que se acercaban venían a ayudarme o eran conducidas hasta allí por alguna otra razón, pero de todas formas no dejé de llamar su atención con fuertes gritos de auxilio. Los sonidos se acercaban y la luz se hacía más fuerte hasta que por fin, con inexpresable placer, oí girar la llave en la puerta. Persuadida de que mi liberación llegaría, corrí hacia la puerta con un grito de alegría. Se abrió. Pero todas mis esperanzas de huir se desvanecieron en cuanto apareció la superiora seguida de las mismas cuatro monjas que habían sido testigos de mi supuesta muerte. Llevaban antorchas en las manos y me miraban en un aterrador silencio.

»Retrocedí aterrorizada. La superiora descendió a la bóveda junto a sus compañeras y me dirigió una mirada severa y llena de resentimiento, pero no se mostró sorprendida al verme aún viva. La puerta se cerró de nuevo y las monjas se ubicaron detrás de su superiora, mientras el resplandor de sus antorchas, oscurecido por los vapores y la humedad de aquel lugar, iluminaba con fríos rayos las estatuas que las rodeaban. Durante unos momentos, todas guardaron un silencio sepulcral y solemne. Me quedé a una cierta distancia de la superiora, hasta que por fin me hizo señas para que me acercara a ella. Temblando ante su rigidez, las fuerzas apenas me alcanzaban para obedecerla. Me acerqué, pero mis extremidades eran incapaces de soportar su carga y caí de rodillas. Junté las manos y las alcé para pedirle misericordia, pero no pude articular ni una sola palabra.

»Me dirigió una mirada furiosa.

»—¿Veo a una penitente o a una criminal? —dijo finalmente—. ¿Esas manos se elevan como acto de contrición por tus pecados o por miedo al castigo? ¿Esas lágrimas reconocen la justicia de tu suerte o solamente solicitan la rebaja de tu sufrimiento? ¡Me temo que es lo último!

»Se interrumpió a sí misma, pero mantuvo la mirada clavada en la mía.

»—Ten valentía —prosiguió—. No quiero que mueras, sino que te arrepientas. El brebaje que te administré no era veneno, era un narcótico. Mi intención al engañarte era hacerte sentir la agonía de una conciencia culpable. Que creyeras que la muerte te había alcanzado sin haberte arrepentido de tus crímenes. Ya has sufrido esa agonía. Te familiaricé con la agudeza de la muerte y confío en que tu angustia temporal te resultará un beneficio para toda la vida. No es mi plan destruir tu alma inmortal ni pedirte que mueras cargando con el peso de pecados no expiados. No, hija, nada de eso. Te purificaré con un castigo sano y te daré tiempo para la contrición y el remordimiento. Esa es mi sentencia. El mal calculado afán de tus amigos retrasó su ejecución, pero ya no puede impedirla. Todo Madrid cree que no vives. Tu familia está plenamente convencida de tu muerte y las monjas que eran tus compañeras asistieron a tu funeral. Tu existencia nunca se sospechará, puesto que tomé precauciones que la convertirán en un misterio impenetrable. Entonces abandona todo pensamiento de un mundo del cual estarás eternamente separada y emplea las pocas horas que te quedan en prepararte para el próximo.

»Este preámbulo me hizo esperar algo terrible. Temblé y quise hablar para rechazar aquella rabia, pero un gesto suyo me ordenó callar. Ella siguió hablando.

»—Aunque en los últimos años han sido injustamente descuidadas y ahora se oponen a ellas muchas de nuestras hermanas, a quienes espero el cielo perdone por su equivocación, es mi intención restaurar las leyes de nuestra orden con fuerza. La que va contra del desenfreno es severa, pero no más de lo que sería esperable por una ofensa tan monstruosa. Sométete a ella sin resistencia, hija. Así encontrarás la paciencia y la resignación a una vida mejor. Escucha entonces la sentencia de Santa Clara. Bajo estas bóvedas hay celdas destinadas a recibir a criminales como tú. Su entrada está ingeniosamente oculta y quienes entran en ellas deben renunciar a toda esperanza de libertad. Ahora serás conducida hasta allí y se te proporcionará comida, aunque no la suficiente para satisfacer tu apetito. Tendrás lo justo para mantener unidos cuerpo y alma y será siempre de la calidad más simple y mala. Llora, hija, llora, y humedece el pan con tus lágrimas. ¡Dios sabe que tienes grandes motivos para el dolor! Encadenada a una de esas secretas mazmorras, apartada por siempre del mundo y de la luz exterior, sin más consuelo que la religión ni más sociedad que el arrepentimiento, así habrás de llorar por el resto de tus días. Esas son las órdenes de Santa Clara. Sométete a ellas sin quejarte. ¡Sígueme!

»Atónita ante el bárbaro decreto, me abandonaron las pocas fuerzas que me quedaban. Solamente respondí cayendo a sus pies y bañándolos en lágrimas. La superiora, impasible ante esa muestra de aflicción, se levantó de su asiento con aire señorial y repitió sus órdenes en un tono absoluto. Pero mi excesiva debilidad no me permitió obedecerla, por lo que Mariana y Alicia me levantaron del suelo y me llevaron en sus brazos. La superiora caminó apoyándose en Violante, mientras que Camila iba al frente con la antorcha. Así transcurrió nuestra triste procesión por esos pasadizos, en un silencio solamente roto por mis suspiros y gemidos. Hicimos una parada ante el santuario principal de Santa Clara, cuya estatua fue retirada de su pedestal, aunque no supe cómo. Las monjas levantaron después una reja de hierro que hasta entonces había permanecido oculta por la imagen y la dejaron caer al otro lado con gran estruendo. Aquel horrible sonido, repetido por las bóvedas de arriba y las cavernas de abajo, me despertó de la apatía en la que me encontraba. Con temor, vi ante mí un abismo y una escalera empinada y estrecha, hacia donde me conducían las monjas. Grité y retrocedí. Supliqué compasión, rasgué el aire con mis lamentos e invoqué al cielo y a la tierra en mi ayuda. Pero fue todo en vano. Me bajaron con rapidez por la escalera y me obligaron a entrar en una de las celdas que rodeaban la caverna.

»Se me heló la sangre al ver aquella melancólica estancia. Los fríos vapores que flotaban en el aire, las paredes mohosas por la humedad, la cama de paja tan desamparada, la cadena destinada a atarme para siempre a mi prisión y los reptiles de toda clase que, a medida que las antorchas avanzaban hacia ellos, veía apresurarse hacia sus escondrijos; todo golpeaba mi corazón con un miedo demasiado grande para la naturaleza de mi corazón. Poseída por la desesperación, me separé repentinamente de las monjas que me sujetaban, me arrodillé ante la superiora y le supliqué misericordia en los términos más exaltados y frenéticos.

»—¡Si no puede verme a mí con piedad, por lo menos hágalo con el ser inocente que llevo en el vientre! —le dije—. Mi culpa es grande, ¡pero que mi hijo no sufra por ella! Él no ha cometido ninguna falta. ¡Oh, por favor, perdóneme! Hágalo por mi hijo no nacido, a quien su severidad condena a la destrucción incluso antes de conocer la vida.

»La superiora retrocedió rápido y me arrancó su hábito de las manos, como si mi contacto la hubiera contagiado de alguna enfermedad.

»—¡¿Qué?! —exclamó exasperada—. ¡¿Qué?! ¿Te atreves a rogar por el fruto de tu sinvergüenzura? ¿Debo permitir que viva una criatura concebida en monstruoso pecado? ¡Mujer pecadora, no vuelvas a hablar de él! Mejor que el desdichado muera, pues como fue engendrado en perjurio, desenfreno y extravío, seguro será un vicioso con prodigio. ¡Óyeme, culpable! No esperes misericordia de mí, ni por ti ni por tu engendro. Más bien ruega para que la muerte se apodere de ti antes de que lo traigas al mundo. ¡Y si tiene que nacer, que sus ojos vuelvan a cerrarse inmediatamente para siempre!

Nadie te ayudará en tu parto. Traerás tú misma tu hijo al mundo y lo alimentarás, cuidarás y enterrarás. ¡Dios permita que esto último suceda rápido para que no recibas consuelo del fruto de tu infamia!

»Este discurso inhumano —las amenazas que contenía, los terribles sufrimientos que predecía para mí y el anhelo que expresaba por la muerte de mi bebé no nacido— era más de lo que mi cuerpo exhausto podía soportar. Profiriendo un gran gemido, caí inconsciente a los pies de mi implacable enemiga. No sé cuánto tiempo estuve en aquel estado, pero me imagino que debió transcurrir algún tiempo considerable antes de que me recobrara, ya que la superiora y sus monjas habían abandonado la caverna. Cuando mis sentidos regresaron, me encontré sumida en el silencio y la soledad. Ni siquiera oí los pasos de las monjas que se retiraban. Todo estaba en silencio y era espantoso. Me habían arrojado a la cama de paja y la pesada cadena que había visto antes con terror estaba enrollada alrededor de mi cintura y me sujetaba a la pared. Una lámpara que despedía unos rayos apagados y melancólicos a través del calabozo me permitió distinguir todo su horror. Estaba separada de la caverna por un muro de piedra que era bajo e irregular. Un gran abismo se abría en ella formando la entrada, pues no había puerta. Un crucifijo de plomo estaba delante de mi cama de paja. Una alfombra despedazada estaba cerca de mí, al igual que un rosario. Y una jarra de agua y una cesta de mimbre, que contenía un pequeño pan y una botella de aceite para la lámpara, estaban no muy lejos de mí.

»Con ojos fatigados examiné este escenario de sufrimiento y pensé que estaba condenada a vivir en él por el resto de mis días. Mi corazón se desgarró de amargura y angustia. ¡Alguna vez me habían enseñado a esperar algo tan diferente! ¡Había habido un tiempo en el que mis perspectivas me parecían tan brillantes y halagadoras! Ahora todo estaba perdido para mí. Los amigos y las comodidades, la casta y la felicidad. ¡En un momento me vi privada de todo! Muerta para el mundo, muerta para el placer, no vivía más que para la miseria. ¡Qué bello me pareció entonces aquel mundo del que estaba excluida para siempre! ¡Cuántos objetos amados había en él que nunca volvería a ver! Mientras lanzaba una mirada de terror alrededor de ese lugar, mientras me encogía ante el viento cortante que aullaba a través de esa estancia subterránea, el cambio me parecía tan sorprendente y brusco que dudaba de su veracidad.

»Que la sobrina del Duque de Medina y prometida del Marqués de las Cisternas, quien había sido criada en la opulencia, estaba emparentada con las familias más nobles de España y era rica en amigos afectuosos, se convirtiera en una mujer en cautiverio, para siempre separada del mundo, cargada de cadenas y reducida a soportar su vida con el sustento más pobre, me pareció un cambio tan repentino e insólito que me creí presa de la locura. Pero su prolongación me convenció de mi error con certeza. Cada mañana mis esperanzas se veían defraudadas, hasta que finalmente abandoné toda idea de escapar. Me resigné a mi destino y solamente esperé la libertad en la muerte.

»Mi angustia y el terrible escenario en el que estaba inserta adelantaron mi trabajo de parto. En la soledad y la miseria, abandonada por todo el mundo, sin la ayuda del arte ni el consuelo de la amistad, con dolores que de haber sido presenciados habrían conmovido al corazón más frío, fui liberada de mi miserable carga. Pero yo no sabía cómo tratar al bebé ni por cuáles medios preservar su existencia. Solamente podía bañarlo con lágrimas, calentarlo en mi pecho y rezar por su seguridad. Pero pronto me vi desprovista de esta triste tarea, pues la falta de una ayuda adecuada, mi ignorancia acerca de cómo cuidarlo, el terrible frío del calabozo y el aire insalubre que respiraban sus pulmones pusieron fin a la breve y dolorosa vida de mi dulce bebé. Murió tan solo unas pocas horas después de nacer y yo fui testigo de su muerte con indescriptible agonía.

»Pero mi dolor fue inútil. Mi bebé ya no era parte de este mundo y ni todos mis suspiros podían dar a su pequeño y tierno cuerpo el aliento de un solo instante. Rompí mi sábana y envolví en ella a mi adorado bebé y lo acosté sobre mi pecho, con su suave brazo alrededor de mi cuello; su mejilla pálida y fría apoyada en la mía. Así reposaban sus restos mientras yo lo cubría de besos, le hablaba, lloraba y gemía por él sin parar, de día y de noche. Camila entraba a mi prisión con regularidad, cada veinticuatro horas, para traerme comida. A pesar de su naturaleza inquebrantable, no podía ver ese espectáculo sin conmoverse. Tenía miedo de que un dolor tan excesivo me trastornara mentalmente, y la verdad es que no siempre estaba en mis cabales. Por compasión hacia mi persona sugirió enterrar el cadáver, pero yo no iba a consentirlo porque había jurado no separarme de él mientras estuviera viva. Su presencia era mi único consuelo y nada podía convencerme de renunciar a él. Pronto se convirtió en un cuerpo putrefacto, un objeto repugnante y asqueroso para ojos de cualquiera. Pero en vano la naturaleza humana intentó hacerme retroceder. Resistí y vencí la repulsión. Persistí en estrechar a mi niño en mi pecho; en lamentarlo, amarlo y adorarlo. Hora tras hora pasé en mi triste cama, contemplando lo que alguna vez había sido mi hijo. Me esforzaba por dibujar sus rasgos a través de la marchita descomposición que los cubría. Durante mi encierro, esta triste ocupación fue el único deleite de mi vida y nada me habría convencido de que la abandonara. Incluso cuando fui liberada, me llevé a mi hijo entre los brazos. Fueron los ruegos de mis dos bondadosas amigas —aquí tomó las manos de la marquesa y Virginia, llevándoselas alternativamente a los labios— los que finalmente me persuadieron de que entregara mi bebé a la tumba. Me separé de él con cierta renuencia, pero al final prevaleció la razón y permití que me lo quitaran. Ahora reposa en tierra sagrada.

»Ya les he dicho que Camila me traía comida una vez al día. Ella no quiso intensificar mi pena, pero es cierto que me hizo renunciar a toda esperanza de libertad y felicidad en el mundo exterior. Sin embargo, me animó a soportar con paciencia mi angustia temporal y me aconsejó consolarme a través de la religión.

»Era evidente que mi situación la afectaba mucho más de lo que se atrevía a mostrar. Pero creía que atenuar mi culpa me quitaría las ganas de arrepentirme de ella. A menudo, mientras sus labios hablaban de la enormidad de mi culpa con detalle, sus ojos dejaban ver lo sensible que era a mi sufrimiento. De hecho, estoy segura de que ninguno de mis atormentadoras —las otras tres monjas entraban ocasionalmente a la mazmorra— se sentía tan emplazada por el espíritu de una crueldad opresiva como por la idea de que castigar mi cuerpo era la única forma de salvar mi alma. Incluso puede que esto no haya tenido tanto peso en ellas. Podrían haber pensado que mi castigo era muy severo si su buena disposición no hubiera sido reprimida por una obediencia ciega a la superiora, cuyo resentimiento era muy fuerte. Habiendo sido descubierto mi plan de fuga por el abad de las capuchinos, ella pensó que su reputación se había rebajado frente a él y, en consecuencia, su odio hacia mí se arraigó. Les dijo a las monjas que me custodiaban que mi pecado era de la naturaleza más atroz, que ningún sufrimiento podría igualar el tamaño de mi ofensa y que nada podría salvarme de la perdición eterna sino el castigo más severo. La palabra de la superiora es un oráculo para muchas de las personas que viven en un convento y el nuestro no era la excepción. Las monjas creían en todo lo que ella decía. Aunque la razón y la caridad les generaran conflictos, no dudaban en admitir sus argumentos como verdades. En este caso, siguieron sus órdenes al pie de la letra y estaban plenamente seguras de que tratarme con indulgencia o mostrarme la menor piedad sería una forma directa de destruir la oportunidad de salvarme.

»Camila, quien era la que más se hacía cargo de mí, fue particularmente dura conmigo por pedido de la superiora. Cumpliendo sus órdenes, se esforzaba frecuentemente por convencerme de lo justo que era mi castigo y de lo enorme que era mi crimen. Me hacía creer que era demasiado feliz por salvar mi alma mortificando mi cuerpo, y alguna veces hasta me amenazaba con la perdición eterna. Sin embargo, como mencioné antes, siempre concluía sus sermones con palabras de aliento y consuelo. Y aunque eran pronunciados por Camila, yo reconocía fácilmente la forma de hablar de la superiora. Una vez y solamente una, esta me visitó en mi calabozo y me trató con la crueldad más implacable. Me llenó de reproches, se burló de mi fragilidad y, cuando le imploré misericordia, me dijo que se la pidiera a Dios, ya que no la merecía en la tierra. Incluso contempló sin emoción a mi bebé sin vida y, cuando me dejó, la oí encargar a Camila que aumentara las penurias de mi confinamiento. ¡Mujer insensible! Pero permítanme contener mi resentimiento. Ella ya expió sus errores con su penosa e inesperada muerte. ¡Que la paz esté con ella y que sus crímenes sean perdonados en el cielo, como yo le he perdonado mis sufrimientos aquí en la tierra!

»Fue así como arrastré una miserable existencia. Lejos de acostumbrarme a mi prisión, la contemplaba con cada vez más horror. El frío parecía más penetrante y amargo; el aire más pesado y podrido. Mi cuerpo se volvió débil, febril y demacrado. Era incapaz de levantarme de la cama de paja y de ejercitarme dentro de los estrechos límites que mi cadena permitía. Aunque exhausta, débil y cansada, temía la llegada del sueño, pues se veía frecuentemente interrumpido por repugnantes insectos que se arrastraban sobre mí.

»A veces sentía un hinchado sapo, horrible y lleno de los vapores venenosos de la mazmorra, arrastrando su repugnante cuerpo a lo largo de mi pecho. A veces, el rápido y frío lagarto me dejaba su viscoso rastro en la cara y se enredaba en los mechones de mi salvaje y enmarañado cabello. A menudo, cuando despertaba, encontraba mis dedos llenos de largos gusanos que se criaban en la carne podrida de mi hijo. En esos momentos gritaba de terror y de asco. Mientras me sacudía al reptil, temblaba con la debilidad de cualquier otra persona.

»Esa era mi situación cuando Camila se enfermó de repente. Una fiebre peligrosa, de supuesto tipo infecciosa, la mandó a su cama. Todos, salvo la hermana laica designada para cuidarla, la evitaban con cautela por temor a contagiarse. Estaba delirando y no era capaz de venir a verme. La superiora y las monjas se entregaron al misterio y, como últimamente me habían dejado enteramente al cuidado de Camila, no se ocuparon más de mí. En lugar de eso, estaban entregadas a los preparativos del festival que se celebraría pronto. Lo más probable es que no haya estado en sus pensamientos ni una sola vez. De la razón de la negligencia de Camila fui informada después de mi liberación por la madre Úrsula, pero en ese momento estaba muy lejos de sospechar el por qué. Al contrario, esperé la aparición de mi guardiana primero con impaciencia y después con desesperación. Pasó un día, luego dos y llegó el tercero sin Camila. Seguía sin tener comida. Solo intuía el paso del tiempo por el consumo de mi lámpara, para la que me habían dejado una semana de aceite, por fortuna. Supuse que las monjas me habían olvidado o que la superiora les había ordenado que me dejaran morir. Esta última idea parecía la más probable y, sin embargo, el amor natural a la vida me hizo temer que fuera cierta. Aunque estaba desolada por tanta miseria, mi existencia aún me era querida y temía perderla. Cada minuto que transcurría me demostraba que debía abandonar toda esperanza de encontrar alivio. Me había convertido en un completo esqueleto. Mis ojos ya me fallaban y mis extremidades empezaban a agarrotarse. Solamente podía expresar mi angustia y las punzadas de hambre que me corroían con gemidos frecuentes, cuyo sonido melancólico hacía eco en el techo abovedado de la mazmorra. Me resigné a mi destino y esperaba ya el momento de morir cuando mi ángel de la guarda, mi amado hermano, llegó a tiempo para salvarme. Mi vista, que estaba tan debilitada, se negó al principio a reconocerlo. Pero cuando distinguí sus rasgos, el repentino arrebato de éxtasis fue muy fuerte para mí. Me sobrecogió la alegría de ver una vez más a alguien tan querido para mí. Mi cuerpo no pudo soportar tanta emoción y caí en la inconsciencia.

»Ya saben cuáles son mis obligaciones para con la familia de Villafranca, pero lo que no pueden saber es el alcance de mi gratitud, ilimitada como la grandeza de mis benefactores. ¡Lorenzo! ¡Raimundo! ¡Nombres tan queridos para mí! Enséñenme a soportar con entereza este súbito cambio de la miseria a la dicha. El último tiempo estuve cautiva, oprimida con cadenas, desfallecida de hambre, sufriendo todos los inconvenientes del frío y la necesidad, escondida de la luz, alejada de la sociedad, sin esperanza, descuidada y, como temía también, olvidada; y ahora me restauran la vida y la libertad, disfruto de todas las comodidades de la opulencia y las facilidades, estoy rodeada de aquellos que son más queridos por mí y me encuentro a punto de ser la esposa de quien se robó mi corazón hace tanto tiempo. Mi felicidad es tan exquisita, tan perfecta, que mi cabeza apenas puede soportar el peso. Un solo deseo me queda sin cumplir: ver a mi hermano recuperado de salud y saber que el recuerdo de Antonia está enterrado en su tumba.

»Concedida esta solicitud, no tengo nada más que pedir. Confío en que mis sufrimientos pasados han conseguido el perdón de Dios por mi debilidad momentánea. Soy plenamente consciente de que he ofendido, he ofendido mucho y gravemente. Pero por haber conquistado una sola vez mi virtud, que mi esposo no ponga en duda mi conducta futura. He sido frágil y he errado, pero no cedí por la pasión, sino por el afecto que siento por ti, Raimundo. Me traicionó. Confiaba demasiado en mi fuerza de voluntad, pero no dependía menos de tu honor que del mío. Había jurado no volver a verte. Si no hubiera sido por las consecuencias de ese momento de imprudencia, mi decisión se habría mantenido. El destino quiso otra cosa y ya no puedo sino aceptar su decreto. No obstante, mi conducta ha sido bastante reprochable y, aunque intente justificarla, me avergüenzo de recordar mi imprudencia. Permíteme entonces terminar con este ingrato tema asegurándote, Raimundo, que no tendrás motivo alguno para arrepentirte de nuestra unión. Y que cuanto más terribles hayan sido los errores de tu amante, más ejemplar será la conducta de tu esposa».

En este punto, Agnes terminó su relato y el marqués respondió a sus palabras en los términos más sinceros y afectuosos. Lorenzo expresó su satisfacción ante la perspectiva de estar relacionado de forma tan estrecha con un hombre por el que siempre había sentido el más grande aprecio. La bula papal había liberado completa y eficazmente a Agnes de sus compromisos religiosos, por lo tanto, el matrimonio se celebró tan pronto como terminaron los preparativos necesarios, ya que el marqués deseaba que la ceremonia se llevara a cabo con toda la pompa posible. Una vez que eso sucedió y que ya la novia había recibido los elogios de Madrid, partió con don Raimundo hacia su castillo en Andalucía. Lorenzo los acompañó, así como también la marquesa de Villafranca y su encantadora hija. No hace falta decir que Théodore era parte del grupo y sería imposible describir su alegría por la boda de su amo. Antes de su partida, para compensar en cierta medida su negligencia pasada, el marqués hizo algunas averiguaciones sobre Elvira. Al descubrir que tanto ella como su hija habían recibido ayuda de Leonella y Jacinta, mostró respeto a la memoria de su cuñada haciéndoles a ambas hermosos regalos. Lorenzo siguió su ejemplo y Leonella se sintió muy halagada por recibir la atención de nobles tan distinguidos, mientras que Jacinta bendijo la hora en que su casa había sido hechizada.

Por su parte, Agnes no dejó de recompensar a sus amigas en el convento. Por petición suya, la digna madre Úrsula, a quien debía su libertad, fue nombrada superintendente de Las Damas de la Caridad, una de las mejores y más opulentas sociedades de toda España. Berta y Cornelia, quienes no quisieron dejar a su amiga, fueron designadas en los principales cargos del mismo establecimiento. En tanto que las monjas que habían ayudado a la superiora a perseguir a Agnes habían sufrido una suerte distinta. Confinada en su cama por la enfermedad que la aquejaba, Camila había perecido en las llamas que consumieron el convento de Santa Clara. Mariana, Alicia y Violante, así como dos más, habían tenido un fatal desenlace a causa de la furia popular. Las otras tres que habían apoyado la sentencia de la superiora en el consejo fueron severamente reprendidas y desterradas a casas religiosas en provincias oscuras y distantes en las que languidecieron por años, avergonzadas por su antigua debilidad y rechazadas por sus compañeras con aversión y desprecio.

La fidelidad de Flora tampoco quedó sin recompensa. Consultada por su mayor deseo, se declaró impaciente por volver a su país natal. En consecuencia, le costearon un viaje hasta Cuba, donde llegó sana y salva, cargada con regalos de Raimundo y Lorenzo.

Habiendo hecho todos los agradecimientos necesarios, Agnes quedó en libertad para seguir el plan que la mantenía ocupada. Alojados en la misma casa, Lorenzo y Virginia estaban siempre juntos. Cuanto este más la veía, más se convencía de su mérito. Por su parte, ella se propuso agradarle y lo consiguió sin problema alguno.

Lorenzo vio con admiración su hermosa persona, sus finos modales, sus incontables talentos y su dulce carácter. También se sintió muy halagado por el cariño que ella le tenía y que no era lo suficientemente diestra para ocultar. Sin embargo, sus sentimientos no tenían ese ardor que había caracterizado su afecto por Antonia. La imagen de aquella encantadora y desafortunada muchacha todavía vivía en su corazón y desbarataba todos los esfuerzos de Virginia por dejarla atrás. Aunque cuando el duque le propuso la unión que tan fervientemente deseaba para su sobrino, este no rechazó la oferta. Los insistentes ruegos de sus amigos y el mérito de Virginia conquistaron su rechazo a contraer nuevos compromisos. El Marqués de Villafranca aceptó la propuesta con alegría y gratitud y Virginia se convirtió en su esposa, sin darle motivos nunca para arrepentirse de su elección. Su estima por ella aumentaba día tras día, pues sus constantes esfuerzos por complacerlo solo podían tener éxito. Su afecto por ella se volvió más fuerte y cálido. Antonia fue gradualmente desapareciendo de su corazón y Virginia convirtiéndose en la única dueña de él, que bien merecía poseer para ella sola.

Los años que les quedaban a Raimundo y Agnes, así como a Lorenzo y a Virginia, fueron tan felices como pueden serlo para cualquier mortal nacido para afrontar el dolor y la desilusión. Las penas extraordinarias que habían sufrido les hacían pensar con ligereza en cada nuevo problema, pues al haber sentido los dardos más afilados de la desgracia, los que les quedaban parecían no tener punta. Habiendo sorteado las más pesadas tormentas del destino, miraban con calma sus miedos. Y si alguna vez sentían los vendavales casuales del sufrimiento, les parecían suaves como los céfiros que respiran sobre el mar en verano.

Capítulo V

He was a fell despightful Fiend:
Hell holds none worse in baleful bower below:
By pride, and wit, and rage, and rancor keened;
Of Man alike, if good or bad the Foe.[20]
James Thomson, *The Seasons*

Al siguiente día de la muerte de Antonia, Madrid fue escenario de gran consternación y sorpresa. Un soldado que había sido testigo del episodio en la cripta contó con indiscreción las circunstancias de su asesinato y también nombró a su perpetrador. La confusión que esta noticia provocó entre los devotos no tenía antecedentes. La mayoría no creyó en ella y fue hasta la abadía para confirmarla. Ansiosos de evitar que la mala conducta de su abad los expusiera a la vergüenza ante toda la congregación, los monjes aseguraron a los visitantes que Ambrosio no podía recibirlos como de costumbre porque estaba enfermo. Su intento no tuvo éxito. Como la excusa se repetía cada día, la historia del soldado poco a poco fue ganando partidarios. Los que apoyaban al acusado lo abandonaron. Ya nadie tenía dudas sobre su culpa, y quienes antes se habían mostrado más entusiastas en su favor ahora eran los que más pedían a gritos su condena.

Mientras se debatía su inocencia o culpabilidad en Madrid con la mayor de las vehemencias, Ambrosio era presa del dolor que le producía su conciencia y del terror por el castigo que le esperaba. Cuando recordó la eminencia que había sido antes; alguien universalmente honrado y respetado, en paz con el mundo y consigo mismo, apenas podía creer que realmente era el culpable de sus crímenes y que le esperaba un destino que le hacía temblar. Habían transcu-

20 *Era un Demonio caído despreciable; / no hay peor más abajo en las alcobas funestas del infierno. / Por orgullo, ingenio, rabia y rencor diligente / del Hombre por igual, sea bueno o malo el Enemigo.*

rrido tan solo unas pocas semanas desde que había sido puro y virtuoso, frecuentado por los más sabios y nobles de Madrid y considerado por el pueblo con una reverencia cercana a la idolatría. Ahora se veía manchado con los pecados más aberrantes y monstruosos, objeto de la condena universal, prisionero de la Iglesia y probablemente destinado a morir en medio de las torturas más severas. No podría engañar a sus jueces, puesto que las pruebas de su culpabilidad eran demasiado rotundas. Su presencia en el sepulcro a altas horas de la noche, su confusión al ser encontrado, el puñal que en medio de la sorpresa había ocultado y la sangre que había manchado su hábito, proveniente de la herida de Antonia, lo señalaban como el asesino. Esperó con agonía el día del juicio, sin nada que lo consolara en su angustia. La religión no podía darle fortaleza. Si leía los libros sobre la moralidad que llegaban a sus manos, no veía en ellos más que la inmensidad de sus ofensas. Si intentaba orar, recordaba que no merecía la protección de Dios y creía que sus crímenes eran tan atroces que desconcertaban incluso su infinita bondad. Para cualquier otro pecador pensaba que podía haber alguna esperanza, pero para él no podía haber ninguna. Estremecido por el pasado, angustiado por el presente y temeroso por el futuro, así pasó los pocos días que precedieron a su juicio.

Y ese día llegó. A las nueve de la mañana abrieron su reja y entró su carcelero, ordenándole que lo siguiera, a lo que él obedeció temblando. Fue conducido hasta un espacioso salón con colgaduras negras. En el estrado se encontraban sentados tres hombres de aspecto severo, también vestidos de negro. Uno era el Gran Inquisidor, a quien la importancia de la causa había llevado a participar personalmente. Ante una mesa más pequeña y a cierta distancia se sentaba el secretario, provisto de todos los implementos necesarios para tomar nota. Se le solicitó a Ambrosio que avanzara y se ubicara en el extremo más apartado del estrado. Cuando miró hacia abajo, vio varios instrumentos de hierro dispersos por el suelo. Sus formas eran para él desconocidas, pero enseguida adivinó que eran instrumentos de tortura. Palideció y, con cierta dificultad, logró no caer al suelo.

Un profundo silencio reinaba en el salón, salvo por los misteriosos cuchicheos de los inquisidores. Casi una hora pasó y a cada segundo el temor de Ambrosio se volvía más punzante. Finalmente, una puertecita frente a aquella por la que había entrado al salón chirrió sobre sus goznes y apareció un funcionario, seguido por la bella Matilde. El cabello le caía desordenado en el rostro, tenía las mejillas pálidas y los ojos apagados y hundidos. Lanzó una mirada de tristeza a Ambrosio y este le respondió con otra de odio y reproche. La sentaron frente a él. Entonces una campana sonó tres veces, la señal para comenzar el juicio, y los inquisidores se dedicaron a su tarea.

En estos juicios no se mencionaba la acusación ni el nombre del acusador. Tan solo se les preguntaba a los prisioneros si confesarían. Si contestaban que como no había cometido ningún crimen no podían confesar, eran torturados sin demora. Esto se repetía a intervalos, hasta que los sospechosos admitían su culpabilidad o hasta que la perseverancia de los examinadores se agotaba. Pero sin un reconocimiento directo de la culpa, la Inquisición jamás pronunciaba la condena final de los prisioneros.

En general, se permitía que transcurriera mucho tiempo sin interrogarlos, pero el juicio de Ambrosio se había adelantado porque pocos días después se llevaría a cabo un solemne Auto da Fe, en el que los inquisidores pretendían que el famoso asesino desempeñara un rol y sirviera de ejemplo de su diligencia.

El abad no solamente fue acusado de violación y asesinato. También fue imputado por el crimen de brujería, al igual que Matilde, quien había sido detenida como cómplice del asesinato de Antonia. Al registrar su celda, se encontraron varios libros e instrumentos de origen sospechoso que justificaban la acusación. En el caso del monje, se presentó como evidencia el espejo constelado que Matilde había dejado accidentalmente en su celda. Cuando estaba registrando el lugar, las extrañas figuras que tenía grabadas el espejo llamaron la atención de don Ramiro, quien se lo llevó consigo y se lo mostró al Gran Inquisidor. Después de considerarlo durante un tiempo, este se quitó una pequeña cruz de oro que llevaba colgando del cinto y la puso sobre el espejo. Al instante se oyó un ruido fuerte, semejante al de un trueno, y el acero se rompió en mil pedazos. Esta circunstancia confirmó la sospecha de que el monje se dedicaba a la magia negra. Incluso se llegó a conjeturar que su influencia sobre el pueblo debía atribuirse enteramente a la brujería.

Decididos a que no solamente confesara los crímenes que había cometido, sino también aquellos que no, los inquisidores iniciaron su examen. Aunque temía las torturas tanto como la misma muerte, que lo condenaría al eterno tormento, el abad afirmó su inocencia con voz firme y decidida. Matilde lo imitó, pero habló con voz miedosa y temblorosa. Luego de pedirle en vano que confesara, los inquisidores ordenaron su tortura. El mandato se ejecutó inmediatamente y Ambrosio sufrió los dolores más agudos que jamás hubiera inventado la crueldad humana. Pero tan temible es la muerte cuando va acompañada por la culpa que tuvo la fortaleza suficiente como para insistir en su negativa. Por esta razón se redoblaron los tormentos y no lo dejaron tranquilo hasta que, desmayado por el exceso de dolor, la inconsciencia lo rescató de manos de sus atormentadores.

A continuación, Matilde fue condenada a la tortura. Pero aterrorizada por lo que había visto sufrir al fraile, su valentía la abandonó por completo. Cayó de rodillas y reconoció que se relacionaba con espíritus infernales y que había presenciado el asesinato de Antonia por parte del monje. En cuanto al crimen de brujería, se declaró la única culpable y dijo que Ambrosio era absolutamente inocente. Esta última afirmación no tuvo credibilidad. El abad había recuperado sus sentidos a tiempo para escuchar la confesión de su cómplice. En ese momento, estaba muy debilitado como para ser capaz de soportar nuevos tormentos.

Se le ordenó volver a su celda, pero antes fue informado de que, en cuanto hubiera recobrado las fuerzas suficientes, debía prepararse para una segunda audiencia. Los inquisidores esperaban que entonces fuera menos rígido y obstinado. A Matilde se le anunció que expiaría su crimen en el fuego, durante el Auto da Fe que se aproximaba. Todas sus lágrimas y súplicas no pudieron mitigar su condena y fue arrastrada por la fuerza fuera del salón donde se celebraba el juicio.

Cuando volvió a su celda, los sufrimientos del cuerpo de Ambrosio eran mucho menos fuertes que los de su mente. Sus extremidades dislocadas, uñas arrancadas de pies y manos, así como dedos triturados y quebrados bajo la presión de prensas, eran superados en angustia por la agitación de su alma y la vehemencia de su miedo. Comprendió que, aunque fuera culpable o inocente, los jueces estaban decididos a condenarlo. El recuerdo de lo que ya le había costado su negativa lo asustó y la idea de soportar nuevas torturas casi lo indujo a confesar sus delitos. Pero nuevamente sopesó las consecuencias de confesar y dudó en hacerlo. Su muerte sería inevitable y se daría en las circunstancias más espantosas. Había escuchado del destino de Matilde y no dudaba de que a él le esperaría uno similar. Se estremeció ante la proximidad del Auto da Fe, ante la idea de morir entre las llamas y solamente escapar de las torturas para pasar a otras más sutiles y eternas. Espantado, se imaginó la ultratumba sin poder ocultarse a sí mismo con cuánta razón debía temer la venganza de Dios. En medio de este laberinto de terror, hubiera querido refugiarse en las tinieblas del ateísmo. Entonces hubiera renegado de la inmortalidad del alma, se hubiera convencido a sí mismo de que cuando sus ojos se cerraran nunca más se abrirían y hubiera creído en que su alma y su cuerpo serían aniquilados al mismo instante. Pero incluso este recurso le fue negado. Su conocimiento era demasiado grande y su entendimiento demasiado sólido y justo como para ser ciego a la falacia de esta creencia. No podía evitar sentir la existencia de Dios. Esas verdades, que alguna vez habían sido su consuelo, ahora se presentaban ante él con mayor claridad, pero solo servían para distraerlo. Destruyeron sus mal fundadas esperanzas de escapar al castigo. Y disipados por el irresistible resplandor de la verdad y la convicción, los engañosos vapores de la filosofía se desvanecieron como en un sueño.

Esperó el momento de volver a ser examinado con una angustia demasiado grande para ser soportada por un cuerpo mortal. Se ocupó en trazar planes ineficaces para escapar del castigo presente y futuro. De lo primero no había posibilidad alguna; y de lo segundo, la desesperación le hizo descuidar la única manera de alcanzarlo. Mientras la razón lo obligaba a reconocer la existencia de Dios, la conciencia le hacía dudar de la infinita bondad de este. No creía que un pecador como él pudiera gozar de su misericordia. Él no había sido engañado para que errara, así que la ignorancia no le servía de excusa. Había visto el vicio en sus verdaderos colores y, antes de cometer sus crímenes, había calculado con precisión su peso. Y, sin embargo, los había cometido.

—¡¿Perdón?! —gritaba en un acceso de frenesí—. ¡Oh, no puede haber ninguno para mí!

Convencido de esto, en vez de humillarse con la penitencia, lamentar su culpabilidad y emplear las pocas horas que le restaban en deplorar la ira de Dios, se abandonó a una rabia desesperada, se afligió por el castigo de sus crímenes y no por haberlos cometido y expulsó toda la angustia que sentía en su pecho por medio de suspiros ociosos, lamentos vanos y blasfemias desesperadas. A medida que los pocos rayos del día que atravesaban su celda desaparecían y eran sustituidos por los de una pálida y centelleante lámpara, sentía que su miedo aumentaba y que sus ideas se volvían más sombrías, solemnes y desalentadoras. Tenía miedo de dormirse. Tan pronto como sus ojos se cerraron, agotados por el llanto y la vigilia, las terribles visiones que había tenido durante el día parecieron hacerse realidad. Se encontró en reinos sulfurosos y cavernas ardientes, rodeado por demonios que lo atormentaban y lo sometían a diversas formas de tortura, cada una más espantosa que otra. En medio de estas escenas tan lúgubres, vagaban los fantasmas de Elvira y su hija, quienes le reprochaban sus asesinatos. Ellas les relataban a los demonios los crímenes que él había cometido y le pedían atormentarlo con mayor crueldad. Tales eran las imágenes que flotaban ante sus ojos cuando dormía, y estas no desaparecían hasta que su reposo se veía interrumpido por la excesiva agonía. Entonces se levantaba del suelo en el que se había acostado, con la frente bañada en sudor frío y los ojos fuera de sus órbitas y moviéndose frenéticamente para cambiar esas terribles certezas por conjeturas apenas más fundamentadas. Recorría su mazmorra con pasos frenéticos y contemplaba aterrorizado las tinieblas que lo rodeaban. A menudo también lloraba.

—¡Oh! —exclamaba—. ¡Cuán temible es la noche de los culpables!

Se acercaba el día del segundo interrogatorio de Ambrosio, quien había sido obligado a ingerir un líquido para restaurar su fuerza corporal y permitirle soportar las preguntas por más tiempo. La noche que antecedió a este temido día no pudo dormir. Su terror era tal que casi aniquiló sus facultades mentales. Se sentó estupefacto cerca de la mesa en la que su lámpara llameaba tenuemente. La desesperación lo anonadó y permaneció durante algunas horas incapaz de hablar o moverse. Incluso de pensar.

—¡Mira, Ambrosio! —dijo una voz muy conocida para él.

El monje se asustó y levantó su triste mirada. Ante él se encontraba Matilde, quien había abandonado su hábito religioso. Ahora llevaba puesto un vestido elegante y espléndido, sobre el que brillaban muchos diamantes, y tenía el cabello recogido por una guirnalda de rosas. En la mano derecha sostenía un pequeño libro y en su rostro se leía una viva expresión de placer. Pero aun así, una loca e imperiosa majestuosidad se mezclaba con todo lo demás, inspirando pavor en el monje, quien en cierta medida reprimió su deleite al verla.

—¿Tú aquí, Matilde? —exclamó finalmente—. ¿Cómo entraste? ¿Dónde están tus cadenas? ¿Qué significa esa ostentosa vestimenta y la alegría que te brilla en los ojos? ¿Se apiadaron de ti? ¿Habrá alguna posibilidad de que yo me salve? ¡Contéstame, por piedad! ¡Dime qué debo esperar o temer!

—¡Ambrosio! —le respondió ella con una expresión de altanera dignidad—. Logré burlar la furia de la Inquisición. Soy libre y unos pocos momentos más interpondrán reinos entre estas mazmorras y yo. ¡Sin embargo, compré mi libertad a un precio terriblemente caro! ¿Te atreves a hacer lo mismo, Ambrosio? ¿Te atreves a sobrepasar sin miedo los límites que separan a los hombres de los ángeles? Estás silencioso y me miras con ojos de sospecha y alarma. Leo tus pensamientos y confieso su veracidad. Sí, Ambrosio, he sacrificado todo por la vida y la libertad. ¡Ya no soy candidata al cielo! He renunciado al servicio de Dios y me he alistado en el ejército de sus enemigos. La hazaña ya no se recuerda, y si estuviera en mi poder volver atrás, no lo haría. ¡Oh, amigo mío, morir en medio de estos tormentos! ¡Morir entre maldiciones y condenas sagradas! ¡Soportar los insultos de una multitud exacerbada! ¡Ser expuesta al sacrificio de la vergüenza y la infamia! ¿Quién puede pensar sin horror en tal destino? Déjame entonces regocijarme. He cambiado una felicidad lejana e incierta por una presente y segura. He conservado una vida que de otra manera habría perdido en medio de la tortura. ¡Y he obtenido el poder de alcanzar toda la dicha que hay en esta vida! Los espíritus infernales me obedecen como a su soberano, y gracias a su ayuda pasaré el resto de mis días en medio de los mayores lujos y placeres. Disfrutaré sin freno de mis sentidos y todas mis pasiones serán satisfechas hasta saciarme. Entonces pediré a mis sirvientes que inventen nuevos deleites para reavivar y estimular mis apetitos. Estoy impaciente por ejercer mi recién adquirido poder y no puedo esperar a estar en libertad. Nada me retendrá un segundo más en esta aborrecible morada salvo la esperanza de persuadirte de que sigas mi ejemplo. Ambrosio, aún te amo. Nuestras culpas y peligros compartidos te han hecho aún más querido para mí y me gustaría salvarte de tu muerte inminente. Te pido que decidas ayudarte a ti mismo y renuncies a las esperanzas de una salvación difícil de obtener y quizá equivocada, por obtener beneficios inmediatos y seguros. Sacúdete los prejuicios del resto de las almas y abandona al Dios que te ha abandonado. Elévate al nivel de los seres superiores.

Se interrumpió para esperar una respuesta por parte del monje, quien se estremeció al darla.

—¡Matilde! —dijo luego de un prolongado silencio en voz baja e insegura—. ¿Qué precio pagaste por tu libertad?

Ella le respondió con tono firme e impávido.

—¡El de mi alma, Ambrosio!

—¡Mujer desgraciada! ¿Qué hiciste? ¡En unos pocos años tu sufrimiento será enorme!

—¡Hombre débil! ¡Cuando pase esta noche, el tuyo será

terrible! ¿Recuerdas lo que ya has soportado? Mañana tendrás que tolerar tormentos aún más intensos. ¿Recuerdas los horrores de un castigo abrasador? ¡Dentro de dos días serás llevado a morir en la hoguera! Entonces ¿qué será de ti? ¿Y aún te atreves a esperar el perdón? ¿Aún te engañas con que serás salvado? ¡Piensa en los crímenes que cometiste! ¡Piensa en tu lujuria, perjurio, inhumanidad e hipocresía! ¡Piensa en la sangre inocente que derramaste y que clama a Dios por su venganza y luego no esperes misericordia! ¡Luego no sueñes con el cielo y suspires por mundos de luz y reinos de paz y placer! ¡Absurdo! Ambrosio, abre los ojos y sé prudente. El infierno es tu destino. Estás condenado a la perdición eterna y más allá de tu tumba no hay nada más que un abismo de llamas esperando devorarte. ¿Y te apresuras hacia ese infierno? ¿Abrazas esa perdición antes de que sea necesario? ¿Te sumerges en esas llamas mientras aún puedes evitarlas? Es la decisión de un loco. No, no, Ambrosio. Huyamos por un tiempo de la venganza divina juntos. Déjate aconsejar por mí y obtén la dicha de años a cambio de un momento de valor. Disfruta el presente y olvida que el futuro se queda rezagado.

—Matilde, tus consejos son peligrosos. No me atrevo y no quiero seguirlos. No debo abandonar mi oportunidad de salvación. Mis crímenes son monstruosos, sí, pero Dios es piadoso y no descansaré hasta obtener el perdón.

—¿Esa es tu decisión? Pues nada más tengo que decir. ¡Ahora vuelo hacia la alegría y la libertad y te abandono a tu muerte y eterno tormento!

—¡Pero quédate un momento, Matilde! Tú controlas a los demonios infernales. Podrías abrir las puertas de esta prisión y liberarme de las cadenas que me subyugan. ¡Sálvame, te lo imploro, y sácame de este lugar pavoroso!

—Me pides lo único que no está en mi poder. Tengo prohibido ayudar a un religioso y partidario de Dios. Renuncia a esos títulos y te ayudaré.

—No venderé mi alma a la perdición.

—Insiste en ello y llegarás a la hoguera arrepentido de tu error y suspirando por no haber escapado cuando tuviste la oportunidad. Te dejo... Pero antes de que llegue la hora de tu muerte, si te queda algo de sabiduría, escucha cómo reparar tu falta de ahora. Te dejo este libro para que leas las cuatro primeras líneas de la séptima página al revés. El espíritu que ya viste una vez se te presentará inmediatamente. Si eres prudente, nos volveremos a encontrar. ¡Si no, adiós para siempre!

Dejó caer el libro al suelo y una nube de fuego azul envolvió a Matilde, quien saludó con la mano a Ambrosio y desapareció. El resplandor momentáneo que las llamas proyectaron por la mazmorra parecía haber acentuado su penumbra al disiparse repentinamente. La solitaria lámpara apenas emitía luz suficiente para guiar al monje hasta su silla. Se sentó, cruzó los brazos y, apoyando su cabeza en la mesa, se sumió en reflexiones desconcertantes e inconexas.

Todavía tenía esta actitud cuando la puerta de su celda se abrió y lo sacó de su estupor. Había sido llamado a comparecer ante el Gran Inquisidor. Se levantó y siguió a su carcelero con pasos dolorosos. Fue conducido al mismo salón, ubicado ante los mismos examinadores e interrogado nuevamente sobre si confesaría. Contestó igual que antes: que no habiendo cometido crimen alguno, no podía reconocer nada. Pero cuando los verdugos se prepararon para interrogarlo, vio las máquinas de tortura y recordó los dolores que estas ya le habían infligido, su resolución le falló totalmente. Olvidando las consecuencias y ansioso por escapar del miedo del momento, hizo una extensa confesión. Reveló todas las circunstancias de sus faltas y reconoció no solamente los crímenes que se le imputaban, sino también aquellos de los que nunca había sido sospechoso. Al ser interrogado acerca del escape de Matilde, el cual había creado gran confusión, confesó que ella se había vendido al diablo y que había recurrido a la brujería para huir. Aun así, aseguró a los jueces que, por su parte, nunca había hecho ningún pacto con los espíritus infernales. Pero la amenaza de ser torturado le hizo declararse hechicero, hereje y todos los títulos que los inquisidores quisieron ponerle. Como consecuencia de esta declaración, su sentencia fue pronunciada de inmediato. Se le ordenó prepararse para morir en el Auto da Fe que se celebraría a medianoche. Esta hora fue elegida con la idea de que el horror del fuego, incrementado por la oscuridad de la medianoche, tuviera un mayor efecto en la mente del pueblo.

Más muerto que vivo, Ambrosio se quedó solo en su mazmorra. El momento en que oyó pronunciar la horrible sentencia resultó casi el de su desaparición. Esperaba desesperadamente la llegada del día siguiente y su miedo aumentaba al acercarse la medianoche. A veces se hundía en un melancólico silencio; otras, desvariaba con pasión delirante, se retorcía las manos y maldecía la hora en que había visto la luz. En uno de esos momentos, su vista se fijó en el misterioso regalo de Matilde y sus arrebatos de cólera quedaron en suspenso. Miró el libro concentrado y lo recogió del suelo, pero enseguida lo lanzó con espanto. Recorrió con paso veloz su mazmorra, se detuvo y volvió a clavar los ojos en el lugar en el que había ido a dar el libro. Pensó que al menos allí tenía un recurso para salvarse del destino que le aterraba. Se inclinó y lo recogió por segunda vez.

Estuvo algún tiempo temblando, sin decidirse. Quería probar el hechizo, pero tenía miedo de sus consecuencias. El recuerdo de su sentencia acabó por sellar su futuro y abrió el volumen. En un comienzo, estaba tan agitado que en vano buscó la página indicada por Matilde. Avergonzado de sí mismo, finalmente se armó de valor, pasó a la séptima página y comenzó a leerla en voz alta, aunque sus ojos desviaban su atención del libro con frecuencia, mientras recorrían ansiosamente la celda en busca del espíritu, a quien quería pero temía contemplar. Sin embargo, persistió en su propósito y, con voz insegura y frecuentes interrupciones, logró leer las cuatro primeras líneas de la página.

Estas estaban escritas en un idioma que le resultaba completamente desconocido.

Apenas había pronunciado la última palabra cuando los efectos del hechizo se hicieron evidentes. Oyó un fuerte trueno, el suelo tembló hasta sus cimientos, un relámpago iluminó la celda y, al momento siguiente, arrastrado por torbellinos sulfurosos, Lucifer se presentó ante él por segunda vez. Pero no como cuando Matilde lo había llamado y tenía la forma de un serafín, para engañar a Ambrosio. Apareció con toda la fealdad que había adquirido desde su caída del cielo. Sus extremidades aún tenían las marcas del trueno del Todopoderoso y alrededor de su gigantesca forma se extendía la oscuridad. Sus manos y pies tenían largas garras. Sus ojos brillaban con tanta furia que podrían haber aterrorizado al corazón más valiente. Dos enormes alas ondeaban sobre sus enormes hombros y su cabello estaba lleno de serpientes vivas que se enroscaban alrededor de sus cejas con espantosos siseos. En una mano sostenía un rollo de pergamino y en la otra una pluma. Los relámpagos seguían brillando a su alrededor y los truenos parecían anunciar la disolución de la naturaleza con repetidos estallidos.

Aterrorizado ante una imagen tan diferente a la que había esperado, Ambrosio se quedó mirando al demonio sin poder expresarse. Los truenos dejaron de rugir y un silencio general reinó en el calabozo.

—¿Para qué me has convocado? —preguntó el demonio con una voz que la neblina sulfurosa había humedecido hasta la ronquera.

Ante aquel sonido, la naturaleza pareció temblar. Un violento estremecimiento sacudió el suelo, acompañado por nuevos truenos, más fuertes y terroríficos.

Finalmente, Ambrosio pudo responder a la pregunta del demonio.

—Estoy condenado a morir —dijo con voz baja mientras se le helaba la sangre al mirar a su horrendo visitante—. ¡Sálvame! ¡Sácame de este lugar!

—¿Me pagarás por mis servicios? ¿Te atreverás a abrazar mi causa? ¿Serás mío en cuerpo y alma? ¿Estás dispuesto a renunciar a quien te hizo y murió por ti? Solo debes contestar que sí y Lucifer será tu esclavo.

—¿No te conformarías con un menor pago? ¿Nada te puede satisfacer salvo mi condena eterna? Espíritu, me pides demasiado, pero sácame de esta mazmorra. Sé mi servidor por una hora y yo seré el tuyo por mil años. ¿No te basta con esta oferta?

—No, debo tener tu alma. Debe ser mía y mía para siempre.

—¡Demonio insaciable! No me condenaré al eterno suplicio. No abandonaré mis esperanzas de ser perdonado un día.

—¿No? ¿En qué quimera se basan tus esperanzas? ¡Miope mortal! ¡Pobre desgraciado! ¿No eres culpable? ¿No eres infame ante los ojos de los hombres y los ángeles? ¿Pueden perdonarse tamaños pecados? ¿Esperas escapar de mi poder? Tu suerte ya está echada. Dios te abandonó. ¡Como mío estás marcado en el libro del destino y mío debes ser y serás!

—¡Demonio! ¡Eso es falso! Infinita es la misericordia del Todopoderoso y perdón encontrará el penitente. Mis crímenes son monstruosos, pero no perderé la esperanza de ser perdonado. Tal vez cuando haya recibido el debido castigo...

—¿Castigo? ¿Acaso el purgatorio fue hecho para culpas como las tuyas? ¿Esperas que tus ofensas queden saldadas con oraciones de supersticiosos y monjes? ¡Ambrosio, sé inteligente, serás mío! Estás condenado a las llamas, pero puedes evitarlas por el momento. Firma este pergamino y te sacaré de aquí para que pases los años que te queden feliz y libre. Disfruta de tu existencia y de todos los placeres que te apetezcan. Pero recuerda que tu alma me pertenecerá desde el momento en que abandone tu cuerpo y que no desistiré de mi derecho.

El monje se quedó en silencio, pero su expresión delataba que el discurso del demonio no había sido pronunciado en vano. Pensó con horror en las condiciones de su propuesta. Por otro lado, creía que estaba condenado a la perdición y que si rechazaba la ayuda del demonio no hacía más que adelantar una tortura de las que jamás podría escapar. Lucifer advirtió que el monje vacilaba y reiteró su proposición, esforzándose por aumentar la confusión del abad. Describió con los más terribles detalles los dolores de la muerte y puso tanta energía en inspirar la desesperación y el miedo en Ambrosio que consiguió que este recibiera el pergamino. Luego le clavó la pluma que llevaba en una vena de su mano izquierda y la introdujo hasta el fondo, llenándola de sangre. Ambrosio no experimentó dolor alguno con la herida. Después, el demonio puso la pluma en la mano del monje, quien entonces temblaba. El desdichado dispuso el pergamino en la mesa y estaba a punto de firmar cuando de pronto detuvo su mano, se apartó rápido y arrojó la pluma sobre la mesa.

—¡¿Qué estoy haciendo?! —exclamó volviéndose al demonio con desespero—. ¡Déjame! ¡Vete! No firmaré ese pergamino.

—¡Tonto! —le gritó el decepcionado demonio, y le lanzó una mirada tan furiosa que llenó de horror el alma del fraile—. ¿Así te burlas de mí? ¡Entonces vete! ¡Delira entre padecimientos, muere torturado y aprende luego la medida de la misericordia de Dios! ¡Pero ten cuidado de volver a reírte de mí! No me llames más hasta que aceptes mi ofrecimiento. Convócame por segunda vez para rechazarlo y estas garras te harán mil pedazos. Por última vez, ¿firmarás el pergamino?

—¡No! ¡Déjame! ¡Vete!

Acto seguido se escuchó el horrible sonido del trueno y otra vez la tierra tembló con violencia. La mazmorra se estremeció con fuertes ruidos y el demonio voló entre blasfemias y maldiciones.

Al comienzo, el monje se alegró por haber logrado resistir a la tentación del demonio y por haber obtenido un triunfo frente al enemigo de la humanidad. Pero a medida que se acercaba su castigo, su antiguo miedo revivía en su corazón. Su momentáneo descanso de él parecía haberle dado un nuevo vigor. Cuanto más se acercaba la hora, más temía comparecer ante Dios. Se estremecía al pensar lo pronto que se sumergiría en la eternidad y se encontraría con su creador, a quien había ofendido tan gravemente. Entonces la campana anunció la medianoche. ¡Era la señal para ser conducido a la hoguera! Mientras escuchaba el primer repique, sintió que la sangre dejaba de circular por sus venas. Escuchó la muerte y la tortura en cada sucesivo sonido. Estaba a la espera de que los arqueros entraran a su celda. Pero apenas la campana dejó de sonar, tomó el libro en un arrebato de desesperación. Lo abrió, pasó apresuradamente a la séptima página y, como si temiera permitirse un solo instante de duda, repasó con rapidez aquellas líneas fatales. Con el mismo terrorífico aspecto de antes, Lucifer se presentó nuevamente ante el abad.

—Me llamaste —dijo el demonio—. ¿Quiere decir que te decidiste por la prudencia? ¿Que aceptaste mis condiciones? Ya sabes cuáles son. Renuncia a tu derecho de salvación, entrégame tu alma y, en el acto, te saco de esta prisión. Ha llegado el momento. Decídete o será demasiado tarde. ¿Quieres firmar el pergamino?

—¡Debo hacerlo! ¡El destino me empuja! Acepto tus condiciones.

—Firma el pergamino —respondió el demonio con un tono que denotaba alegría.

El contrato y la pluma ensangrentada estaban sobre la mesa. Ambrosio se acercó a ellos y se dispuso a firmar. Un momento de reflexión lo hizo dudar.

—¡Escucha! —exclamó el demonio—. ¡Ya vienen! ¡Rápido! Firma el pergamino y te saco de aquí en este instante.

En efecto, Ambrosio oyó acercarse a los soldados designados para llevarlo a la hoguera. El ruido estimuló al monje a decidirse.

—¿Qué significado tiene este texto? —preguntó.

—Hace mía tu alma para siempre y sin reservas.

—¿Y qué recibo a cambio?

—Mi protección y la libertad. Fírmalo y ahora mismo te llevo.

Ambrosio tomó la pluma y la acercó al pergamino, pero volvió a faltarle valor. Sintió una punzada de terror en el corazón y volvió a arrojar la pluma en la mesa.

—¡Débil e infantil! —gritó el exasperado demonio—. ¡Basta de esta estupidez! Firma el pergamino ya mismo o te sacrifico con toda mi ira.

En ese momento, el abad escuchó que descorrían el cerrojo de la puerta exterior, el repiqueteo de cadenas y las pesadas barras cayendo. Los soldados estaban a punto de entrar. Urgido por el peligro inminente, asustado ante la muerte que se acercaba, aterrorizado por las amenazas del demonio y sin otro medio a la vista para escapar de la destrucción, el desdichado monje obedeció. Firmó aquel contrato fatal y lo puso rápido en manos del demonio, cuyos ojos brillaron de maliciosa fascinación al recibir el regalo.

—¡Tómalo! —dijo el monje—. ¡Y ahora sálvame! ¡Sácame de este lugar!

—¡Un momento! ¿Renuncias libre y absolutamente a tu Creador y a su Hijo?

—¡Sí! ¡Sí!

—¿Me entregas para siempre tu alma?

—¡Para siempre!

—¿Sin reservas ni pretextos? ¿Sin apelar a la misericordia divina en el futuro?

En este punto se oyó cómo caía la última cadena de la puerta de la celda y la llave giraba en la cerradura. La puerta de hierro ya chirriaba con pesadez sobre sus goznes herrumbrosos.

—¡Soy tuyo eterna e irrevocablemente! —gritó el monje, ya enloquecido de terror—. ¡Abandono todo derecho a la salvación y me someto a tu poder! ¡Escucha, escucha! ¡Ya vienen! ¡Oh, sálvame! ¡Llévame!

—¡He triunfado! Eres mío de forma absoluta y cumpliré con mi promesa.

Mientras el demonio hablaba, la puerta se abrió. En el acto, este tomó uno de los brazos de Ambrosio, abrió sus anchas alas y salió volando con él. El techo se abrió en cuanto se elevaron y se cerró en cuanto dejaron las mazmorras.

La desaparición de su prisionero causó gran sorpresa al carcelero. Aunque ni él ni los arqueros llegaron a tiempo para presenciar la huida del monje, un olor sulfuroso que se extendía por su celda dio cuenta de quién lo había liberado. Se apresuraron a informar al Gran Inquisidor. La historia de cómo un hechicero había sido llevado por el diablo pronto se difundió por toda Madrid y durante algunos días la ciudad entera se dedicó a hablar del tema. Pero poco a poco dejó de ser interesante, surgieron nuevas aventuras que atrajeron la atención generalizada de la gente y Ambrosio fue pronto tan completamente olvidado que parecía como si nunca hubiera existido. Mientras esto sucedía, el monje surcaba los aires con la rapidez de una flecha gracias al vuelo del demonio. En poco tiempo estuvo al borde de un precipicio, el más elevado de Sierra Morena.

Aunque había sido rescatado de la Inquisición, Ambrosio todavía era insensible a las ventajas de una vida en libertad. El contrato firmado todavía pesaba en su mente y los episodios que había vivido recientemente le habían dejado tales impresiones que en su corazón se había instalado la anarquía y la confusión. Las cosas que ahora tenía ante sus ojos y que podía examinar gracias a la luna llena no le inspiraban la calma que tanto necesitaba. El ruido de su mente aumentaba por el entorno salvaje; por las sombrías cavernas y las rocas empinadas que se elevaban unas encima de otras, dividiendo las nubes que pasaban; por los grupos solitarios de árboles esparcidos aquí y allá, entre cuyas espesas y retorcidas ramas el viento nocturno suspiraba ronca y lúgubremente; por el estridente grito de las águilas en las montañas, que habían construido sus nidos en desiertos solitarios; por el rugido ensordecedor de las corrientes de agua que, crecidas por la lluvia tardía, se precipitaban violentamente por grandes precipicios; y por las aguas oscuras de un arroyo silente y perezoso que reflejaba débilmente los rayos de la luna y bañaba la base de la roca en la que Ambrosio se había sentado. El abad lanzó a su alrededor una mirada de terror, mientras que su guía infernal seguía a su lado y lo miraba con una expresión que mezclaba malicia, exultación y desprecio.

—¿A dónde me trajiste? —le preguntó el monje al cabo de un rato, con voz hueca y temblorosa—. ¿Por qué me trajiste hasta este melancólico paisaje? ¡Sácame de aquí de inmediato! ¡Llévame con Matilde!

El demonio no respondió y continuó mirándolo callado.

Ambrosio no pudo sostenerle la mirada y apartó la vista mientras hablaba.

—¡Lo tengo entonces en mi poder! ¡Este ejemplo de piedad! ¡Este ser irreprochable! Este mortal que puso sus débiles virtudes al nivel de las de los ángeles. ¡Es mío! ¡Irrevocable y eternamente mío! ¡Compañeros de mis sufrimientos! ¡Vecinos del infierno! ¡Cuán agradecido será mi regalo!

Luego se calló y se dirigió al monje.

—¿Llevarte con Matilde? —dijo repitiendo las palabras de Ambrosio—. ¡Desgraciado! ¡Pronto estarás con ella! Bien te mereces un sitio cerca, pues el infierno no se preciará de tener un malhechor más culpable que tú. ¡Escucha, Ambrosio, mientras expongo tus crímenes! Has derramado la sangre de dos inocentes, Antonia y Elvira, quienes murieron por tu causa. ¡Esa Antonia a la que violaste era tu hermana! ¡Esa Elvira a la que asesinaste te dio a luz! ¡Tiembla, hipócrita abandonado! ¡Parricida inhumano! ¡Violador incestuoso! ¡Tiembla ante la magnitud de las ofensas que cometiste! ¡Fuiste tú quien se creyó a prueba de la tentación, inmune a las debilidades humanas y libre del error y del vicio! ¿Es entonces el orgullo una virtud? ¿No es acaso la inhumanidad una falta? Debes saber, hombre vano, que hace no mucho tiempo que te señalé como mi presa, advertí las inclinaciones de tu corazón, observé que tu virtud obedecía a la vanidad y no a los principios y aproveché el momento oportuno para propiciar la seducción. Vi tu ciega idolatría por el cuadro de Virgen y que un espíritu subordinado pero astuto asumió una forma similar. Tú cediste ávidamente ante los encantos de Matilde y tu orgullo fue satisfecho por sus halagos. Tu lujuria solamente necesitaba una oportunidad para desatarse y corriste ciegamente hacia la trampa, sin escrúpulos al cometer un crimen que reprochabas a otro con impasible severidad. Fui yo quien puso a Matilde en tu camino, yo quien te permitió la entrada en la habitación de Antonia, yo quien hizo que tuvieras a mano la daga que atravesó el pecho de tu hermana, yo quien te obligó a añadir la violación y el incesto al catálogo de tus crímenes. ¡Escucha, escucha, Ambrosio! Si hubieras resistido a mi influencia un minuto más habrías salvado tu cuerpo y tu alma, puesto que los guardias que escuchaste al lado de la puerta de tu celda venían a darte el perdón. Pero yo ya había triunfado y mis planes habían tenido éxito. Apenas pude pensar en crímenes tan rápidamente como tú los cometiste. Eres mío y ni el mismo cielo podrá liberarte de mi yugo. No esperes que tu penitencia anule nuestro contrato. Renunciaste a la misericordia y nada podrá devolverte los derechos a los que tontamente renunciaste. ¿Crees que se me escaparon tus pensamientos secretos? ¡No, no! ¡Los leí todos! Confiabas en que todavía podrías arrepentirte. Yo vi tu artificio, me di cuenta de su falsedad y me regocijé en engañar al engañador. Eres mío más allá del indulto. Ardo en mi deseo de hacer cumplir mi derecho. De estas montañas no saldrás vivo.

Durante el monólogo del demonio, Ambrosio se sintió paralizado por el terror y la sorpresa, pero esta última declaración lo sacó de su aturdimiento.

—¿Que no saldré vivo de estas montañas? —exclamó—. ¡Traidor! ¿Qué quieres decir con esto? ¿Ya olvidaste nuestro contrato?

El demonio respondió con una risa maliciosa.

—¿Nuestro contrato? ¿No cumplí con mi parte? ¿Qué otra cosa prometí además de salvarte de tu prisión? ¿No lo hice? ¿No estás a salvo de la Inquisición? ¿A salvo de todo menos de mí? ¡Idiota que fuiste en confiar en el diablo! ¿Por qué no pensaste en la vida, el poder y el placer? Entonces todo te habría sido concedido. Ahora tus reflexiones llegan demasiado tarde. Malhechor, prepárate para la muerte. ¡No te quedan muchas horas de vida!

Al escuchar esta sentencia, el miserable abad tuvo los sentimientos más horrendos. Cayó de rodillas y levantó los brazos hacia el cielo. El demonio vio su intención y la impidió.

—¿Qué? —exclamó mientras le lanzaba una mirada de furia—. ¿Todavía te atreves a implorar por la piedad de Dios? ¿Finges arrepentirte para volver a actuar como un hipócrita? Villano, renuncia a tu esperanza de ser perdonado. ¡Y así aseguro mi presa!

Al decir esto, clavó sus garras en la coronilla del monje y saltó con él desde la roca. Las cuevas y las montañas resonaron con los gritos de Ambrosio, mientras el demonio continuó elevándose hasta que, alcanzando una gran altura, liberó a su víctima. El monje cayó de cabeza por el aire e impactó la punta afilada de una roca. Luego rodó de precipicio en precipicio hasta llegar completamente destrozado a las orillas de un río. En ese momento todavía tenía vida en su miserable cuerpo, pero en vano intentó levantarse. Sus extremidades rotas y dislocadas se negaron a cumplir su función y no pudo abandonar el lugar donde había caído. El sol se elevó por encima del horizonte y sus rayos abrasadores se derramaron sobre la cabeza del moribundo pecador. Montones de insectos fueron atraídos por el calor y bebieron de la sangre que brotaba de las heridas de Ambrosio. Él no tenía poder para alejarlos y estos se aferraron a sus llagas, clavaron los aguijones en su cuerpo, lo cubrieron profusamente y le infligieron las torturas más terribles e insoportables. Las águilas le destrozaron la carne a pedazos y le sacaban los globos oculares con sus picos torcidos. Lo atormentaba una sed que le ardía en la garganta y oía el murmullo del río que corría a su lado, pero en vano se esforzaba por arrastrarse hacia el sonido. Ciego, mutilado, indefenso y desesperado, desahogando su rabia con blasfemias y maldiciones, aborreciendo su existencia, pero temiendo la llegada de una muerte que lo llevaría a sufrir aún mayores tormentos, Ambrosio agonizó durante seis días. El séptimo día hubo una fuerte tormenta y los vientos desgarraron con furia rocas y bosques. El cielo estaba negro de nubes y cubierto de fuego. La lluvia caía en grandes cantidades y crecía la corriente, desbordando sus orillas y llegando hasta el lugar donde yacía Ambrosio. Cuando finalmente se calmaron, arrastraron consigo al río el cadáver del desgraciado monje.

Índice

El Monje